TOUT
EN
UN

FRANÇAIS 1re

SUR LES ŒUVRES AU PROGRAMME DU BAC

COLLECTIF SOUS LA DIRECTION
D'AMÉLIE GOUTAUDIER
Rémy Arcemisbéhère, Anne-Claire Bauchet,
Constance Desormeaux, Camille Kerbaol, Agathe Le Breton,
Bertille Le Coz, Morgan Trouillet

ellipses

ISBN 9782340-069619

8/10 rue la Quintinie 75015 Paris

www.editions-ellipses.fr

Table des matières

OBJET D'ÉTUDE 2
LA LITTÉRATURE D'IDÉES DU XVIe SIÈCLE AU XVIIIe SIÈCLE

OBJET D'ÉTUDE 3
LE ROMAN ET LE RÉCIT DU MOYEN ÂGE AU XXIe SIÈCLE

OBJET D'ÉTUDE 4
LE THÉÂTRE DU XVIIe AU XXIe SIÈCLE

Les auteurs

- **Rémy Arcemisbéhère.**
  Professeur agrégé de Lettres Modernes (Académie de Versailles), docteur en littérature française
- **Anne-Claire Bauchet.**
  Professeur certifié de Lettres Modernes (Académie de Nantes)
- **Constance Desormeaux.**
  Professeur certifié de Lettres Modernes (Académie d'Amiens)
- **Amélie Goutaudier.**
  Professeur agrégé de Lettres Modernes (Académie d'Amiens)
- **Camille Kerbaol.**
  Professeur agrégé de Lettres Modernes (Académie de Rennes)
- **Agathe Le Breton.**
  Professeur agrégé de Lettres Classiques (Académie d'Aix-Marseille)
- **Bertille Le Coz.**
  Professeur agrégé de Lettres Classiques (Académie de Versailles)
- **Morgan Trouillet.**
  Professeur agrégé de Lettres Modernes (Académie de Paris)

OBJET D'ÉTUDE 1

La poésie du XIXe au XXIe siècle

VICTOR HUGO, *LES CONTEMPLATIONS* (1856) : LIVRES I À IV

Parcours associé : «*Les Mémoires d'une âme*»

Par Agathe Le Breton

CHARLES BAUDELAIRE, *LES FLEURS DU MAL* (1857/1861)

Parcours associé : «*Alchimie poétique : la boue et l'or*»

Par Amélie Goutaudier

GUILLAUME APOLLINAIRE, *ALCOOLS* (1913)

Parcours associé : «*Modernité poétique ?*»

Par Anne-Claire Bauchet

Victor Hugo, *Les Contemplations*, Livres I à IV

“ *Qu'est-ce que les* Contemplations *? C'est ce qu'on pourrait appeler, si le mot n'avait quelque prétention,* les Mémoires d'une âme. ”

Victor Hugo, Préface aux *Contemplations*

1. L'œuvre et ses contextes

1.1 VICTOR HUGO (1802-1885)

Vie personnelle et œuvre littéraire de Victor Hugo	Contexte historique et engagement politique
	• **1799 : Consulat de Napoléon Bonaparte**.
• **1802** : naissance de Victor Hugo, dernier des trois fils d'une mère royaliste et d'un père général d'empire. Les deux époux s'entendent mal et se séparent rapidement.	• **1804** : **Premier Empire** : Napoléon Bonaparte est proclamé empereur, le territoire français s'étend jusqu'à Rome et Hamburg. Les campagnes militaires prennent fin avec la défaite de Waterloo en 1814.
• **1822** : mariage avec Adèle Foucher, son amie d'enfance. • **1824** : naissance de Léopoldine, après la mort en bas-âge de Léopold, l'aîné. Puis naîtront Charles, François-Victor et Adèle.	• **1815 à 1830 : Restauration** (Louis XVIII puis Charles X).
• **1827** : *Cromwell* (théâtre) pose les bases du drame romantique : rejet de l'unité de lieu et de temps.	• **1825 :** Sacre de Charles X – Victor Hugo prend de la distance avec le royalisme ultra de sa mère.

• **1830** : *Hernani* (théâtre) et la « bataille d'Hernani » • **1833** : rencontre de Juliette Drouet qui deviendra sa maîtresse.	• **1830 à 1848 : monarchie de Juillet** : suite à la Révolution de Juillet, « **Les Trois Glorieuses** » : abdication de Charles X ; Louis-Philippe devient roi (avec un gouvernement libéral). • **1841** : Hugo est reçu à l'Académie.
• **4 septembre 1843** : mort de Léopoldine et de son mari Charles Vacquerie, lors d'une promenade en barque sur la Seine. Hugo, en voyage, l'apprend dans le journal cinq jours après et n'assiste pas à l'enterrement.	
	• **1845** : Hugo est Pair de France.
• **1846** : mort de Claire Pradier, fille de Juliette Drouet. • Première visite de Hugo au tombeau de Léopoldine (IV, 3). • Silence littéraire de Victor Hugo.	• **1848 à 1851 : IIe République :** chute de Louis-Philippe. • Le prince Louis-Napoléon est élu président. • **1848** : Hugo est élu député, dans le parti de l'Ordre (conservateur), mais il soutient des projets libéraux et s'insurge contre la répression violente des émeutes. • **1849-1850** : enquêtes sociales – Discours sur la misère devant l'Assemblée. • **2 décembre 1851** : **Second Empire**. • Coup d'État de Louis-Napoléon qui devient Napoléon III. Après avoir tenté d'organiser une résistance, Hugo s'enfuit à Bruxelles sous une fausse identité.
• **Août 1852** : départ pour Jersey (île anglo-normande), où il demeure à Marine-Terrace avec le « goum » : sa famille et ses proches (Juliette Drouet, Auguste Vacquerie...).	• **9 janvier 1852** : décret de bannissement des députés de l'opposition. • **Juillet 1852** : pamphlet contre Napoléon III : *Napoléon le Petit*, publié depuis la Belgique. • Plusieurs amnisties sont accordées par Napoléon III à Hugo. Il refuse : « *Quand la liberté rentrera, je rentrerai* ».
• **1853** : *Les Châtiments*, recueil contre le Second Empire. • **1854** : installation à Guernesey, à *Hauteville House*. • **1856** : *Les Contemplations*. • **1859** : *La Légende des Siècles*. • **1862 :** *Les Misérables*. • **1865** : départ pour Bruxelles. • **1870** : suite à la déchéance de Napoléon III, retour de Victor Hugo en France après dix-neuf ans d'exil.	• **1870** : **IIIe République** : instaurée après la chute du Second empire lors de la défaite contre la Prusse. • **1871** : **La Commune** : insurrection populaire à Paris, réprimée lors de la **Semaine Sanglante**.
• **1877** : *L'art d'être grand-père*. • **1885** : mort de Victor Hugo, enterré en grandes pompes au Panthéon.	

1.2 LE ROMANTISME HUGOLIEN

1.2.1 L'engagement politique

La naissance du romantisme est liée au contexte politique du XIXe siècle : en France, la chute de Napoléon, figure éminemment romantique du grand homme exaltant les espoirs d'un peuple, et le conservatisme de la Restauration qui lui succède, provoquent un désenchantement chez la génération née au début du siècle et un désir de se réapproprier son histoire. Face aux bouleversements de la société, la littérature et les écrivains ne peuvent rester immobiles, et puisque l'épée ne peut plus s'exprimer, c'est la plume qui lui succède. Victor Hugo s'inscrit tout particulièrement dans cette veine, se présentant dans les *Feuilles d'automne* (« Ce siècle avait deux ans ») comme marqué dès la naissance par l'avènement de Napoléon et par l'opposition politique entre ses deux parents : « *Mon père vieux soldat, ma mère vendéenne* ». Élevé par sa mère dans un royalisme ultra, Victor Hugo prend peu à peu ses distances avec la monarchie et s'engage progressivement du côté du libéralisme et de la démocratie.

Cette évolution politique est liée à sa conception littéraire : « *Le Romantisme, [c'est] le libéralisme en littérature* » (préface *d'Hernani*) : dans les deux domaines, il s'agit d'être « *une force qui va* » (*Hernani*), d'avancer. Le poète, pour lui, est celui qui guide le peuple, il a une mission sociale à accomplir, faite de passion pour la liberté, d'idéal de pitié pour les humbles et de fraternité, et, particulièrement pour Hugo, de lutte passionnée contre l'injustice. En mai 1848 il définit sa pensée politique comme le fruit de deux passions : « *haine vigoureuse de l'anarchie, tendre et profond amour du peuple* ». C'est dans cette conception romantique, et dans la lignée de Chateaubriand et de Lamartine, qu'il s'engage sur les questions sociales : enquête sur le travail des enfants et lutte pour l'enseignement public ; visite des prisons et critique d'une Justice de classe aveugle, qui impose une double peine aux plus pauvres : la misère puis la condamnation lorsque le pauvre commet un délit pour survivre ; soutien d'une Assistance publique qui fortifie l'homme. Si la période d'engagement politique (1846-1851) correspond à l'arrêt de toute publication littéraire de Victor Hugo, cette préoccupation du sort du plus faible se retrouve dans les œuvres en germe, à commencer par *Les Contemplations* et le roman *Les Misérables*.

Cependant, son appartenance sociale à la bourgeoisie ne lui permet pas une proximité réelle avec le peuple qu'il défend. L'exil lui confère en ce sens une certaine légitimité : lui aussi devient une des victimes souffrantes des injustices qu'il dénonçait, et son choix de renoncer à l'amnistie déclarée par Napoléon III (à partir de 1859) lui donne la dimension d'un défenseur résolu de la liberté et de la république, fidèle jusqu'au bout à ses idées : « *S'il n'en reste qu'un, je serai celui-là* » (*Les Châtiments*). Il revêt par ailleurs une double posture romantique : celle du poète maudit, seul face à l'océan, accablé par le deuil de sa fille et par l'exil, et celle de l'homme de génie injustement bafoué (« Melancholia », III, 2).

1.2.2 Une œuvre polymorphe

C'est cette même dynamique qui conduit Victor Hugo à mener une révolution romantique en littérature, cherchant à relativiser les règles classiques et à décloisonner les genres. Cela est particulièrement manifeste dans le théâtre : le drame romantique, caractérisé par Hugo, rejette l'unité de lieu et de temps et mélange les tons, entre sublime et grotesque. Hugo se caractérise également, à partir de l'exil, par sa production romanesque, dans laquelle s'expriment ses préoccupations sociales (*Le Dernier jour d'un condamné* en 1829, *Les Misérables* en 1862).

La poésie des *Contemplations* conserve ces diverses caractéristiques. On y retrouve tout d'abord le mélange des tons, évoluant entre d'une part la fascination pour les immensités apaisantes ou exaltantes, l'apparence lumineuse ou la fuite dans les ténèbres, et de l'autre l'attention attendrie aux détails des réalités familières, naturelles ou humaines. Les préoccupations sociales y sont également prégnantes, notamment dans le livre III. De plus, Hugo y bouscule à l'occasion les règles de l'alexandrin classique, et trois pièces polémiques du livre I mettent en scène la querelle qui l'oppose aux grammairiens.

Enfin, les poèmes des *Contemplations* manifestent l'intérêt de Hugo pour les divers genres littéraires, y compris l'épistolaire, et pour d'autres formes artistiques, comme l'esquisse et la photographie, particulièrement pratiquée durant l'exil. En ce sens, le recueil peut être reçu, selon l'image de Florence Naugrette, comme un album à feuilleter, adressé à Léopoldine dans le dernier poème du recueil (« À celle qui est restée en France ») mais exposé à tous. Cette habitude de l'album consistait au XIXe siècle à collectionner dans un recueil une collection hétéroclite de souvenirs et de dédicaces, à présenter ensuite. On retrouve ainsi dans *Les Contemplations* des poèmes construits comme des photographies ou des cartes postales (I, 3 et II, 6), des poèmes dédicacés à un personnage, souvent en s'élargissant finalement à d'autres (I, 1 ; I, 4 ; I, 10 ; I, 17 ; I, 20) et des adresses multiples. Le poème I, 6, où le poète reçoit les dons variés des enfants, constitue en ce sens une mise en abîme du recueil : « *j'admire les crayons, l'album, les nids de merle* ».

1.3 GENÈSE DES *CONTEMPLATIONS*

Le 9 septembre 1843, lorsque Victor Hugo apprend dans le journal la mort et l'enterrement de sa fille Léopoldine, il revient d'un voyage dans les Pyrénées avec Juliette Drouet. Cette perte provoque deux sentiments : la douleur ineffable face à l'aberration de perdre un enfant, mais aussi la culpabilité à l'idée du sacrifice que Charles Vacquerie a fait de sa vie, tentant en vain de sauver son épouse. Cette épreuve provoque l'arrêt de toute écriture poétique. En juin 1846, la mort de Claire Pradier, fille de Juliette Drouet, renouvelle le deuil du poète, mais avec une distance nouvelle qui lui laisse l'espace nécessaire pour écrire : Hugo écrit durant cette période une grande partie des poèmes du deuil, classés dans le livre IV « *Pauca meae* ». Son activité littéraire ne reprend pas pour autant, le député se consacrant pleinement à son rôle politique dans les années 1846-1850. Cependant le coup d'État de Louis-Napoléon Bonaparte en décembre 1851 et l'exil auquel Hugo est contraint ranime le désir d'écrire. Après le pamphlet *Napoléon le Petit*, il écrit en 1852 une lettre à son éditeur Hetzel, évoquant *Les Contemplations*, un recueil déjà presque prêt , composé en deux volumes : « autrefois, *poésie pure* », « aujourd'hui, *flagellation de tous ces drôles et du drôle en chef* », avec le départ en exil entre les deux. Finalement, cette deuxième partie constitue *Les Châtiments*, recueil polémique publié en 1853, et Hugo reprend le titre et la disposition pour un recueil de poésie pure, dans lequel *Aujourd'hui* ne commence plus en 1851 (tyrannie éphémère), mais en 1843 (réalité immédiate et universelle de la mort). La rédaction des poèmes s'étale ainsi sur vingt ans : la plupart des poèmes sont composés durant l'exil, certains datent d'avant la mort de Léopoldine.

2. L'œuvre en examen

2.1 LA COMPOSITION DES LIVRES

2.1.1 Structure de l'œuvre

Les Contemplations sont structurées en deux parties : *Autrefois* (1830-1843) et *Aujourd'hui* (1843-1855), de trois livres chacune, présentées par la préface comme un parcours chronologique et spatial initiatique : « *C'est un esprit qui marche de lueur en lueur, en laissant derrière lui la jeunesse, l'amour, l'illusion, le combat, le désespoir, et qui s'arrête éperdu « au bord de l'infini ».* » Cependant, plusieurs éléments remettent en question cette structure bien définie : la composition en deux livres laisse penser que ce qui les sépare, c'est la mort de Léopoldine en 1843, mais le poème manquant qui la symbolise est le troisième poème du livre IV : Hugo revient auparavant sur le mariage de la jeune fille, avec deux poèmes datés de janvier et de février 1843. Il y a là une façon de redire deux fois la séparation, de reculer le temps pour donner une nouvelle fois au lecteur ce que la mort va lui prendre : l'amour, l'innocence, la pureté. De plus, les titres des livres correspondent à des dominantes qui ne sont en réalité pas si homogènes que cela. Les poèmes peuvent provoquer des effets d'annonce, ou inviter à la relecture pour revenir en arrière et reconsidérer l'unité des différents livres. Seuls les livres I à IV sont au programme, les livres V « En marche », et VI « Au bord de l'infini », en sont exclus.

2.1.2 Volume I : Autrefois (1830-1843)

Livre I : « Aurore »

Hugo y donne à voir sa jeunesse, mais c'est autant la jeunesse du poète lui-même : amant ou père, que la jeunesse de son rapport à la poésie et de ses combats. Ce livre se veut empreint de légèreté, mais on y découvre déjà les thèmes principaux de l'œuvre : la contemplation de la nature qui ouvre sur une dimension cosmique, l'amour qui donne sens à toute chose, le goût pour le simple et le familier, l'art du portrait, mais aussi la dimension polémique avec « Réponse à un acte d'accusation » (7), « Suite » (8) et « Quelques mots à un autre » (26). Par sa maîtrise de l'alexandrin et de registres variés, Hugo y tourne en ridicule ceux qui l'accusent de disloquer « *ce grand niais d'alexandrin* », tout en assumant le renouvellement de la langue, de la stylistique et de la grammaire. Ces trois poèmes contiennent ainsi tout autant l'illustration que le démenti de la guerre contre la rhétorique.

Livre II : « L'âme en fleur »

C'est le livre des promenades amoureuses, qui se nourrit de la passion de Hugo pour Juliette Drouet, pourtant jamais nommée. La présence de la femme aimée y est prégnante, non seulement par la thématique amoureuse, mais aussi par l'interlocution lyrique, allant jusqu'à lui laisser la parole (poèmes 15 et 28). La femme y fait figure d'intercesseur entre Dieu, la nature et le poète, portant celui-ci vers l'humanité auprès de laquelle il assumera sa fonction sociale. La forme la plus courante est celle de l'églogue, poème bucolique, dans lequel on retrouve l'injonction d'aimer.

Livre III : « Les luttes et les rêves »

C'est une partie plus grave, placée sous le signe de la mélancolie. Le poète y prend la posture du génie tourmenté par la misère des hommes, qui s'est accrue avec la révolution industrielle, dénoncée dans « *Melancholia* ». Il y proteste contre les injustices, affirme son amour du mal-aimé et du souffrant. On y relève de nombreuses références au dogme chrétien, convoqué au service de causes révolutionnaires ou sociales. Le scandale du mal ne pouvant être expliqué (12), le livre s'achève par un basculement dans la nuit avec le poème « *Magnitudo parvi* » (grandeur du petit) : au-delà de la raison, le poète doit se laisser aveugler dans l'obscurité pour atteindre la contemplation : la vision de Dieu et la connaissance réelle.

2.1.3 Volume II : Aujourd'hui (1843-1855)

Livre IV : « *Pauca meae* »

C'est le livre du deuil, plus court que les autres, adressé par Hugo à Léopoldine, sa fille morte, comme l'indique le titre : peu de choses (*pauca*) pour la mienne, pour ma fille (*meae*). La brièveté de ce titre, intraduisible tel quel, manifeste l'indicible de l'émotion du deuil, tandis que l'utilisation de la langue latine évoque le sacré et provoque une mise à distance du souvenir, le gravant en même temps dans une éternité antique. La mort prématurée de l'enfant est dramatisée par la construction du livre : après un premier poème constituant un hymne à l'innocence et à la vertu, puis un bref épithalame, simple billet écrit durant la cérémonie du mariage de Léopoldine et Charles Vacquerie, le recueil est comme déchiré par une ligne de pointillés, précédée du titre « 4 septembre 1843 », et qui constitue une sorte de poème blanc, en plus des dix-sept autres du recueil. Cet espace laissé vide constitue un discours implicite, d'autant plus sublime qu'il est muet, qui figure la perte de l'enfant, souligne le caractère ineffable du traumatisme, l'effet sidérant de la douleur, et constitue pour la construction du recueil comme une faille dans laquelle se cacherait le monument du tombeau lui-même. Les poèmes suivants oscillent entre l'évocation d'un passé heureux, pour consoler mais aussi raviver la nostalgie et le regret, la révolte religieuse, et l'expression de la lassitude face à la mort, sublimée à la fin sous la forme d'une lettre ouverte à Dieu. Le livre s'achève sur un hommage de Victor Hugo à son gendre.

2.1.4 Entre recueil autobiographique et lyrisme

Des traces autobiographiques

« *Qu'est-ce que les* Contemplations ? *C'est ce qu'on pourrait appeler* [...] *les* Mémoires d'une âme. » Ainsi Victor Hugo présente-t-il son œuvre dans la préface, ajoutant : « *Vingt-cinq années sont dans ces deux volumes.* » Il oriente d'emblée la réception du recueil comme autobiographie, c'est-à-dire, selon la définition de Philippe Lejeune, « *un récit rétrospectif en prose qu'une personne réelle fait de sa propre existence, lorsqu'elle met l'accent sur sa vie individuelle, en particulier sur l'histoire de sa personnalité.* » À condition d'accepter que le récit en prose soit remplacé par des vers, et qu'il n'y ait pas de narrateur, mais un sujet poétique, on retrouve effectivement dans *Les Contemplations* de nombreuses traces autobiographiques : l'identification immédiate du « je » avec la personne réelle et très célèbre de Victor Hugo produit un puissant effet de signature ; il s'agit bien d'une rétrospection littéraire, à une époque ou de nombreux Romantiques écrivent leur autobiographie (Dumas, Sand, Berlioz) ; le souvenir et l'intimité, la vie personnelle sont thématisés ; on retrouve la mise en avant d'une « destinée » orientant la construction d'une personnalité, réinterprétée *a posteriori* en fonction de la situation actuelle.

Ces traces autobiographiques ne suffisent cependant pas à constituer une autobiographie, d'abord parce que le geste fondamental de la signature du pacte autobiographique n'est jamais effectué, les proches-mêmes du poète n'étant pas nommés, à part quelques-uns. Par ailleurs l'idée même de rétrospection propre aux mémoires, au récit de sa vie *a posteriori* n'est pas si claire : la préface évoque également l'idée d'un mouvement vers l'avant, propre plutôt au journal intime, avec des souvenirs quotidiens reconstruits après coup : « *une destinée est écrite là jour à jour* ».

Plus qu'une autobiographie, *Les Contemplations* participent à un discours du moi, disséminé par ailleurs dans d'autres écrits par Hugo : dans ses carnets et ses dossiers (de trois sortes : « Journal de ce que j'apprends chaque jour », « Faits contemporains » et « Le temps présent »), dans ses notes de voyage (*Fragments d'un voyage aux Alpes* en 1829 et 1831, dans les écrits sur lui composés par ses proches (Juliette Drouet, Adèle Hugo : *Victor Hugo raconté par un témoin de sa vie* en 1863, Charles Hugo : *Chez Victor Hugo par un passant* en 1864), à travers le personnage de Marius (*Les Misérables*) et, surtout, dans l'essai sur le génie *William Shakespeare* qui constitue la préface à la traduction des œuvres du dramaturge par François-Victor Hugo (1864).

Un « je » lyrique

Par ailleurs, le « je » autobiographique laisse souvent place à un « je » lyrique évidé d'une individualité exclusive, par lequel l'auteur prête sa voix à l'humanité qui aime et qui souffre, et va jusqu'à revêtir la personnalité de son lecteur : « *Nul de vous n'a l'honneur d'avoir une vie qui soit à lui* », « *quand je vous parle de moi, je vous parle de vous* [...] *Ah ! insensé, qui crois que je ne suis pas toi.* » De fait, le « je » laisse régulièrement la voix à d'autres personnages qui prennent la parole pour s'adresser au poète ou pour dialoguer entre eux, dans l'esprit du spiritisme expérimenté par Hugo à Jersey. Le « je » exprime un sentiment, il représente un personnage dans lequel le lecteur peut se glisser. Il s'agit donc à la fois du poète et d'une posture générale, mais toujours à revêtir par un être réel. Comme le souligne Ludmila Charles-Wurtz, « *La* poésie lyrique *n'exprime pas les sentiments d'un individu : elle met la catégorie de l'individualité en question. Elle n'expose pas un* « *moi* » *: elle invite le lecteur à le faire provisoirement sien. Elle ne constitue pas un genre : elle subvertit les autres genres*[1]. »

On ne peut donc conclure que *Les Contemplations* sont une autobiographie, même si elles contiennent plusieurs traces autobiographiques. Pour autant, le recueil n'est pas exclusivement lyrique : c'est bien à partir des expériences personnelles de Hugo que sont développées les réflexions métaphysiques ou didactiques qui concluent de nombreux poèmes, qu'il s'agisse de lettres, de choses vues dans lesquelles le souvenir

1. Ludmila Charles-Wurtz, *La poésie lyrique*, Éditions Bréal, 2002, 4e de couverture.

est développé en apologue, ou de mise en scène de lui-même dans la nature. La poésie devient ainsi un théâtre des idées en même temps qu'une expérience du don, de l'ouverture du « je » à d'autres voix.

Le montage des dates

Par ailleurs, l'observation des dates des poèmes vient brouiller définitivement les pistes. Trois dimensions se superposent en réalité, chacune éclairant le lecteur à sa manière comme le souligne Jean Massin[1] : la dimension de l'organisation architecturale Autrefois/Aujourd'hui, porteuse d'un message global de Victor Hugo : celle d'un itinéraire de l'homme vers l'abîme, s'assombrissant «*pour arriver cependant à l'azur d'une vie meilleure*» (préface) ; la dimension de la chronologie des dates imprimées, qui ne correspond pas à l'ordre du recueil (le premier poème serait dans ce sens le I, 15, daté de mai 1830) et qui permet de comprendre le livre comme un projet d'autobiographie poétique ; et la dimension de la chronologie réelle de la composition, à partir des dates des manuscrits (le premier poème composé est le II, 10, le 25 août 1834). Seuls quelques poèmes portent une date précise correspondant à la date du manuscrit : I, 1 ; III, 24 ; et dans le livre IV, les poèmes 2 (l'épithalame), 11 et 5. La plupart sont antidatés, composant une chronologie fictive provoquant l'illusion d'un mouvement, comme si Hugo donnait à voir les images de sa vie qui défilent. En ce sens, *Les Contemplations* apparaissent comme un monument en ruine, recomposé après coup, selon le goût de Victor Hugo qui légendait ainsi la carte postale du château de Viendène, au Luxembourg : « *Le passé n'est beau qu'ainsi, en ruine* ».

Cette chronologie fictive vise deux effets : il s'agit d'abord de présenter le moment décrit : le poème III, 20, « Insomnie », est daté de « 1843, nuit » ; le poème I, 14 : « À Grandville, en 1836 », s'ouvrant sur ces mots : « *Voici juin* », est daté de « *Grandville, juin 1836* » alors qu'il est composé en octobre 1854. Par ailleurs, dans « *Pauca Meae* », un certain nombre de poèmes sont datés du jour anniversaire de la mort de Léopoldine ou du mois de novembre, le mois des morts. Le poète cherche ainsi à faire coïncider la date et le moment raconté, et en même temps la date a une forte portée symbolique, elle doit correspondre à l'atmosphère du poème et contribue à la traduire. Le deuxième effet recherché est celui d'un journal poétique, d'une écriture sur le vif évoquée dans la préface : « *Le poète a laissé pour ainsi dire le recueil se faire en lui…* ». La passivité assumée ici résulte d'une conception profondément romantique : la poésie ne réside plus dans la maîtrise absolue d'une forme, mais dans un ressenti exprimé de façon naturelle, spontanée, sans artefact, et pour cela belle. Ce sont des morceaux d'âme que Hugo veut présenter, comme sédimentés par l'œuvre du temps. Et si certaines dates sont tronquées, c'est soit pour provoquer un effet de réel, faisant appel à la discrétion

1. Édition des *Contemplations* dans V. Hugo, *Œuvres complètes*, Club Français du livre, t. IX, 1968. Note de Jean Massin, p. 32.

du lecteur et à sa connivence, soit pour exprimer l'intemporalité de l'amour, qui fait perdre la notion du temps : ainsi, aucune date imprimée du livre II ne présente d'année. Plus qu'une logique chronologique, c'est donc une logique thématique qui guide la répartition des poèmes.

2.2 ANALYSE THÉMATIQUE

2.2.1 *Les Contemplations* : voir et contempler

Le titre place *Les Contemplations* dans lignée de Lamartine et de ses recueils qui associent la poésie à une fonction sacrée, comme *Les Méditations poétiques* et *Les Harmonies poétiques et religieuses.*

1. De « voir » à « contempler »

Pacte de lecture initial	Premier poème *d'Autrefois* : « *Un jour,* ***je vis****, debout au bord des flots mouvants* » puis « ***j'entendis*** » (négation de la vision), puis la voix encourage à regarder au-delà des apparences : « *Et tu tires des mers bien des choses qui sont/Sous les vagues profondes* » III, 2 : « Magnitudo Parvi » : au commencement on voit, puis on ne voit plus ou autre chose, et c'est le fait de ne plus voir qui permet de voir le fond du sujet.
Dimension philosophique et religieuse	II, 2 : « Magnitudo Parvi » : contemplation des astres qui se veut admirative, comme le montrent les diérèses : « *O contemplati-ons splendides* » Voir au-delà des apparences : III, 3 : « Saturne » : « *Par la même fêlure aux réalités faite/S'ouvrir le monde obscur des pâles visions* » Puis méditation religieuse qui conduit le lecteur à la terreur Préface : le but de la contemplation est la vision de Dieu : « *et là, contempler Dieu* »
Une incapacité momentanée à contempler	Quand excès de souffrance : IV, 15, « À Villequier » : « *Considérez qu'on doute, ô mon Dieu ! quand on souffre,* *Que l'œil qui pleure trop finit par s'aveugler,* *Qu'un être que son deuil plonge au plus noir du gouffre,* *Quand il ne vous voit plus, ne peut vous contempler* »
Le regard intériorisé	III, 1 : « Saturne » : « *En soi-même, on voit tout à coup* [...] *éclore des clartés effrayantes qui donnent/Des éblouissements à l'œil intérieur* »

2. Voir et contempler : la fonction du poète[1]

Poètes et artistes	III, 28 : « Le poète » : Shakespeare, dramaturge et poète, « *contemple la foule avec son regard fixe* » et « *marche, au-dedans de lui-même ébloui* » I, 20 : « À un poète aveugle » : « *Le poète des sens perce la triste brume/L'aveugle voit dans l'ombre un monde de clarté/Quand l'œil du corps s'éteint, l'œil de l'esprit s'allume* »
Une théorie du « génie »	Définition large du « génie » : III, 2 « *Melancholia* »
S'ouvrir au mystère de l'« Être »	L'homme ne peut avoir qu'un accès limité à la vérité, la contemplation des génies va toujours de pair avec le vague et le confus : III, 30, « *Magnitudo parvi* » : « *La pâle nuit levait son front dans les nuées ;/Les choses s'effaçaient, blêmes, diminuées* »

3. Le génie n'est pas le seul à contempler, ni l'astre le seul à être contemplé

Des contemplateurs inattendus	Les amoureux : II, 10 : passent de la contemplation du ciel à la contemplation d'eux-mêmes, avec disparition du regard I, 2 et I, 27 : Les arbres et les fleurs regardent le poète
Tout vaut la peine d'être contemplé, le grand comme le petit	III, 8 : « *Je lisais. Que lisais-je ? […] La terre* », « *L'éternel est inscrit dans ce qui dure peu* », Le fait de contempler relie le plus petit élément du cosmos à Dieu : *re-ligare*, fonction sacrée.
Le contemplateur par excellence n'est pas le poète mais le pâtre	III, 30 : « Magnitudo parvi » : contemplateur idéal parce qu'analphabète, à la différence de Hugo, plutôt l'homme des villes.

2.2.2 Les fonctions du poète

1. Le mage romantique[1]

Prophète, qui dit le sens du monde	I, 10 : « À Mme D. de G. » « *Poète !/Viens me chercher ! […] Révèle-moi, d'un mot de ta bouche profonde, /La grande énigme humaine et le secret du monde* » III, 2 : « Melancholia » : « *Il contemple, serein, l'idéal et le beau ;/Il rêve ; et par moments il secoue un flambeau/Qui, sous ses pieds, dans l'ombre, éblouissant la haine, /Eclaire tout à coup le fond de l'âme humaine* »
Lié aux artistes : recherche du beau, du bon, du vrai	I, 17 : « *Nous rendons les bons meilleurs, /Tu rends la beauté plus belle* »
Guide	I, 28 : « *éclairant ceux qui doutent* »

1. Voir *Les mages romantiques* de P. Bénichou : Vigny, Hugo et Lamartine déploient une vision particulière de la poésie, impliquant le transfert du religieux sur le poétique, et de là le sacre du poète. La poésie est liée à la prophétie, qui consiste à parler au nom de Dieu.

2. Rêveur, proche du petit

Rêveur	I, 27 : « *Oui, je suis le rêveur; je suis le camarade/Des petites fleurs d'or du mur qui se dégrade* »
Conscient que dans le petit se dévoile la vérité de l'Être	I, 27 : « *Ne vous étonnez pas de tout ce que me dit/La nature aux soupirs ineffables. Je cause/Avec toutes les voix de la métempsychose* » II, 27 : « La nichée sous le portail » : « *Les cathédrales sont belles/Et hautes sous le ciel bleu/Mais le nid des hirondelles/Est l'édifice de Dieu.* » Auprès des enfants : I, 6 « La vie aux champs » : « *J'admire les crayons, l'album, les nids de merle* » Écoute le cœur de l'amante : II, 22 : « *Nous seuls comprenons vos extases. Car notre esprit n'est point moqueur; Car les poètes sont les vases/Où les femmes versent leur cœur.* »
Tout peut être cité en poésie, et tout a droit à l'amour du poète	Le petit face au grand : I, 25 : « Unité » : la fleur qui regarde l'étoile « *Et moi, j'ai des rayons aussi ! –lui disait-elle.* » Le mal : III, 27 : « J'aime l'araignée et j'aime l'ortie » : « *Oh ! plaignez le mal !* » Le méchant : III, 13 : « *Race qui frappes et lapides, je te plains !* » III, 18 : « Intérieur » : la beauté au cœur du mal : métamorphose finale de la vitre en « *une éclatante étoile* »

3. Engagement social

Idéal romantique au service du faible	III, 2 « Melancholia » : « *Il fait son œuvre, il veut des choses nécessaires/Agrandir les esprits, amoindrir les misères* »
Représenter le mal et la misère pour les dénoncer	III, 2 : « Melancholia » : chaque personnage est représentatif d'un type social, mêmes les animaux victimes du mal sont pleurés Tableaux de genre : III, 17 et III, 18
Pas de résolution du mal	III, 11 : « ? » : « *la mort, spectre sans yeux/frappant sur les meilleurs des coups mystérieux* » III, 12 : « Explication » III, 13 : « La Chouette » : Christ Menace cependant d'une révolte comme justice immanente : la guillotine qui punira les forts méprisants les faibles « *Deux poteaux soutenant un triangle hideux/Qui sortent lentement du noir pavé des villes* »
Responsabilité de tous	III, 2 : « *L'opinion rampante accable l'opprimé* » dénonciation d'une société qui prétend punir un crime dont elle est elle-même à l'origine III, 17 : « Chose vue un jour de printemps » : « *Oh ! la faim, c'est le crime public* »
L'homme de génie est la victime de ceux qu'il veut protéger	III, 2 : « Melancholia » : « *Un homme de génie apparaît* » : dévoué, utile à tous, mais raillé par les flatteurs. Travail, lutte, solitude, et ingratitude des hommes jusqu'à sa mort. III, 13 : récit de la crucifixion : le Christ est la première victime innocente et impuissante : « *Vous clouez de vos mains mal sûres/Les hiboux au seuil des masures/Et Christ sur la porte des cieux !* »

4. La figure du poète souffrant

Créer, c'est souffrir	I, 9 : « *Dans sa création le poète tressaille;/Il est elle, elle est lui; quand dans l'ombre il travaille,/Il pleure, et, s'arrachant les entrailles, les met/Dans son drame* »
Posture à laquelle il ne peut échapper	III, 20 : « Insomnie » : poète tourmenté par l'« idée implacable », par un vers. « *Horrible esclave, allons, travaille! C'est mon heure* » Dépossession de lui-même : se doit à tous, le deuil lui rend plus cruelle cette posture : IV, 3 : « *Trois ans après* » : « *J'eusse aimé mieux, loin de ta face,/Suivre, heureux, un étroit chemin,/Et n'être qu'un homme qui passe/Tenant son enfant par la main!* »

5. Les autres figures de génie

Le maître d'étude	III, 16 « *Ne le tourmentez pas, il souffre* »
L'artiste	Dante III, 1 « Écrit sur un exemplaire de la Divina Commedia » Shakespeare : III, 28 « *Pâle, il marche au-dedans de lui-même ébloui* »
Le pâtre	III, 30 : « *Seul, éveillé, comme un génie/À côté d'un peuple endormi* » Contemplateur parce qu'analphabète : « *C'est un indigent sous la bure,/Un vieux front de la pauvreté,/Un haillon dans une masure/Un esprit dans l'immensité!* » Contemplateur parce que solitaire : « *Voilà donc ce que fait la solitude à l'homme/Elle lui montre Dieu, le dévoile et le nomme* » Se sait néant, mais phare et protecteur : « *Il leur envoie à tous, du haut du mont nocturne,/La bénédiction qu'il a puisée à l'urne/De l'insondable amour.* »

2.2.3 La nature

1. La conception du monde selon Hugo

Fascination pour le sublime et l'imposant, tendresse pour le petit	II, 18 III, 3 : « Saturne » III, 30 « *Magnitudo Parvi* »
Échelle des êtres	III, 1 : « Écrit sur un exemplaire de la Divina Commedia » : « *J'ai d'abord été, dans les vieux âges,/Une haute montagne emplissant l'horizon* » puis « *Je montai d'un degré dans l'échelle des êtres* » et devient chêne puis lion. « *Maintenant je suis homme, et je m'appelle Dante* »
Métempsycose	Transmigration des âmes en d'autres êtres, selon l'échelle des êtres. III, 12, « Explication » : « *L'ange habitant de l'astre est faillible, et séduit/Il peut devenir l'homme habitant de la nuit* »
Les êtres semblent parfois se mêler et se fondre	II, 17 : « Sous les arbres » : « *nature où tout s'absorbe en un* » II, 19 : « N'envions rien » : forme de vie éternelle « *Car nous irons dans la sphère/De l'éther pur;/La femme y sera lumière,/Et l'homme azur* »

Le grand est proche du petit	I, 25 : « Unité » : une petite marguerite s'adresse au soleil : « *Et moi, j'ai des rayons aussi !* » Le lion est au sommet de sa catégorie dans l'échelle des êtres, il représente un idéal de majesté : III, 19 « Baraques de la foire » : « *L'être sauvage, obscur et tranquille, qui cause/Avec la roche énorme et les petites fleurs* »
La nature est le lieu dans lequel le poète évolue et s'ouvre à la contemplation	III, 30 : « *Magnitudo Parvi* » III, 24 : « Aux arbres » : « *Dans votre solitude où je rentre en moi-même,/Je sens quelqu'un de grand qui m'écoute et qui m'aime !* »

2. La Nature se déchiffre et s'écoute

La nature est un alphabet où s'apprend le monde	III, 8 : « *Je lisais. Que lisais-je ? Oh ! Le vieux livre austère/Le poème éternel. – La Bible ? Non, la terre.* » I, 4 : « *Le vent lit à quelqu'un d'invisible un passage/Du poème inouï de la création* »
Échange de voix	I, 18 : « Les oiseaux » : « *Ils vont, pillant la joie dans l'univers immense* », puis la déversent sur le monde en éveillant les autres êtres à la parole II, 9 : « En écoutant les oiseaux » : voix de la création qui unit les êtres en répétant partout les mots d'amour qu'ils ont entendus chez les hommes, qui prennent part à cet échange
Le poète comprend – la nature l'enseigne – sa mission est de transmettre aux hommes ce message	I, 2 : « *C'est lui ! c'est le rêveur !* » I, 27 : À force de discrétion et d'attention, il passe inaperçu : « *Es-tu bête ! Il est de la maison* » ; « *J'ai souvent* [...] *des conversations avec les giroflées* » ; « *Je cause/avec toutes les voix de la métempsycose* » I, 18 : le chêne l'instruit
Les locuteurs privilégiés de la nature	L'oiseau, la fleur, l'enfant, la femme

3. L'injonction d'aimer

Le message que proclame la nature	II, 22 : « *Ce que le flot dit au rivage,/Ce que le vent dit aux vieux monts/Ce que l'astre dit aux nuages/C'est le mot ineffable : Aimons !* » III, 27 : même l'araignée et l'ortie « *murmurent : Amour* » III, 8 : c'est la nature qui fait naître l'amour
La clé du mystère du monde	II, 1 II, 11 : « *C'est l'amour qui pour ceinture/À l'onde et le firmament/Et dont toute la nature/N'est au fond que l'ornement.* » II, 25 : « *L'amour fait comprendre à l'âme/L'univers, sombre et béni/Et cette petite flamme/Seule éclaire l'infini.* »
Contempler le cœur de l'amante pour comprendre le monde	II, 28 : « Un soir que je regardais le ciel » : « *Dans ce ciel vaste, ombre où vous vous plaisez/Où vos regards démesurés vont lire/Qu'apprendrez-vous qui vaille mon sourire ?* » ; « *Aimer, c'est voir, sentir, rêver, comprendre* » purification des perceptions pour percevoir la vertu : « *le dévouement* » Nécessite la réciprocité : II, 15 « Paroles dans l'ombre »

4. Un lieu idéalisé

Vertu et droiture morale	Paix : III, 6 : « *La Source* » III, 26 : l'arbre, complaisant pour servir l'homme, refuse de devenir un gibet
Lieu utopique où l'on ne manque de rien	II, 21 : refuge des amants III, 17 : « Chose vue un jour de printemps » : « *Pourquoi le nid a-t-il ce qui manque au berceau ?* » (référence biblique : Matthieu 6, 26)
La poésie y devient vivante, plus vraie et plus belle (rêve hugolien : poésie naturelle, spontanée)	III, 21 : « *La poésie est dans tout* » I, 5 : « À André Chénier » : « *La nature est un peu moqueuse autour des hommes ;/Ô poète, tes chants, ou ce qu'ainsi tu nommes,/Lui ressembleraient mieux si tu les dégonflais.* » IV, 5 : les « *plus beaux vers* » viennent sur les pages froissées par Léopoldine, qui apporte l'esprit de liberté dont l'art a besoin pour être vivant

2.2.4 La place des morts

1. « *Quel deuil ? Le vrai, l'unique, – la mort ; la perte des êtres chers* »

Les enfants morts	III, 23 : « Le revenant » : croyance que l'enfant mort revient : « *C'est moi, ne le dis pas !* » C'est le cas de Léopold, fils aîné mort quelques mois avant la naissance de Léopoldine
Les jeunes filles	Léopoldine Hugo, jamais nommée : livre IV Claire Pradier, fille de Juliette Drouet : III, 9 et IV, 11
Les proches	Charles Vacquerie, IV, 17

2. L'interrogation sur la mort

Point de fuite insaisissable	III, 26 : « *Qu'est-ce donc qu'il regarde, cet œil effaré des mourants ?* »
Le sort du cadavre	IV, 3 : « Trois ans après » : « *peut-être a froid dans son tombeau* »
Le sort de l'âme : entre tragique et repos	IV, 12 : « À quoi songeaient les deux cavaliers dans la forêt » : comme une discussion du poète avec son double : « *Le malheur, c'est la vie* »/« *Les morts gisent couchés* », « *Les morts, ce sont les cœurs qui t'aimaient autrefois* » III, 22 : « *Je songe aux morts, ces délivrés* » mais face à la pierre tombale : « *Passant, cette pierre te cache/La ruine d'une prison* » IV, 17 : « Charles Vacquerie » : « *Dormez le chaste hymen du tombeau !* » « *L'éternel baiser de deux âmes que Dieu/Tout à coup change en deux étoiles* »
Les morts autour de nous	Les anges : IV, 10 IV, 4 : « *Elle est quelque part dans la maison sans doute !* »

3. Un deuil impossible

Superposition avec le deuil du mariage	IV, 2 : Livre du deuil s'ouvre sur un épithalame IV, 15 « À Villequier » : « *Je regarde toujours ce moment de ma vie/Où je l'ai vue ouvrir son aile et s'envoler.//Je verrai cet instant jusqu'à ce que je meure/L'instant, pleurs superflus!/Où je criais : L'enfant que j'avais tout à l'heure,/Quoi donc! je ne l'ai plus!* »
Dramatisation du silence	Un poème disparu : « 4 septembre 1843 » : ligne de pointillés, indicible III, 3 : « Trois ans après » : temps pour que le poète puisse parler? Mais s'ouvre sur une réaction première : « *Je suis terrassé par le sort* » – stagnation du temps III, 23 : « Le revenant » : « *Oh, la parole expire où commence le cri; Silence aux mots humains!* »
La fonction des souvenirs	Rendre présent le mort : « Mes deux filles » : « *Voyez, elles sont assises* » Remonter le temps IV, 3 « *Il est temps que je me repose* » est postérieur à IV, 4 : « *Oh, je fus comme fou dans le premier moment* », postérieur à IV, 5 : « *Elle avait pris ce pli dans son âge enfantin* » Fait revivre la peine du deuil : IV, 4 : « *J'allais la voir entrer par cette porte!* » Le souvenir évoqué devient une œuvre d'art éternelle, purifié et rendu intangible par l'évocation de la scène
Orphée et Eurydice	Mais un Orphée, descendu aux Enfers chercher Eurydice, qui n'en serait pas remonté : Préface : « *Ce livre doit être lu comme on lirait le livre d'un mort* » IV, 13 : « Veni, vidi, vixi » : réécriture : « j'ai vaincu » (*vici*) devient « j'ai vécu », désir de mourir : « *J'ai bien assez vécu* » Redoublé par l'exil, comme une mort à sa patrie

4. Un deuil universel

Création d'une communauté	Plus les morts sont proches, moins ils sont nommés : la place de Léopoldine peut être occupée par tous nos morts Lieu commun recherché : IV, 4 : « *Ce que j'ai éprouvé, l'avez-vous éprouvé?* » III, 14 : « À la mère de l'enfant mort »
Lecteur admis dans le cercle intime d'Hugo	On entend la voix du père, presque telle qu'elle, et elle peut devenir la nôtre : IV, 5 : « *J'appelais cette vie être content de peu!/Et dire qu'elle est morte! Hélas! que Dieu m'assiste!* » vers plats, presque de la prose.
Partage jusqu'à sa solitude avec le lecteur	IV, 4 : se représente au milieu du cercle familial, mais isolé dans une hallucination : « *Silence! Elle a parlé!* » IV, 15 : « À Villequier » : « *un enfant qui meurt, désespoir de sa mère,/Ne vous fait rien, à vous!* » Juxtaposition des solitudes sans partage réel de la souffrance, qui provoque un isolement radical puisqu'elle ne peut être réellement partagée… Sauf à travers la vacance du « je » lyrique.

3. L'œuvre à l'examen

3.1 L'ÉPREUVE ORALE : ANALYSE DE PASSAGES-CLEFS

3.1.1 I, 21 : « Elle était déchaussée »

La thématique amoureuse, caractéristique de « L'âme en fleur », est filée dans d'autres livres du recueil. Dans le livre I, présentant la jeunesse poétique de Hugo, cette thématique se retrouve dans des poèmes manifestant généralement la naïveté d'un tout jeune amant. Le poème 21 fait exception : composé en avril 1853, il est daté par Hugo de l'année « 183.. », comme la totalité des poèmes du livre II auxquels il s'apparente par son ton, qui exprime la puissance vitale d'un coup de foudre champêtre. Son classement dans le livre I et la puissance vitale qui s'en dégage nous conduisent cependant à nous interroger sur sa portée symbolique :

Comment cette représentation d'un coup de foudre champêtre caractérise-t-elle l'art poétique de Hugo ? (*Lecture*) Composé de quatre quatrains d'alexandrins aux rimes croisées, ce poème évoque en réalité trois moments. (*Annonce du plan*)

I. L'apparition de la jeune fille

1. Désordre naturel initial

- Art des détails puissamment érotiques, comme un blason de la poésie amoureuse : pieds nus (répété au vers suivant) et cheveux lâchés (répété v. 16), mais intégrés dans une vision d'ensemble pour insister sur l'impression produite immédiatement sur le poète.
- Figure naturelle et sauvage, développée dans la spontanéité et l'audace aux vers suivant, idéal de beauté évoquant la liberté et la poésie. Préfixe « dé- », répété dans le parallélisme, signifie un retour à l'état naturel, une libération.
- Décor champêtre qui se révèle au fur et à mesure : « *joncs penchants* » : écrin de broussailles qui redit les cheveux décoiffés, suppose déjà la source qui ne sera jamais nommée.

2. Récit d'un coup de foudre

- Coup de foudre immédiat dans cette fascination du regard; le sujet s'oublie lui-même : le « Moi » n'apparaît qu'au v. 3, comme prise de conscience du regard qu'elle doit poser sur lui.
- « *Assise* »/« *les pieds nus* » : désarmement qui attire l'amour.
- Illusion de la vision d'une « fée » : dimension onirique de l'amour, et figure qui rappelle la muse.

- « *Et* » consécutif : puissance de l'apparition et du coup de foudre suscite la parole, spontanéité.
- V. 4 : alexandrin très simplifié : la césure est affaiblie, mais elle subsiste, le ton détermine la pause (« *Veux-tu/t'en venir* »…), retranscrit la simplicité de la parole familière. Les trois premiers vers étaient rythmiquement classiques, ce qui rend perceptible le décalage du vers parlé. Hugo assume de jouer avec l'alexandrin, mais sans le briser pour autant.
- Chiasme sonore : [v]-[t]/[t] [v] : effet mélodique, pour la charmer, prolongé par la répétition de « *veux-tu* » aux vers suivants.
- « *T'en venir dans les champs* » : motif du rendez-vous amoureux, première demande : « *champs* » : lumière (couleur + à découvert).

II. Un jeu de séduction symbolique

1. Séduction puissante

- Champ sémantique du regard, insistance qui redouble la séduction : focalisation sur le regard, aucune parole de la part de la femme.
- « *Suprême* » : polysémie : ultime et supérieur, évocation d'une majesté de la nature.
- « *Mois où l'on aime* » : signature en « juin 183… » : mois de la douceur de vivre, qui évoque aussi le cadre bucolique des idylles pastorales.
- V. 8 : « *sous les arbres profonds* » : obscurcissement, ambivalence entre un lieu plus intime ou inquiétant, mystère.

2. La femme aimée, personnification de la poésie

- « *Beauté* » : figure de la femme aimée, mais aussi Beauté artistique en tant que telle, recherchée par les artistes : idéal hugolien d'une poésie pleinement belle parce que pleinement naturelle, spontanée comme l'est la jeune fille.
- Polysémie du « *nous* » :
  - les artistes : maîtrise de l'art, évoquée dans « À M. Florent Meurice » (I, 17) – triomphe du mot sur la nature, capacité de tout dire du génie poétique ;
  - le poète et le lecteur, réunis dans une même recherche de la beauté amoureuse. Relative déterminative qui manifeste la recherche d'une communauté d'expérience avec le lecteur, d'un lyrisme universel.
- Provoque la relecture des vers précédents : la jeune fille est la muse de la poésie, qui conduit le poète à travers la nature pour la lui déchiffrer et lui permettre de transmettre au monde son message : l'injonction de l'amour.

3. La transfiguration de l'amante en contemplatrice

- « *Essuya ses pieds* » : motif traditionnellement érotique de l'observation de la femme au bain, évoqué *a posteriori* par l'explicitation de la présence de la source.
- Vers 9-11 : alexandrins discrets, aucune ponctuation ne marque les césures : juxtaposition des scènes, temps qui s'allonge et semble se figer pour l'amant, dans l'attente de la réponse.
- Réflexion de la jeune fille, transformation de l'intérieur par la réflexion. Second regard et réflexion : contemplation intérieure, amante dans la nature comme le pâtre de « *Magnitudo Parvi* » (III, 30).

III. La jubilation finale

1. Un appel de toute la nature à aimer

- Changement de la situation d'énonciation : imparfait pour redire la jubilation avec la double exclamation.
- Première exclamation : semble acter une réponse positive : « *au fond des bois* » redouble « *sous les arbres profonds* » v. 8, les amants semblent y être déjà.
- vers 13 : provoque relecture du vers précédent : plutôt un appel à l'amour de toute la nature : chant des oiseaux, caresse de l'eau, qui annoncent le moment amoureux, mais aussi figurent la poésie lyrique elle-même.
- Évocation puissante qui dit l'enivrement de l'amour : exultation et puissance de la nature en même temps que paix et séduction douce :
  - vers 12 : élan, accéléré par l'interjection de l'initiale qui réduit l'hémistiche; « *chantaient* » juste après la césure;
  - vers 13 : tétramètre régulier, effet sonore du doux murmure de l'eau.

2. La réponse de la femme aimée

- Retardée par le chant d'exultation qui anticipe la réponse tout en décuplant l'impatience.
- Image de la poésie qui se donne au poète parce qu'elle le reconnaît : « *Es-tu bête ! Il est de la maison !* » (I, 27).
- Puissance amoureuse qui renouvelle le regard sur le monde : les « *joncs penchants* » deviennent « *les grands roseaux verts* ». Image de Vénus sortant des eaux.
- Effarée et sauvage : balancement redondant, parce qu'effarée ici est à prendre au sens latin : *ferus* : fier, sauvage. Emploi d'un terme poétique et d'un terme plus simple, symptomatique de l'art poétique de Hugo : « *Je fis fraterniser la vache et la génisse* » (I, 7).
- Enallage : « ses yeux » au lieu de « les yeux », qui évoque la puissance de la vie et de l'amour, et provoque une sorte de déséquilibre. Annonce le rire burlesque de la fin. Les mots débordent la syntaxe, rapprochant le burlesque et le sublime.

Conclusion

Séduction de la jeune fille naturelle et sauvage qui manifeste l'art poétique de Hugo :

- représentation d'un idéal de la poésie comme spontanée et naturelle ;
- jeu sur le vers, travail sur la régularité de l'alexandrin, mais pour y insérer à l'occasion un vers au rythme moins marqué, presque oral ;
- dimension lyrique : le poète laisse une place à son lecteur ; puissance de l'amour qui s'empare de l'homme, quel qu'il soit. Expérience universelle, manifestant la disponibilité du « je » lyrique.

3.1.2 III, 18 « Intérieur »

La question sociale fait partie des préoccupations majeures de Victor Hugo. Après son entrée à l'Académie en juin 1841, et dans la continuité de la publication en 1840 de l'enquête du Dr Villermé sur la condition sociale, cette question se fait plus prégnante. En septembre 1841, il compose le poème « Intérieur », premier poème sur la question sociale publié dans *Les Contemplations*. Dans le recueil, il trouve place juste après « Chose vue un jour de printemps », dans lequel le poète découvre quatre enfants seuls autour de leur mère morte, une veuve honnête ayant travaillé jusqu'à l'épuisement de ses forces. Dans le poème 18, il s'agit de mauvais pauvres, ajoutant la misère morale à la misère matérielle, comme les Thénardier dans *Les Misérables* ou les personnages des romans naturalistes. (*Lecture*)

Comment Hugo donne-t-il à voir la misère de la société ?

Le poème se divise en trois parties clairement définies par la présentation graphique et la divergence des tons. (*Annonce du plan*)

I. Une présentation minimaliste de la situation

- Le titre du poème crée d'emblée un effet d'attente : tableau de genre présentant une intimité familiale ou l'intérieur d'une âme. Immédiatement démenti : « *La querelle* ».

1. Personnalisation de la querelle

- Pas de jugement moral dans cette partie, mais dénonciation de la querelle, personnalisée et personnage principal. Allitération en « r » qui mime le grognement d'un monstre, hydre posée sur le toit : extérieur et non intérieur encore – métaphore filée de la vipère – venin = haine, que l'on retrouvera au sein du couple.
- « *Pauvre demeure* » : polysémie : misère/malheureuse, suscite la pitié du poète.
- Dimension sonore : sifflement de la vipère, comme entendu de l'extérieur – choc des mots – pleurs et cris de l'enfant, arrière-fond sonore à la querelle.

2. Des indications de mise en scène

- V. 3-4 : passage d'une poésie traditionnelle à un prosaïsme, brièveté de la didascalie, art dramatique de la mise en scène.
- « *Les mots heurtent les mots* » : épanadiplose, mimétique de la querelle, hydre à deux têtes.
- Enfant : nom répété, figure d'impuissance et de souffrance, occasion d'une accusation implicite contre les parents pour abandon, délaissement.
- Pas de jugement moral sur la dispute et son objet, mais seulement une description et une dénonciation de la querelle personnifiée.

II. L'extériorisation de la souffrance par la violence

1. Violence des reproches échangés en miroir

- Plongée soudaine à l'intérieur de la maison, confrontation à l'horreur morale et à la violence.
- Détournement de l'alexandrin, qui semble disparaître derrière les insultes, mais coupe à l'hémistiche toujours possible. Stichomythie avec changement de locuteur au cours du vers.
- Les premières interrogations pourraient être neutres, mais la présentation graphique saisissante laisse deviner la querelle : multiplication des interventions et des interrogations.
- Voix du poète qui disparaît derrière l'échange verbal violent du couple, parce que tout a droit de cité en poésie : la fonction idéale de la poésie comme écho sonore permettant le lyrisme est ici détournée. Echo double : entre les personnages, reproches en miroir, qui constituent les deux versants d'une même accusation, à travers l'opposition omniprésente du « je » et du « tu ». Chacun se fait l'écho de la voix de la rumeur, répétant les accusations à la troisième personne.
- Polysémie de « *vaine* » : vide, en redondance avec « *sans cœur* » ; superficielle, futile, donc « *prostituée* ».
- Les questions se répondent l'une à l'autre, par-delà les insultes qui scandent la querelle : « *D'où viens-tu ?* » « *Tu sors du cabaret ?* » ; « *Qu'as-tu fait ?* » « *Quelque amant est venu ?* » : le parallélisme du vers 9 dessine deux lieux de débauche : cabaret et maison. Pas de réponse aux accusations, ce qui les suppose fondées. Maison au cœur du mouvement, entre entrée et sortie, aucune intimité qui annonce l'accusation de la troisième partie.

2. En creux, le visage du bon pauvre

- V. 10 : pause, avec la mention de l'enfant, remis au centre avec le trimètre romantique (4/4/4), qui exprime le manque de tout, par ordre décroissant d'importance : tendresse et consolation, nourriture, vêtement. Rythme ralenti, répétition en anaphore : « *l'enfant* », mis en valeur juste avant la césure à l'hémistiche. À travers la voix de la mère, voix du poète qui semble se faire entendre, jusqu'au rejet : « *pas de pain* » : constat sobre et impuissant de la misère.
- Courir : paradoxe d'une énergie qui devrait être employée à sortir de la misère, mais par laquelle le pauvre s'y enfonce davantage.
- V. 11 : ton ironique et acerbe, « *mains blanches* » : évocation de la séduction et de la prostitution, remotivée par la rime avec « *dimanche* » et la mention de la prière : décalage plus frappant.
- Appel au silence, qui n'est entendu que du poète : sortie de la querelle, qui se poursuit.

III. Transfiguration de la misère en objet poétique

1. Retour de la voix du poète

- Silence du vide graphique, puis reprise de l'alexandrin, rythme paisible avec la césure marquée à l'hémistiche : 2/2/2//3/3.
- Le regard du poète réapparaît, se tourne vers ciel comme pour échapper à cette misère.
- Vue de l'extérieur : incendie de lumière, contraste entre la nature sublime et l'homme misérable : accumulation de termes mélioratifs jusqu'au « *taudis* », retardé à la clausule.
- Contre-rejet « *tandis* », rime équivoquée : la misère morale salit cette pauvreté que le soleil sublime.
- Condamnation du couple prononcée (misère matérielle et misère morale : infâmie).
- Faute morale = impudeur (champ lexical) : projection de l'intérieur à l'extérieur, l'intime devient public.

2. Le mystère de la lumière reflétée par les ténèbres

- Alexandrin : contraste entre la discordance de la querelle et l'éclat de la nature.
- Suscite l'interrogation : lui-même qui participe à cette exposition de la laideur morale aux yeux de tous, par la poésie. Pas de réponse du poète.
- Métamorphose de la vitre en étoile : tout a droit de cité en poésie.
- Éblouissement final du passant rêveur, sans que soit prononcé de jugement sur lui. III, 11 « *Et que tout cela fasse un astre dans les cieux !* »

■ **Conclusion**

- Le poète mêle les arts (pictural, théâtral) et fait appel à tous les sens du lecteur pour représenter cette scène de misère sociale.
- Disparition temporaire du « je » lyrique du poète pour laisser entendre la voix de la misère la plus sombre, mais ressaisissement final pour donner une dimension poétique à la scène.
- But = susciter l'interrogation, éveillant le regard et enjoignant à voir la misère, mais aussi au-delà de la misère, sans que soit donnée de conclusion claire : on ne sait qui est le passant rêveur, ni ce qu'en pense Hugo.

3.1.3 IV, 14 « Demain dès l'aube »

Chez Hugo, le deuil est généralement constitué d'une tension vers le passé, cherchant à rappeler le mort pour le rendre présent ou à se replonger dans les souvenirs pour échapper à un présent douloureux. Cela est particulièrement prégnant dans le livre du deuil, « *Pauca meae* », dont les poèmes alternent entre évocation de souvenirs heureux et méditation religieuse, parfois sur le ton de la révolte. Exceptionnellement, le poète se tourne vers l'avenir, projetant une forme de réconciliation avec la mort : c'est le cas dans le très célèbre poème « Demain dès l'aube », qui raconte l'expérience intime du père se préparant à honorer la tombe de sa fille. (*Lecture*)

Ancré dans une réalité tangible du deuil (la tombe de Léopoldine existe bien à Villequier), ce poème peut pourtant revêtir un sens bien plus large, et sembler adressé plutôt à une vivante.

Comment la dimension autobiographique s'articule-t-elle avec la dimension lyrique ?

À travers trois quatrains d'alexandrins à rimes croisées, ce poème trace l'itinéraire d'une marche située dans un éternel futur, rythmée en trois temps : partir, marcher, honorer la tombe.

I. Premier quatrain : partir

1. Répondre à un appel

- Rendez-vous affectueux avec un vivant ? on ignore qui est le « tu », quel est son lien avec le « je ».

- « *Demain* » : déictique qui ancre l'énonciation dans la sphère de l'intime, soulignée pour le lecteur averti par la signature de la date imprimée : veille du quatrième anniversaire de la mort de Léopoldine.

  C'est seulement la deuxième fois que Hugo se rend sur la tombe : absent lors de l'enterrement, il n'a pas pu s'y rendre avant le troisième anniversaire. Ancre la résolution : brièveté de l'initiale, mais dimension lyrique de cette promesse que le lecteur reprend à son compte : ce « *demain* » restera toujours fictif.
- « *Dès l'aube* » : répète la résolution, en créant la projection dans un lieu induit par la vision de l'horizon. Couleur blanche (*albus* en latin) répétée par la relative : « *à l'heure où...* » : l'article défini crée une relative déterminative hugolienne, qui suppose une communauté d'expérience avec le lecteur.
- « *Je partirai* » : promesse à la morte autant qu'à lui-même. Rejeté au vers suivant : à la fois retardé et mis en valeur, comme pour marquer la résolution.
- « *Vois-tu* » : apparition du destinataire, sans précision : mis en valeur par la place particulière du « tu » clitique, accentué par l'inversion et mis en relief juste avant la césure. « *Vois-tu* » : ton plus familier.
- « *Je sais que tu m'attends* » : ambivalence : rhétorique amoureuse apparente, adresse à la morte déchiffrée par le lecteur savant. Semble une réponse à une demande ou même à un simple désir, non exprimé mais perçu par l'intimité entre le « je » et le « tu ».

2. Projection de l'itinéraire

- « *J'irai* » répété insiste sur la longueur du chemin, représenté sans qu'on sache la destination.
- « *La forêt* »/« *la montagne* » : il n'y a pas vraiment de montagnes en Normandie : semble figurer plutôt le paysage intérieur : alternance de lumière et d'obscurité/ reliefs à dépasser par un effort rédempteur.
- « *Je ne puis* » : tétramètre (rythme en quatre parties égales : 3/3/3/3) sans coupe : figure l'obstination, et suppose une obligation supérieure : appel divin ? appel de la morte ? scrupule ? réparation ?

II. Deuxième quatrain : l'autoportrait du poète

1. Ethopée (portrait moral)

- « *Je marcherai...* » : trimètre romantique (4/4/4), avec assonance à trois termes : *marcherai/fixés/pensées*, et qui respecte cependant la coupe à l'hémistiche : la très légère pause entre « *yeux* » et « *fixés* », causée par l'enjambement interne, semble mimétique du silence de la contemplation, voire de la sidération intérieure face aux « *pensées* » : le poète semble fixer en réalité le vide.

- Éclaircissement du sens : la fermeture des perceptions ne saurait correspondre à la lyrique amoureuse (hâte de retrouver l'être aimé fait ouvrir les yeux), mais seulement à la douleur du deuil.
- « *Sans rien voir au dehors…* » : balancement parfait, antithèse *voir/entendre*, répétition *rien/aucun*, équivalence *dehors/bruit* (viennent forcément de l'extérieur) : dit le repli sur soi pesant, néant. Impression que le poète, vivant, est absent du monde, alors que la morte lui est rendue présente par l'interlocution.

2. Prosopographie (description physique), qui complète le portrait moral

- Point de vue externe de la prosopographie.
- « *Seul* » : accent oratoire, rare sur la première syllabe. Comme sur « *triste* » au vers suivant : désagrégation du trimètre qui mime une marche plus difficile.
- « *Inconnu* » : détaché du monde (malheur, et disparition de la gloire) mais aussi de lui : indéchiffrable.
- « *Le dos…* » : posture humble, concentration (mais inhabituel pour la marche). Tension fixité/mouvement.
- « *Triste* » : accent oratoire plus léger (dissyllabique), mais isolement fort, avec le « i ».
- Antithèse jour/nuit : scandale et harmonie des contraires – obscurcissement extérieur et intérieur. Fluidité longue de ce vers s'oppose à la brièveté des mots : ne pense à rien, le deuil évide le moi.

III. Troisième quatrain : arrivée sur la tombe, fin du voyage

1. Paysage impressionniste par prétérition

- Atmosphère lumineuse qui dit la journée entière de marche, indiquée dans un C. du Nom. Obscurcissement du soleil mimé par la fermeture des voyelles : o > oi > om, parole qui semble s'éteindre. Relative déterminative (communauté de sentiment et de connaissance du monde). Homonymie « *tombe* » à la rime. Synecdoque des voiles : rend compte d'une impression visuelle.
- Ouverture du paysage sur la mer : regard du promeneur sollicité, comme vision d'en haut : transfert de la descente des navires à la descente de la montagne après le pèlerinage (en réalité pas de montagnes en Normandie…).

2. L'offrande finale

- Impression de libération « *Et quand j'arriverai* ».
- « *Tombe* » : rime équivoquée qui répète l'obscurcissement du soleil v. 9.
- Mouvement d'offrande symbolique du livre IV, et de tout le recueil.
- « *Un bouquet…* » : assonance en [ou] et [è]. Houx : plante toujours vivace, signe d'immortalité – bruyère : symbolisme presque physique, plus doux.

Conclusion

Une portée universelle qui donne sa puissance à ce poème :

- petit drame ;
- poème religieux sans transcendance, impliquant l'idée que le lien entre les âmes est immanent ;
- poème où la littérature fait advenir la réalité : des lecteurs vont en pèlerinage sur la tombe de Léopoldine, et en même temps, décrochage complet de la réalité : éternel futur, qui nous permet de nous attribuer ce discours.

La peinture, selon Léonard de Vinci, est « *causa mortale* » : commune à tous les mortels. La poésie et le deuil le sont aussi.

3.2 L'ÉPREUVE ÉCRITE

> « S[i] *Hugo contribue au lyrisme, il fait plutôt du moi un échangeur. Les voix, intérieures, extérieures, s'y croisent, s'y tressent.* [...] *Le moi se construit en s'interrogeant. Et, plus cette recherche se déploie, plus il va vers un lyrisme impersonnel.* »

Jean-Marie Gleize, *Poésie et figuration*,
« Le lyrisme en question. Victor Hugo », Seuil, 1993, p. 49

Problématique : Comment, dans *Les Contemplations*, l'expression des sentiments personnels provoque-t-elle l'effacement de l'individualité de l'auteur au profit d'un lyrisme universel ?

I. Tout voir, c'est parler de tout

1. Tout entendre pour tout répéter en créant l'harmonie des voix (nature, misère, petit et grand).
2. L'art du portrait : une description qui donne vie.
3. Parler à tous (multiplication des adresses et des dédicaces, surtout au livre I).

II. Une énonciation panique[1] qui provoque la disparition du moi

1. Laisser la voix à d'autres (délégation de parole : II, 15, III, 1 ; le poème comme écho sonore de la nature).
2. Entrer en dialogue avec la voix de l'autre (polémiques : I, 7 ; I, 8 et I, 26 ; dialogues : IV, 12).

1. Au sens étymologique grec : énonciation de tous.

3. Une désappropriation progressive du moi (lettres comme décachetées : II, 6 et II, 14 ; la prière prend le ton d'une accusation publique : IV, 15 ; les souvenirs sont développés en apologue).

III. La désappropriation du moi et l'universalisation du lyrisme

1. Une écriture autobiographique dans laquelle chacun est sensé se reconnaître (préface + construction du recueil).
2. Expression de la douleur éminemment intime du deuil : recherche de l'anonymat et du lieu commun.
3. Réconcilier la dimension autobiographique et la vacance du « je » : « *le livre d'un mort* » ou le mythe d'Orphée.

3.3 PARCOURS ASSOCIÉ : « *LES MÉMOIRES D'UNE ÂME* »

3.3.1 D'un lyrisme personnel à un lyrisme universel

- **Proposition d'un corpus**
  - Du Bellay, *L'Olive* (1550), sonnet 113 : « Si notre vie est moins qu'une journée ».
  - Ronsard, *Amours* (1552), I, 11 « Amour, amour, donne-moi paix ou trêve».
  - Gérard de Nerval, « El Desdichado », *Les Chimères* (1834).
  - Lamartine, « Gethsémani ou la mort de Julia », *Souvenirs, Impressions, Pensées et Paysages pendant un voyage en Orient* (1835).
- **Lecture cursive**
  - Joachim du Bellay, *Les Regrets* (1558).
- **Prolongements artistiques et culturels**
  - Étude comparative de deux tableaux :
    - *Autoportrait aux gants* d'Albrecht Dürer, 1498.
    - *Le Désespéré,* autoportrait, de Gustave Courbet, 1845.
  - Parcours : série d'autoportraits de Rembrandt (1628-1669).

3.3.2 Regards croisés

Le parcours « *Les Mémoires d'une âme* » peut être mis en lien avec un autre parcours : « Soi-même comme un autre », et deux œuvres au programme :

- *Les Fleurs du mal* de Baudelaire : l'itinéraire du poète ;
- *Les Mémoires d'Hadrien* de Yourcenar.

Charles Baudelaire, *Les Fleurs du Mal*

“ *Voici le maître-livre de notre poésie* : Les Fleurs du Mal. ”

Yves Bonnefoy

1. L'œuvre et ses contextes

1.1 CHARLES BAUDELAIRE (1821-1867)

Vie et œuvre de Baudelaire	Contexte politique
• **1821** : naissance. • **1827** : orphelin de père. • **1828** : remariage de sa mère avec le chef de bataillon Aupick avec lequel il entretiendra des relations conflictuelles.	• **1815 à 1830 : Restauration** (Louis XVIII puis Charles X).
• **1842** : rencontre avec Jeanne Duval qui devient sa maîtresse. • **1844** : ayant dilapidé la moitié de son héritage, il est pourvu d'un conseil judiciaire mais ne cesse d'accumuler les dettes. • **1845** : rencontre avec Edgar Allan Poe, dont il traduit les œuvres; il devient critique d'art (et admire particulièrement les tableaux de Delacroix).	• **1830 à 1848 : monarchie de Juillet** • Révolution de juillet, « **Les Trois Glorieuses** » : abdication de Charles X; Louis-Philippe devient roi (avec un gouvernement libéral). • **1848 à 1851 : IIe République** : chute de Louis-Philippe. Le prince Louis-Napoléon est élu président. • **2 décembre 1851 : Second empire** • Coup d'état de Louis-Napoléon qui devient Napoléon III.
• **1852** : rencontre avec Mme Sabatier. • **1857** : *Les Fleurs du Mal.* Procès du recueil. • **1859** : *Le Peintre de la vie moderne.* • **1860** : *Les Paradis artificiels.* • **1861** : deuxième édition des *Fleurs du Mal.* • **1867** : mort (à 46 ans). • **1868** : troisième édition des *Fleurs du Mal.*	

• **1869** : publication posthume du *Spleen de Paris*. • **Un homme malheureux, une vie semée d'échecs** : Baudelaire mène une vie de bohème, accumule les dettes, tente plusieurs fois de se suicider, et son œuvre poétique provoque le scandale. • La vie de Baudelaire est révélatrice d'une dualité qu'il exprime dans son œuvre, et particulièrement dans la section « Spleen et Idéal » qui résulte d'une tension entre des phases d'angoisse et de dépression, et des phases d'espoir et d'euphorie. • **Cette vie explique la figure du poète maudit** omniprésente dans l'œuvre baudelairienne et qui deviendra un des plus grands mythes littéraires de la fin du XIXe siècle (avec Rimbaud, Laforgue, Verlaine, Lautréamont).	• **Un contexte historique marqué par l'instabilité et la déception**. En 1848 et en 1851, Baudelaire passe de l'espoir à la désillusion : il méprise le Second Empire dans lequel il voit l'avènement d'une bourgeoisie qui est hermétique à la modernité dans l'Art.

1.2 LES INFLUENCES LITTÉRAIRES

Œuvre inclassable, *Les Fleurs du Mal* sont un recueil polymorphe, dans lequel se mêlent les ingrédients du Romantisme et du Parnasse tout en annonçant ceux du Symbolisme.

1.2.1 La poésie romantique

Chez les romantiques, le poème devient l'instrument privilégié d'expression, méditant sur la complexité des rapports du Moi et du Monde. Le Moi devient dès lors à la fois le sujet et l'objet du poème, comme l'exprime Lamartine à propos de ses *Méditations poétiques* (1820) : « *Je m'exprimais moi-même pour moi-même. Ce n'était pas un art, c'était un soulagement de mon propre cœur qui se berçait de ses propres sanglots.* » Ainsi, la sensibilité et les émotions du poète sont au cœur de la poésie romantique, qui exploite particulièrement certains thèmes privilégiés : l'amour et les passions menacées ou brisées ; la fuite du Temps ; la Nature comme refuge, qui accueille ou console les souffrances du poète ; les méditations religieuses ou philosophiques (les poètes invoquent le réconfort du divin ou du sacré). Mais la poésie romantique est aussi une poésie engagée, qui réfléchit à la mission du poète, voire une poésie de protestation[1] ou de dénonciation. Les poètes représentatifs de ce mouvement sont Vigny, Lamartine, Hugo ou Musset.

1. Victor HUGO proteste contre Napoléon III dans *Les Châtiments* (1852), ou dénonce le travail des enfants dans « Melancholia » (*Les Contemplations*, 1856).

1.2.2 Le Parnasse

Vers 1860, en réaction contre le sentimentalisme romantique, Gautier et Leconte de Lisle fondent Le Parnasse, reprenant le titre de la revue fondée par Leconte de Lisle : « le Parnasse contemporain » (1866), en hommage au Mont Parnasse, lieu mythologique où séjournent les Muses. Les Parnassiens recherchent la pureté de l'Art, refusent l'utilité, la moralité de l'Art car seul compte le culte de la beauté : c'est la doctrine de « *L'art pour l'art* » de Théophile Gautier. Il s'agit d'une conception plastique et technicienne de la poésie : l'art n'est pas une affaire d'inspiration mais de travail, le poète cisèle la langue tel un sculpteur cisèle le marbre. La poésie du Parnasse est savante, usant d'un vocabulaire rare, exploitant de nombreuses références à l'Antiquité. Les poètes qui s'inscrivent dans le Parnasse sont Théophile Gautier, Théodore de Banville, Leconte de Lisle, José-Maria de Heredia.

1.2.3 La poésie symboliste

Contrairement à la poésie du Parnasse, la poésie symboliste est marquée par le retour du sens du mystère. Pour les symbolistes, l'univers est fait de signes, de symboles ; l'écriture poétique procède par petites touches ; la poésie est suggestive, musicale[1].

La poésie symboliste tente de fixer ce qui échappe à l'homme. Elle rend compte de la quête d'un monde insaisissable. Les poètes tentent de faire découvrir par un réseau d'analogies les correspondances entre le monde matériel et le monde spirituel : « *Nous voulons déchirer le voile* » revendiquent-ils à la suite de Brunetière. Il s'agit de déchiffrer le mystère du monde, de relier le visible et l'invisible, le connu et l'inconnu, le concret et l'abstrait. Le symbolisme tente de retrouver les sensations face au réel : en corollaire les sens sont au cœur de la démarche symboliste, et les poètes associent les cinq sens au cœur de leur création : c'est le concept de la synesthésie poétique. D'autre part, les symbolistes modernisent la poésie et font évoluer la versification : se diffusent l'utilisation du vers libre, qui libère le vers en abolissant certaines frontières, ou l'utilisation du poème en prose qui se libère des contraintes du vers. Les écrivains représentatifs du Symbolisme sont Verlaine, Mallarmé, Verhaeren, Rimbaud ou encore Laforgue.

Ainsi la poésie du XIXe est marquée par un renouveau qui va bouleverser la conception de la poésie. **Les poètes remettent en cause la versification traditionnelle**, s'affranchissant de la versification classique et revendiquant une certaine liberté métrique – dislocation de l'alexandrin[2] ou utilisation du vers impair –. D'autre part l'usage de la prose en poésie se répand : ce n'est plus le vers, mais la richesse du rythme, des sons et des images ainsi que la construction du texte qui en font un poème. En parallèle, **ils**

1. « *De la musique avant toute chose, et pour cela préfère l'Impair* », Verlaine, *Art poétique* (1885).
2. « *J'ai disloqué ce grand niais d'alexandrin* » Hugo, *Les Contemplations*, « Quelques mots à un autre » (1856).

inventent une nouvelle conception de la poésie : les romantiques ouvrent la voie à un renouvellement des thèmes poétiques : les choses basses, triviales deviennent des sujets de poèmes[1]. Les thèmes poétiques sont renouvelés comme la ville, la marginalité, l'aliénation, la folie. Les symbolistes quant à eux cherchent à transcrire la modernité et abordent de nouveaux thèmes : les villes, la vitesse, l'industrie[2].

1.3 BAUDELAIRE, PREMIER POÈTE DE LA MODERNITÉ

Baudelaire admire Chateaubriand et Hugo et son esthétique est d'abord influencée par le Romantisme. Pourtant il s'en démarque également très vite : si *Les Fleurs du Mal* sont un recueil qui exalte le moi, Baudelaire récuse les effusions lyriques, le sentimentalisme exacerbé. D'autre part, Baudelaire n'est pas seulement le contemporain du Romantisme, il l'est aussi du Parnasse dont il admire le culte de la forme. D'ailleurs, c'est au maître à penser du Parnasse, Théophile Gautier, que Baudelaire dédicace ses *Fleurs du Mal*[3]. Enfin, les tentatives de réconcilier le Haut et le Bas grâce au jeu de correspondances rapprochent sa création poétique de la démarche symboliste. *Les Fleurs du Mal* sont ainsi un recueil relevant d'un syncrétisme littéraire.

Or, si Baudelaire est considéré comme **le premier des modernes, il est aussi le dernier des classiques**, choisissant sans peine l'alexandrin, le sonnet, et de manière générale une prosodie traditionnelle. La modernité de Baudelaire ne vient pas tant de la prosodie que de son esthétique, résumée dans la formule « *extraire la beauté du mal* », qui redéfinit le Beau poétique, l'unissant au Laid qui devient à part entière un nouvel objet poétique : c'est ainsi que la Charogne décrite dans le poème éponyme devient, de manière provocatrice, la métaphore du poème lui-même : de ce cadavre décrit avec une certaine complaisance morbide sort pourtant la vie, représentée par les larves grouillantes sortant du corps inerte.

Parues au tournant du XIXe siècle, *Les Fleurs du Mal* vont influencer toute la production poétique ultérieure. Malgré la virulence de la critique à la publication du recueil[4], le procès des *Fleurs du Mal* participera à la renommée de l'œuvre : la justice condamnera le poète « *pour outrage à la morale publique et aux bonnes mœurs* »,

1. « *J'aime l'araignée et j'aime l'ortie parce qu'on les hait* » Hugo, *Les Contemplations* (1856).
2. Dans *Romances sans paroles* (1874), Verlaine décrit Charleroi, cité industrielle belge en pleine expansion, qu'il voit par la fenêtre du train ; dans *Les Illuminations* (1875), Rimbaud décrit des ponts ; dans *Les villes tentaculaires* (1895), Verhaeren décrit les usines.
3. « *Au poëte impeccable/Au parfait magicien ès lettres françaises/À mon très cher et très vénéré/Maître et ami/Théophile Gautier/Avec les sentiments/De la plus profonde humilité/Je dédie/Ces Fleurs maladives* ».
4. Gustave Bourdin, dans le *Figaro* du 5 juillet, blâme le caractère immoral du recueil : « *L'odieux y coudoie l'ignoble ; le repoussant s'y allie à l'infect. Jamais on ne vit mordre et même mâcher autant de seins en si peu de pages ; jamais on n'assista à une semblable revue de démons, de fœtus, de diables, de chloroses, de chats et de vermines.* »

et pour avoir prôné « *l'excitation des sens* ». Six pièces seront condamnées : « Les Bijoux », « Le Léthé », « À celle qui est trop gaie », « Lesbos », « Femmes damnées », « Les Métamorphoses du vampire ». Il faudra attendre le milieu du XXe siècle pour que Baudelaire soit réhabilité, même si déjà, en 1924, Paul Valéry saluera le génie baudelairien, consacrant *Les Fleurs du Mal* comme une œuvre phare : « *Je puis donc dire que s'il est, parmi nos poètes, des poètes plus grands et plus puissamment doués que Baudelaire, il n'en est point de plus important*[1]. »

2. L'œuvre en examen

2.1 UN TITRE PROGRAMMATIQUE DE LECTURE

Le mot « fleur » désigne depuis longtemps, par métaphore, un poème. L'étymologie d'« anthologie » est d'ailleurs significative : composé du grec α΄νθος – « fleur » – et λο΄γος – « discours », le mot signifie avant tout « fleurs choisies », ou « recueil de fleurs ». *Les Fleurs du Mal* sont ainsi une anthologie au sens que Baudelaire choisit des « fleurs » qu'il nous propose. D'ailleurs, il explicite ce sens dans sa dédicace à Théophile Gautier : « *je dédie ces fleurs maladives* ». Son recueil ainsi désigné sans aucune ambition révèle le défi du poète, qui cherche à écrire des « *fleurs nouvelles* » – « X L'ennemi » –, sous le regard de la femme-Muse dont le regard « *refleuri* » ce dernier, « *pauvre âme solitaire* » (XLII).

Ce titre est d'autre part construit sur une isocolie[2] qui renforce l'antithèse entre les deux premières syllabes – « *Les Fleurs* » – et les deux dernières – « *du Mal* ». Ce titre suggère donc déjà la tension baudelairienne entre la tradition – avec l'équilibre rythmique – et la modernité – avec l'alliance de thèmes *a priori* contradictoires : le beau et le laid, auquel la dédicace donne un éclairage nouveau – ce « *mal* » n'est-il pas la maladie qui ronge le poète ? – La préposition « *du* », impliquant une relation de dépendance entre les deux substantifs, entretient quant à elle une ambiguïté : les « *fleurs* » sont-elles l'appartenance du Mal personnifié, ou sont-elles le produit de ce « *Mal* » ? S'agit-il d'un recueil sur le mal, ou s'agit-il de poèmes créés par le Mal ? Ce titre, assez provocateur, semble affirmer que du mal peut naître la beauté : or, dans un projet de préface, Baudelaire avait écrit avoir voulu « *extraire la beauté du Mal* ». Le mal est polysémique et peut être entendu dans son sens physique – la maladie, la mort –, dans son sens moral – déchéance presque satanique –, dans son sens psychique

1. Paul Valery, *Variété II* (1924).
2. L'isocolie est une figure de style consistant en un équilibre rythmique entre les différents constituants d'une proposition, d'un groupe de mots.

– le « spleen », l'angoisse. Quoi qu'il en soit, ces différents sens sont subsumés par le sens poétique que lui donne Baudelaire : écrire sur le mal, c'est revendiquer aussi un nouvel objet poétique : le laid.

Ce titre est donc programmatique de lecture en ce qu'il dévoile un projet poétique ambitieux : la poésie n'est pas simplement une méditation sur la laideur mais elle a la capacité de transformer cette laideur en beauté.

2.2 STRUCTURE DU RECUEIL : UN VOYAGE INITIATIQUE

Après la première publication du recueil et le procès qui s'ensuivit, la seconde publication (en 1861) s'enrichit de trente-deux pièces ; une nouvelle section apparaît : « Tableaux parisiens ». Ces ajouts modifient donc la structure initiale[1] du recueil tout en confirmant le désir de Baudelaire de soigner l'« architecture secrète[2] » de ce dernier. Baudelaire insiste d'ailleurs sur la nécessité de juger son œuvre en la considérant dans sa totalité : « *Le livre doit être jugé dans son ensemble, et alors il en ressort une terrible moralité*[3]. » Le lecteur est ainsi invité à apprécier chaque poème comme s'intégrant dans un parcours initiatique que nous offre le poète, parcours qui commence par le poème « Bénédiction » – qui évoque la naissance du poète, maudit par sa mère mais béni du Ciel – et se termine par la section intitulée « La Mort ». Nous suivons donc l'itinéraire de ce poète, de la naissance à la mort, mort toutefois dépassée par le dernier poème au titre significatif : « Le Voyage ».

2.2.1 « Au lecteur »

Le premier poème dresse un tableau poétique assez terrifiant de la condition humaine : l'Homme est en proie au vice, véritable marionnette de Satan – « *C'est le Diable qui tient les fils qui nous remuent !* »- ; mais le mal le plus terrible que doit affronter l'Homme est « *L'Ennui* » allégorisé dans les trois derniers quatrains dont le dernier vers est une adresse directe et provocatrice au lecteur : « *– Hypocrite lecteur, – mon semblable, – mon frère !* ».

1. L'ordre des sections de la première édition était le suivant : « Spleen et Idéal », « Fleurs du Mal », « Révolte », « Le Vin », « La Mort ».
2. L'expression est de Barbey d'Aurevilly, romancier, critique littéraire et grand défenseur de Baudelaire : « *Il ne faut pas s'y méprendre, dans le livre de M. Baudelaire, chaque poésie a, de plus que la réussite des détails ou la fortune de la pensée, une valeur très importante d'ensemble et de situation qu'il ne faut pas lui faire perdre en la détachant. Les artistes qui voient les lignes sous le luxe et l'efflorescence de la couleur percevront très bien qu'il y a ici une architecture secrète, un plan calculé par le poète, méditatif et volontaire.* »
3. Baudelaire, « Notes et documents pour mon avocat » (1857).

Après ce prologue, le poète invite son lecteur à faire un étrange voyage, dans lequel le vin, l'érotisme, la révolte sont autant d'échappatoires éphémères.

2.2.2 « Spleen et Idéal »

La première section, *Spleen et Idéal* (I-LXXXV) repose sur une dichotomie qui fonde l'esthétique Baudelairienne, et qui résulte d'une double postulation : l'une vers l'Idéal, le ciel, l'espoir ; l'autre vers le Spleen, l'enfer, l'angoisse. À la première postulation correspond un mouvement d'élévation et de béatitude céleste, mouvement qui s'inverse de façon vertigineuse et brutale par un retour à la réalité et à la conscience d'une déchéance. Le constat du poète est amer : si ces deux postulations sont intimement liées, c'est parce que le désir d'infini, qui reste au stade du désir, provoque en nous le spleen : l'aspiration du poète liée à la quête d'un bonheur absolu est irréalisable.

À l'intérieur de cette première section, il convient de distinguer trois dominantes :

- **le rôle et la condition du poète** (I à XXI), être béni du Ciel et en quête d'un idéal de Beauté, mais confronté au mépris des hommes, de la Muse, qui en font un exilé, un être marginalisé ;
- **le désir amoureux** (XXII à LXV) : à l'amour sensuel, angélique et spirituel s'oppose l'amour cruel et mystérieux ;
- **le spleen et la solitude** (LXVI-LXXXV) : dialogue tragique du poète avec lui-même, qui rend compte d'un état de profond abattement de la conscience.

2.2.3 Les échappatoires au Spleen

- **Le refuge dans la ville : « Tableaux parisiens »** (LXXXVI à CIII) : Le poète plonge son lecteur dans l'univers urbain ; il devient témoin de cette ville en pleine mutation et propose une vision insolite et moderne de Paris et de son peuple, lequel lui renvoie l'image de sa dégradation. Paris devient dès lors un paysage-état d'âme, propice à une méditation sur la condition humaine.
- **« Le Vin »** (CIV à CVIII) **:** Le vin est vu comme un moyen d'évasion, d'élévation : l'ivresse est célébrée comme donnant l'accès à un « *paradis artificiel* ». Cette ivresse a aussi une portée métaphorique, désignant l'inspiration créatrice.
- **La débauche : « Fleurs du Mal »** (CIX à CXVII) **:** Ces neuf poèmes concentrent le projet poétique de Baudelaire, qui tente d'« *extraire la beauté du mal* » : mais la débauche ne fait qu'accroître la terreur qui mine le poète.
- **La « Révolte »** (CXVIII à CXX) : dans un dernier sursaut, le poète désespéré et révolté par le silence de Dieu, convoque trois figures allégoriques de la révolte : Saint Pierre, Caïn, Satan et chante la gloire de ce dernier.

– **« La Mort »** (CXXI à CXXVI) : Face au constat d'une échappatoire impossible, la mort, qui pourtant était redoutée, devient le seul moyen pour retrouver la sérénité, l'apaisement et l'inspiration.

2.3 ANALYSE THÉMATIQUE DE LA SECTION « SPLEEN ET IDÉAL »

2.3.1 Le rôle et la condition du poète

1. Pessimisme

Poète maudit	I « Bénédiction » : « *Ce monstre rabougri* » ; « *Enfant déshérité* » (sa mère le renie) II « L'Albatros » : « *Exilé sur le sol au milieu des huées* » LXXIV « La cloche fêlée » : « *mon âme est fêlée* » LXXXIV « L'Irrémédiable » : le poète est « *un malheureux ensorcelé* » ; « *un damné* »
Nostalgie d'une inspiration perdue	VII « La Muse malade » VIII « La Muse vénale »
Regrette un temps disparu	V « J'aime le souvenir » : Opposition entre la grandeur de l'Antiquité, et le monde actuel, « *nations corrompues* ». XII « La vie antérieure »
Solitude du poète	XXXVIII « Je te donne ces vers » : « *qui comme moi, meurt dans la solitude* » XLII « Que diras-tu ce soir, pauvre âme solitaire » XLVIII « Le flacon » : « *quand je serai perdu dans la mémoire des hommes* » (tel un flacon jeté dans « *une sinistre armoire* ») LX « Louanges de ma Françoise » : « *dans la solitude de mon cœur* » LXVIII « La pipe » : le poète étant comblé de douleur, seul le fait de fumer peut le guérir.

2. Sérénité et apaisement

Un être béni du Ciel	I « Bénédiction » : « *Pourtant, sous la tutelle invisible d'un Ange, L'Enfant déshérité s'enivre de soleil* [...] *Je sais que vous gardez une place au Poète dans les rangs bienheureux des saintes Légions* »
Poète comme nouvel Orphée	LX « Louanges de ma Françoise » : « *je te chanterai sur des cordes nouvelles* » LVIII « Chanson d'après-midi » LVI « Chant d'automne »
Le poète en harmonie avec la Nature	XIX « La Géante » : « *j'eusse aimé vivre auprès d'une jeune géante* » (Dame Nature, thème romantique)

Un être céleste	I « Bénédiction » : « *Gai comme un oiseau des bois* » II « L'Albatros » III « Élévation » : « *Envole-toi bien loin de ces miasmes morbides* » LXVII « Les hiboux », métaphore des poètes ?
Doit guider et éclairer l'humanité	VI « Les phares », métaphore de l'Art en général, qui est un « *divin opium* »
En quête d'idéal	III « Élévation » : « *va te purifier dans l'air supérieur* » – En quête d'un idéal de beauté XVIII « L'Idéal » : le poète cherche « *une fleur qui ressemble à mon rouge idéal* » – Méditation sur l'Art XLII « Que diras-tu ce soir » : « *Je suis belle et j'ordonne que pour l'amour de moi vous n'aimiez que le Beau* »

3. Doute

Mais le poète doute : quel chemin le mènera à cet idéal de Beauté ?	XX « Le Masque » : La Beauté est à l'image de la femme, elle est un « *monstre bicéphale* » et porte un masque Difficulté à trouver cette beauté. Idéal inaccessible à atteindre. XXI « Hymne à la Beauté » : poème qui repose sur un lexique antithétique : Haut et Bas, Ciel et Enfer : le poète s'interroge : où va-t-il trouver cet idéal ?

2.3.2 La condition humaine : réflexion sur la grandeur et la misère de l'Homme

Cruauté des hommes	I « Bénédiction » : « *et font sur lui l'essai de leur férocité* » II « L'Albatros » : cruauté de l'Homme qui « *agace* » le Poète, se moque de lui.
L'Homme est un voyageur	II « L'Albatros » : « *le navire glissant sur les gouffres amers* » XIII « Bohémiens en voyage » : « *ces voyageurs* »
Le combat humain	XIV Parallèle entre « l'Homme et la mer » : « *O lutteurs éternels* »
La fierté humaine	Même aux portes de la mort : XV « Don Juan aux Enfers » XVI « Châtiment de l'Orgueil » : désespoir de l'incroyant
Images de la prison	XXXI « Le Vampire » : « *infâme à qui je suis lié comme le forçat à la chaîne* » ; « *esclavage maudit* » LXXVIII « Spleen » : « *cachot humide* » ; « *vaste prison* » LXXXIV « L'Irrémédiable » : « *piège de cristal* » ; « *cette geôle* »
Méditation sur la vie	XL « Semper eadem » : « *Vivre est un mal* » ; « *La Mort nous tient* » XLV « Confession » : la femme critique « *l'égoïsme humain* » et réfléchit au caractère éphémère de la vie : « *Tout craque, amour et beauté, jusqu'à ce que l'Oubli les jette dans sa hotte pour les rendre à l'Éternité !* »

2.3.3 Ambivalence de la femme

Les différentes apostrophes

Les figures féminines	LVI « Chant d'automne » : « *Soyez mère, […] amante ou sœur* » LIII « L'Invitation au voyage » : « *mon enfant, ma sœur* »
Les prénoms évoqués	LIX « Sisina » (amie de Mme Sabatier) LX « Louange de ma Françoise » LXV « Tristesses de la lune » : Marguerite LXII « Moesta et errabunda » : Agathe

1. Femme sensuelle

Sensualité évoquée par la démarche féminine	XXVIII « Le serpent qui danse » (*2e strophe*) LII « Le beau navire » : « *quand tu vas balayant l'air de ta jupe large* »
Omniprésence du parfum	XXII « Parfum exotique » : « *En un soir chaud d'automne/je respire l'odeur de ton sein chaleureux* » XXIII « La Chevelure » : évocation du parfum de la chevelure qui enivre le poète. XXXII « Une nuit que j'étais » : la chevelure devient un « *casque parfumé* » LXI « À une dame créole » : « *Au pays parfumé que le soleil caresse* »
Chaleur	XXXVI « Le Balcon » : « *les chaudes soirées* » LIII « L'Invitation au voyage » : « *chaude lumière* » LXI « À une dame créole » : « *son teint est pâle et chaud* »
Plaisir voluptueux	XXXVIII « Un Fantôme » : « *elle noyait/Sa nudité voluptueusement/Dans les baisers du satin et du linge* » XXXIV « Le Chat » : « *ma main s'enivre du plaisir* »

2. Monstruosité et animalité

Femme cruelle, froide, méprisante	XXV « Tu mettrais l'univers… » : « *ton âme cruelle* », « *Femme impure !* », « *cruautés fécondes* », « *ô reine des péchés* », « *vil animal* » XXVI « Sed non satiata » : « *Mégère libertine* » XXXII « Une nuit que j'étais… » : « *ô reine des cruelles* » LVIII « Chanson d'après-midi » : « *sourcils méchants* » (hypallage) XXXV « Duellum » : « *amazone inhumaine* », métaphore de la guerre, les amants sont « *deux guerriers* » ; « *Ô fureur des cœurs murs par l'amour ulcérés !* » Métaphore de la guerre reprise en LIX « Sisina » : « *Diane* », « *la douce guerrière* »

Femme dévoratrice	XXXI « Le Vampire » : la femme est un vampire qui martyrise le poète. IL « Le Poison » : la femme empoisonne le poète : « *le poison qui découle de tes yeux* » ; « *ta salive qui mord* » L « Ciel brouillé » : « *ô femme dangereuse* » LV « Causerie » : « *la griffe et la dent féroce de la femme* » LVIII « Chanson d'après-midi » : « *rage mystérieuse* » ; « *morsure* » ; « *tu me déchires* »
Être maléfique, voire satanique	XXVI « Sed non satiata » « *O démon sans pitié* » XXXVII « Le Possédé » : femme à la fois ange et démon, « *ô mon cher Belzébuth, je t'adore !* » LII « Le Beau navire » : « *ô molle enchanteresse* » ; ses jambes sont « *comme deux sorcières* » LIV « L'Irréparable » : « *Adorable sorcière, aimes-tu les damnés ?* » LVIII « Chanson d'après-midi » : « *Sorcière aux yeux alléchants* » LXI « À une dame créole » : « *brune enchanteresse* »
Femme représentée sous des images animales	XXIV « Je t'adore à l'égal... » : « *ô bête implacable et cruelle !* » Femme mystérieuse et énigmatique comme un « *sphinx* » (LXVI « Les Chats ») Femme tantôt comparée : – au serpent (XXVII « Le Serpent qui danse » ; LII « Le Beau navire » : « *tes bras* [...] *sont des boas* ») – au chat (XXXIV « Le Chat » ; LI « Le Chat » ; LXVI « Les Chats ») Comme la femme décrite, le chat est un animal voluptueux et froid. – au singe (XXXVIII Un Fantôme » : « *la grâce enfantine du singe* »)

3. Une divinité protectrice

Être lumineux	XXXVII « Le Possédé » : « *ô Lune de ma vie !* » XLI « Tout entière » : « *Elle éblouit comme l'Aurore* » XLIII « Le Flambeau vivant » : « *Ils marchent devant moi, ces Yeux pleins de lumières* » LIV « L'Irréparable » : « *Un être, qui n'était que lumière, or et gaze* »
Être céleste, guide angélique	XLII « Que diras-tu ce soir... » : « *la très belle* [...] *dont le regard divin t'a soudain refleuri* » ; « *Sa chair spirituelle a le parfum des anges* » ; « *Je suis l'Ange gardien, la Muse et la Madone* » XLIV « Réversibilité » : anaphore « *Ange plein de...* » XLVI « L'Aube spirituelle » : « *chère Déesse, Être lucide et pur* » Images religieuses, évocation de la Madone (LVII « À une madone ») « *par qui les péchés sont remis* » (LX « Louanges de ma Françoise ») Femme médiatrice qui relie le poète au monde céleste.
Femme-Nature qui rassure le poète	XIX « La géante » XXIII « La Chevelure » devient un paysage fantasmé : « *l'oasis où je rêve* », « *forêt aromatique* »

Femme qui apaise les blessures, qui console le poète	LI « Le Chat » : « *Elle endort les plus cruels maux/et contient toutes les extases* » XXXVIII « Un Fantôme » : « *baisers puissants comme un dictame* » (plante calmant les blessures) XLI « Tout entière » : « *en Elle tout est dictame* » ; elle « *console comme la Nuit* » LVIII « Chanson d'après-midi » : « *mon âme par toi guérie* »
Femme-muse, qui inspire et guide le poète vers un Idéal	XXXVIII « Un Fantôme » XLII « Que diras-tu ce soir » : « *le regard divin t'a soudain refleuri* » XLIII « Le Flambeau vivant » : (les yeux de la femme) « *Me sauvant de tout piège et de tout péché grave,/Ils conduisent mes pas dans la route du Beau* » LXI « À une dame créole » : « *Vous feriez* [...] *germer mille sonnets dans le cœur des poètes* »

La femme est donc foncièrement ambivalente : en corollaire, faut-il adorer ou fuir cet être, tantôt angélique tantôt satanique, comme l'expriment les apostrophes « *ô mon cher Belzébuth, je t'adore !* » (XXXVII « Le Possédé ») ou « *Adorable sorcière* » (LIV « L'Irréparable ») ? Les oxymores et les antithèses expriment bien ce double mouvement de fascination et de répulsion que subit le poète : « *O fangeuse grandeur ! sublime ignominie !* » (XXV « Tu mettrais l'univers... »), « *ma belle ténébreuse* » (XXXIII « Remords posthume »), « *C'est Elle ! noire et pourtant lumineuse* » (XXXVIII « Un Fantôme »).

2.3.4 Spleen et Idéal

1. Le Spleen

Mélancolie, mal-être, Ennui	De nombreux poèmes sont concernés, parmi lesquels : XL « Semper eadem » : « *cette tristesse étrange* » car « *Vivre est un mal* », « *la Mort nous tient* » LV « Causerie » : « *la tristesse en moi monte comme la mer* » LXXIV « La Cloche fêlée » Le cycle des Spleen (LXXV à LXXVIII)
Nostalgie d'un bonheur passé	XLVIII « Le Flacon » : mélancolie du poète liée au souvenir LXXIV « La Cloche fêlée » : mélancolie du poète liée aux souvenirs lointains
Spleen lié à l'angoisse de la Mort	XLIV « Réversibilité » : champ lexical de l'angoisse et de la « *peur de vieillir* » XLVII « Harmonie du soir » : « *valse mélancolique et langoureux vertige* » (face à la « *fleur* » qui « *s'évapore* », face au « *néant vaste et noir* »)
Spleen lié au Remords et à la perte de l'Espérance	LIV « L'Irréparable » LXXVIII « Spleen » : « *L'Espoir,/Vaincu, pleure, et l'Angoisse atroce, despotique,/Sur mon crâne incliné plante son drapeau noir.* » LXXX « Le Goût du néant » : « *L'Espoir* [...] *ne veut plus t'enfourcher !*

Images du gouffre, de la chute	Très nombreuses occurrences de cette image, véritable leitmotiv. XXX « De Profundis clamvi » : « *j'implore ta pitié* [...] *du fond du gouffre obscur où mon cœur est tombé* » XXXV « Duellum » : « *Ce gouffre, c'est l'enfer, de nos amis peuplés !* » XXXVII « Le Possédé » : « *gouffre de l'Ennui* » XLVIII « Le Flacon » : « *un gouffre obscurci des miasmes humains* »
Fuite du Temps	X « L'Ennemi » : « *Le Temps mange la vie,/Et l'obscur Ennemi qui nous ronge le cœur* » XI « Le Guignon » : « *Le Temps est court* » XXX « De Profundis clamavi » : « *Tant l'écheveau du temps lentement se dévide !* » XXXVIII « Un Fantôme » : « *Le Temps, injurieux vieillard* » LXXX « Le goût du néant » : « *Et le Temps m'engloutit minute par minute* » LXXXV « L'Horloge » : « *le Temps est un joueur avide* »
Figure du diable	XXXVII « Le Possédé » : le poète est un « *possédé* » qui s'écrie « *Ô mon cher Belzébuth, je t'adore !* » XLI « Tout entière » : « *Le Démon* [...] *est venu me voir* » LXXXII « Horreur sympathique » : « *l'Enfer où mon cœur se plaît* »
Saison liée à la mélancolie : l'Automne	LVI « Chant d'automne » LXIV « Sonnet d'automne » LV « Causerie » : « *Vous êtes un beau ciel d'automne, clair et rose !* »
Paysage – état d'âme	LXV « Tristesses de la lune » (hypallage) LXX « Sépulture » : « *par une nuit lourde et sombre* » LXXVII « Spleen » : « *Je suis comme le roi d'un pays pluvieux* » LXXVIII « Spleen » : « *Quand le ciel bas et lourd pèse comme un couvercle* »
Atmosphère macabre	LXXVIII « Spleen » ; LXXIX « Obsession »

2. L'Idéal

Quête d'idéal Mouvement d'élévation	LXII « Moesta et errabunda » : le poète veut fuir le « *noir océan de l'immonde cité* » LXXXIV « L'Irrémédiable » : « *un malheureux ensorcelé* [...] *pour fuir d'un lieu plein de reptiles, cherchant la lumière et la clé* »
Voyage vers l'Inconnu	LIII « L'Invitation au voyage » LII « Moesta et errabunda » : quête d'un idéal : « *un autre océan où la splendeur éclate* » ; « *paradis parfumé,/Où sous un clair azur tout n'est qu'amour et joie* » ; « *le vert paradis des amours enfantines* »
Mais Idéal impossible à atteindre	XLVI « L'Aube spirituelle » : « *Des Cieux spirituels l'inaccessible azur,/Pour l'homme terrassé qui rêve encore et souffre* »

3. La Mort

Obsession du cadavre, du fantôme (figure du cadavre en vogue dans la poésie gothique des années 1850)	IXXX « Une Charogne » XXXI « Le Vampire » XXXII « Une nuit que j'étais » : le poète s'imagine être « *au long d'un cadavre un cadavre étendu* » XLVIII « Le Flacon » : figure de « *Lazare* » ; « *le cadavre spectral* » LXIII « Le Revenant » LXXXIII « L'Héautontimorouménos » : « *Je suis de mon cœur le vampire,/ – Un de ces grands abandonnés/Au rire éternel condamnés,/Et qui ne peuvent plus sourire !* »
La tombe	IX « Le Mauvais moine » : « *Mon âme est un tombeau* » XI « Le Guignon » : « *Loin des sépultures célèbres,/Vers un cimetière isolé,/ Mon cœur, comme un tambour voilé,/Va battant des marches funèbres.* » LXX « Sépulture » LXXI « Une Gravure fantastique » : un « *spectre* » « *parcourt* » « *le cimetière immense et froid* »
La mort comme objet poétique	XXXVIII « Un Fantôme » : « *Je suis comme un peintre qu'un Dieu moqueur/ Condamne à peindre, hélas ! sur les ténèbres* »
Bestiaire sinistre	Le termite (LIV « L'Irréparable ») L'araignée, les vipères, les loups (LXX « Sépulture ») Les corbeaux, les vers (LXXII « Le Mort joyeux ») L'hydre de Lerne (LXXIII « Le Tonneau de la haine ») Chauve-souris, araignées (LXXVIII « Spleen ») « *reptiles* », « *monstres visqueux* » (LXXXIV « L'Irrémédiable »)
Réalisme macabre, qui annonce « Un voyage à Cythère » (CXVI)	IXXX « Une Charogne » : « *Les mouches bourdonnaient sur ce ventre putride,/D'où sortaient de noirs bataillons/De larves, qui coulaient comme un épais liquide/Le long de ces vivants haillons.* »

3. L'œuvre à l'examen

3.1 PROPOSITION DE TROIS ÉTUDES DE TEXTE

3.1.1 II « L'Albatros » (« Spleen et Idéal »)

Dès la publication des *Fleurs du Mal* en 1857, le recueil de Baudelaire fit scandale à cause de la nouveauté du ton et de la provocation insufflée dès la première adresse au lecteur. Néanmoins ce recueil, qui retrace un parcours initiatique comme le révèle la disposition des sections, élabore un mythe qui influencera toute la génération poétique postérieure, à savoir le mythe du poète maudit. Ainsi, la première section intitulée « Spleen et Idéal » révèle la condition du Poète dans le monde des hommes. Après un premier poème qui présente l'ambivalence du poète, être maudit par sa mère mais béni du Ciel, le deuxième poème, « L'Albatros », se présente sous la forme d'un récit poétique au centre duquel se détache la figure du poète. Ce poème est composé de quatre quatrains d'alexandrins ; les rimes y sont croisées et le poète respecte l'alternance (en usage dans la prosodie traditionnelle) des rimes féminines et masculines. (*Lecture*)

En quoi ce poème offre-t-il une réflexion sur la condition du poète en quête d'Idéal, Idéal qui pourtant reste difficile à atteindre ? (*Annonce du plan*)

I. Un récit poétique

1. Le récit d'un voyage maritime

- Métaphore filée du voyage maritime : cadre spatial.
- Récit centré sur la capture d'un oiseau : un albatros (la gradation rythmique (v. 1) suivie du rejet (v. 2) marque l'intensité de cette action).
- « *Les hommes d'équipage* » (périphrase) se révèlent cruels avec l'oiseau (« *agace* » ; « *mime en boitant* »).
- Ambiguïté de la posture du narrateur, à la fois témoin externe (cf. démonstratifs) mais usant des registres épidictiques et pathétiques.

2. Un récit allégorique

- Personnification de l'oiseau, puis à partir du v. 13, la comparaison rend explicite l'analogie.
- D'autres analogies :
  - la périphrase désignant les marins (v. 1) insiste sur le fait que ces hommes vivent ensemble : ces hommes symbolisent donc la société ;
  - le vers 4 est lui aussi métaphorique : « *le navire* » symbolise la société, le monde des hommes ; les « *gouffres amers* », termes péjoratifs renvoyant au spleen baudelairien, évoquent la mort, tandis que le participe présent « *glissant* » donne une sensation de lenteur, d'ennui ;
  - le voyage maritime symbolise donc la vie, qui n'est qu'une lente marche vers la mort.

II. L'Albatros, allégorie du poète en quête d'un Idéal

1. La noblesse du poète

- Emploi de périphrases nobles : « *rois de l'azur* » ; « *prince des nuées* ».

- Majesté de l'albatros, évoquée par ses «*grandes ailes blanches*» (v. 7), allusion au vol majestueux dans la périphrase «*vastes oiseaux des mers*», l'adjectif antéposé ayant une connotation d'ampleur.
- Noblesse de cœur : utilisation d'un terme polysémique, «*indolent*» : le poète est pacifique, il ne connaît pas la souffrance et ne fait pas souffrir.
- Idée de pureté «*ailes blanches*», de beauté morale.

2. Le poète appartient à un autre monde

- Un guide céleste : même s'il est là pour accompagner le genre humain – «*compagnons de voyage*», il n'est pas fait pour vivre dans le monde des hommes : il n'est pas fait pour marcher, mais pour voler (v. 16).
- Supériorité physique de l'oiseau : ses ailes sont «*grandes*», ce sont des «*ailes de géant*» :
  - son univers est le ciel, espace de liberté, univers de l'infini (d'où pluriel emphatique «*des mers*», «*des nuées*») ;
  - un personnage quasi divin, qui n'a peur de rien : «*qui hante la tempête et se rit de l'archer*».

III. L'Albatros, allégorie du poète maudit

1. Désillusion du poète : le Spleen

- Motif de la chute : un idéal impossible à atteindre.
- Opposition entre Haut et Bas, entre Ciel et Terre : les adjectifs et les adverbes sont péjoratifs à partir du moment où le poète met un pied dans la société.
- Cette opposition spatiale se double d'une opposition temporelle (cf. adverbes de temps et temps utilisés).

  Ici-bas, les ailes n'ont plus de fonction : impossibilité d'avancer, d'être libre et pur.
- Aucune trace de combat : abandon immédiat du poète, victoire impossible contre la société.
- Les hommes empêchent l'expression poétique (cf. sens métaphorique : «*l'un agace son bec avec un brûle gueule*»).

2. Un «*exilé*»

- Cruauté des hommes symbolisée par le thème de la capture, de l'emprisonnement (généralisation de l'article).
- Rapport de force révélé par l'opposition sujet/objet («*hommes*»/«*albatros*») ; Cruauté qui se répète («*souvent*»).
- Dans ce monde cruel, le poète est marginal et exclu : il devient «*gauche et veule*». Inadaptation au monde, intégration impossible.

- Confronté au monde vulgaire et trivial, le poète perd toute sa noblesse, toute sa pureté et, pire, toute son inspiration puisqu'il devient «*comique et laid*» : sa poésie n'est plus noble ni pure.
- Sentiment d'abandon et de solitude (v. 15).
- Gradation pathétique dans la description de l'albatros.

Conclusion

- «L'Albatros» offre donc une double lecture.
- L'albatros porte en lui-même la double postulation du poète. L'étymologie du terme est suggestive («*alba*» : «blanc»; «*atro*» : «noir») : cet oiseau, qui porte des couleurs antinomiques, devient l'allégorie du poète partagé entre l'Idéal et le Spleen.
- Le poème suivant, «Élévation» rend compte de la quête désespérée du poète : «*Envole-toi bien loin de ces miasmes morbides;/Va te purifier dans l'air supérieur*».

3.1.2 XCIII «À une passante» («Tableaux parisiens») : étude linéaire

Après la double postulation énoncée dans la première section des *Fleurs du Mal,* les «Tableaux parisiens» tentent de proposer au poète une échappatoire au tragique. Composés en même temps que le *Spleen de Paris*, les poèmes font la peinture d'une ville moderne et de ses habitants. Le poète devient le témoin de cette ville, observe «une mendiante rousse», «Les Sept Vieillards», «Les Petites vieilles», «Les Aveugles», et fait la rencontre surprenante d'une passante, qu'il raconte dans un poème adressé à cette dernière. (*Lecture*)

En quoi cette scène de rencontre est-elle le récit d'une épiphanie de la Beauté fugitive?

Conformément à la structure du sonnet traditionnel, Baudelaire confère aux quatrains une unité thématique qu'il oppose à celle des tercets : on passe du récit de la rencontre à l'adresse à l'inconnue, allégorie de la «Beauté fugitive».

I. Une rencontre étrange, dans laquelle se mêlent univers réaliste et univers fantasmagorique (deux quatrains)

1. Un décor hostile (v. 1)

- Personnification de la rue, voire monstruosité, qui semble engloutir le poète.
- Lexique de la cacophonie.
- Décor bruyant et agressif : ouïe largement sollicitée : chiasme phonique : [Ry][uR]/[uR][Ry]; deux hiatus; allitérations en vibrantes et sifflantes.

2. Une apparition mystérieuse (v. 2 à 5)

- Si l'on adopte le langage cinématographique, on distingue plusieurs plans : plan d'ensemble (v. 2), plan moyen (v. 3), gros plan sur la main puis sur la jambe.
- La femme est d'abord en mouvement (ce qui est renforcé par la gradation rythmique au v. 2 ou par le rythme binaire du v. 4), puis semble figée (v. 5) (sorte d'arrêt sur image).
- Effet d'attente : accumulation d'adjectifs et de noms qui précèdent le sujet.
- Insistance sur la noblesse de l'inconnue : allégorie ; rythme qui suggère l'élégance et la lenteur de la démarche.
- Une femme qui semble hors du temps : figure altière de la douleur, elle semble s'imposer au poète comme la représentation d'une statue en mouvement.
- Une beauté Idéale (silhouette élancée), qui incarne l'alliance des contraires : souplesse et immobilité, Vie et Mort.

3. Fascination du témoin (v. 6 à 8)

- Changement de focalisation : on passe de l'observé à l'observant.
- L'inconnue semble pétrifier le témoin (paralysie suggérée ; préfixe *extra* qui semble projeter le poète dans un ailleurs).
- « Extravagant » au sens étymologique : « *extra* » : « *hors de* » ; « *vagans* » : « *errant* ».
- Dans cet univers fantasmagorique, la femme, représentée de façon métonymique par l'œil, terrifie le poète (cf. métaphore).
- L'inconnue provoque le double mouvement de fascination et de répulsion (cf. parallélisme du v. 8).
- Une femme ambivalente, incarnant à la fois Éros et Thanatos (cf. antithèse entre les verbes « germer » et « tuer »).

Transition : deux univers se mêlent, relevant de la projection mentale du témoin, qui assiste, impuissant, à l'apparition d'une femme évanescente, allégorie de la Beauté idéale.

II. Adresse à l'inconnue, allégorie de la « *beauté fugitive* » (deux tercets)

1. Une épiphanie[1] de la Beauté (v. 9)

- Le v. 9 constitue la *volta*[2] du sonnet, introduisant un glissement énonciatif (on passe du récit au discours : cf. apostrophe et interrogation).

1. Pour James Joyce, l'épiphanie est une manifestation spirituelle qui éclot dans un moment privilégié et fugitif. L'écrivain doit enregistrer et traduire cette étincelle dans l'écriture. L'épiphanie correspond à une soudaine révélation du réel, c'est l'expression du « c'est ça » selon Roland Barthes, qui dévoile soudainement un certain moment de vérité, qu'on ne peut exactement raconter parce qu'il relève de l'inexprimable, mais qu'on pointe en quelque sorte du doigt.
2. Le sonnet traditionnel s'organise en quatrains et tercets séparés par une charnière (ou *volta*).

- L'antithèse (« *clair* »/« *nuit* ») insiste sur le caractère fulgurant de l'expérience.
- Intensité de l'émotion suggérée par l'aposiopèse : l'écriture poétique porte la trace de l'étincelle qui a éclos.
- Opposition baudelairienne entre l'Idéal (« *éclair* » : métaphore du coup de foudre) et le Spleen (« *nuit* » opère un retour brutal à la réalité) : l'exclamation dramatise la déception du poète conscient de la perte de cet Idéal entrevu le temps d'un court instant.
- Le caractère éphémère de la rencontre est mis en exergue par l'adjectif antéposé et l'enjambement qui participe à entretenir la thématique de la fuite.

2. Désillusion du poète (v. 10 à 13)

- L'inconnue entrevue redonne l'espoir et la vie au poète (qui s'est décrit auparavant comme un être hypersensible, agressé par le monde extérieur, sorte de marginal « *extravagant* »).
- La « renaissance » du poète se fait de façon brutale (cf. « *soudainement* ») : cette femme est porteuse d'énergie salvatrice.
- La femme devient la métaphore de l'objet de la quête poétique : dans ce monde où règne le Mal elle est la preuve vivante d'une Beauté.
- Mais au registre lyrique se superpose une tonalité élégiaque : la négation restrictive insiste sur l'idée d'une perte quasi définitive, ce qui est confirmé au vers suivant par une gradation sémantique (« *ailleurs* », « *bien loin d'ici* », « *jamais peut-être* »), et par le lexique de l'incertitude.
- L'Idéal semble inaccessible à atteindre, comme l'exprime le crescendo rythmique dans le premier hémistiche du vers 12 (2-4), crescendo repris dans le second hémistiche, qui suggère l'envolée de cet Idéal.
- Le chiasme pronominal du vers 13 (« *je* » – « *tu* »/« *tu* » – « *je* ») marque la fusion impossible entre le poète et l'Idéal, le premier étant l'amant éconduit de la deuxième.

3. Cruauté de la femme (v. 14)

- La pointe du sonnet est le lieu du resserrement de la pensée : c'est un lieu de sens stratégique.
- Imploration élégiaque : anaphore d'« *ô toi* [...] *!* ».
- Premier hémistiche : expression de la nostalgie d'un amour non consommé (cf. subjonctif plus-que-parfait à valeur d'irréel du passé).
- Deuxième hémistiche : cruauté de la femme dont la complaisance à faire souffrir le poète est implicitement évoquée.
- Invitation à une relecture : cette femme n'est-elle pas une divinité morbide (les rimes riches des vers 2 et 3 donnent une indication de lecture), allégorie de la Faucheuse qui refuse d'emporter le poète ? Dans cette perspective, le verbe « passer » peut-être rapproché de « trépasser » (sens vieilli mais encore utilisé au XIXe siècle).

Conclusion

- Cette scène de rencontre est le récit d'une épiphanie de la Beauté, que le poète entrevoit le temps d'un court instant, dans un univers fantasmagorique.
- Ambivalence de la femme, qui fascine et terrifie le poète, qui incarne à la fois Éros et Thanatos.
- Intensité de l'émotion du poète au contact de cette inconnue.
- Un sonnet moderne, dont l'inconnue peut être la métaphore (dimension métapoétique) :
  - « *La modernité, c'est le transitoire, le fugitif, le contingent, la moitié de l'art, dont l'autre moitié est l'éternel et l'immuable* » Charles Baudelaire, *Le Peintre de la vie moderne* (1863).

3.1.3 CXXVI « Le Voyage » (« La Mort ») : étude linéaire des sections VII et VIII

Le thème du voyage est un *topos* littéraire traditionnel. Métaphore de la vie, il prend souvent les allures d'un parcours initiatique. Or, et ce de façon *a priori* paradoxale, le poème intitulé « Le Voyage » appartient à la dernière section du recueil : « *La Mort* », qui semble achever le long itinéraire moral et spirituel que nous offrait le recueil. Ce long poème, dédié à l'ami Maxime Du Camp, est composé de huit sections (dont les deux dernières sont soumises à notre étude) constituées de quatrains d'alexandrins. Dans les six premières sections, le poète a évoqué les raisons qui poussent l'homme à voyager, et parvient à la conclusion pessimiste que tout voyage humain aboutit à un échec. (*Lecture*)

Nous étudierons comment Baudelaire distingue deux types de voyage et lance un appel pressant à la mort, vue comme unique solution au Spleen. (*Annonce du plan*)

I. Le Spleen de la vie (trois premières strophes)

1. L'ennui existentiel (1re strophe)

- Un douloureux constat : la vie n'est qu'amertume (idée renforcée par le déséquilibre rythmique et la ponctuation expressive).
- Monotonie du monde mise en exergue par l'accumulation d'adverbes temporels et l'enjambement.
- Définition pessimiste de l'homme, qui devient métaphoriquement « *une oasis d'horreur* » (l'image de l'oasis qui désaltère est ici détournée) « *dans un désert d'ennui* » (métaphore du monde).
- À cette image se superpose celle du poète qui perd l'inspiration – l'oasis ne désaltère pas – : un poète maudit (« *horreur* »), un poète exilé (« *dans un désert* »).

2. La condition humaine (strophes 2 et 3)

- La strophe 2 engendre un dialogue fictif entre le poète et son lecteur, ou bien entre le poète et sa conscience.

  Double interrogation qui marque l'opposition antithétique entre « *partir* » et « *rester* », verbes qui appartiennent toujours à la métaphore du voyage. Ces interrogations sont marquées par la fatalité « *faut-il* [...] *?* »
- Le poète évoque la condition humaine, en distinguant deux attitudes : celle qui consiste à fuir la société, ou au contraire celle qui consiste à rester, mais en se « *tapi[ssant]* ».
- Allégorie du Temps et métaphore du combat : le tragique de la destinée est souligné par l'interjection « *hélas* ».

3. La strophe 3 marque l'injustice de la destinée

- On retrouve la figure de l'homme qui tente de fuir le temps. Baudelaire rend plus pathétique cette figure avec deux comparaisons, celle du Juif errant – empruntée au mythe –, condamné à errer, celui qui n'a pas de terre, donc l'exilé, et l'image biblique des apôtres. Les enjambements v. 8-9 et vers 10-11 concrétisent peut-être cette idée de fuite. Le pronom « *rien* » montre bien l'échec total de cette tentative de fuite, ce qui rend plus poignante la faiblesse de l'homme.
- En revanche la deuxième image est plus positive : l'homme est supérieur au temps (cf. métaphore du combat, mais cette fois, le temps est vaincu).
- Face au temps, les hommes peuvent adopter deux attitudes. Mais le thème de la fatalité inscrit dans ces vers laisse croire que Baudelaire dénonce cette injustice cruelle qu'est la destinée.

Transition : Dans cette première partie le poète révélait son dégoût de vivre, son angoisse existentielle. La deuxième partie nous fait voir un deuxième voyage, métaphore non plus de la vie mais de la mort.

II. L'Espoir de la Mort (strophes 4 à 7)

1. Une autre aventure (strophe 4)

- L'opposition est d'emblée marquée par l'accélération temporelle, qui annonce un espoir, un soulagement : « *lorsque enfin* ».
- L'allégorie du temps est associée à celle de la mort – « *la mer des Ténèbres* » – mais la Mort est heureuse.
- Champ lexical de l'Espoir : « *espérer* », « *en avant !* » ; l'emploi du futur évoque la certitude du poète : l'espoir est promis.
- Figure de l'aventurier qui attend un but : « *les yeux fixés au large* ».

2. L'apaisement (strophes 5 et 6)

- Le ton est moins grave : le poète évoque le plaisir des sens : la vue, l'ouïe, l'odorat, le goût.
- Impression de sérénité joyeuse : la mort est le pays de l'abondance – « *vendange* », « *fruits* » –, c'est un pays mystérieux – « *douceur étrange* » –, un pays sans fin – « *cette après-midi qui n'a jamais de fin* ».
- L'expression antithétique – « *ces voix charmantes et funèbres* » accentue la vision d'une mort heureuse.
- La thématique chrétienne est présente avec l'idée de miracle – « *les fruits miraculeux* » – : la mort guérit l'homme de la vie.

3. La mort est un pays familier (strophe 7)

- Le poète nous offre l'image d'une famille.
- Il utilise des images mythologiques bienveillantes (cf. deux antonomases « *nos Pylades* », « *ton Électre* »).
- Implicitement, le lecteur associé au poète est comparé à Oreste (ami de Pylade, frère d'Électre), héros mythologique persécuté et poursuivi par les Érinyes pour avoir tué Clytemnestre et Égisthe.
- Convocation de la femme aimée : une femme anonyme, comme l'indique la périphrase mystérieuse et poétique « *celle dont jadis nous baisions les genoux* ».
- L'amour laisse place à l'amitié et la famille, nous ne sommes plus dans le monde des hommes, et cette opposition des deux mondes est marquée par l'adverbe « *jadis* ».

Transition : Seule la mort offre au poète ce que la vie n'a pas su lui donner : le bonheur, l'apaisement, la famille, les amis. C'est pourquoi, dans la dernière section, le poète lance un appel pressant à la Mort.

III. Un appel pressant à la Mort (dernière section)

1. Une supplication (v. 139-140)

- Le poète s'adresse directement à la Mort.
- Les deux apostrophes lyriques « *Ô Mort* », en position forte nous font lire ces derniers vers comme une prière.
- Les impératifs sonnent comme des cris de supplication.
- Le poète veut partir, veut quitter ce monde de l'ennui qui n'est pas le sien, comme le montre le démonstratif, qui instaure une distance entre le pays et le poète : « *ce pays* ».

2. La réunification définitive du Haut et du Bas, du Bien et du Mal (v. 141-143)

- On assiste à la réunification des deux mondes : « *Le ciel et la mer sont noirs comme de l'encre* ».

  Grâce à la poésie (l'encre du poète ?), les mondes se confondent.
- Malgré cela, l'image demeure pessimiste, comme le note la couleur choisie, le poète refuse ces mondes réunis qui représentent la vie. Le poète ne peut vivre dans ce monde de l'ennui, l'antithèse marque le contraste entre l'univers sombre et les cœurs « *remplis de rayons* » : l'âme du poète est remplie d'espérance.
- Enfin le Bien et le Mal sont aussi réunis au vers 143 : « *le poison* » devient alors un réconfort.

  Du mal provient la vie (cf. projet poétique de Baudelaire : « *extraire la Beauté du Mal* ») : la mort procure le bonheur éternel.

3. La nouvelle religion du poète (vers 144 à 146)

- Enfin, le poète, dans un dernier sursaut appelle la Mort.
- Il ne s'agit plus d'une supplication : le ton est péremptoire.
- Le poète refuse la souffrance terrestre avec la métaphore de la flamme qui brûle, souffrance extrêmement vive, comme en témoigne l'adverbe d'intensité « *tant* ».
- Il veut ainsi, « *plonger au fond du gouffre* » – symbole de la mort –, et reprend une thématique chrétienne, avec l'opposition entre le « *Ciel* » et l'« *Enfer* ».
- Mais le poète se détache de cette croyance, il se moque de savoir dans quel gouffre il plongera : « *qu'importe ?* ». Revendication d'une nouvelle religion : opposition abolie au dernier vers, cet univers autre étant « *l'Inconnu* ».
- La Mort est féconde : le dernier mot, mis en valeur typographiquement, s'il achève le recueil, n'achève pas la quête poétique : la vérité poétique est encore à trouver, elle est au-delà du cadre du recueil.

Conclusion

- Ce dernier poème est le constat de l'échec de l'aventure poétique des *Fleurs du Mal :* le poète n'a pas trouvé la Vérité qu'il cherchait dans le monde d'ici-bas, d'où cet appel lancinant à la Mort.
- La Mort est vue comme un voyage suprême, capable d'évincer le spleen.
- La Mort est la condition pour trouver enfin la Beauté poétique, qui viendra du « *Ciel ou de l'Enfer, qu'importe !* », ce qui était déjà annoncé dans le poème XXI, « Hymne à la Beauté » : « *Que tu viennes du ciel ou de l'enfer, qu'importe,/Ô Beauté !* »

3.2 L'ÉPREUVE ÉCRITE : PROPOSITION D'UN SUJET DE DISSERTATION

« *Non seulement Baudelaire descend dans le sous-sol humain où grouille un monde de stupre1 et de honte, mais il prend sur lui de montrer que le sous-sol peut donner des fleurs, que cheveu, boue, crasse "peuvent aussi chanter".* »

Benjamin Fondane, *Baudelaire et l'expérience du gouffre* (1947)

En quoi cette remarque éclaire-t-elle votre lecture des *Fleurs du Mal* ?

■ **Problématique :** En quoi l'esthétique baudelairienne subsume-t-elle la dichotomie entre deux univers allégoriques du Laid et du Beau ?

I. *Les Fleurs du Mal* : une descente aux Enfers

1. Une catabase[2] : le poète, nouvel héros mythique[3].
2. Un univers dantesque[4].
3. « *Dans ce livre atroce, j'ai mis tout mon cœur, toute ma tendresse, toute ma religion (travestie), toute ma haine*[5] » *:* le poète, *un Homo duplex*, en proie aux tentations contradictoires.

II. Projet esthétique : « extraire la beauté du mal »

1. Un titre programmatique de lecture[6].
2. Rôle solaire du poète : un être béni du Ciel[7].
3. Un poète démiurge : une énergie créatrice[8].

III. Une œuvre moderne, dans laquelle le Beau s'unit au Laid

1. À l'image de la femme, personnage principal[9].
2. De cette fusion naît un Idéal poétique[10].
3. Mais la quête de l'Idéal reste inachevée[11].

---

1. Stupre : débauche, luxure.
2. Descente aux Enfers dans la mythologie (Ulysse, Énée, Orphée...).
3. Cf. 2.2.
4. Cf. 2.3 : Le bestiaire des *Fleurs du Mal*.
5. Lettre de Baudelaire à Maître Ancelle (18 février 1866).
6. Cf. 2.1.
7. Cf. 2.3 : Le rôle du poète ; cf. étude de « L'Albatros ».
8. Cf. Étude du poème « Une Charogne ».
9. Cf. 2.3 : Ambivalence de la femme.
10. Cf. Étude du poème « À une passante ».
11. Cf. Étude du poème « Le Voyage ».

3.3 PARCOURS ASSOCIÉ : « ALCHIMIE POÉTIQUE : LA BOUE ET L'OR »

3.3.1 Le poète démiurge

- **Citation à commenter**

> *« Donc le poète est vraiment voleur de feu. Il est chargé de l'humanité, des animaux même ; il devra faire sentir, palper, écouter ses inventions ; si ce qu'il rapporte de là-bas est informe, il donne forme ; si c'est informe, il donne de l'informe. »*
>
> Lettre de Rimbaud à Paul Demeny (15 mai 1871)

- **Proposition d'un corpus**
  - Charles Baudelaire, « Alchimie de la douleur » (LXXXI), *Les Fleurs du Mal* (1861).
  - Francis Ponge, « L'huître » (10), « Le pain » (13), *Le Parti pris des choses* (1942).
  - Jules Supervielle, « Hommage à la vie », *Poèmes* (1939-1945).
- **Lecture cursive** : Rimbaud, « Alchimie du verbe », *Une Saison en enfer* (1873).
- **Prolongements artistiques et culturels**
  - Étude comparative de deux tableaux.
    - *L'Alchimiste découvrant le phosphore*, Joseph Wright of Derby (1771) ;
    - *L'Alchimiste*, attribué à Justus Junker (1703-1767) ;
  - Parcours : Paul Gauguin l'alchimiste (*Femmes de Tahiti* (1891), *Vairumati* (1897)).

3.3.2 Regards croisés

Le parcours associé « Alchimie poétique : la boue et l'or » peut être mis en lien avec un autre parcours : « Modernité poétique », et deux œuvres au programme :

- **Victor Hugo, *Les Contemplations* (1856)**
  - Les combats esthétiques hugoliens : « Réponse à un acte d'accusation » (I, 7) ; « Suite » (I, 8) ; « Le poëme éploré se lamente… » (I, 9) ; « Quelques mots à un autre » (I, 26) ; « La Chouette » (III, 13) ; « J'aime l'araignée et j'aime l'ortie… » (III, 27).
- **Apollinaire, *Alcools* (1913).**

Guillaume Apollinaire, *Alcools*

“ *Il est grand temps de rallumer les étoiles.* ”

Guillaume Apollinaire

1. L'œuvre et ses contextes

1.1 GUILLAUME APOLLINAIRE (1880-1918)

1.1.1 Une jeunesse en quête d'identité (1880-1900)

Le 25 ou le 26 août 1880, à Rome (Italie), une jeune femme d'origine russe et polonaise donne naissance à Wilhem de Kostrowitzky[1] qui deviendra Guillaume Apollinaire. Sa mère[2] est issue de la haute noblesse polonaise et son père serait un italien officier dans l'armée. Il ne reconnaîtra ni Guillaume ni son frère Albert, né deux ans après. Pour le poète, c'est une souffrance qui le marque à jamais : « *Oui, d'où viens-tu* [...] *? Cette question t'obsède* [...] *Douloureuses et angoissantes interrogations* » (« Cortège »).

Après un séjour à Bologne, Angelica de Kostrowitzky et ses deux garçons s'installent en 1887 dans la principauté de Monaco, lieu de villégiature très en vogue. Le futur poète suit de brillantes études au collège Saint Charles de Monaco (où il rencontre René Dalize[3]) aux lycées de Nice et de Cannes. Il s'initie à la lecture de la *Bible* et des mythes de l'Antiquité... Livres, revues, journaux, le jeune Guillaume dévore tout, auteurs

1. Sur l'état civil, l'identité de la mère, comme celle du père, est inconnue. Ce n'est qu'en novembre qu'elle reconnaît devant un notaire être la mère de l'enfant qu'elle dote de cinq prénoms : Guglielmo Alberto Wladimiro Alessandro Apollinare. Ses prénoms de baptême sont Guillelmus Apollinaris Albertus, mais sa mère l'appelle Wilhelm... Il y a de quoi se perdre !
2. Angelica de Kostrowitzky s'appelait en réalité Agelina Alexandrina Kostrowiska ; elle prit par la suite le nom d'Olga de Kostrowitzky quand elle arriva à Monaco.
3. René Dalize, pseudonyme de René Dupuy, est lui aussi poète et homme de Lettres. On retrouve dans le poème liminaire d'*Alcools*, « Zone » quelques vers rappelant leurs souvenirs communs : « *Voilà la jeune rue et tu n'es encore qu'un petit enfant/Ta mère ne t'habille que de bleu et de blanc/Tu es très pieux et avec le plus ancien de tes camarades René Dalize/Vous n'aimez rien tant que les pompes de l'Église* ».

classiques ou modernes, la poésie, les romans, la philosophie, l'actualité politique : tout l'intéresse. Et quand il ne lit pas, il s'essaie à l'écriture : prose ou vers, poèmes ou textes illustrés car il aime aussi dessiner. On sent naître sa vocation de poète.

En 1897 il échoue au baccalauréat parce qu'il néglige ses études et oublie de réviser. Le travail scolaire l'ennuie. Il aime les mots, particulièrement ceux qui sont énigmatiques ou étranges et qu'il collectionne d'ailleurs dans un petit carnet. Sa poésie[1] sera émaillée de ces mots rares ou bizarres. Il a trouvé son nom de plume, on l'appellera désormais « Guillaume Apollinaire ». Choisissant son cinquième prénom qu'il a hérité de son grand-père maternel, il aime ce nom dérivé du dieu grec de la poésie, Apollon.

Début 1899, Guillaume Apollinaire et sa famille déménagent à Paris. Il y découvre la capitale française et son effervescence intellectuelle et culturelle mais face à la situation financière difficile de sa mère, il trouve des petits métiers qui ne l'enthousiasment guère et, découvrant les auteurs symbolistes et notamment Mallarmé (1842-1898), il écrit de nombreux textes et critiques que les revues refusent.

1.1.2 Guillaume, le « Mal-Aimé » (1901-1913)

En 1901 il est engagé comme précepteur de Gabrielle, fille d'une riche veuve d'origine allemande, la Vicomtesse Elior de Millau. Lors d'un séjour en Rhénanie[2] pour accompagner son élève, il commence à composer des poésies qui figureront dans la section « Rhénanes » d'*Alcools*. Les paysages allemands s'effacent devant l'image d'une belle anglaise, Annie Playden (1880-1967) gouvernante de la petite Gabrielle, dont il tombe immédiatement amoureux. Il lui fait une cour assidue mais cette passion n'est pas partagée. Il la revoit et se rend jusqu'à Londres mais elle partira en Amérique. Blessé, il compose des poèmes du « cycle d'Annie » marqués par la douleur d'aimer. Malgré tout, il a trouvé l'inspiration !

Quand il rentre à Paris en 1902, il découvre qu'une revue a publié trois de ses poésies et qu'une autre a publié trois nouvelles ou contes. Ce sont les marques d'une certaine reconnaissance. Il participe à des soirées littéraires et fait la connaissance d'Alfred Jarry (1873-1907), l'auteur d'*Ubu Roi*, et du journaliste et poète André Salmon. Le 1er novembre 1903 paraît le premier numéro d'une revue littéraire mensuelle qui n'aura que neuf numéros, *le Festin d'Esope* dont Guillaume est le rédacteur en chef. Il publie même un de ses propres textes, une nouvelle *Qu'vlov*[3].

En 1905, il fait la rencontre du célèbre peintre cubiste Pablo Picasso (1881-1973). C'est le début d'une grande amitié et d'une complicité profonde. Il découvre aussi Max Jacob (1876-1944) et fréquente assidûment le Bateau-Lavoir, maison d'artiste où habite

1. Dans « Crépuscule » il fait rimer « *air triste* » avec « *Arlequin trismégiste* » (qui signifie trois fois grand).
2. Sur les bords du Rhin en Allemagne.
3. « Qu'vlov », signifiant « que voulez-vous ? » est une nouvelle dans laquelle il retranscrit l'accent belge qu'il a entendu lors de son séjour à Spa en Belgique.

Picasso. Ainsi le poète commence une carrière de critique d'art. Les déconvenues amoureuses se poursuivent et en 1907, il fait la rencontre de Marie Laurencin (1883-1956), jeune peintre cubiste. De nombreux orages éclatent entre le poète et sa nouvelle Muse et leur passion destructrice s'achève définitivement en 1912. Il compose des poèmes qui figurent dans le « cycle de Marie » d'*Alcools*. Il dit dans « Zone » : « *Tu as souffert l'amour à vingt et à trente ans* ».

En 1908 Apollinaire peut maintenant vivre de sa plume et abandonne son travail dans la banque. En 1910, il publie son premier recueil de contes, sélectionné pour le prix Goncourt, *L'Hérésiaque et Cie*. S'il ne reçoit pas le prix, cet ouvrage obtient des critiques élogieuses. En mars 1911 Apollinaire publie un nouveau recueil de poèmes illustrés : *Le Bestiaire ou Cortège d'Orphée*.

1913 est une année très importante : Apollinaire publie en recueil une sélection de ses poèmes, des plus anciens composés vers 1898 jusqu'aux plus récents. *Alcools* paraît en avril et Apollinaire est immédiatement salué comme le plus grand poète de son temps.

1.1 3 Apollinaire, poète soldat (1914-1918)

3 août 1914 : l'Allemagne déclare la guerre à la France et le poète s'engage comme volontaire dans le 38e régiment d'artillerie à Nîmes, n'ayant que peu de temps pour savourer sa renommée soudaine autant que méritée. Il est rapidement envoyé sur le front et y découvre l'horreur des tranchées.

À la fin de l'année 1914, il rencontre Louise de Coligny-Châtillon (1881-1963) avec qui il noue une passion aussi courte que tumultueuse et ardente. Celle qu'il surnommera « Lou » sera le sujet d'un recueil, *Poèmes à Lou*, où se mêlent l'amour et la guerre. Ces poèmes sont écrits au dos des lettres que Guillaume envoyait à Lou, et qui ont été réunies en 1969 dans un recueil séparé : *Lettres à Lou*. Il connaît ensuite une brève aventure avec Madeleine Pagès (1892-1965) professeur de Lettres avec laquelle il se fiance. Il rompra ses fiançailles en 1916.

Grande joie pour Guillaume Apollinaire, le 9 mars 1916, il se voit accorder la nationalité française. Le 17 mars, il est blessé à la tempe par un éclat d'obus puis trépané. Il écrit « *Une étoile de sang me couronne à jamais* ». Convalescent, il passe la fin de la guerre à Paris et reprend ses habitudes dans les milieux littéraires parisiens. Il se remet alors au travail interrompu par les combats : s'ensuit la publication de seize contes en octobre 1916, *Le Poète assassiné*. Il fait aussi jouer au théâtre sa pièce *Les Mamelles de Tirésias* et édite un petit fascicule de poèmes, *Vitam impendere amori* (« consacrer sa vie à l'amour »), en 1917.

En avril 1918, il publie *Calligrammes, poèmes de la paix et de la guerre*, qu'il dédie à son ami d'enfance René Dalize mort à la guerre un an plus tôt. Avec ce recueil, il invente un mot issu du grec « Calli » (Joli) et « gramme » (écriture), désignant un poème dont la disposition graphique sur la page forme un dessin : la poésie est ainsi liée l'art pictural. Il se marie le 2 mai avec Jacqueline Kolb et meurt de la grippe espagnole le 9 novembre 1918. Guillaume Apollinaire, le poète combattant, le patriote et le soldat, n'est plus de ce monde pour savourer avec le peuple en liesse, la victoire de la France, patrie qu'il s'est choisie.

1.2 LES CONTEXTES LITTÉRAIRES, CULTURELS ET POLITIQUES

1.2.1 Le cadre politique et culturel

La France des années 1900 a une population majoritairement rurale, elle est engagée dans la seconde industrialisation avec les débuts de la mécanisation. À Paris, en 1900 se tient l'Exposition universelle : tous les regards sont tournés vers cette capitale internationale, ville « lumière ». La France est une puissance financière, elle impose son autorité et dispose d'un grand empire colonial. On appellera cette période qui s'étend de l'Exposition universelle de 1900 et jusqu'à la première Guerre mondiale, la « Belle Époque » par nostalgie, soulignant la stabilité et la prospérité de la France.

Mais au cœur de l'été 1914 éclate la Première Guerre mondiale, une des guerres les plus mortelles de l'histoire. Si les hommes partent au front certains de revenir rapidement victorieux chez eux, ils découvrent immédiatement l'horreur des tranchées. De 1914 à 1918, l'Europe et une partie du monde s'engagent dans cette guerre totale qui implique plus de soixante millions de soldats. Elle provoque plus de morts et cause plus de destructions que toute autre guerre antérieure : environ dix millions de civils et de militaires décèdent et environ vingt millions sont blessés. Chacun des pays belligérants mobilise l'ensemble de ses moyens militaires, politiques mais aussi industriels pour l'emporter, au prix d'importantes conséquences sociales et matérielles pour les populations civiles. Cette guerre engendre des changements politiques majeurs avec la fin des empires allemand, russe, austro-hongrois et ottoman, changeant ainsi la carte des frontières de l'Europe.

1.2.2 Le cadre littéraire

Quand Apollinaire commence à composer ses premiers vers en 1898, c'est sous l'influence du Symbolisme qui domine la création poétique. Ce mouvement souhaite trouver d'autres moyens d'expression pour dépasser la simple représentation réaliste et banale de la vie et s'élever à un monde supérieur où l'homme, pur esprit, se délecte de la contemplation de la beauté. Charles Baudelaire (1821-1867), Arthur Rimbaud

(1854-1891), Paul Verlaine (1844-1896) ou Stéphane Mallarmé (1842-1898) sont parmi les représentants les plus connus du mouvement. Les premiers poèmes d'Apollinaire comme « l'Ermite », « le Larron » ou « Merlin et la vieille femme », intégrés dans *Alcools*, mettent en scène le merveilleux pour échapper à un réel trop fade et témoignent de l'influence symboliste. Cependant, le monde contemporain tourné vers l'avenir et les nombreuses inventions, s'éloigne du symbolisme et Apollinaire souhaite rendre compte d'une réalité dominée par un désir de modernité.

Le poète est influencé par le Futurisme qui développe l'idée d'une poésie qui doit abandonner le passé pour chanter les merveilles du futur, faisant l'éloge des nouvelles machines (comme les avions), de la civilisation urbaine contemporaine. Nous reconnaissons les traces de ce mouvement dans le poème liminaire « Zone », ode à la beauté de la Tour Eiffel et à la modernité. On trouve dans le Futurisme une grande liberté dans le langage, dans la construction des phrases, l'invention de nouveaux mots, la suppression des règles de ponctuation.

L'auteur côtoie les peintres qui ont introduit la fragmentation dans leurs œuvres et l'on retrouve leur influence dans les constructions des phrases ou le jeu visuel du calligramme.

Apollinaire sera donc le premier grand poète de la modernité au XXe siècle, symbole d'une véritable curiosité poétique et ouvrant la voie au Surréalisme[1]. Il a fait souffler sur la poésie un vent de liberté et de nouveauté, un « Esprit Nouveau[2] ».

1.3 GENÈSE ET PLACE DE L'ŒUVRE

1.3.1 Genèse et composition du recueil

Si le recueil est publié en 1913, il réunit des poèmes composés entre 1898 et 1912 sans suivre un ordre chronologique. Certains avaient déjà été publiés dans des revues mais tous les poèmes ont été remaniés pour la publication. Cette période de composition va de la fin du Symbolisme à l'affirmation de « L'Esprit Nouveau » et à la veille de la Première Guerre mondiale, de ses 18 à ses 33 ans. Quant au titre, dès 1904 Guillaume Apollinaire pense publier un ouvrage nommé *Le Vent du Rhin* regroupant les poèmes écrits lors de son séjour en Allemagne. Puis en 1910, il annonce la parution prochaine d'un recueil qu'il souhaite nommer *Eau de vie*. Mais le titre définitif deviendra celui que nous connaissons, *Alcools*, révélant le jeu du poète avec les mots, le pluriel renvoyant à la variété des possibles. Ce titre rappelle l'eau-de-vie, force de vie et source de la joie pétillante et ambivalente que l'on retrouve dans le recueil.

1. Le Surréalisme est un mouvement artistique (peinture, musique, cinéma, photographie, littérature…) du XXe siècle qui veut libérer l'homme et le monde du contrôle de la raison et lutte contre les valeurs reçues en utilisant toutes les forces psychiques (automatisme, rêve, inconscient…).
2. Titre d'une conférence qu'il a donnée en décembre 1917 : « L'Esprit nouveau et les poètes ».

Sur les épreuves, juste avant la publication, Apollinaire supprime toute ponctuation. Cela montre d'abord l'importance de Mallarmé (poète étudié par Apollinaire) et de Blaise Cendrars[1] pour le poète ; cette décision marque aussi l'influence des Futuristes. Apollinaire n'aime pas les formes figées de la syntaxe et de la ponctuation. Cette suppression permet une confusion qui enrichit la poétique du vers.

1.3.2 Publication et réception de l'œuvre

Alcools est publié aux éditions du Mercure de France en avril 1913. Tiré à environ 600 exemplaires dont 350 seront vendus la première année, le recueil rencontre le succès et permet à son auteur d'accéder à une certaine notoriété. Mais il a aussi suscité quelques incompréhensions : certains sont effrayés par son aspect hétéroclite. Cet ouvrage apparaît comme un recueil original dans le paysage littéraire, « *une poésie nouvelle* » que sa « *bizarrerie* » peut déconcerter, comme il est dit dans le *Gil Blas* du 10 avril 1913. C'est « *un livre tout à fait à part dans la production poétique actuelle*[2] », « *la poésie est un peu déconcertante, au premier abord* » et le rythme est souvent « *étrange* ». Et pourtant cette poésie ouvrira la voie au Surréalisme qui cherche à libérer l'homme et la littérature de la raison qui empêche sa force créatrice.

2. L'œuvre en examen

2.1 ANALYSE SUIVIE DU RECUEIL

Ce recueil se compose comme une marqueterie où l'ordre des poèmes n'est pas chronologique. L'ensemble s'équilibre entre les textes longs et les textes courts, encadré par deux « poèmes manifestes » : « Zone » (1912) en première position où figurait initialement « La Chanson du Mal-Aimé » et « Vendémiaire » (1908) en clôture de l'ouvrage. Si « Zone » loue le modernisme, c'est le poème de l'échec amoureux, se terminant par une impression de lassitude alors que « Vendémiaire » est une quête poétique aboutie puisque le poète réussit à maîtriser le temps et l'espace. Cela donne à l'ensemble une vision positive.

1. Apollinaire assiste à une lecture du poème « La prose du Transsibérien et de la petite Jehanne de France » par son ami Blaise Cendrars.
2. Paul Léautaud dans le *Mercure de France* du 1er mai 1913.

2.1.1 Une architecture cubiste[1]

Ce recueil est plutôt une synthèse poétique de sa production littéraire. L'ouvrage constitue les véritables bases de la recherche d'Apollinaire sans montrer l'évolution de son écriture, du Symbolisme au Futurisme, étape par étape. C'est en s'inspirant de ses amis peintres qu'il choisit une forme éclatée. Nous voyons une discontinuité dans l'écriture, dans la disposition des poèmes qui ne respecte pas les périodes de rédaction. Le recueil s'ouvre donc avec le poème composé en dernier puis se poursuit par le réputé « Pont Mirabeau ». Des textes composés durant une même époque se retrouvent répartis dans tout le recueil[2] et le volume ne semble respecter aucune unité.

2.1.2 Une structure circulaire

Nous pouvons en outre remarquer une composition circulaire au sein du recueil. Ce dernier se construit de manière symétrique autour du poème central « Le brasier », considéré comme un art poétique. Ainsi « Automne malade » répond au poème « Le Pont Mirabeau » évoquant la fin de l'amour et le temps qui passe. De même, les peines amoureuses chantées de manière élégiaque dans « La Chanson du Mal-Aimé » se reflète dans « À la santé ». « Les Colchiques » et « 1909 » évoquent l'impossibilité d'aimer. De plus le poème liminaire « Zone » qui débute par l'alexandrin « *À la fin tu es las de ce monde ancien* » trouve un écho dans le dernier poème « Vendémiaire » qui se clôt par l'espoir d'un avenir radieux. Ces deux promenades littéraires sont considérées, elles aussi, comme des arts poétiques où la mélancolie des premiers vers répond à la volonté d'un renouveau.

2.1.3 Différents cycles

Le cycle des Rhénanes

Le thème des saltimbanques des légendes allemandes et des paysages du Rhin est développé dans les poèmes rhénans (composés en 1902-1903). Marqué par ses séjours dans les Ardennes et en Allemagne, ses voyages à Prague et en Bavière, Apollinaire est fasciné par les paysages rhénans et les populations marginales (juifs, brigands, gitans, prostituées). « Les rhénanes » ; « Les colchiques » ; « La maison des morts » ; « Marizibill » ; « Saltimbanques » ; « La tzigane » ; « Le vent nocturne » ; « Automne » appartiennent à ce cycle. Ces poèmes, qu'il pensait d'abord publier dans un recueil à part, sont avant tout une observation concrète de la vie. Les thèmes de l'amour défunt et de la mélancolie dominent aussi dans le recueil, par l'évocation de la mort et les tentatives du poète espérant figer le temps.

---

1. Thème qui sera développé dans la deuxième partie de l'étude.
2. « 1909 » et « Poème lu au mariage d'André Salmon » sont rédigés en 1909.

Le cycle d'Annie

Annie Playden, rencontrée en 1901, fait l'objet d'une série de poèmes narrant le désespoir du poète éconduit. « La Chanson du Mal-Aimé », « Annie », « l'Adieu », « L'Émigrant de Landor Road » et « Salomé » appartiennent à ce cycle qui peut être associé aux chansons rhénanes, traitant aussi de l'amour incompris. « Nuit Rhénane », « Mai », « La synagogue », « Les cloches », « La Loreley », « Schnderhannes », « Rhénane d'automne », « Les sapins » ou « Les femmes » pourraient faire partie des deux cycles nommés.

Le cycle de Marie

Vers 1908, Apollinaire fréquente de plus en plus les peintres cubistes et devient l'intime de Marie Laurencin, qu'il a rencontrée en 1907 par le biais de Pablo Picasso. Dans ce cycle se succèdent des images oniriques annonçant la poésie surréaliste. Le poète mène une vie de noctambule et célèbre les joies de l'érotisme (s'opposant ainsi à l'image des poètes maudits). Mais dans ce cycle sont aussi inscrits les poèmes écrits en 1911 et 1912, qui gardent les traces de son amour malheureux avec Marie Laurencin : « Zone » ; « Le pont Mirabeau » ; « Vendémiaire » ; « Le voyageur » ou « Marie ».

Le cycle de la santé

Cette partie regroupe tous les poèmes écrits pendant son incarcération[1] à la Santé, soit six courts poèmes nommés « À la Santé ».

2.2 ANALYSE THÉMATIQUE

2.2.1 Un recueil de la modernité

« *On veut de nouveaux sons de nouveaux sons de nouveaux sons/On veut des consonnes sans voyelles/Des consonnes qui pètent sourdement* » avoue Apollinaire dans le poème « La victoire » issu du recueil *Calligrammes*. Ainsi, Apollinaire se veut un poète résolument moderne. La suppression de tous les signes de ponctuation est peut-être le fait le plus palpable de sa modernité. Apollinaire s'en explique dans une lettre au critique Henri Martineau « *Pour ce qui concerne la ponctuation je ne l'ai supprimée que parce qu'elle m'a paru inutile et elle l'est en effet, le rythme même et la coupe des vers voilà la véritable ponctuation et il n'en est pas besoin d'une autre. Mes vers ont presque tous été publiés sur le brouillon même. Je compose généralement en*

1. Le 22 juillet 1911, *la Joconde*, célèbre toile du Louvre est dérobée. Guillaume Apollinaire est suspecté d'avoir recueilli le voleur chez lui. On perquisitionne chez lui le 7 septembre 1911 ; les policiers l'embarquent et l'expédient à la prison de la Santé mais le juge d'instruction laisse au poète le bénéfice du doute et le libère le 12 septembre. La toile sera retrouvée deux ans plus tard chez un ouvrier italien.

marchant et en chantant sur deux ou trois airs qui me sont venus naturellement et qu'un de mes amis a notés. La ponctuation courante ne s'appliquerait point à de telles chansons ». Cette suppression introduit une confusion (le lecteur doit parfois relire le poème pour essayer de reformer les phrases, retrouvant les propriétés rythmiques ou mélodiques) qui enrichit le sens en créant parfois l'ambiguïté.

Apollinaire utilise souvent le vers libre[1] permettant de donner parfois un aspect chaotique ou fragmenté à l'ensemble. Nous retrouvons de plus dans le recueil des blancs typographiques, comme aux trois premiers vers de « Zone », ou bien un jeu de mise en page, comme nous le voyons dans les derniers vers d'« Automne malade ». Ces jeux annoncent les calligrammes qu'il composera avec brio dans un recueil postérieur.

En outre, Apollinaire est moderne par les thèmes qu'il choisit. Au gré de ses poèmes, nous rencontrons la ville et ses nouvelles infrastructures mais encore des sujets que nous n'avions pas l'habitude de côtoyer en poésie. Dans « La Chanson du Mal-Aimé » par exemple, nous retrouvons les termes « *électricité* », « *tramways* », « *rails* », « *siphons* », « *gin* », « *feux verts* » des sémaphores à côté de la « *lyre* », des « *hymnes* », des « *sirènes* », des « *lais* » ou des « *romances* » se référant aux origines antiques ou moyen-âgeuses de la poésie. Il mêle encore mots savants aux termes triviaux pour essayer de laisser advenir la modernité.

Le poète choisit de magnifier le quotidien. En effet, c'est souvent dans le cadre urbain, cadre privilégié de la modernité, qu'il célèbre l'ordinaire. Il permet au lecteur de voir la poésie présente partout : dans « *Les inscriptions des enseignes et des murailles/ Les plaques les avis* […] » ou « *Les prospectus les catalogues les affiches qui chantent tout haut/Voilà la poésie* […] » (« Zone »).

Le poète explore aussi la voie de la simultanéité. Les images surgissent et se superposent comme dans ce même poème : « *Te voici à Marseille* […] *Te voici à Coblence* […] *Te voici à Rome* […] *Te voici à Amsterdam* […] *Tu es à Paris* » ou dans « Vendémiaire » quand il appelle toutes les « *villes de France et d'Europe et du monde* » : Rennes, Quimper, Paris, Lyon, les villes du Nord… Toutes les cités, anciennes et modernes, semblent lui répondre dans une belle symphonie : « *Les villes répondaient maintenant par centaines/* […] *Et Trèves la ville ancienne/À leur voix mêlait la sienne/L'univers tout entier* […] ». Les villes personnifiées deviennent des doubles du poète, cherchant à créer une unité dans le monde.

Les images de l'abondance, de la fécondité (particulièrement dans le poème final) et celles du vin nouent une promesse de renouvellement et de plénitude. Ainsi, le recueil se clôt sur une vision positive de l'avenir qui s'assombrira pourtant très vite avec la Première Guerre mondiale.

1. Les vers libres n'obéissent pas à une structure régulière, ils n'ont pas le même nombre de syllabes, n'ont pas de rythmique fixe.

Enfin, le poème « Chantre » montre la rupture moderniste de l'artiste. Un seul vers, pas de phrase traditionnelle, pas de verbe : « *Et l'unique cordeau des trompettes marines* ». Le poème semble en construction, comme s'il manquait une partie de la phrase (débutant par la conjonction « *et* »), comme si ce n'était qu'un fragment et que nous attendions la suite.

Alcools est un chant d'amour au monde moderne. Il offre au lecteur un nouveau lyrisme, opposant l'ancien et le nouveau et insérant des métaphores et des comparaisons étonnantes (comme « *Bergère o Tour Eiffel le troupeau des ponts bêle ce matin* » opposant le thème pastoral à celui de la ville). La modernité d'Apollinaire résulte du secret qu'il nous révèle dans la conférence « l'Esprit Nouveau et les poètes » : « *la surprise est le grand ressort nouveau* ».

2.2.2 La permanence de la tradition poétique

Héritier d'une certaine tradition qu'il cherche à moderniser, Guillaume Apollinaire choisit des thèmes et des formes classiques qui tranchent avec l'« Esprit Nouveau » du recueil. Rappelant l'origine de la poésie, il recourt parfois au genre de la chanson, reposant sur une alternance de couplets et de refrains comme dans « La Chanson du Mal-Aimé » ou « Le Pont Mirabeau ». Ce chant triste et nostalgique est créé grâce aux sonorités monotones. La plainte peut s'exprimer grâce à la souplesse de la forme : « *Et je chantais cette romance* ». En outre, ce chant permet l'expression de thèmes traditionnels tels l'amour perdu, le temps qui s'envole, la femme, la nostalgie, l'expression de soi…

Pour André Breton, « *Guillaume Apollinaire est le lyrisme personnellement* », il fait entendre sa voix et exalte ses sentiments. Le lecteur reconnaît à la fois l'expression personnelle, mélancolique et sentimentale d'Apollinaire et la présence des thèmes de l'envol (le Christ aviateur, les oiseaux…), de l'enthousiasme lyrique grâce à l'image de l'ivresse suggérée dès le titre.

Malgré les apparences, Apollinaire reste ainsi très attaché au passé. Son œuvre est imprégnée de culture classique : de nombreux poèmes sont consacrés à l'Antiquité ou aux thèmes bibliques qu'il renouvelle par l'évocation de l'époque contemporaine. Les poèmes modernes côtoient ceux de tradition classique. Nous trouvons encore des textes qui réalisent la symbiose entre les différentes aspirations, tant dans les thèmes que dans l'écriture. « 1909 » met en lumière toutes les révélations *d'Alcools*. Ainsi le recueil cherche à associer modernité et tradition en créant un nouveau langage.

2.2.3 L'ivresse des mots et l'ivresse poétique

Un des titres qu'Apollinaire voulait choisir pour son recueil était « Eau de vie » : cela révèle ainsi l'intention de l'auteur de montrer la profusion, la joie, l'esprit de vie… Nous remarquons d'ailleurs que les mots semblent prendre un nouveau sens, une nouvelle coloration chez Apollinaire, chantre de l'« Esprit Nouveau ». Ses descriptions sont souvent présentées grâce à des énumérations récurrentes. Il aime aussi les jeux de mots, les calembours, comme nous pouvons nous en délecter dans les trois derniers vers de « La Blanche Neige » : « *Ah tombe neige/Tombe et que n'ai-je/Ma bien-aimée entre mes bras* ». Guillaume Apollinaire aime les mots, s'enivre des sons, du vocabulaire et c'est précisément, pour lui, ce qui définit le travail poétique : « *L'homme est à la recherche d'un nouveau langage auquel la grammaire d'aucune langue n'aura rien à dire* » révèle-t-il dans *Calligrammes.*

Pour Apollinaire, la poésie est la quintessence de la vie (comme l'alcool, distillé par l'alambic, garde la quintessence du fruit). À l'instar de l'alcool, la poésie se révèle être l'ivresse et la joie de vivre. En effet, dans ce recueil, nous observons une joie profonde devant le monde moderne. De plus, la référence à l'ivresse rappelle les poètes antérieurs Baudelaire (« Enivrez-vous ! ») ou Rimbaud (« Le bateau ivre »). Le changement de titre permet de rendre compte de l'évolution de la pensée du poète, passant d'un choix accordant une importance certaine aux lieux et aux éléments naturels (Le Vent du Rhin), à un choix annonçant la joie de vivre, le bonheur d'écrire mais aussi la nostalgie du vin triste que l'on retrouve dans le recueil.

Alcools peut aussi évoquer le vin de vie, celui de la Cène, que Jésus a présenté comme son sang, source de vie. Mais le titre fait encore allusion au dieu de l'ivresse et des plaisirs, Bacchus, mêlant ainsi les références chrétiennes aux fêtes païennes, dans « Vendémiaire » notamment, et permet ainsi de célébrer un hymne à la vie et au renouveau : « *J'ai soif villes de France d'Europe et du monde/Venez toutes couler dans ma gorge profonde* ».

2.2.4 Une écriture cubiste

Le cubisme est un mouvement pictural du début du XXe siècle. Les peintres Picasso et Braque introduisent la fragmentation dans leurs œuvres d'art, qui représentent des objets analysés, décomposés et réassemblés en une composition abstraite, comme si l'artiste multipliait les différents points de vue.

Apollinaire s'inspire de cette esthétique, narrant des morceaux de vie pour évoquer une atmosphère comme nous le voyons notamment dans le poème liminaire. « Automne malade » présente, lui, des éléments descriptifs éparpillés. Rassemblés, ceux-ci peuvent composer un tableau. Soumis aux principes d'hétérogénéité et de discontinuité (propres au cubisme), ces termes descriptifs sont dispersés dans tout le poème. Apollinaire transpose en poésie la technique du collage en découpant des morceaux de phrases et en les assemblant de manière aléatoire. Ainsi s'opère l'effet de surprise comme dans « Zone » dont voici les deux vers finaux : « *Adieu Adieu/Soleil cou coupé* ».

Refusant une perspective unique, Apollinaire prône une structure caractérisée par la multiplicité des points de vue dont il faut « *découvrir les lois avant d'en établir le sens* ». Le recueil s'ouvre donc avec « Zone » (composé en 1912, poème le plus récent), se poursuit par le célèbre « Pont Mirabeau » qui évoque Marie Laurencin, puis par « La Chanson du Mal-Aimé[1] ». Ces poèmes se trouvent associés à d'autres, d'inspiration symboliste, comme « Salomé », et les textes composés durant une même époque – ici 1909 – se retrouvent ainsi placés dans tout le recueil.

2.2.5 Apollinaire, le Mal-Aimé

Apollinaire et les femmes

C'est un poète amoureux qui rédige ce recueil, comme le prouvent les différents textes adressés à Annie ou à Marie, celles qui furent ses Muses (voir les cycles poétiques consacrés à celles-ci). Il traite du *topos* de l'amour perdu, de la mélancolie ou de la fuite du temps dans de nombreuses œuvres comme dans « La Chanson du Mal-Aimé » ou « Le Pont Mirabeau ». Cette chanson poétique évoque la permanence du poète qui « *demeure* » alors que « *le temps s'en va* ». Ce dernier montre alors que l'« *Espérance est violente* » et que « *l'amour s'en va* ». Si les deux femmes l'ont fait souffrir, elles ont aussi permis que parle le poète et qu'il magnifie sa souffrance par le chant.

Apollinaire détourne les conventions du *topos* de la poésie amoureuse dans « Les Colchiques » ou « Annie ». Dans le premier, le poète exploite les thèmes pour mieux s'en démarquer, en détournant par exemple les formules mélioratives en un sourire grinçant « *les colchiques couleur de cerne et de lilas/Y fleurit tes yeux sont comme cette fleur-là/*[…] *Et ma vie pour tes yeux s'empoisonne* ». La femme n'est plus dotée ni de vertu ni de bonté, mais devient une femme fatale et mortelle. Il ne s'agit plus ici des amours innocentes de la pastorale : la femme est dangereuse, empoisonne l'amoureux et la « vache » qui paît dans le pré. Nous remarquons ici la pointe d'humour du poète.

Les femmes-Muses et les femmes légendaires

Aux visages d'Annie[2] ou de Marie présents dans de nombreux poèmes, se superposent ceux de femmes légendaires, souvent regardées comme des sorcières ou des êtres maléfiques. Elles sont parfois considérées comme des bourreaux qui torturent les hommes, comme les personnages de Salomé ou de Loreley dans les poèmes éponymes. En effet, Salomé séduit Hérode par la danse et Loreley par le chant. Ces deux figures entraînent la mort des hommes. Nous découvrons tout au long du recueil d'autres génies maléfiques tels « *les femmes aux cheveux verts* » (« Nuit Rhénane ») ou « *nixes nicettes aux cheveux verts et naines* » (« Automne malade »), les sirènes (« Vendémiaire »

1. Poème qui devait initialement ouvrir l'ouvrage, rédigé après la rupture avec Annie Playden vers 1904 probablement.
2. « Annie », « La Chanson du Mal-Aimé », « Les Colchiques », « l'Émigrant de Landor Road »…

ou « la Chanson du Mal-Aimé »), « *la vieille femme* » : la fée maléfique qui séduit Merlin (« Merlin et la vieille femme ») ou encore le Sphinx créature féminine dans l'Antiquité (« Le Brasier »).

Le corps féminin

Apollinaire, s'inscrivant dans la lignée de Ronsard (mais d'un Ronsard modernisé), se fait chantre de la femme et de la beauté du corps féminin. L'ouvrage comporte plusieurs blasons[1] et le poète choisit souvent les yeux ou les mains de l'aimée. Pourtant les blasons sont parfois peu valorisants, comme renouvelés par des métaphores nouvelles. Ainsi « *Le Colchique couleur de cerne et de lilas/*[...] *Violâtre comme leur cerne et comme cet automne* » est associé aux yeux de l'aimée « *Et [l]a vie [du poète] pour [s]es yeux s'empoisonne* ».

Dans le recueil se dévoile peu à peu le motif de la femme fatale. Cette image est relayée par la Loreley qui séduit les hommes ou par les « *fées* » de « Nuit rhénane ». Si au début du recueil, elles semblent être des figures mortifères, elles deviennent progressivement victimes de leur passion : en effet, La Loreley meurt et la femme qui parle dans « Les Cloches » évoque sa mort possible.

2.2.6 Apollinaire, un descendant d'Orphée

Le mythe d'Orphée

Orphée fils d'un dieu-fleuve[2] et de la Muse Calliope est un poète et un célèbre musicien. Dès son enfance il montre de grandes dispositions pour la poésie et la musique si bien qu'Apollon lui offre une lyre et les Muses lui apprennent à en jouer. Ainsi, il attendrit les bêtes féroces et charme les arbres et les rochers au point qu'ils se déplacent pour le suivre et l'écouter. Il rencontre la belle Eurydice et l'épouse mais cet amour parfait est troublé par un drame atroce. Le jour des noces, la demoiselle est piquée au talon par un serpent et meurt, terrassée par le poison foudroyant. Alors Orphée, inconsolable, va chercher sa femme dans le royaume d'Hadès dans l'espoir de la ramener sur Terre. Aux enfers, non seulement il charme par sa musique Charon ou Cerbère, mais il adoucit aussi l'implacable Hadès. Il obtient la permission de ramener Eurydice avec lui à une seule condition : Orphée ne doit pas se retourner jusqu'à ce que la jeune femme soit revenue sur Terre. Cette dernière le suit, guidée par sa lyre. Aux portes du royaume des vivants, il jette un coup d'œil pour voir si son épouse est toujours derrière lui, mais il la perd pour toujours. Orphée erre alors en chantant son deuil. Les femmes, jalouses, le tuent et démembrent son corps. La tête du poète et sa lyre dérivent sur le fleuve alors en murmurant une plainte jusqu'à Lesbos, l'île de la poésie.

1. Forme poétique qui décrit et célèbre un élément du corps féminin.
2. Orphée est parfois considéré comme le fils d'Apollon.

Le poète descendant d'Orphée

Par son chant et sa lyre, Orphée envoûte et sa mélodie, inspirée par les Muses, est d'origine divine. Il reçoit donc des paroles sacrées qu'il est chargé de présenter aux hommes. La langue employée peut donc parfois s'éloigner des contraintes formelles pour trouver un nouveau chant. Orphée donne ainsi de la figure du poète une image double : il est celui qui reçoit un don et qui est proche des dieux, en même temps qu'il est profondément homme et terriblement malheureux.

Apollinaire, un nouvel Orphée

Ce Mal-Aimé est un Orphée moderne, renouvelant les thèmes de l'élégie traditionnelle. Il déambule dans un paysage urbain, sans but (comme dans « Zone »), comme l'amant d'Eurydice cherchant sa bien-aimée. Dans « La Chanson du Mal-Aimé » il reprend le mythe d'Orphée. Il évoque la perte d'Annie et relie les termes « *lyre* » et « *soleil* » (rappelant Apollon parfois considéré comme le père d'Orphée). La musique est omniprésente dans ce texte, comme une mélodie incantatoire. Enfin, le poème peut être considéré comme la mise en abyme de l'écriture de la plainte amoureuse grâce à l'évocation d'Orphée, aux références à la musique et au lyrisme, ainsi qu'à l'utilisation du vocabulaire poétique. Le poète semble détenir toutes les connaissances poétiques : « *Moi qui sais* ». Apollinaire, double d'Orphée, orfèvre des mots et malheureux amant, montre sa connaissance des genres poétiques, il découvre l'amour, la peine, la perte ainsi que la rédemption par l'écriture.

2.2.7 Légendes mythologiques et bibliques

Les légendes allemandes

Précepteur d'une jeune allemande, Apollinaire a vécu sur les bords du Rhin. Les poèmes rhénans s'organisent autour du fleuve qui prend peu à peu une image légendaire, créant une atmosphère propice à la venue d'êtres surnaturels. Ces impressions dessinent l'esquisse d'un tableau entre féérie et descriptions géographiques. Dans nombre de ses textes, nous reconnaissons les légendes germaniques qui sont associées à la culture et la mythologie allemandes. Dans « Merlin et la vieille femme », ce sont les personnages légendaires qui permettent une interrogation sur le monde. Nous observons sept femmes se baignant dans le Rhin dans « La Nuit rhénane », « La Loreley » ou « Schinderhannes ». Ces poèmes rendent compte d'un voyage initiatique du poète.

Les références bibliques

Enfant, Apollinaire se montre pieux et les années passées au collège Saint Charles de Monaco l'encouragent dans cette voie. Nous retrouvons ce temps consacré à la prière dans quelques allusions comme dans « Zone » : « *Tu es très pieux et avec le plus ancien de tes camarades René Dalize/Vous n'aimez rien tant que les pompes de l'Église/Il est neuf heures le gaz est baissé tout bleu vous sortez du dortoir en cachette/Vous priez toute la nuit dans la chapelle du collège* ».

Nous relevons aussi des références explicites à des épisodes bibliques comme la terre de Chanaan[1] ou la traversée de la Mer Rouge[2] dans « La Chanson du Mal-Aimé ». Salomé, princesse égyptienne qui demanda la tête de Saint Jean-Baptiste – le cousin de Jésus – et qui l'obtint en dansant langoureusement devant Hérode, fait même l'objet d'un poème. Cette jeune femme incarne ici le désir, rappelant celui de Guillaume pour Annie, belle et cruelle demoiselle. De plus, le thème du désir complète celui de la création poétique. Jean-Baptiste représente le poète mis à mort par la femme dans « Melin et la vieille femme ». En tant que créateur, l'artiste parvient cependant à capter « *la vie et l'éternelle cause/qui fait mourir puis renaître l'univers* ».

Les nombreuses occurrences de la thématique du vin rappellent l'eucharistie pendant laquelle le prêtre change le vin en sang du Christ. Le poème VI d'« À la Santé » contient une prière : Apollinaire implore la miséricorde de Dieu. Cette prière se fait l'écho des infortunes des autres prisonniers – « *À tous les cœurs battant dans la prison* » – dans l'espoir d'un avenir meilleur.

Enfin, la figure qui domine dans le recueil est bien celle du Christ. Dans « Zone », Jésus est d'abord une image qui prend vie dans les souvenirs enfantins du poète. C'est ensuite « *le Christ qui monte au ciel mieux que les aviateurs/Il détient le record du monde pour la hauteur* », évoquant l'Ascension[3] du Christ comme une prophétie annonçant la naissance de l'aviation en ce début du XXe siècle. La tradition religieuse rejoint donc ici la modernité technologique en volant ! Dans ce même poème, Apollinaire définit « *Le Pape Pie X* » comme « *l'Européen le plus moderne*[4] » mais cette fois-ci, c'est pour laisser poindre son ironie contre un pape conservateur. Nous pouvons penser qu'Apollinaire cherche dans le modernisme la trace de Dieu. Il semble avoir une attitude spirituelle mais il lui manquerait la ferveur de son enfance, comme le poète le laisse deviner dans « Zone » : « *Et toi que les fenêtres observent la honte te retient/D'entrer dans une église et de t'y confesser ce matin* ».

1. Canaan est la Terre Promise par Dieu à Moïse pour y installer les Hébreux, là où coule le lait et le miel.
2. Récit biblique selon lequel la mer s'ouvre miraculeusement pour laisser passer les Hébreux guidés par Moïse et se referme sur leurs poursuivants (le Pharaon et l'armée égyptienne).
3. « L'Ascension du Seigneur » célèbre la montée de Jésus au Ciel et donc pour les chrétiens l'entrée du Christ dans la gloire de Dieu, c'est-à-dire la fin de sa présence visible sur terre.
4. Le pape Pie X, fervent conservateur, s'oppose au modernisme dans l'Église, souhaitant une alliance entre la foi religieuse et la foi scientifique.

Les autres allusions mythologiques et historiques

Apollinaire révèle sa culture antique très riche en évoquant de grands personnages mythologiques : Ulysse le héros de *l'Odyssée* ; Pan dans « La Chanson du Mal-Aimé » ; Icare mort pour avoir volé trop près du soleil dans « Zone ». Ainsi, il revisite les mythes célèbres en montrant que les progrès technologiques permettent d'accéder aux projets les plus ambitieux d'autrefois : le rêve d'élévation d'Icare est devenu réalité grâce à l'aviation. Guillaume Apollinaire place en outre sa poésie sous le signe du phénix, symbole de ses amours perdues, qu'il a cautérisées grâce à l'écriture. Le feu est donc un moyen de purifier les blessures. Il évoque cette figure mythologique dans « La Chanson du Mal-Aimé » ou dans « Zone », mais c'est dans « Le Brasier » que l'auteur jette son passé et ses amours dans un grand feu pour faire brûler les souvenirs douloureux et mieux renaître à la vie.

2.2.8 Une quête poétique et personnelle

Le recueil s'apparente à un parcours initiatique, le sujet empruntant divers lieux, prenant divers visages. Mais cette errance ramène le poète à lui-même : c'est un être qui réfléchit à sa propre identité. Qui est Guillaume Apollinaire ? Lui qui prit un nom de plume, qui est-il ? « *Oui, d'où viens-tu, Wilhem de Kostrowitzky, ou Guillaume Apollinaire, puisque c'est ainsi que désormais on t'appelle ? Cette question t'obsède, toi qui ne connais de ton père ni le visage ni le nom.* [...] *Douloureuses et angoissantes interrogations. Tu tentes d'assembler les fragments de toi-même, de ton identité éparpillée et incomplète.* » (« Cortège »). Ainsi, le recueil est la lente progression d'une quête, une introspection d'un homme qui se cherche : grâce au verbe, le poète semble chercher son origine, comme nous le lisons dans la répétition « *Je m'en souviens je m'en souviens encore* » dans « Le voyageur », titre symbolique.

Le poète se considère comme « *un Lazare entrant dans ta tombe/au lieu de sortir comme il fit* », enfermé avec ses doutes. Il se sent aussi étranger, lui qui ne reçut la nationalité française qu'en 1916. Il n'est ni polonais (même si sa mère l'est), ni italien (même s'il est né à Rome), ni monégasque (même s'il y fut scolarisé), ni allemand ou belge (même s'il y séjourna). C'est un sujet en fuite, une personne sans racines ou plutôt un homme cosmopolite et par cela il se rapproche des émigrants qu'il mentionne dans son œuvre, notamment dans « L'émigrant de Landor Road ». C'est ainsi que s'explique sa fascination pour les peuples tziganes ou saltimbanques que nous rencontrons tout au long du recueil : « Saltimbanques », « la Tzigane »... L'écriture poétique permet à Guillaume Apollinaire de mieux se connaître, de se découvrir, comme il le révèle dans « Cortège » : « *Un jour je m'attendais moi-même/Je me disais Guillaume il est temps que tu viennes/Pour que je sache enfin celui-là que je suis* ».

Finalement, il est cet « Esprit Nouveau », ce poète inclassable, inspirateur des Surréalistes, ami des Cubistes, admirateur de peinture, calligraphe et poète. Il est celui qui se cherche et qui invente une nouvelle voie – et une nouvelle voix ! – celle de la modernité poétique.

3. L'œuvre à l'examen

3.1 ANALYSE DE PASSAGES-CLEFS

Nous proposons des plans détaillés, qui doivent être nécessairement complétés par des références précises au texte.

3.1.1 Étude analytique : « Zone » (du vers 1 au vers 42 « *Il détient le record du monde pour la hauteur* »)

« *Douce poésie ! Le plus beau des arts ! Toi qui, suscitant en nous le pouvoir créateur, nous mets tout proches de la divinité.* » Guillaume Apollinaire publie son recueil *Alcools* en 1913, qui regroupe des poèmes rédigés entre 1898 et 1912. Dernier à être écrit, « Zone », poème en vers libres, est placé en tête de l'ouvrage. Poème liminaire qui annonce les enjeux de l'écriture poétique, ce texte est novateur d'un point de vue thématique et d'un point de vue formel. La ville, associée au monde moderne et à l'industrialisation, est un thème majeur de ce poème, traduisant une volonté de renouvellement esthétique. (*Lecture de l'extrait*)

En quoi ce poème liminaire peut-il être considéré comme le manifeste poétique d'un genre nouveau ?

Après avoir remarqué qu'Apollinaire réalise une peinture moderne de la ville dans laquelle il évolue, nous analyserons la façon dont il renouvelle la poésie.

I. Une peinture moderne de Paris

1. Le cadre spatio-temporel

- Lieux précis évoqués par des noms propres qui retracent l'itinéraire du poète : la ville de Paris.
- Référence au monde industriel.
- Le titre : monde moderne et errance du poète.

2. Deux images de la ville

- Description réaliste (différents sens évoqués : l'ouïe, la vue, le goût…).
- Gaité, beauté, vie (champs lexicaux).
- Solitude et souffrance, misère humaine.
- Série d'oppositions et structures binaires.

3. La vie quotidienne d'un personnage errant

- Beaucoup de descriptions du quotidien, d'objets.
- Poète nomade, qui sillonne la ville : un être de passage.
- Une errance dans la ville, une quête (intertextualité au mythe d'Orphée recherchant sa bien-aimée).

4. Un passé dépassé ?

- Un poème qui oscille entre tradition et modernité.
- Nombreuses références à l'Antiquité : « *ancien* » à la rime et répété deux fois.
- Rejet du monde antique, volonté de renouveau.
- Premier vers (alexandrin classique qui commence par « *à la fin* », diérèse, césure à l'hémistiche…) : tous les procédés d'une écriture traditionnelle sont présents dans ce vers.
- La « *sirène* » répond aux « *cloches* » : la modernité répond au passé (sens métaphorique)
- Fin du poème « *Adieu Adieu/Soleil cou coupé* » : fin du monde ancien (coucher de soleil), y a-t-il une renaissance possible ?

II. Un manifeste poétique

1. Un jeu littéraire : revendication d'une nouvelle esthétique

- Poème écrit sans ponctuation.
- Vers libres.
- Jeux d'assonances et d'allitérations à la rime : variations, modulations et dissonances.
- Strophes hétérométriques et strophes très courtes mises en valeur. (trois monostiches débutent le poème).

2. Un lyrisme revisité

- Le pronom « *tu* » énigmatique.
- Recherche d'un effet de surprise.
- Pas de lyrisme traditionnel : « *je* » remplacé par « *tu* », « *la grâce de cette rue industrielle* ».
- Renouvellement du langage poétique : la Muse devient la tour Eiffel ; « *ô* » lyrique adressé aux éléments urbains.

- Double sentiment du poète : enthousiasme face à la ville mais aussi solitude exprimée (il est seul « *tu en as assez* »/« *tout seul* » et observe les « *émigrants* » et « *femmes* » et « *famille* » qui souffrent aussi).

3. La beauté dans la modernité

- « *Bergère ô tour Eiffel le troupeau des ponts bêle ce matin* » : adresse à la tour Eiffel, symbole de la capitale et de la modernité.
- Métaphore filée originale : des « *troupeaux* » « *de ponts* », « Bergère ô tour Eiffel ».
- Vocabulaire courant et concret « *affiches* » « *hangars* » « *livraisons à 25 centimes* » « *rue industrielle* »...

4. Un poème liminaire[1]

- Manifeste poétique et jeu avec les symboles.
- Enjambements réguliers, comparaisons étonnantes.
- Adresse à un « tu » non défini : est-ce le lecteur ?
- Source de la poésie « *les prospectus les catalogues les affiches* » : la poésie émane du monde varié, vivant, bigarré. Le beau est à rechercher dans le quotidien.
- Opposition : « *les automobiles ont l'air d'être anciennes* » tandis que « *La religion seule est restée toute neuve la religion* » « *L'Européen le plus moderne c'est vous Pape Pie X* ».
- Comme un peintre cubiste, le poète donne plusieurs images simultanées de la ville en juxtaposant différentes scènes à la manière d'un kaléidoscope.

Conclusion

- *Réponse à la problématique.* Apollinaire décrit le monde moderne, avec un regard novateur. À travers le poème « Zone », il renouvelle les thèmes (la ville, la tour Eiffel, les affiches publicitaires...), la forme et l'écriture (vers libres et absence de ponctuation), la longueur et le propos (qui mêle le récit d'une journée et les souvenirs de toute une vie). Il propose une vision dynamique et vivante de la ville. En effet, il réalise une peinture moderne de la cité dans laquelle il évolue, en usant de références explicites mais crée par ce poème liminaire un style nouveau. Ce poème est l'expression de questions non résolues qui ne trouveront de solution que dans le dernier texte du recueil « Vendémiaire » avec la résurrection du Phénix.
- *Ouverture :* Au long poème « Zone » suit le court poème « le Pont Mirabeau » qui semble s'opposer au premier en de nombreux points. Si l'un se fait le chantre de la modernité, l'autre lyrique reprend les thèmes traditionnels de la poésie. Ainsi dans le recueil, le poète aime déconcerter le lecteur.

1. Placé en tête d'un ouvrage, d'un recueil ; initial.

3.1.2 Étude analytique : « Le Pont Mirabeau »

Deuxième poème du recueil, « Le Pont Mirabeau » est de facture beaucoup plus classique que « Zone » et reprend le thème littéraire traditionnel de la fuite du temps. Celui-ci est plus simple d'accès et plus traditionnel et son ton évoque la fin de l'amour avec Marie Laurencin. (*Lecture de l'extrait*)

Comment le poète renouvelle-t-il le *topos*[1] de la fuite du temps et de la fin de l'amour partagé ? (*Annonce du plan*)

I. Un poème comme une chanson

1. Une forme poétique :

- Des quatrains hétérométriques formés, par jeu poétique, comme trois décasyllabes avec le deuxième décasyllabe coupé et réparti en deux vers de quatre et six syllabes.
- Un distique qui les sépare.

2. Une forme proche de la chanson

- Des quatrains comme des couplets avec une progression.
- Un distique répété comme un refrain.
- Lien avec une comptine : « Sur le pont d'Avignon ».

3. Une construction circulaire

- De nombreuses répétitions : impression de plainte, de mélancolie.
- Premier vers repris dans l'avant dernière strophe.

II. La nostalgie de la fin de l'amour et de la fuite du temps

1. La fin de l'amour

- Rupture amoureuse : le thème de l'amour.
- Différentes étapes jusqu'à la fin s'oppose à l'amour éternel (avec l'adverbe « toujours »).
- Thème de la permanence.
- Image du pont fait par les bras.
- Dernière strophe : l'amour n'est plus qu'un souvenir.

2. La fuite du temps

- Thème Romantique (cf. « Le Lac » de Lamartine).
- Nombreuses références au temps qui passe.
- Lien avec l'écoulement de l'eau.

1. Sujet littéraire récurrent ; thème attendu dans la littérature.

3. Le registre élégiaque

- Vocabulaire de la souffrance et du regret.
- Sonorités (assonances) plaintives.
- Les rimes et le refrain donnent une certaine monotonie.

III. De la rupture amoureuse à la rupture poétique

1. Entre permanence et mouvement

- Dans le refrain : opposition entre le mouvement de l'eau et du temps et l'immobilité du poète « *les jours s'en vont je demeure* ».
- Un jeu d'oppositions entre le mouvement et la fixité notamment avec l'image de l'eau qui coule (mouvement) sous le pont (symbole de stabilité)

2. Un poète qui s'efface peu à peu

- Un questionnement autobiographique discret : il nomme le quartier que le poète habite et parle de sa rupture avec Marie mais il n'en fait pas mention explicitement dans le poème.
- Pudeur du poète : « *nos amours* » deviennent « *les amours* ».
- Apollinaire aborde de grands thèmes (le temps, l'amour, la vie) et l'individu laisse la place à la généralité au fil du poème.

3. Le renouveau poétique

- Les verbes sont presque tous au présent. Valeur d'énonciation et de vérité générale.
- Pont Mirabeau fait en fer, symbole de modernité, dans le quartier moderne du XVIe arrondissement. Amusant pour un poème consacré à la fuite du temps.
- Absence de ponctuation.
- « *Nous* » peut évoquer Marie et Apollinaire ou bien le lecteur et le poète.
- Apollinaire est comme un Janus[1] qui a deux visages, l'un tourné vers le passé et l'autre vers l'avenir.
- Jeu intellectuel avec Mirabeau révolutionnaire très laid et qui plaisait cependant beaucoup aux dames !

Conclusion

– *Réponse à la problématique en reprenant clairement les enjeux majeurs de l'extrait.*

1. Janus est le dieu romain des commencements et des fins. Il possède deux têtes, l'une tournée vers le passé, l'autre vers l'avenir.

– *Ouverture :* De nombreux poètes ont chanté la fuite du temps au long des siècles mais chacun en laissant une pensée propre. Ronsard (« Quand vous serez bien vieille ») et Baudelaire (« L'Horloge ») se projettent dans le futur, se rapprochant de la mort pour que le lecteur prenne conscience du temps passager. Lamartine (« Le Lac ») et Apollinaire (« Automne malade ») quant à eux, dressent un parallèle entre l'écoulement de l'eau et celui du temps. Ronsard invite le destinataire à profiter du temps présent et Apollinaire chante sa nostalgie.

3.1.3 Étude analytique : « Nuit rhénane »

Apollinaire a passé quelques temps sur les bords du Rhin, ce dont nous retrouvons les traces dans le recueil. Le poète associe la nuit aux rêves et aux légendes. Mais la nuit rhénane, c'est aussi la nuit de l'ivresse entre enchantement et réalité. Ce poème est aussi un jeu littéraire. Apollinaire s'amuse avec les vers (et les verres), qu'il brise par ce sonnet amputé d'un vers. Ce poème devient ainsi une réflexion sur la poésie.

Comment ce poème allie-t-il le réel à l'irréel pour devenir un jeu poétique ?

I. Sous le signe de l'ivresse

1. Le thème des Rhénanes

- Moment d'ivresse (titre + allusions).
- La narration d'une soirée dans un cabaret.
- Surgissement du surnaturel (est-ce l'effet de la boisson ?).

2. Une structure qui cherche la surprise

- Trois quatrains : progression de l'ivresse.
- Le monostiche brise brutalement le vers et le verre.
- Rompre l'envoûtement au treizième vers (chiffre symbolique) ? Se refuser à l'ivresse en cassant le verre ? Faire entendre le rire maléfique des « *fées aux cheveux vers* » ?

3. L'image du tremblement

- Isotopie de l'ébriété + isotopie de l'effroi.
- Ivresse qui se communique au fleuve, au paysage…
- Beaucoup d'homophonies : allitération en [t], assonance en [i] au v. 10.

4. La force du rire

- Poème libérateur amenant le rire.
- Dernier alexandrin qui rappelle ce rire.

II. Un conte de la mythologie germanique

1. Légende et folklore allemands

- Batelier et ondines rappellent les sirènes maléfiques d'Ulysse + « La Loreley » + « Chanson d'automne » : jeu d'intertextualité.
- Chiffre 7 symbolique.
- Lune qui renvoie au mystère.
- Évocation de la féminité (créatures enchanteresses et maléfiques).

2. La menace des « *fées aux cheveux verts* »

- Chant des compagnons « *plus haut* » que le sortilège des sorcières + ronde protectrice.
- Filles blondes « *aux nattes repliées* » qui sont plus rassurantes que celles aux longs cheveux verts : une féminité pure et un antidote aux femmes maléfiques.

3. L'inefficacité des autres personnages

- Jeunes filles aux cheveux blonds disparaissent.
- Envoûtement fini : « *mon verre s'est brisé* ».

III. Un poème incantatoire (au pouvoir magique)

1. Le motif du chant

- Mise en abyme « *écoutez la chanson* ».
- Effet hypnotique du chant (en lien avec la mythologie et la légende des sirènes).
- Surnaturel entre le réel et l'hallucination. Est-ce dû à l'absinthe, de couleur verte ?
- Récurrence du champ sémantique de « *chant* ».

2. La musicalité

- Sonorités, jeu sur les assonances et les allitérations v. 1, v. 9 et v. 10.
- Charme envoûtant du batelier avec les enjambements v. 2, v. 6, v. 11.
- Répétitions lancinantes v. 4 et v. 12.

3. Une composition en boucle

- Le dernier vers répond au premier.
- Le symbolisme du cercle.

Conclusion

- *Réponse à la problématique en reprenant clairement les enjeux majeurs de l'extrait.* À l'ivresse du vin du Rhin et à l'univers germanique, répondent l'ivresse et la magie de l'écriture poétique et « *l'éclat de rire* » brise le verre du poète mais aussi le poème lui-même.
- *Ouverture :* Les thèmes abordés dans le poème « Nuit Rhénane » sont récurrents dans le recueil : l'alcool, la vie, le fantastique, les peurs... Nous reconnaissons ces thèmes dans de nombreux poèmes qui rappellent notamment le pouvoir maléfique de la femme, comme dans « Les Colchiques ».

3.1.4 Étude analytique : « Crépuscule »

Pour l'introduction, rappeler le contexte. « Crépuscule » a été publié deux fois dans des revues et dédié à Marie Laurencin, jeune peintre avec qui Apollinaire a eu une liaison ombrageuse. C'est un poème de facture classique (cinq quatrains d'octosyllabes). Il représente une scène de genre : un spectacle de Saltimbanques. Ce poème peut s'avérer assez hermétique par les images qu'il propose ainsi que par son lexique riche.

Comment ce tableau d'une fête nocturne peut-il présenter le pouvoir du poète et de la poésie ?

I. Une fête nocturne

1. Un tableau : scène de foire ou de théâtre de rue

- Un poème descriptif (cadre + contexte) : scène statique : personnages contemplatifs.
- Champ lexical du théâtre : « *salue d'abord les spectateurs* », « *tours* », « *les tréteaux* ».
- Présence de la Commedia dell'Arte et du monde des saltimbanques.

2. Le monde de la nuit

- Isotopie de la nuit.
- 2e quatrain : référence à la voie lactée.

3. Un titre symbolique

- « *Crépuscule* » le passage du jour à la nuit.
- Passage du jour à la nuit, symbolique de la vie à la mort.

II. Un tableau étrange

1. Un univers irréel ou burlesque

- Chaque strophe compte au moins un personnage du monde du cirque.
- 2e quatrain : un charlatan vient présenter et vanter le spectacle qui va se produire. C'est le début du spectacle.
- 3e et 4e quatrains : spectacle fantastique et burlesque. Des spectateurs + Arlequin qui fait son numéro devant eux.

2. Un tableau visuel

- Les éclairages et les différents plans évoquent une œuvre picturale.
- Insistance sur les lumières et les tons : « *ombre* » (v. 1) ; « *le jour s'exténue* » (v. 2).
- Dédicace à Marie Laurencin.

3. L'étrange

- Personnages hétéroclites, mal assortis : gens du voyage + personnages issus du merveilleux et du fantastique + autres personnages (aveugles, faons…).
- Personnages qui mêlent le profane et le sacré.
- Arlequine : dimension érotique et fantastique (la fée Mélusine).

III. La dimension symbolique

1. La présence d'Arlequin

- Parallèle avec le poète : un artiste qui exprime son mal-être + Arlequine qui ignore ce personnage.
- Relation établie entre l'arlequin et le surnaturel. La structure de la phrase v. 13 à v. 16 met en valeur l'action exprimée par le participe passé « *décroché une étoile* » v. 13 puis sa progression « *manie à bras tendu* » v. 14.
- Ce tour de magie traduit un pouvoir surnaturel du poète qui est de rapprocher la terre et le ciel.
- Hermès Trismégiste a pour vertu d'être un dieu rassembleur + secrétaire des dieux (associé au poète).

2. Le registre élégiaque

- L'élégie est une forme de poème à tonalité plaintive et mélancolique dont les thèmes sont l'évocation de la mort, l'absence, l'abandon…
- Référence implicite à la mort, impression de tristesse en général.

3. Le jeu des contraires

- L'étang fait référence à l'eau morte et un spectacle s'y joue.
- Le spectacle est silencieux.
- Contraste entre l'ombre et la lumière.
- Contraste entre la grandeur de l'arlequin et le nain.

4. De la mort à la vie

- Dans le premier quatrain, référence à la mort.
- Dans le dernier, référence à la vie : « *trismégiste* » : commencement de la vie qui grandit ; désigne métaphoriquement Hermès Trismégiste et la victoire de la vie sur la mort.

Conclusion

– *Réponse à la problématique en reprenant clairement les enjeux majeurs de l'extrait.* Ce poème est chargé de symboles qui représentent métaphoriquement une lutte entre la nuit et le jour, l'ombre et la lumière, la mort et la vie. Apollinaire dessine un monde étrange à la limite du réel et de l'irréel. L'ensemble du poème est dominé alors par ce jeu de contrastes. Seul l'arlequin, c'est-à-dire le poète, peut faire la jonction entre ces univers grâce à sa proximité avec le monde surnaturel.

– *Ouverture :* Ce poème semble avoir été inspiré par les deux tableaux de Picasso nommés « Famille de bateleurs » et « Famille de Saltimbanques ». Nous retrouvons aussi dans le recueil ces scènes de genre et les thèmes traditionnels de la fête, avec le poème « Saltimbanques » notamment.

3.2 L'ÉPREUVE ÉCRITE : PROPOSITION D'UN SUJET DE DISSERTATION

« *Le moindre fait est pour le poète le postulat, le point de départ d'une immensité inconnue où flambent les feux de joie des significations multiples. Il n'est pas besoin pour partir à la découverte de choisir à grand renfort de règles, même édictées par le goût, un fait classé comme sublime. On peut partir d'un fait quotidien : un mouchoir qui tombe peut être pour le poète le levier avec lequel il soulèvera tout un univers* », déclare Apollinaire dans sa conférence « l'Esprit nouveau et les poètes » prononcée en 1917.

Vous discuterez et illustrerez ce jugement en vous interrogeant en particulier sur le fait que l'écriture poétique et les poèmes d'Apollinaire puissent s'inspirer des faits quotidiens.

Si la poésie épique ou lyrique prend souvent sa source dans des grands sujets en célébrant « *un fait classé comme sublime* » et peut nous décentrer de notre vie grâce au pouvoir de l'imagination, il existe une autre source d'inspiration, souvent jugée mineure et même attribuée aux poètes de Cour – ou aux conteurs populaires –, celle qui s'attache au « *petit fait quotidien* ». Pourtant Apollinaire, poète orphique, se réclame de cette poésie, comme il l'exprime dans sa conférence « l'Esprit nouveau et les poètes » (*citation à noter*).

L'écriture poétique peut-elle donc s'inspirer du quotidien et des choses ordinaires ? Nous verrons tout d'abord que le quotidien inspire le poète mais que l'écriture peut transfigurer l'ordinaire afin que l'écriture de l'anecdote devienne un manifeste esthétique.

I. Le quotidien inspire le poète, comme le manifeste le recueil *Alcools*...

1. L'écriture du quotidien et de l'ordinaire

- Importance de ce type de poésie depuis le XIXe siècle (Hugo, Baudelaire...) ; les Symbolistes empruntent leurs « symboles » au monde quotidien.
- « Zone » : manifeste de la poésie du quotidien : « *Tu lis les prospectus les catalogues les affiches qui chantent tout haut/Voilà pour la poésie* ».

2. ...aux finalités nombreuses

- Jeu littéraire, travail d'orfèvre (Mallarmé) ou éloge paradoxal (Ponge).
- Un poète chantre de la modernité. *Voir l'analyse thématique : un recueil de la modernité.*

II. ...mais l'écriture poétique transfigure l'ordinaire...

1. L'écriture lyrique d'un fait quotidien

- Un objet prosaïque décrit de manière solennelle : « 1909 » « *j'aimais les femmes atroces dans les quartiers énormes/Où naissaient chaque jour quelques êtres nouveaux* » : naissance d'une autre image.
- La modernité transforme le laid, le banal et le quotidien, thèmes inesthétiques, en objets esthétiques.

2. La poésie transforme le réel

- Scènes anecdotiques prétextes à l'évocation de la mélancolie.
- Motifs élégiaques + genres classiques pour narrer la nouveauté : « Le Pont Mirabeau » (poème classique et registre élégiaque pour un pont moderne en fer).

3. Des jeux poétiques qui s'éloignent de la réalité

- Métamorphose des objets quotidiens en jeux poétiques. (Certains calligrammes : « La Cravate et la montre », la tour Eiffel, l'aviation et la comparaison avec l'Ascension du Christ…).
- L'ivresse des mots. *Voir l'analyse thématique.*

III. …ainsi l'écriture poétique de l'anecdote devient un manifeste esthétique

1. Révéler la richesse poétique du quotidien

- Droit d'utiliser tous les mots, même vulgaires ou prosaïques « *Et moi j'ai le cœur aussi gros/d'un cul de dame damascène* » (« Chanson du Mal-Aimé »).
- Apollinaire dit que les poètes sont les hommes du beau mais surtout les hommes du vrai.
- Le poète est un alchimiste, la poésie une transmutation.

2. La poésie est avant tout un jeu sur le langage

- Étymologie : du grec « poíêsis » : « faire, créer ».
- Déconnection avec le réel en refusant les règles grammaticales usuelles : « *Poète est celui qui rompt avec l'accoutumance* » (Saint-John Perse).
- Poème assez hermétique « Lul de Faltenin ».

Conclusion

- *Réponse à la problématique.* C'est entre le XIXe et le XXe siècle, entre l'ancien et le nouveau, entre la mythologie antique et la modernité qu'Apollinaire laisse entendre sa voix. Ses poèmes sont au carrefour de la familiarité, de l'incongruité, de la banalité et de l'érudition, rapprochant ainsi le noble et le vulgaire, créant, par l'écriture d'un « *fait quotidien* » « *le levier avec lequel il soulèvera tout un univers* ».
- *Ouverture* : Avec Apollinaire, chantre de la modernité, le lecteur accède à un autre univers, celui qui fait chanter les mots. « *L'homme est à la recherche d'un nouveau langage auquel la grammaire d'aucune langue n'aura rien à dire* » nous livre Apollinaire dans ses *Calligrammes.*

3.3 PARCOURS ASSOCIÉ : « MODERNITÉ POÉTIQUE ? »

3.3.1 Comment la poésie peut-elle rendre compte de la modernité ?

- **Proposition d'un corpus**
  - Charles Baudelaire, *Les Fleurs du Mal,* (1857) « Une charogne ».
  - Arthur Rimbaud, *Les Illuminations,* (1886) « Aube ».
  - Francis Ponge, *Le Parti pris des choses,* (1942) « Le pain ».
- **Textes complémentaires**
  - Arthur Rimbaud, « Lettre à Paul Demeny » dite « la Lettre du voyant » (1871) à partir de « *La première étude de l'homme qui veut être poète* ».
  - Apollinaire, *Calligrammes,* (1918), « La Colombe poignardée et le jet d'eau ».
  - Henri Michaux, *Qui je fus,* (1926) « Le Grand Combat ».
  - Michel Leiris, *Langage, tangage ou ce que les mots me disent* » (1985) : début de la lettre B, de « *Babil* » à « *Billevesées* » (recueil composé comme un lexique).
- **Prolongements artistiques et culturels**
  - Claude Monet, *La Gare Saint-Lazare* (1877), musée d'Orsay, Paris.
  - Georges Braque, *Le Viaduc à L'Estaque,* (1908), musée d'Art moderne, Paris.

OBJET D'ÉTUDE 2

La littérature d'idées du XVIe siècle au XVIIIe siècle

RABELAIS, *GARGANTUA*

Parcours : « Rire et savoir »

Par Amélie Goutaudier

LA BRUYÈRE, *LES CARACTÈRES*, LIVRES V À X

Parcours : « La comédie sociale »

Par Camille Kerbaol

OLYMPE DE GOUGES, DÉCLARATION DES DROITS DE LA FEMME ET DE LA CITOYENNE, DU « PRÉAMBULE » AU « POSTAMBULE »

Parcours : « Écrire et combattre pour l'égalité »

Par Constance Desormeaux

François Rabelais, *Gargantua*

> *Et son éclat de rire énorme*
> *Est un des gouffres de l'esprit !*

Victor Hugo, *Les Contemplations*, « Les Mages » (VI, 23), 1856

Translation réalisée par nos soins.

1. L'œuvre et ses contextes

1.1 FRANÇOIS RABELAIS, UN HOMME INSCRIT DANS SON TEMPS

Éléments biographiques	Production littéraire et censure
• **1483 ou 1494** : François Rabelais naît en Touraine, près de Chinon. Son éducation, confiée aux moines de l'abbaye de Seuilly, repose sur les méthodes scolastiques qu'il condamnera ouvertement dans *Gargantua*.	
Les années monastiques (1511-1530) • **1511-1518 :** Rabelais fait son noviciat au couvent de la Baumette près d'Angers. • **1519-1524 :** Ayant rejoint les Franciscains de Puy-Saint-Martin à Fontenay-le-Comte, Rabelais étudie le grec et le latin. Mais ses supérieurs confisquent les livres de grec (sur les recommandations de La Sorbonne, alertée par les interprétations personnelles du Nouveau Testament que favorise cette étude). • **1525 :** Avec l'autorisation du pape, Rabelais quitte l'ordre des Franciscains pour celui des Bénédictins, réputés plus ouverts aux évolutions culturelles. • **1528-1530 :** Pendant trois ans, Rabelais effectue de nombreux déplacements au sein d'universités (Paris, Toulouse, Bordeaux, Orléans). Il quitte l'ordre des Bénédictins, et prend l'habit de prêtre séculier.	• **1521-1524 :** Rabelais fréquente un groupe d'humanistes et entretient une correspondance (en latin et en grec) avec Guillaume Budé. Il traduit en latin le second livre d'Hérodote.

Études médicales et débuts littéraires • **1530** : Rabelais entame des études de médecine à Montpellier, est reçu bachelier la même année et s'installe à Lyon. Il y fréquente l'humaniste et imprimeur Étienne Dolet (que la liberté d'expression conduira au bûcher). • **1532** : Il est nommé médecin de l'Hôtel-Dieu de Lyon.	• **1532** : Publication de *Pantagruel* (sous le pseudonyme d'Alcofribas Nasier, anagramme de François Rabelais). • **1533** : La Sorbonne condamne *Pantagruel* pour obscénité.
Voyages diplomatiques et condamnations : • **1534** : Rabelais accompagne alors à Rome, en qualité de secrétaire et médecin, le cardinal Jean du Bellay (oncle du poète) • **1535-1536** : Lors d'un deuxième voyage à Rome, le pape lui accorde l'absolution pour avoir quitté le froc bénédictin. • **1536** : Rabelais passe à Montpellier la licence et le doctorat de médecine. Il devient l'un des premiers médecins du royaume. À partir de 1536, il exerce et enseigne la médecine à Lyon, à Montpellier ou dans le Poitou. • **1546 (mars)** : Il se réfugie à Metz (ville d'Empire), pour échapper à la condamnation formulée par la Sorbonne.	• **1534** : Publication de *Gargantua* (sous le pseudonyme d'Alcofribas Nasier). • **1542** : Les éditions définitives de *Pantagruel* et *Gargantua* paraissent à Lyon. Les deux œuvres sont censurées par le Parlement à la demande des théologiens, en même temps que des œuvres d'Érasme, Marot ou Calvin. • **1545** : Rabelais obtient un privilège de François Ier pour imprimer librement ses livres pendant dix ans. • **1546** : Publication du *Tiers Livre des faits et dits héroïques de Pantagruel*, condamné aussitôt par les théologiens qui l'accusent d'être « farci d'hérésies ». • **1548-1552** : Publication du *Quart Livre*, censuré par les théologiens (mais Rabelais conserve le soutien des parlementaires). Calvin traite Rabelais d'« impie » et d' « athée ». • **1550** : Rabelais obtient du roi Henri II un privilège pour la réimpression de ses ouvrages.
• **1553** : Rabelais meurt à Paris.	• **1555** : Calvin se livre à une nouvelle attaque contre l'impiété et l'obscénité des ouvrages de Rabelais. • **1562-1564** : Publication posthume du *Cinquième Livre*, dont l'authenticité est sujette à caution.

1.2 LES CONTEXTES LITTÉRAIRES, CULTURELS ET POLITIQUES

1.2.1 Le cadre politique

Les premières décennies du XVIe siècle européen sont marquées par la quasi-continuité des guerres. La rivalité qui oppose François Ier et Charles Quint dure depuis 1519, date à laquelle les deux hommes sont candidats à l'élection au trône du Saint-Empire romain germanique, élection remportée par Charles de Habsbourg qui prend le nom de Charles Quint.

Gargantua n'échappe pas à cette dimension essentielle de l'actualité, même si le récit la travestit de manière plus ou moins comique : Charles Quint a servi de modèle au personnage de Picrochole[1], dont l'impérialisme est présenté sous un angle parodique au chapitre 33. Par ailleurs, Rabelais fait des allusions aux opérations militaires impériales : le sac de Rome en 1527 (chap. 33) ; la lutte de Charles Quint contre les Infidèles (chap. 33) ; la bataille de Pavie à l'issue de laquelle François Ier est battu par les troupes impériales (chap. 39).

1.2.2 Le cadre littéraire et religieux : l'humanisme

Définition	Au départ, l'humanisme est une **philosophie** qui met l'Homme et les valeurs humaines au-dessus de tout. Puis ce terme désigne le **vaste mouvement intellectuel et littéraire** de la Renaissance qui se caractérise à la fois par une vive admiration pour les cultures grecques et latines et par une foi dans les capacités de connaissance que possède l'Homme. Ce mouvement, né en Italie au XIVe siècle, s'étend progressivement en Europe et s'épanouit au XVIe siècle.
Écrivains représentatifs	• **ÉRASME**, *Éloge de la folie* (1511) ; • Thomas **MORE**, *Utopie* (1516) ; • **RABELAIS**, *Pantagruel* (1532) ; *Gargantua* (1534) ; • **MONTAIGNE**, *Essais* (entre 1580 et 1588). S'appuyant sur la sagesse des auteurs antiques, les humanistes, mus par une soif de connaissance, souhaitent bâtir une société différente, désirent atteindre la perfection, que ce soit dans le domaine humain, moral ou artistique. C'est à cette époque que surgissent des universités dans toute l'Europe.

1. Ses paroles reprennent la devise « Plus oultre », de Charles Quint (chap. 33) ; au chapitre 50 est convoqué le souvenir des rois catholiques qui châtient ; au chapitre 33 est faite une allusion à la guerre contre l'Islam, que menait alors Charles Quint.

Principaux thèmes	**Religion** : la réflexion humaniste est marquée par l'influence du courant évangélique qui prône la lecture directe des textes bibliques, la prière personnelle et la méditation. L'évangélisme repose sur l'enseignement de saint Paul, sur l'espérance et la charité. **Politique** : les humanistes opèrent une réflexion sur le rôle du prince et sur la meilleure façon de gouverner. **Paix** : le plaidoyer en faveur du pacifisme va de pair avec le réquisitoire contre la guerre offensive. **Éducation :** de nouvelles méthodes pédagogiques visent au développement de l'esprit critique et à l'extension du champ de connaissances. **Différences culturelles** : les humanistes amorcent une réflexion sur l'altérité.
Écriture souvent argumentative	• L'écrivain humaniste fait référence à la **sagesse des Anciens** ; • Il exploite les **procédés didactiques** pour mettre le savoir à la portée du lecteur et recherche une connivence intellectuelle avec ce dernier, usant volontiers de l'ironie, du paradoxe, du double sens, de la polyphonie, pour éviter l'attaque directe. • L'œuvre humaniste est une **réhabilitation de la langue maternelle**[1].

1.3 GENÈSE ET PLACE DE *GARGANTUA*

1.3.1 Deux livres étranges : *Pantagruel* et *Gargantua*

En 1532 Rabelais, prenant le pseudonyme d'Alcofribas Nasier (anagramme de François Rabelais), fait publier à Lyon *Pantagruel*[2]. Le grand succès que connaît cette œuvre mêlant registres farcesque et épique pousse Rabelais à écrire une suite (ou plutôt un début[3]) : l'histoire de Gargantua, le père de Pantagruel. Dans *Gargantua,* Rabelais rectifie un peu le tir : **si le style reste farcesque, le préquel est un livre d'humaniste** : *Gargantua* est une réflexion sur l'éducation, la politique, l'organisation de la société. L'écrivain cherche à la fois un public populaire et savant : il s'agit d'un livre où « les

1. Au XVe siècle, le latin demeure la langue de culture. Après l'ordonnance de Villers-Cotterêts (1539) qui fait du français la langue officielle, du Bellay publie en 1549 sa *Défense et Illustration de la langue française.* Les écrits de Rabelais sont représentatifs de cette lente évolution vers la langue maternelle : Rabelais ridiculise dans son récit les faux lettrés qui usent d'un latin fossilisé, truffé de références, témoignant de leur incapacité à s'adapter au présent.
2. À la foire d'août 1532 sont publiées les *Grandes et Inestimables Chroniques du grand et énorme géant Gargantua* (auteur anonyme) qui auraient donné l'impulsion initiale. Rabelais reprend à cette œuvre plusieurs épisodes, comme la jument qui abat les forêts, la visite du géant à Paris et l'enlèvement des cloches de Notre-Dame. Il emprunte également les noms de certains protagonistes : Grandgousier, Galemelle (transformé en Gargamelle), et Gargantua. Mais ce n'est pas cet auteur anonyme qui a inventé la légende de Gargantua, dont on trouve des traces avant le XVIe siècle : à la fin du Moyen Âge, le personnage est présent dans le folklore, caractérisé à la fois par une stature exceptionnelle, une humeur débonnaire et un appétit féroce.
3. *Gargantua* est donc le préquel de *Pantagruel.*

intentions satiriques et pédagogiques se proclament ouvertement sous le manteau apparemment transparent de la fiction » selon Gérard Defaux, qui analyse Rabelais comme un homme « certes conscient des dangers que ses propos lui font courir, mais décidé, comme frère Jean, à agir et payer de sa personne[1] ».

1.3.2 Publication et réception

Gargantua est publié en 1534 ou 1535 à Lyon[2] ; il est réédité plusieurs fois jusqu'à l'édition définitive de 1542. Jusqu'au XIXe siècle, malgré son immense succès, le roman est perçu comme une **œuvre délurée**. À partir de la seconde moitié du XIXe siècle, la recherche universitaire commence à rattacher les textes rabelaisiens aux contextes politiques, culturels et religieux du XVIe siècle. C'est ainsi qu'Abel Lefranc, dans son *Rabelais* (1953), réhabilite l'écrivain : « Sous l'"éclat de rire énorme" du grand satirique se dissimulent les visées les plus audacieuses. **Le masque de la folie n'est qu'un moyen** dont il a usé pour lancer à travers le monde les vérités et les négations qu'il était impossible de faire entendre autrement. »

1.3.3 L'ambiguïté de la prise en charge narrative

Dans *Gargantua*, le narrateur est envahissant et prend un masque comique : « Maître Alcofribas Nasier » tient à préciser dès sa signature qu'il est « abstracteur de quinte essence », périphrase désignant l'alchimiste[3]. S'il partage les amours et les haines de son créateur, Alcofribas n'est pas Rabelais : il est le sot et le badin choisi pour mener le jeu et donner à l'œuvre une atmosphère comique. **Alcofribas est le masque, Rabelais est le visage**, qui revendique la culture humaniste et l'habille de culture populaire ; c'est ce qu'explique Gérard Defaux : « Alcofribas est le masque comique dont Rabelais s'affuble pour démasquer le mal et l'exposer au ridicule. »

1. Gérard Defaux, Préface de *Gargantua*, 1994.
2. On ne possède qu'un exemplaire de la première édition, mais il manque la page du titre, ce qui rend la date incertaine.
3. Il tient d'ailleurs à s'inscrire dans son texte : au chapitre 8 il est question d'un certain Alcofribas, qui crée les anneaux de Gargantua.

2. L'œuvre en examen

2.1 STRUCTURE DU ROMAN

2.1.1 « Prologue de l'Auteur »

Dès le prologue, celui qui prétend en être l'auteur met en garde son lecteur et l'invite à une **lecture herméneutique**. Selon lui, il ne faut pas seulement prendre les aventures qui suivent comme un tissu de plaisanteries, mais il est nécessaire de « soigneusement peser ce qui y est montré » car « l'habit ne fait point le moine ». Il exploite dans cette perspective la métaphore des Silènes, qui sont des boîtes peintes avec des figures grotesques, mais à l'intérieur desquelles se trouvent des drogues capables de guérir. Socrate est quant à lui un personnage « laid de corps et ridicule en son maintien », « toujours riant », « toujours se moquant », mais d'une sagesse exemplaire – « toujours dissimulant son divin savoir. » De la même manière que le chien mentionné au livre II de *La République* de Platon, qui tombe sur un os, le brise et en suce la moelle, le lecteur doit ainsi découvrir le sens caché de l'œuvre, au-delà de la fantaisie affichée.

Pourtant, après nous avoir invités à une lecture herméneutique, il semble nous en dissuader, remettant en cause les interprétations qui ont forcé le sens des œuvres d'Homère ou d'Ovide. L'« auteur » avoue avoir écrit ce livre en buvant et en mangeant... Son œuvre sent moins l'huile de la lampe, métaphore du labeur, que le vin. Il revendique la nonchalance comme principe même de l'écriture : son livre est à la fois une œuvre grande – un « livre seigneurial » – et pleine de bêtises. Ce prologue expose donc le **dilemme** auquel est confronté tout lecteur interprète, entre **lecture allégorique** et **recherche de l'intention** de l'auteur.

2.1.2 Une composition linéaire qui adopte la structure du roman de chevalerie

L'histoire se déroule en Touraine (ou du moins dans une Touraine transformée en royaume par l'imagination de Rabelais) et à Paris, aux XVᵉ et XVIᵉ siècles[1]. La narration, prise en charge par Alcofribas Nasier, oscille entre une composition linéaire, avec une progression chronologique de l'intrigue, et une composition plus désinvolte, intégrant de nombreuses digressions.

1. Il est fait référence à la bataille de Pavie en 1525, au chapitre 39 ; à la fin du chapitre 14 nous est donnée la date de la mort du premier précepteur de Gargantua : « c'était en l'an mil quatre cent vingt ».

L'enfance de Gargantua (chap. 1 à 13)

Gargantua est d'emblée présenté comme s'inscrivant de façon burlesque dans la lignée des héros mythiques. Il naît au bout de onze mois[1], par l'oreille de sa mère, à l'occasion d'un banquet énorme ; ses premiers mots sont « À boire ! à boire ! à boire ! ». Son éducation est régressive, car elle est faite par le bas corporel, contrairement à l'éducation de l'époque. Ainsi, les maîtres-mots de l'enfance sont : boire, manger, dormir. De plus, le personnage s'éduque par lui-même en prenant progressivement conscience de son corps. Rabelais souligne plaisamment que l'enfant abandonné à ses instincts fait spontanément tout ce que condamne la sagesse des nations.

L'éducation de Gargantua (chap. 14 à 24)

Un diptyque soigneusement construit oppose l'éducation des précepteurs sophistes[2] (chap. 14, 21 et 22) à celle du précepteur humaniste (chap. 23 et 24), qui fait échapper l'élève à l'inculture asociale où il menaçait de sombrer[3]. Ces deux modes d'éducation constituent un **diptyque à valeur polémique**. Entre les deux, Ponocrates fait appel à un médecin qui purge le cerveau de son élève : « Il le purgea canoniquement » pour le nettoyer de « toute corruption et de toute perverse habitude. »

La guerre picrocholine (chap. 25 à 51)

Pendant que Gargantua poursuit ses études à Paris sous l'égide de Ponocrates, un incident se produit entre les fouaciers de Lerné et les bergers du pays de Gargantua. Non seulement les premiers refusent de donner aux seconds des fouaces, mais ils se mettent à les insulter ; s'ensuit une « grande querelle » à l'issue de laquelle les fouaciers, en mauvaise posture, rentrent chez eux et se plaignent auprès de leur roi Picrochole. L'ambitieux, colérique, irritable et irréfléchi roi saisit ce prétexte pour se mettre en campagne. Son armée, constituée de pillards indisciplinés, détruit tout sur son passage et n'épargne personne. Face à l'excitation belliqueuse de Picrochole et de son armée, Grandgousier, quoiqu'au départ réticent, décide d'entrer en guerre contre Picrochole pour « secourir et protéger [s]es pauvres sujets ». Après de nombreuses péripéties, l'armée ennemie, désorganisée, est mise en déroute par l'armée puissante et organisée de Gargantua, rentré à la demande de son père. Comprenant que la défaite sera inéluctable, Picrochole s'enfuit – et disparaît définitivement du récit.

1. Dans un registre héroïcomique est développée la théorie des douze mois de grossesse, bien pratique dans le cas de naissance illégitime.
2. Un sophiste est un maître de rhétorique, enseignant la sagesse et l'art de parler en public. Cependant, visant davantage à l'efficacité persuasive qu'à l'énonciation d'une vérité, la sophistique connut de nombreux détracteurs, comme Rabelais.
3. Voir l'analyse thématique : l'éducation.

C'est dans ces chapitres qu'**entre en scène frère Jean des Entommeures**, « un vrai moine s'il en fut jamais depuis que le monde moinant moina de moinerie », jurant « pour orner [s]on langage » et se servant du bâton de la croix non pour convertir mais pour massacrer[1]. Buveur invétéré, volontiers paillard, frère Jean est ripailleur, bon vivant, tonitruant : il s'agit d'une **parodie de moine**, dont les prières endorment Gargantua au chapitre 41.

L'abbaye de Thélème (chap. 52 à 58)

Les derniers chapitres constituent l'étape ultime de la vie du héros qui, après avoir guerroyé, se retire dans une abbaye pour devenir un bon moine. Après quatre chapitres consacrés à l'architecture de l'abbaye (chap. 52 à 55), les chapitres 56 et 57 dévoilent le mode de vie des Thélémites. Vivant libres et heureux, tant épanouis sur le plan individuel que sur le plan collectif, les Thélémites ont pour règle « Fais ce que voudras[2] ».

2.2 RIRE ET SAVOIR : ÉTHIQUE ET ESTHÉTIQUE DE LA JOIE

Dès le XVIe siècle, les romans de Rabelais ont suscité des jugements divergents. Si la Sorbonne condamne l'obscénité de l'œuvre, Montaigne quant à lui apprécie des « livres simplement plaisants, […] dignes qu'on s'y amuse » (*Essais*, II, 10). Madeleine Lazard s'inscrit dans cette lignée lorsqu'elle affirme dans *Rabelais l'humaniste* (1993) : « *Gargantua* illustre toutes les formes de la joie, le mot-clé de l'œuvre, constamment repris ».

2.2.1 Une éthique de la joie

Gargantua s'inscrit dans la continuité de *Pantagruel* qui étayait une doctrine de bon vivant. Dès l'adresse aux lecteurs, le roman se place effectivement sous le signe de la joie, présentant le rire comme motif majeur. D'ailleurs, dans l'édition originale, cette adresse se terminait par un « Vivez joyeux » typographié en lettres capitales, invitant le lecteur à la fête et au plaisir tout en rappelant le précepte évangélique de saint Paul[3].

Dans cette perspective, le narrateur s'attache à inscrire le récit dans un **univers de liesse** au sein duquel la fête est omniprésente. Les scènes de banquet et de convivialité joyeuse scandent le récit : Gargantua naît lors d'une partie de campagne animée par

1. « Toutefois mon bâton de croix fera diablement merveilles. » (Chap. 42) : l'ironie culmine avec l'antithèse.
2. La devise est la parodie du célèbre précepte de saint Augustin : « Aime [crains] Dieu, et fais ce que tu veux. »
3. *Cf.* Première épître de saint Paul aux Thessaloniciens, V, 16 : « Soyez toujours dans la joie ».

les « propos de beuverie » des « bien ivres », que Rabelais a amplifiés au fil des éditions successives ; son retour de Paris est célébré par des festivités organisées au château de Grandgousier (chap. 37 à 40) ; c'est encore un festin magnifique qui clôture la guerre picrocholine, couronnant la victoire de Gargantua et des siens (chap. 51). De plus, dans les chapitres consacrés à l'éducation, les repas se placent sous le signe de la joie, dans un contexte de pédagogie humaniste menée par Ponocrates. La nourriture et la boisson renvoient d'emblée à la convivialité effervescente, à la joie du partage et de l'échange. Un homme qui boit et mange seul est un homme sans avenir : telle pourrait être la leçon de Rabelais, lequel nous en donne l'illustration avec le personnage de Picrochole qui dîne seul tout en faisant des injonctions martiales (chap. 26).

Chez Rabelais, la joie devient donc un **idéal éthique**. Selon l'humaniste, le savoir passe nécessairement par la joie : contrairement à l'éducation sophiste, l'éducation de Ponocrates est ludique. La découverte du monde, au cœur de l'éducation, passe par la joie – le précepteur et l'élève « devise[nt] joyeusement ensemble » (chap. 23), et cette méthode « fut si douce, si légère et délectable, qu'elle ressemblait davantage à un passe-temps de roi qu'à l'étude d'un écolier » (chap. 24). Ainsi, joie et spiritualité sont liées : les couleurs de la livrée de Gargantua illustrent cette pensée, le blanc et le bleu signifiant, selon le narrateur, la « joie céleste ». Cette joie, qui s'inscrit dans l'optimisme inhérent à l'humanisme, permet de mettre à distance la réalité de la mort – Gargamelle meurt de joie au chapitre 35 – et s'épanouira à Thélème, monde utopique dans lequel la joie est synonyme de liberté. L'idéal évangélique d'une joie céleste paraît être atteint dans ce lieu accueillant des « joyeux, plaisants, mignons, [...] gentils compagnons », comme l'indique l'inscription mise sur la grande porte (chap. 54). Ce couple joie-liberté semble alors établir le fondement de la vie d'après Rabelais.

2.2.2 Une esthétique de la joie

À cette éthique correspond une esthétique de la joie, proche de l'euphorie verbale, qui embrasse l'ensemble de l'œuvre. Le **comique farcesque**, hérité du Moyen Âge, est lié au thème du **gigantisme**, qui provoque un rire reposant sur l'inadéquation de deux sujets, de deux univers. Il s'agit dès lors d'un comique carnavalesque de l'invraisemblance, Rabelais usant à loisir des proportions gigantesques, grossissement de la réalité propre au genre : il faut des milliers de vaches pour nourrir le bébé Gargantua (chap. 7), lequel, grandissant, dispose de montagnes de victuailles pour déjeuner et souper ; Grandgousier quant à lui offre à Toucquedillon un collier pesant cent soixante-quinze tonnes (chap. 47). Le comique de disproportion intervient régulièrement, notamment lors du retour de Gargantua, qui confond boulets d'artillerie et grains de raisin, mouches (chap. 36) ou poux (chap. 37), puis mange six pèlerins en salade (chap. 38). Les humains sont noyés tantôt par l'urine du géant Gargantua (chap. 17[1] et 38[2]), tantôt par celle de la jument (chap. 36[3]).

L'exubérance, l'hyperbole, la surabondance sont les caractéristiques de cette écriture de l'excès et participent à la fécondité du style : **Rabelais se fait lexicalement plaisir**. Le plaisir des mots se fait sentir dans les énumérations (jeux de Gargantua, torcheculs au début réalistes puis complètement absurdes, pièces d'artillerie, jurons de frère Jean, ...). Les propos grivois ou scatologiques (chap. 5, 13 ou 40), qui entretiennent le comique obscène de premier degré, côtoient un langage savant, médical et religieux. La rencontre entre le discours médical et le discours chevaleresque, relevant d'une volonté de décalage et d'humour, crée un **comique de langage** sur lequel reposent notamment les combats de frère Jean (chap. 27, 43 ou 44). La langue rabelaisienne est une langue extrêmement foisonnante traduisant une véritable jubilation verbale. Cette **écriture bachique** tend à créer des sonorités en délire ; le chapitre 5, intitulé « Les propos des bien ivres », en est un exemple frappant. Le texte déraille, confine à la folie ; folie des mots, ivresse de l'écriture revendiquée telle quelle dès le prologue : « L'odeur du vin est, ô combien plus friande, riante, priante, céleste et délicieuse que celle de l'huile ! »

2.3 PARODIE, SATIRE ET IDÉAL : L'ÉDUCATION, LA GUERRE ET LA POLITIQUE, LA RELIGION

2.3.1 L'éducation

L'éducation est une grande préoccupation des humanistes de la Renaissance qui veulent en finir avec la scolastique médiévale. Érasme, moine et intellectuel majeur de l'époque, se penche sur cette question et publie en 1530 un traité sur l'éducation : *La Civilité puérile*. Influencé par Érasme, Rabelais à son tour traite de cette thématique, mais de façon polémique puisqu'il oppose en diptyque deux méthodes pédagogiques.

1. « Alors, en souriant, il détacha sa belle braguette et, tirant sa mentule en l'air, les compissa si aigrement qu'il en noya deux cent soixante mille quatre cent dix-huit, sans compter les femmes et les petits enfants. »
2. « Alors il pissa si copieusement que l'urine coupa le chemin aux pèlerins, qui furent contraints de franchir la grande rigole. »
3. « Cependant, sa jument pissa pour se relâcher le ventre, mais ce fut en telle abondance qu'elle en fit sept lieues de déluge. »

	Chap. 21-22 : Éducation sophiste	**Chap. 23 : Éducation faite par Ponocrates**
Lever	Gargantua se réveille entre huit et neuf heures.	Gargantua se lève vers quatre heures du matin. Dès son réveil lui sont lues les saintes Écritures ; s'ensuit un temps de prière.
Habillement, besoins naturels	Gargantua se distingue par son comportement bestial. Il ne se lave pas, méprise l'hygiène ; ses besoins naturels sont décrits grâce à l'accumulation de termes scatologiques.	Après s'être lavé, Gargantua va « aux lieux secrets faire excrétion des digestions naturelles. » Le langage est pudique et révèle la bonne hygiène de vie à laquelle s'adonne à présent Gargantua.
Déjeuner	Son déjeuner est caractérisé par la goinfrerie et la surenchère de mets.	Ø
Église	Gargantua assiste à une trentaine de messes. Sa dévotion est formaliste et mécanique ; ses prières sont bâclées (« un tas de chapelets » ; « Il marmonnait avec lui toutes ces Kyrielles »).	Ø
Étude	Il étudie pendant « quelque méchante demi-heure » mais « son âme était à la cuisine ».	Gargantua étudie pendant trois heures. L'enseignement repose sur un idéal d'harmonie qui permet de concilier exercice corporel et exercice spirituel.
Besoins naturels	À nouveau, les besoins naturels de Gargantua sont évoqués : « Pissant donc en plein urinoir ».	Ø Gargantua se lave et se promène doucement.
Déjeuner	Là encore, Gargantua se goinfre de « quelques douzaines de jambons » ; on lui jette des pelletées de moutarde dans la bouche ; il ne connaît aucune limite en matière de boisson. Pour finir, il se lave les mains avec du vin.	Le déjeuner donne l'occasion d'écouter une lecture ou d'ébaucher une discussion intellectuelle. Ils se lavent avant et après le repas, lequel est simple et équilibré. À l'issue du déjeuner, tous rendent grâce à Dieu avec élégance et sincérité.
Jeux	Le chapitre 22 expose, dans une litanie, deux cents jeux grotesques auxquels s'adonne l'élève.	Le savoir encyclopédique au cœur de l'éducation humaniste de Ponocrates se fait aussi grâce aux jeux de cartes, par le biais desquels Gargantua apprend l'arithmétique. L'élève se divertit en faisant « de joyeux instruments et figures géométriques », en apprenant l'astronomie ou la musique.

	Chap. 21-22 : Éducation sophiste	Chap. 23 : Éducation faite par Ponocrates
Sieste	Après avoir bu avec ses compagnons quarante-quatre litres de vin, Gargantua dort pendant deux ou trois heures, puis se remet à boire dès son réveil.	Ø
Étude	Gargantua se met à étudier « quelque peu » et expédie ses prières. Il s'intéresse davantage aux mets cuisinés pour le souper.	L'élève se remet à l'étude pendant trois heures ou plus. Il apprend l'art de la chevalerie – il sera un jour roi et chef militaire. Ponocrates insiste sur l'importance des leçons de choses et son enseignement repose sur la connaissance de la vie pratique.
Souper	Il convie ses voisins pour boire et jouer avec eux, quand ils ne vont pas voir les filles des alentours après le souper.	Le souper est « sobre et frugal » ; les discussions intellectuelles animent le repas. Les divertissements tels que la musique, les cartes, les dés, ou l'observation des astres ponctuent la soirée.
Coucher	« Puis il dormait sans débrider jusqu'au lendemain huit heures. »	Après des prières sincères, « ils entraient en repos. »

Parodie satirique de l'éducation à l'ancienne mode

La dénonciation porte d'abord sur le **savoir livresque** auquel est soumis le jeune Gargantua. Les livres qu'il apprend par cœur (chap. 14[1]) et dont la liste est un mélange d'ouvrages fantaisistes[2] ou dépassés, sont des lieux communs de sentences, de morales, mais qui ne prêtent pas à la réflexion. Dans cette logique, l'onomastique participe à la critique, avec des noms d'auteurs tels que « Tropditeux » (« qui parle trop »), « Faquin » ou « Brelinguand » (« Maître Lecon »). Non seulement cette éducation est inutile, mais elle entraîne la **paresse**, le **manque d'hygiène**, et transforme le temps en temps mort. Soucieux de bien manger, bien boire et bien dormir, les maîtres de Gargantua sont des « vieux tousseux », personnages ridicules mais dangereux ; ce sont les représentants du pouvoir théologique et de l'ancienne éducation. Si les méthodes du précepteur sophiste Thubal Holoferne s'avèrent si inefficaces et si désastreuses, c'est parce qu'elles sont incapables d'« élever » le jeune Gargantua, lequel, s'il ne manque pas de verve[3],

1. Maître Thubal Holoferne « lui apprit si bien son alphabet qu'il le récitait par cœur, à l'envers » ; Gargantua connaît si bien *Les Modes de la signification*, traité de grammaire théorique, qu' « il le restituait par cœur, à l'envers ».
2. Chapitre 14.
3. *Cf.* la litanie des torcheculs au chapitre 13.

ne maîtrise en aucun cas la rhétorique : son langage témoigne d'une obsession scatologique nettement régressive, de sorte que, pleurant « comme une vache », il ne peut prendre sa place dans l'échange social[1] contrairement à Eudémon.

Éloge de l'éducation humaniste

Par contraste, grâce à beaucoup de rigueur et d'exigence, le précepteur Ponocrates (« le travailleur ») va réguler, contrôler et canaliser le corps et l'esprit de son élève, dans l'optique d'en faire un gentilhomme. L'éducation de Ponocrates repose sur cinq principes : il s'agit avant tout d'une éducation dans la **joie**[2], qui prône le **respect du corps** : Ponocrates accorde une grande importance à l'hygiène, à l'équilibre des repas, et règle l'emploi du temps selon la nature. Conformément aux préceptes humanistes, le programme est **encyclopédique** : Arts, Sciences et Lettres sont étudiés par l'élève, qui apprend en outre la Botanique lors de ses promenades, ou l'Astronomie lors des sorties nocturnes. Cette éducation est **ludique** : au chapitre 23, l'éducation des sciences débouche sur des jeux. Enfin, la méthode pédagogique de Ponocrates est dynamique et tournée vers la **vie**, puisqu'il y a un rapport entre ce qu'on apprend et ce qu'on va vivre.

2.3.2 La guerre et la politique

Claude de Seyssel est l'un des premiers à écrire un ouvrage qui réfléchit sur la politique humaniste : *La Grande Monarchie de France* (1519). Dans cet essai, il oppose guerre défensive et guerre de conquête : selon lui, le fondement de l'autorité royale ne réside pas dans la force mais dans la justice. Les chapitres consacrés à la guerre picrocholine portent en creux cette réflexion.

Parodie du genre épique

C'est avant tout par le rire que Rabelais nous invite à appréhender la guerre picrocholine, présentée d'emblée comme une **épopée bouffonne**. Multipliant les écarts avec le genre épique, le conteur Alcofribas, qui s'adresse à plusieurs reprises au lecteur[3], use à outrance de l'hyperbole et concilie langage militaire et langage chirurgical[4], de sorte que les combats deviennent de véritables carnages[5].

---

1. Chapitre 15 : « il ne fut pas possible de tirer de lui une parole, non plus qu'un pet d'âne mort. »
2. Montaigne, dans ses *Essais*, reprendra cette idée : « La plus expresse marque de la sagesse, c'est une réjouissance constante » (I, 26).
3. « D'où vient cela, Messieurs? Pensez-y, je vous prie. »; « Croyez bien que c'était le plus horrible spectacle que l'on n'ait jamais vu. » (chap. 27).
4. Frère Jean « lui faisait voler la tête en pièces en le frappant à la suture lambdoïde. » (chap. 27).
5. Chapitres 27, 43 ou 44.

Tout devient sujet de dérision sous la plume du conteur : les motifs de la guerre, exposés aux chapitres 25 et 26, réduisent cette dernière à une **querelle sans réel intérêt**, entre des fouaciers et des bergers. Pourtant, l'incident prend des proportions démesurées sous l'impulsion de l'ambitieux Picrochole. Les chapitres 26 et 27 sont une illustration magistrale de la parodie du genre épique : personne ne semble épargné; le **désordre** règne dans les deux camps; les combats sont menés de façon anarchique; le cri de guerre est parodique[1]. Nous constatons dès lors le **renversement des objets** : les ennemis n'utilisent pas les armes à des fins offensives mais pour récolter le raisin; les trompettes et les tambourins deviennent des objets dégradés par rapport à leur fonction noble du départ[2]; les enseignes sont rabaissées au rang de jarretières[3].

Mais derrière le carnaval, **la satire subsiste** : ce comique, qui permet de mettre à distance la réalité de la guerre, en dénonce la cruauté : Rabelais condamne la fureur guerrière des guerres de conquête, dans lesquelles le pillage, contraire à l'idéal chevaleresque, n'épargne personne, ni homme ni femme. La critique ne ménage pas frère Jean des Entommeures, personnage sympathique mais sans aucune mesure. Les coups qu'il donne deviennent automatiques, mécaniques; il se montre impitoyable envers les ennemis et semble éprouver un certain plaisir à découper les corps ramenés au stade animal[4] et à achever ses ennemis.

Réflexion sur la politique

Rabelais amorce dans son roman une réflexion sur la **politique intérieure** qu'il emprunte à Érasme[5] selon lequel, « Un prince chrétien est un père pour ses sujets ». À ce titre, il doit les protéger, comme le précise du reste Grandgousier qui veut « secourir et garantir [s]es pauvres sujets » (chap. 28) et exhorte son fils au retour, lui rappelant le devoir de tout suzerain : « force m'est de te rappeler pour protéger les gens et les biens qui te sont confiés par droit naturel ». Les mesures sociales mises en place vont dans ce sens : à l'issue de la guerre picrocholine, Grandgousier prévoit un hôpital pour les blessés et rembourse les civils des dommages qu'ils ont subis[6]. Soucieux de l'âme de ses sujets, il incarne l'image d'un **roi chrétien et débonnaire** – rappelant celle de Louis XII. Gargantua quant à lui, se plaisant à citer le livre v de *La République* de

1. Au « Montjoie ! » se substitue un « horrible tumulte » (chap. 26).
2. « Les tambours avaient défoncé leurs caisses d'un côté pour les emplir de raisins, les trompettes étaient chargées de branches de vigne. » (chap. 27).
3. « Quelques-uns des moinillons emportèrent enseignes et drapeaux dans leurs chambres pour en faire des jarretières. » (chap. 27).
4. Frère Jean « les culbutait comme des porcs » ; « il lui cassait les reins comme à un chien. » (chap. 27).
5. Dans *L'Éducation du prince chrétien (ou l'art de gouverner)* (1516), Érasme s'exprime au sujet de la mission du prince qui doit être un législateur, agissant pour le bien commun. Selon lui, un prince mauvais ne peut donner qu'une mauvaise politique.
6. Chapitre 51.

Platon au chapitre 45, prône discrètement **l'idéal platonicien du roi philosophe** : « les républiques seront heureuses quand les rois philosopheront, ou quand les philosophes régneront. »

La guerre picrocholine devient aussi un prétexte permettant à Rabelais d'étayer la réflexion au sujet de la **politique extérieure.** Dans la réflexion humaniste de nature érasmienne, tout doit être traité par la douceur. Grandgousier tente d'apaiser la colère de son adversaire[1], en vain. Sa lettre à Gargantua énonce clairement le **pacifisme du roi débonnaire, face à l'impérialisme** honteux de son pendant négatif, Picrochole[2] : « Mon intention n'est pas de provoquer, mais d'apaiser ; ni d'assaillir, mais de défendre ; ni de conquérir, mais de garder mes fidèles sujets et mes terres héréditaires sur lesquelles est hostilement entré Picrochole, sans cause ni raison, poursuivant chaque jour sa furieuse entreprise et ses excès intolérables pour des personnes libres. » (Chap. 29). En corollaire, si la guerre défensive est légitime, la guerre offensive ne l'est pas : non seulement Picrochole a rompu une alliance[3], mais il n'a aucune autorité sur La Roche-Clermault qu'il prend d'assaut (chap. 28). Face aux débordements de Picrochole, Grandgousier se révèle être un bon roi car il est généreux et clément, même à l'égard des agresseurs. Dans sa lignée, Gargantua ne juge pas les actes mais les intentions : à l'issue de la guerre, prince débonnaire, il recense les rescapés, leur offre un repas et leur tient une harangue dans laquelle transparaissent sa générosité, sa mansuétude et son amitié. Il leur pardonne, les délivre et leur verse trois mois de solde, mais leur demande de lui livrer les fauteurs du trouble initial et les mauvais conseillers du roi (chap. 50).

2.3.3 La religion

Alors que l'idéal politique et l'idéal sur l'éducation sont centrés sur quelques chapitres, l'idéal religieux est disséminé tout au long du roman, tantôt sous la forme de satires, tantôt sous la forme de discours. L'évangélisme prôné par Rabelais n'est pas tant une doctrine qu'une attitude spirituelle ; il repose non sur des dogmes ou des règles, mais sur un christianisme intériorisé. Il récuse toute forme de foi passive ou quiétiste.

1. « Grandgousier pour acheter paix, fit rendre les fouaces » (chap. 32).
2. Ce nom signifie « le bilieux », « le colérique ».
3. *Cf.* la harangue de Gallet au chapitre 31 : « Quelle furie donc t'émeut maintenant, toute alliance brisée, toute amitié foulée aux pieds, tout droit trépassé, pour envahir ses terres, sans avoir été ni endommagé, ni irrité, ni provoqué, par lui ou les siens ? Où est la foi ? Où est la loi ? Où est la raison ? Où est l'humanité ? Où est la crainte de Dieu ? »

Satire des pratiques du catholicisme

Les objets de la satire sont nombreux : Rabelais s'attaque aux **litanies** dont il raille l'inefficacité[1] ; par ailleurs, les **pèlerinages**, signes extérieurs de la piété populaire, ne sont que d'« ineptes et inutiles voyages » selon Grandgousier (chap. 45) puisqu'ils sont la manifestation de l'hypocrisie des croyants[2]. Les **psaumes** et les **prières machinales** sont quant à eux sévèrement blâmés par Gargantua au chapitre 40, raillant les moines qui « marmonnent grand nombre d'antiennes et de psaumes qu'ils ne comprennent nullement » ; frère Jean se targue même de pouvoir endormir Gargantua en priant les psaumes au chapitre 41 ! Rabelais fait la satire des croyants, dont la foi a été remplacée par de **vulgaires croyances populaires** et qui portent une vénération outrancière au culte des saints[3] : les cinq pèlerins du chapitre 45 expliquent revenir de Saint-Sébastien où ils sont allés invoquer le saint contre la peste ; Picrochole envoie en patrouille des chevaliers, « tous bien aspergés d'eau bénite » au chapitre 43, pour les préserver de toute fin funeste, en vain.

L'écrivain n'épargne pas les **institutions religieuses** qui selon lui faussent les rapports de l'homme à Dieu. Usant à loisir de la parodie, il raille l'absurdité des vœux et la vie oisive des moines, résumée par un polyptote comique au chapitre 27 : « le monde moinant moina de moinerie ». Les institutions ne font qu'étouffer l'enseignement du Christ, telle la Sorbonne qu'Alcofribas Nasier ne cesse de dénigrer grâce à des néologismes dépréciatifs ou à une onomastique suggestive[4]. De tels théologiens et prédicateurs sont de dangereux « faux prophètes », puisque, selon Grandgousier, « La peste ne tue que le corps, mais de tels imposteurs empoisonnent les âmes. » (Chap. 45). C'est pourquoi, à l'issue de la harangue de Janotus de Bragmardo[5], parodie du discours théologique de la Sorbonne, « Ponocrates et Eudémon s'esclaffèrent de rire si profondément, qu'ils crurent en rendre l'âme à Dieu » (chap. 18 à 20).

Pratiques valorisées : l'idéal évangélique

La première recommandation de l'écrivain est d'**éviter toute forme de mécanisme** : la prière doit exprimer la pensée profonde de chaque individu, condition *sine qua non* pour engendrer le dialogue avec Dieu. Ainsi, les offices et les cloches seront bannis de

1. Au chapitre 27, non seulement les combattants invoquent confusément saints attestés et saints fictifs – comme sainte Nitouche –, mais ces litanies n'obtiennent pas l'effet escompté puisque « les uns mourraient sans parler, les autres parlaient sans mourir. Les uns mouraient en parlant, les autres parlaient en mourant. »
2. *Cf.* les épisodes des pèlerins aux chapitres 38 et 45.
3. Rabelais fait une allusion à la Sorbonne qui demandait à François Ier d'agir en faveur du respect du culte des saints guérisseurs.
4. « Sorbonnagres », « Sorbonnards », « Sorbonnicoles ». Dans l'édition remaniée de 1542, les sobriquets sont remplacés par le terme de « Sophistes » – signe de la prudence de l'écrivain.
5. Là encore, l'onomastique est révélatrice, « braquemard » gardant le sens argotique de « pénis ».

Thélème, puisque « la plus grande sottise du monde était de se gouverner au son d'une cloche » (chap. 52). S'ensuit la nécessité de **privilégier la lecture des textes sacrés** et de donner l'accès aux Évangiles sans intermédiaire. L'inscription gravée sur la porte de l'abbaye va dans ce sens :

Que la parole sainte
Jamais plus ne soit éteinte
En ce lieu très saint.
Que chacun en soit ceint,
Que chacune porte en son sein
La parole sainte[1].

De surcroît **le bon croyant est dans l'action** et ne doit pas compter seulement sur la prière[2]. À l'instar d'Érasme, Rabelais insiste sur l'importance de l'action humaine dans la réalisation des desseins de Dieu, reprenant ainsi l'adage : « Aide-toi et le Ciel t'aidera ». Enfin, suivant les préceptes de saint Paul, la **charité** est au cœur de la pensée évangélique : la devise de Gargantua, énoncée en grec et en lettres capitales au chapitre 8, est d'ailleurs une reprise de la sentence que saint Paul écrit dans sa 1re Épître aux Corinthiens : « Ce que recherche la charité, ce n'est pas son bien à elle-même. »

Thélème : l'anti-abbaye, ou l'idéal religieux

Thélème est une **illustration de l'idéal monastique** – sans moines. Il s'agit d'un anti-couvent, dont l'ordre est « au contraire de tous les autres » (chap. 52), et au sein duquel l'enseignement est centré sur la vie mondaine (avec un équilibre du corps et de l'esprit), et non sur la vie spirituelle. **Les règles y sont posées en antithèse avec celles d'une vraie abbaye** : pas de murailles, pas de religieux ni de religieuses, pas d'horloges ni de cloches. N'y sont acceptés que les « gens bien nés[3] », hommes et femmes qui sont libres de sortir et ne prononcent aucun vœu de chasteté, de pauvreté et d'obéissance. Si les Thélémites vivent sans règle, il se mettent en permanence au service de l'autre et réalisent par conséquent le paradoxe évangélique du chrétien à la fois seigneur et serviteur. Cette conception rejoint donc non seulement une utopie religieuse mais aussi une utopie sociale, qui crée une cellule sociale (puisqu'elle aboutit au mariage).

Cependant, de **nombreuses zones d'ombre** laissent perplexe le lecteur. En ce qui concerne l'idéal d'éducation, le programme encyclopédique prôné semble peu réaliste, l'emploi du temps est très chargé... En ce qui concerne l'idéal religieux, à Thélème, on

---

1. Chapitre 54.
2. Contrairement aux moines de Seuilly qui pour se défendre, ne savent faire que « belle procession » et litanies inintelligibles, se barricadant dans l'église (chap. 27).
3. « Il fut ordonné que n'y seraient reçus que des femmes belles, bien formées et de bonne nature, et des hommes beaux, bien formés et de bonne nature. » (chap. 52).

ne boit pas, on ne rit pas beaucoup, chacun est libre, mais la liberté devient presque un conformisme. Où sont passés les buveurs du prologue, ou les joyeux convives des banquets ? Où sont passés les personnages s'égalant en impertinence et maniant la parole avec humour et ironie[1] ? Comme toujours, un **voile ironique** est jeté sur ces chapitres... Il ne s'agit pas tant pour Rabelais de proposer un système éducatif ou religieux que d'en ridiculiser les méthodes excessives. À l'image de l'énigme exhumée au dernier chapitre[2], Rabelais veut sans doute nous faire comprendre qu'il n'existe pas de lecture univoque : l'ambiguïté est emblématique de l'esthétique rabelaisienne. Restons donc prudents dans l'interprétation.

3. L'œuvre à l'examen

Nous proposons des plans détaillés, qui doivent être nécessairement complétés par des références précises au texte.

3.1 EXPLICATION LINÉAIRE : GARGANTUA SUR LES TOURS DE NOTRE-DAME

Chapitre 17 : du début à « fiers en parler. »

- **Éléments de contextualisation**

  Si *Gargantua* adopte la structure d'un roman de chevalerie, exposant de façon chronologique l'enfance puis l'éducation du jeune héros éponyme, certains chapitres rompent avec la tradition en exploitant le thème du gigantisme cher à Rabelais. En effet, après l'échec de l'éducation menée par les précepteurs sophistes, Gargantua s'en va poursuivre ses études sous l'égide du précepteur humaniste Ponocrates. Confronté à un véritable harcèlement de la part des habitants de Paris, Gargantua se réfugie sur les tours de Notre-Dame. C'est ainsi qu'au cœur même de l'éducation, le narrateur Alcofribas Nasier marque une pause dans la narration et inscrit un passage de pure comédie qu'il emprunte

1. Il ne sera plus question de cette abbaye ni des Thélémites dans le *Tiers livre*.
2. Gargantua en fait une lecture allégorique et lui donne une interprétation évangélique, interprétation aussitôt démentie par son compagnon selon lequel il s'agit tout simplement de la description du jeu de paume. L'adresse finale de frère Jean renvoie donc au prologue et à la nécessité de se méfier de l'herméneutique : « Trouvez-y des allégories et des significations aussi graves que vous voudrez et ratiocinez sur le sujet, vous et tout le monde, autant que vous voudrez. »

aux *Chroniques*[1] de 1532 et dans lequel l'écrivain atteint la perfection comique. Néanmoins, le lecteur averti dès le prologue, sait à quoi s'en tenir et doit chercher à « rompre l'os » pour « sucer la substantifique moelle ».

– **Lecture expressive du passage**

Problématique : Il s'agira d'analyser en quoi cet épisode héroïcomique met en scène un combat carnavalesque entre le géant évangélique et le géant sorbonnien.

– **Annonce des mouvements de l'extrait**

I. Introduction de la farce du géant : les premiers indices de la satire

(§ 1 et 2)

1. Satire du peuple de Paris (§ 1)

- Motif du gigantisme qui singularise le héros grâce à l'hyperbole.
- Gradation rythmique, adjectifs dépréciatifs mis en valeur par l'intensif répété.
- Lexique du spectacle et de la fête ; derrière la farce se masque la virulente critique rabelaisienne à l'encontre de la bêtise populaire qui consiste à accorder plus de crédit aux indulgences qu'aux prédications évangéliques[2].

2. Gargantua sur les tours (§ 2)

- Singularisation du héros seul contre tous par l'opposition du singulier et du pluriel.
- Intrusion du discours direct : justification de la victime des poursuites incessantes des curieux dont la grossièreté est soulignée.
- Double portée métaphorique : combat carnavalesque entre le géant évangélique et le géant sorbonnien (le haut des tours fait référence au haut des tours de l'Université (la Sorbonne) ; image burlesque du Dieu qui juge et punit son peuple qui ne suit pas l'évangélisme.

II. Gigantisme et héroïcomique

(§ 3 et 4 jusqu'à « nous sommes baignés par ris ! »)

1. La vengeance de Gargantua (§ 3)

- Le sourire du géant atténue la cruauté du châtiment imposé. C'est par le rire que le géant se libère du joug des oppresseurs.
- Goût rabelaisien pour la scatologie et l'hyperbole.

1. *Les Grandes et Inestimables Chroniques du grand et énorme géant Gargantua* sont publiées anonymement en 1532. Rabelais reprend à cette œuvre plusieurs épisodes, notamment celui des cloches de Notre-Dame, tout en y ajoutant une connotation satirique.
2. Les humanistes reprochaient à l'Église d'exploiter la ferveur populaire et de favoriser le commerce des reliques ou des indulgences.

- Parodie d'un épisode épique : le flot d'urine remplace le flot de sang propre au combat (surenchère hyperbolique).
- Intertextualité biblique et parodie du Déluge, génocide divin qui arracha les hommes du mal.

2. Satire des rescapés (§ 4 jusqu'à « nous sommes baignés par ris ! »)

- Lâcheté des rescapés (lexique de la fuite et langage très imagé) qui se réfugient à la Sorbonne.
- Caricature et satire des « Sorbonnagres » (gradation). Portée symbolique de la toux et des crachats (paroles inintelligibles, calomnieuses et néfastes).
- Blasphèmes, jurons, formules magiques chassant les démons et imploration de saints inconnus.

III. Revendication d'une étymologie fantaisiste

(« Depuis, la ville en fut nommée [...] fiers en parler. »)

1. Étymologie de « Paris » (première phrase)

- Références farfelues du narrateur ; calembour grotesque qui laisse transparaître la jouissance verbale de l'écrivain.
- Argument d'autorité pour rendre vraisemblable l'étymologie.
- Héroïcomique : collision entre la référence à une autorité reconnue (Strabon) et l'interprétation fantaisiste et scatologique.

2. Étymologie de « Parisiens » (deuxième et troisième phrases)

- Confusion des sources : contrairement à la première référence, le livre cité et son auteur (« Joaninus de Barranco », double de Jonatus de Bragmardo ?) sont imaginaires.
- Satire des Parisiens, beaux parleurs, impies, orgueilleux et vaniteux ; la paronomase « bons jureurs et bons juristes » tend à confondre deux univers, celui du blasphème et celui du droit.

Conclusion

Ce passage est donc emblématique de la prose rabelaisienne, dans laquelle le rire est un prétexte permettant à l'écrivain d'exprimer sa pensée par rapport à son époque. Ainsi, cet épisode héroïcomique révèle une structure à deux niveaux : le sens littéral et superficiel renvoie à une histoire de géant, dont l'objectif principal est de faire rire le lecteur. Mais ce dernier est invité à saisir le sens plus profond du texte et doit être en mesure d'apprécier la satire des Parisiens : Rabelais, non sans humour, met en scène un combat carnavalesque entre le géant évangélique et le géant sorbonnien. Derrière la farce et la légèreté propres au gigantisme se cache donc une satire virulente : si les Parisiens sont punis, c'est en raison de leur inculture, de leur superstition, de leur vanité.

L'épisode du « pissefort » se clôt sur le vol des cloches – Gargantua les emportant, pensant qu'« elles serviraient bien de clochettes au cou de sa jument », mais la satire se poursuit et culmine avec la harangue de Janotus de Bragmardo, véritable parodie de la rhétorique sophiste (chap. 19).

3.2 EXPLICATION LINÉAIRE : LE CONSEIL DE PICROCHOLE

Chapitre 33 : du début à « je ne lui baiserai pas sa pantoufle. »

– **Éléments de contextualisation**

Dans *Gargantua*, de nombreux motifs binaires soulignent l'esthétique du contraste. En effet, Rabelais crée dans son roman tout un système de correspondances qui nous incitent à la lecture de deux récits, l'un nous exposant la folie, l'autre au contraire la sagesse, que ce soit dans le domaine de l'éducation, de la religion ou de la politique. Ces deux récits procèdent par regroupements d'épisodes et d'éclairages réciproques : ainsi, après avoir opposé dans un diptyque deux méthodes d'éducation, l'écrivain use à nouveau du diptyque pour amorcer une réflexion sur la conduite de la guerre. À la réflexion stratégique de Grandgousier et à son constant souci d'humanité (chap. 28 à 32) s'opposent l'impulsivité haineuse de Picrochole et ses fantasmes de domination universelle. La piété et l'esprit charitable du premier font ressortir l'esprit belliqueux et irritable de Picrochole, mis en scène au chapitre 33 dans une saynète de comédie où il devient un pantin entre les mains de ses mauvais conseillers.

– **Lecture expressive du passage**

Problématique : Il s'agira d'analyser en quoi cette saynète de comédie permet à Rabelais de railler la folie belliqueuse propre à la guerre de conquête.

– **Annonce des mouvements de l'extrait**

I. La parodie d'un conseil de guerre

(« Les fouaces détroussées [...] Thésauriser est fait de vilain. »)

1. Des conseillers obséquieux (« Les fouaces détroussées [...] dit Picrochole. »)

- La violence d'ordre physique (« détrousser ») introduit la violence verbale des conseillers excitant l'animosité de Picrochole.
- Conseillers discrédités par leurs noms : l'onomastique suggère leur fourberie (« Menuail » : « le peuple menu, la canaille »), leur fureur guerrière (« Spadassin ») ou leur grossièreté (« Merdaille »).

- Saynète de comédie : les personnages se définissent eux-mêmes par leur parole obséquieuse, usant du superlatif, de l'hyperbole, et de la comparaison flatteuse à Alexandre le Grand.

2. Des conseillers habiles à flatter l'orgueil de Picrochole (« – Grand merci [...] bien mieux que nous. »)

- Fausse modestie des conseillers réduits à une seule voix qui leur refuse toute identification propre.
- Proposition de leur plan de défense et d'attaque.
- Flagornerie sans borne : insidieusement, ils vantent la politique intérieure de Picrochole, louent son ingéniosité, font l'éloge de l'intelligence hors du commun de leur roi (comparatif de supériorité).
- Figure inversée de Grandgousier, Picrochole est mû par le désir d'expansion et non par le souci de protéger ses sujets.

3. La manipulation rhétorique (« Une partie ira se ruer [...] Thésauriser est fait de vilain. »)

- Plan d'attaque et issue heureuse du combat (lexique de l'urgence et de la rapidité).
- Mise à distance de l'adversaire discrédité (*cf.* démonstratif) et dévalorisation de l'armée (« ses gens »).
- Stratégie argumentative des conseillers qui séduisent leur roi par l'appât du gain (hyperbole).
- Manipulation rhétorique et syllogisme inversé : les deux maximes finales s'apparentent à des arguments irréfutables.

II. Le rêve d'hégémonie : dénonciation de la guerre de conquête

(« Cependant, l'autre partie, [...] je ne lui baiserai pas sa pantoufle. »)

1. Satire de l'impérialisme (« Cependant, l'autre partie [...] ce ne sont que des lourdauds ! »)

- Excitations belliqueuses et intéressées (champ lexical de la conquête).
- Progression du théâtre des opérations : les toponymes s'accumulent, la carte des conquêtes s'élargit, l'empire de Picrochole s'impose sur la terre et sur la mer. Le roi devient, dans cette tirade, l'acteur principal des conquêtes jusqu'à devenir l'unique « conquérant ».
- Enthousiasme belliqueux : pluriel emphatique, gradation rythmique et sémantique, hyperboles, juron et dépréciation de l'adversaire dans la négation restrictive finale.
- Assimilation de la conquête au pillage : trois personnages mus par la pulsion de dominer.

2. Après l'appât du gain, l'appât de la gloire (« Vous passerez par le détroit [...] pourvu qu'il se fasse baptiser. »)

- Discours prophétique, proche du fantasme, qui compare Picrochole à Hercule.
- Dénonciation sous-jacente de l'impérialisme de Charles Quint, qui avait pour emblème deux colonnes symbolisant l'immensité de ses conquêtes.
- Picrochole, alias Charles Quint, visualise presque la capture de Barberousse (corsaire ottoman qui aida François Ier contre Charles Quint) ; allusion aux croisés qui offraient aux vaincus la possibilité d'être baptisés ou de mourir.

3. Folie belliqueuse et délire verbal (« Et vous attaquerez [...] je ne lui baiserai pas sa pantoufle. »)

- Litanie des toponymes, réels et fantaisiste (« Barbarie »).
- Allusion à Charles Quint qui combattit l'Islam et mit à sac Tunis en 1535 ; reprise de sa devise « Plus oultre ».
- Critique de l'ambition des princes qui aspirent à la monarchie universelle (langage imagé et hyperbolique).
- Figure caricaturale du pape : rappel des querelles entre papes et empereurs (depuis le sac de Rome en 1527, les papes ne pouvaient plus collaborer à une politique hostile à celle de Charles Quint).
- Réaction comique de Picrochole : contraste entre l'interjection (« Par ma foi ») et le refus de s'abaisser à « baise[r] [l]a pantoufle » papale.

Conclusion

Dans cette saynète de comédie, Rabelais excelle à exposer ses idées sérieuses sous la forme la plus attrayante du discours parodique. Il s'agit pour lui de dénoncer la folie ambitieuse et belliqueuse des conseillers de Picrochole et à travers eux, de n'importe quel conquérant. Picrochole, sans aucun esprit critique, s'imagine conquérir l'univers et aspire à la monarchie universelle. Pourtant, à la fin de ce délire collectif, un vieux gentilhomme nommé Échéphron (« le Retenu, le Prudent »), miroir inversé des mauvais conseillers, intervient et tente de mesurer, en vain, la fureur guerrière de Picrochole. Les chapitres suivants démentiront catégoriquement le rêve impérialiste, le renversement définitif de Picrochole pouvant se lire comme une allégorie de la disparition d'un monde ancien.

3.3 L'ÉPREUVE ÉCRITE : SUJET DE DISSERTATION

« *Un rire désormais victorieux y balaie sans résistance le vieux roi, le vieux monde, la vieille année. Rabelais, en fidèle disciple d'Érasme, y dit son mot sur tout* [...]. *Certes conscient des dangers que ses propos lui font courir, mais décidé, comme frère Jean, à agir et à payer de sa personne. Envisagé sous cet angle, le* Gargantua *est élan, volonté déclarée de changement.* »

Gérard Defaux, Préface de *Gargantua*, 1994

Problématique : Dans quelle mesure le rire d'un écrivain est-il victorieux ? Vous organiserez votre réflexion en prenant appui sur *Gargantua* et son parcours associé « Rire et savoir ».

- **Analyse du sujet**

  Selon Gérard Defaux, le rire rabelaisien s'attacherait à épousseter la vieillesse, donnant un coup de balai magistral en vue de proposer un nouveau mode de pensée. Rabelais s'inscrirait ainsi dans la lignée des humanistes, traitant de l'éducation, de la politique ou de la religion. Son œuvre serait alors subversive et par conséquent confrontée au risque de la censure. L'analogie à frère Jean est significative : tel le moine, Rabelais se battrait sans mesure, ferait rire par son mépris des convenances, mais son rire, en dépit de tous ses détracteurs, serait « victorieux ».

- **Problématisation**

  Pourtant, l'éclat de rire, aussi immense et aussi littéraire soit-il, n'est pas exempt d'ambiguïté et comporte de nombreuses failles. En effet, le rire est souvent équivoque et laisse le lecteur perplexe : de qui rit-on au juste ? Faut-il nécessairement appréhender le rire comme un masque servant la critique sociale ? Dès son prologue, Alcofribas Nasier prévient le lecteur de se méfier de l'herméneutique ; l'interprétation univoque étant déconseillée, n'y a-t-il pas un risque à faire rire le lecteur ? Dans quelle mesure le rire d'un écrivain est-il victorieux ? Ce questionnement nous invite à analyser en quoi tout écrivain revendiquant le rire au fondement de son esthétique suspend non seulement le jugement du lecteur mais le sens lui-même, cette « défaite » étant nécessaire à l'appréhension d'une œuvre jubilatoire.

- **Proposition de plan détaillé**

  Se reporter à l'analyse thématique pour compléter ce plan et donner des exemples précis.

I. Le rire littéraire, un rire victorieux

Rire de tout, rire pour savoir, rire pour changer : tels sont les enjeux d'un rire surplombant, permettant à l'écrivain de « di[re] son mot sur tout ».

1. Le rire de pensée semble n'épargner personne

- La folie et la dérision s'inscrivent au cœur de l'écriture : dans *Gargantua*, la parodie et la satire fondent l'esthétique rabelaisienne.
- Toutes les cibles de l'attaque rabelaisienne sont traitées par le rire : parodie de l'enseignement sophiste, de la guerre offensive, des préceptes religieux de la religion catholique.

2. Ce rire n'est pas gratuit : la dérision sous-tend le didactisme et l'enseignement

- Emprunté au folklore, le gigantisme n'est qu'un prétexte : dès le prologue, le lecteur averti doit chercher à « rompre l'os », à ouvrir les Silènes, à briser la façade comique et grotesque, étant assuré de trouver « une céleste et inappréciable drogue ».
- L'architecture du roman repose sur une opposition massive et les personnages fonctionnent en diptyque (éducation des sophistes/éducation de Ponocrates ; guerre offensive du belliqueux Picrochole/guerre défensive du pacifique Grandgousier).

3. La réflexion doit provoquer le changement des mœurs

- Tel le médecin qui « purgea canoniquement » le cerveau de Gargantua pour le nettoyer de « toute corruption et de toute perverse habitude » (chap. 23), les auteurs engagés « purgent » le cerveau de leur lecteur et proposent un idéal de pensée en rapport avec les préoccupations de leurs temps.
- « Fidèle disciple d'Érasme », Rabelais prône une éducation humaniste et un idéal évangélique qui aboutiront à la création d'une utopie : Thélème.

II. Néanmoins, le rire peut nuire à la transparence du savoir, entraînant la confusion du sens

1. La compulsion ludique et la jubilation verbale peuvent ébranler le sens profond

- La démesure comique, l'hyperbole numérique, les effets de disproportion liés au gigantisme foisonnent et provoquent l'hilarité du lecteur – *cf.* les banquets, l'épisode du pissefort (chap. 17).
- Néologismes et jeux verbaux abondent chez Rabelais : le plaisir des mots, le goût pour l'excès, la grivoiserie, voire la scatologie, traduisent aisément la jubilation d'un écrivain se faisant lexicalement plaisir – *cf.* les propos des bien ivres (chap. 5), la litanie des torcheculs (chap. 13).

2. Au lecteur est donc refusée l'évidence d'un savoir

- Rabelais refuse l'herméneutique facile. Le roman est encadré par deux énigmes, allégories obscures créant une circularité qui enferme l'œuvre dans l'ambiguïté.
- Le narrateur use de la contradiction volontaire, comme aux chapitres 9 et 10 : fustigeant dans un premier temps le symbolisme des couleurs d'un blason, il avance pourtant une symbolique du bleu et du blanc dans un second temps.

3. Par conséquent, le rire provoque la confusion du savoir

- Cette confusion est renforcée par le dispositif d'énonciation complexe : Rabelais n'est pas Alcofribas Nasier, vieillard aviné du prologue, qui demande à son lecteur d'interpréter ses paroles dans le sens de la plus haute perfection mais de révérer en même temps « le cerveau en forme de fromage qui [lui] offre en pâture ces belles billevesées ».
- La fantaisie est donc génératrice de comique mais aussi d'incertitude. Même les sujets les plus sérieux posent problème : Grandgousier est un roi pacifique mais quelque peu idéaliste.
- De nombreuses zones d'ombre laissent le lecteur dubitatif : les méthodes d'éducation de Ponocrates semblent peu réalistes ; à Thélème, l'absence d'individualisation et le caractère élitiste mettent en exergue les limites de l'utopie.

III. C'est précisément de la défaite du sens qu'est créée une œuvre jubilatoire, reposant sur une sorte de contamination permanente et réversible du sérieux et du comique

1. La gravité est désamorcée par le rire : le savoir repose donc sur la réciprocité du rire et du sérieux

- La folie et le savoir ne sont guère dissociables : dans *Gargantua*, les joyeux massacres de frère Jean doivent faire rire.
- La collision entre érudition et grotesque forge le style de Rabelais – *cf.* les étymologies avancées de « Paris », « Parisiens » ou de la « Beauce ».

2. Le refus de se prendre au sérieux s'accompagne du refus d'un lecteur raisonneur

- L'écrivain raille les agélastes (Picrochole) ou les pédants (Janotus de Bragmardo, chap. 19). Par contraste, il fait la proposition d'un bon rieur, se plaçant dès le prologue sous l'autorité de Socrate « toujours riant, toujours buvant autant que chacun de ses compagnons, toujours se moquant, toujours dissimulant son divin savoir. »
- À l'instar de Ponocrates ou d'Eudémon, le lecteur est invité à rire grâce à une joyeuse intoxication de l'esprit. Le dizain liminaire de *Gargantua* introduisait déjà l'invitation à une festivité verbale : « Il vaut mieux traiter du rire que des larmes, Parce que le rire est le propre de l'homme. »

3. Or un tel rire n'exclut pas la recherche du sens, même s'il n'est pas immédiat

- Le lecteur bon rieur doit pouvoir combler les lacunes du texte. Si Alcofribas Nasier se présente comme un alchimiste, un « abstracteur de quinte essence », le lecteur doit participer à la réalisation de l'alchimie, éprouvant les acrobaties de l'esprit chères à Rabelais.

- Rabelais clame le refus du savoir évident parce que la doctrine absolue n'existe pas. Le rire doit donc secouer l'intelligence du lecteur et lui permettre de se forger sa propre opinion, à partir des données de l'écrivain.

3.4 PARCOURS AUTOUR DE L'ŒUVRE : « RIRE ET SAVOIR »

Lecture cursive : Voltaire, *Micromégas* (1752)

- **Axes de lecture**
  - Le gigantisme, source du comique.
  - Parodie et satire : la censure, la guerre, la métaphysique.
  - Une « fadaise philosophique » : enthousiasme pour les découvertes scientifiques ; curiosité intellectuelle et démarche empirique ; plaidoyer pour le relativisme.
- **Caricature et satire : rire de l'Homme**
  - Corpus 1 : gloutonnerie et incivilité.
    - Rabelais, *Gargantua* (1534), chap. 11.
    - La Bruyère, *Les Caractères* (1688), « De l'Homme » (XI, § 121) : Gnathon.
    - La Fontaine, *Contes et nouvelles en vers* (1665), « Autre conte tiré d'Athénée » : « Le Glouton » [titre de l'édition de 1685].
  - Corpus 2 : vanité et discorde sociale.
    - Rabelais, *Gargantua* (1534), chap. 25.
    - La Fontaine, *Fables* (1678), « Les Deux Coqs » (VII, 13)
    - Boileau, *Satires* (1666), « Le repas ridicule » (III, vers 200-224).
  - Corpus 3 : les caprices de la mode.
    - Rabelais, *Gargantua* (1534), chap. 8.
    - Montesquieu, *Lettres persanes* (1721), Lettre 99.
    - La Bruyère, *Les Caractères* (1688), « De la Cour » (VIII, § 74).

La Bruyère,
Les Caractères, Livres V à X

“ *Comme les hommes ne se dégoûtent point du vice, il ne faut pas aussi se lasser de leur reprocher.* ”

Jean de La Bruyère, *Les Caractères*, Préface

1. L'œuvre et ses contextes

1.1 VIE ET ŒUVRE DE LA BRUYÈRE

Comme le notait avec justesse Emmanuel Bury dans sa « Préface » des *Caractères*, « ce livre est l'œuvre d'une vie, et son auteur est l'homme d'un seul livre. » Les quelques éléments biographiques sur La Bruyère éclairent à peine la vie de cet homme profondément discret, dont l'abbé d'Olivet faisait le portrait suivant en 1729 :

On me l'a dépeint comme un philosophe, qui ne songeait qu'à vivre tranquille avec des amis et des livres ; faisant un bon choix des uns et des autres ; ne cherchant, ni ne fuyant le plaisir ; toujours disposé à une joie modeste, et ingénieux à la faire naître ; poli dans ses manières et sage dans ses discours ; craignant toute sorte d'ambition, même celle de montrer de l'esprit.

Vie et œuvre de La Bruyère	Contexte historique et culturel
• **1645** : Naissance de Jean de La Bruyère, à Paris. Issu d'une famille roturière de la Cité.	• **1643 :** Mort de Louis XIII. Régence d'Anne d'Autriche, secondée par le cardinal Mazarin. • **1648** : Paix de Westphalie : fin de la Guerre de Trente ans. • **1659** : Paix des Pyrénées : fin de la guerre franco-espagnole. • Molière, *Les Précieuses ridicules*.
• **1665** : Fin de ses études de droit à Orléans. Mort de son père la même année.	• **1661** : Début du règne personnel de Louis XIV. • **1664** : La Rochefoucauld, *Maximes*. • Molière, *Tartuffe*. • **1665** : Molière, *Dom Juan*. • **1666** : Molière, *Le Misanthrope*. • **1666-1668** : Boileau, *Satires* (I à IX).
• **1673** : Grâce à l'héritage que lui a laissé son oncle quelques années plus tôt, il achète un office de trésorier de France dans la généralité de Caen, ce qui lui confère revenu et titre de noblesse. • **1674** : Il part en Normandie prêter serment pour sa charge. Ce sera la seule et unique fois où il s'y rendra.	• **1668** : La Fontaine, *Fables* (I à VI). • **1670** : Pascal, *Pensées* (posth.). • **1672-1678** : Guerre de Hollande. Apogée de la puissance française en Europe. • **1673** : Mort de Molière lors de la première représentation du *Malade imaginaire*.
• **1684** : Sur recommandation de Bossuet, évêque de Meaux, il obtient le titre de précepteur du duc de Bourbon, fils du prince de Condé et petit-fils du Grand Condé. Il s'installe à l'hôtel de Condé, suivant son élève à Chantilly ou à Versailles à l'occasion. Le préceptorat est rendu pénible par la personnalité du jeune duc, décrit par Saint-Simon dans ses *Mémoires* comme « une meule toujours en l'air, qui faisait fuir devant elle. [...] Il se sentait le fléau de son plus intime domestique. »	• **1678** : La Fontaine, *Fables* (VII à XI). • Mme de La Fayette, *La Princesse de Clèves*. • **1683** : Fontenelle, *Dialogue des morts*. • **1685** : Révocation de l'édit de Nantes. • Saint-Evremond, *Sur les poèmes des Anciens*. • **1686** : Fontenelle, *Entretiens sur la pluralité des mondes*.
• **1686** : Mort du Grand Condé. Le duc de Bourbon devient duc d'Enghien et cesse ses études. La Bruyère revend son office de trésorier et devient « gentilhomme ordinaire de M. le Duc », occupant vraisemblablement des fonctions de bibliothécaire ou de secrétaire à Chantilly. • **1688** : Première édition des *Caractères* (420 remarques). Le succès est tel que l'ouvrage est réimprimé trois fois la même année. • **1689** : Quatrième édition des *Caractères*, avec ajouts (420 → 764 rem.). • **1690** : Cinquième édition des *Caractères*, avec ajouts (764 → 923 rem.).	• • **1688-1697** : Guerre de la ligue d'Augsbourg. • **1688** : Fontenelle, *Digression sur les Anciens et les Modernes*. • **1689** : Racine, *Esther*.

• **1691** : Échec à l'entrée à l'Académie française, en butte à l'hostilité de Fontenelle et du parti des Modernes.	• **1691** : Racine, *Athalie*. Racine n'écrira plus pour le théâtre.
• Sixième édition des *Caractères*, avec ajouts (923 → 997 rem.)	
• **1692** : Septième édition des *Caractères*, avec ajouts. (997 → 1073 rem.)	
• **1693** : Entrée à l'Académie française. Son discours de réception prend le parti des Anciens et attaque Corneille, créant une vive polémique.	
• **1694** : Huitième édition des *Caractères*, avec ajouts. Une préface et le discours de réception à l'Académie française complètent l'ensemble. (1073 → 1120 rem.).	• **1694-1697** : Perrault, *Contes*. • **1695-1697** : Pierre Bayle, *Dictionnaire historique et critique*.
• **1696** : Mort de la Bruyère, qui travaillait à la correction d'une neuvième édition parue posthume sans ajouts.	
• Avec l'accord de Bossuet, il travaillait à un ouvrage intitulé *Dialogues sur le quiétisme*, dirigé contre la doctrine défendue par Fénelon et Mme Guyon. Ces *Dialogues* furent édités et complétés par le théologien Ellies Du Pin en 1698.	

1.2 CONTEXTES POLITIQUES, ARTISTIQUES ET SCIENTIFIQUES

1.2.1 L'âge d'or de Versailles

La carrière de La Bruyère s'étend sur la première partie du règne de Louis XIV. Le souvenir vivace de la Fronde avait poussé ce dernier en 1677 à établir la Cour à Versailles, installation qui n'aura lieu que cinq ans plus tard, le 6 mai 1682. Si quelques Grands comme les Orléans ou les Condé se permettent encore d'avoir un fief personnel comme Saint-Cloud ou Chantilly, l'ensemble de la noblesse se doit d'être et de paraître à Versailles pour solliciter emplois et pensions, pour soi ou pour les siens. Le privilège d'être logé se paie au prix d'un quotidien fait d'inconfort, de promiscuité et surtout d'attente, qu'égaient quelques divertissements de cour (bals, concerts, jeux). Cette oisiveté forcée pousse les courtisans à passer leur temps en intrigues, en galanteries ou, sous l'influence de Mme de Maintenon, devenue secrètement la seconde épouse du roi en 1683, en dévotions, feintes ou réelles.

Cette comédie sociale est souvent dénoncée par les écrivains du temps, en particulier ceux qui font figure de satellites dans la galaxie de Versailles, tels Saint-Simon et la Princesse Palatine, plus ou moins en semi-disgrâce permanente, Mme de Sévigné, décidément trop parisienne, ou bien La Bruyère, d'origine trop modeste pour faire partie du « jeu », à la fois vain et essentiel, de la vie de cour.

1.2.2 La vogue de la littérature morale

Le début du XVIIe siècle est marqué par une vague contestataire, fortement teintée de matérialisme, le libertinage. Rejetant la morale traditionnelle, les libertins prônent la recherche de la satisfaction des sens. Mais cet anticonformisme est également perçu comme une contestation du pouvoir royal et vivement réprimé, avec l'assentiment des autorités religieuses. Plusieurs congrégations, comme l'Oratoire ou Port-Royal, s'attachent alors à la reconquête des cœurs et des esprits. C'est dans ce contexte que Pascal prépare en 1656 une apologie de la religion chrétienne mais qu'il n'achèvera pas : restent 611 fragments qui paraîtront de manière posthume sous le titre des *Pensées sur la religion et sur quelques autres sujets* en 1670. Il s'agit alors de montrer la misère de l'homme sans Dieu, cherchant sans cesse un divertissement qui le détournera du spectacle de sa condition.

Dans une perspective plus mondaine, le duc de La Rochefoucauld, ancien Frondeur en disgrâce, rédige ses *Maximes* pour dénoncer les illusions de l'héroïsme. L'écriture se veut démystificatrice : il s'agit de démasquer les apparences et de condamner l'amour-propre, source de nos actes. Seule l'honnêteté, qui modère les élans de l'amour-propre, permet d'établir une sociabilité agréable.

Le point commun de ces écrits moraux est la méfiance envers l'esprit de système et le dogmatisme, d'où le choix de formes brèves et fragmentées, seules à même d'explorer avec lucidité les contradictions de l'âme humaine et de faire ainsi « l'anatomie de tous les replis du cœur » (La Rochefoucauld). En refusant de tout dire, l'auteur laisse au lecteur la possibilité d'être également partie prenante du sens du livre : la moindre cohésion du texte renforce la connivence avec le lectorat, le forçant ainsi davantage à se rendre.

La brièveté impose également une nécessaire stylisation de la forme, au risque que la valeur esthétique dépasse la valeur spéculative : cela a pu faire dire à Julien Benda, dans *Du style d'idées* (1948), que, chez la plupart des moralistes classiques, la banalité de la pensée était sauvée par la forme. Néanmoins, il y a dans ce goût du « bien dire » l'idée que le Beau est la forme de la Vérité : dans le sillage de Descartes, la clarté de l'expression traduit l'évidence des idées et communique une impression véritable sur soi et sur le monde.

1.2.3 La Querelle des Anciens et des Modernes

Tout au long du XVIIe siècle, le modèle de l'Antiquité est progressivement remis en question. Vers la moitié du siècle, un premier débat agite les milieux littéraires autour de la question du merveilleux : devait-il rester païen, mythologique ou chrétien ? L'échec des épopées nationales modernes et des tragédies chrétiennes et françaises montra dans les faits qu'il était difficile de surpasser les chefs-d'œuvre antiques mais permit de constituer un parti des Modernes. Le débat est relancé vingt ans plus tard lors de l'affaire des Inscriptions (1676-1677), quand on choisit désormais d'utiliser le français et non plus le latin pour orner les monuments du règne. La querelle atteint son apogée entre 1687 et 1694 : l'« Ancien » Boileau et le « Moderne » Perrault s'invectivent par ouvrages interposés, aidés en cela, l'un par La Fontaine et La Bruyère, l'autre par Fontenelle. En se présentant d'abord comme une traduction de Théophraste et par nombre de remarques du premier chapitre « Des Ouvrages de l'Esprit », *Les Caractères* militent en faveur des Anciens.

Anciens	Modernes
• Permanence de la validité et de l'autorité des modèles tirés de l'Antiquité : nécessité de l'imitation. • Modernité marquée par la préciosité, l'enflure et le burlesque : l'Antiquité est, elle, marquée par l'art simple de la Nature. • Seule l'épreuve du temps permet de juger de la qualité d'une œuvre : la mode est souvent artificielle et passagère.	• Croyance en l'existence d'un progrès littéraire et d'un perfectionnement des arts. • Recherche de nouvelles formes littéraires par l'exercice de la raison. • Accommodation aux goûts et mœurs de son temps. • Faiblesse des Anciens : ennui, difficultés de compréhension, inadaptation au nouveau public que sont les mondains et les femmes.

Au-delà de l'inimitié entre deux écrivains, qui prendra fin en 1697, la Querelle des Anciens sanctionne une scission du public, qui se partage entre les « doctes », les esprits sérieux du clergé et de la bourgeoisie, et ce qu'on pourrait qualifier de « grand public », amateur de curiosités, de galanteries et de nouveautés, comme l'opéra ou le roman. La Querelle connaîtra un ultime rebondissement à la fin du règne de Louis XIV entre Mme Dacier et Houdar de La Motte au sujet d'Homère, achevant de renforcer le scepticisme du public à l'égard des chefs-d'œuvre antiques. Paradoxalement, si les idées des Modernes triomphent et ouvrent la voie à l'esthétique rationaliste des Lumières, les écrivains du siècle de Louis XIV que la postérité retiendra sont presque tous… des Anciens.

1.3 GENÈSE ET PLAN DE L'ŒUVRE

1.3.1 Le titre : qu'est-ce qu'un caractère ?

Le mot « caractère » vient du grec, langue dans laquelle il signifie « figure que l'on trace, que l'on grave », avec des sens plus précis comme « signe de l'écriture » ou « marque de poids ou de monnaie », puis « marque appliquée à un animal ou une personne pour le distinguer », pour aboutir à un sens plus abstrait de « portrait ou peinture des personnes ou des mœurs », où la personnalité, les sentiments, les idées ou les passions sont analysés. La première édition du dictionnaire de l'Académie, contemporaine de la huitième édition des *Caractères* (1694), en donne la définition suivante : « ce qui distingue une personne des autres à l'esgard des mœurs ou de l'esprit. »

Cette idée de distinction n'est pas sans paradoxe : le « caractère » tend à montrer l'homme dans son essence, par conséquent pris en général, ce qui suppose une sorte d'unité et de fixité du genre humain. Or, La Bruyère est particulièrement sensible aux détails extérieurs, qui trahissent la vérité d'un être derrière la surface : le caractère sert donc moins à l'identification comme son nom l'indique qu'au constat de la diversité des apparences.

1.3.2 La Bruyère et Théophraste

Les Caractères de la Bruyère se présentent comme une traduction des *Caractères* de Théophraste : jusqu'à la 6e édition (1691), la traduction de l'auteur grec est en plus gros caractères que le texte de La Bruyère. La traduction sert donc de « paravent de son propre ouvrage », selon l'expression de Patrice Soler. Ainsi, La Bruyère ressent-il le besoin de se positionner par rapport à sa source dans la dernière édition de son vivant : le « Discours sur Théophraste » lui permet de justifier un certain nombre de choix.

La Bruyère commence par évoquer la difficulté de plaire au public, trop divers et animé d'envies différentes : faut-il parler à son imagination ou former son jugement ? N'évoquer que l'Antiquité et s'aventurer dans les temps modernes ? S'attaquer à la ville ou bien à la Cour ? La tâche paraît si complexe que La Bruyère s'étonne : « quelle apparence de pouvoir remplir tous les goûts si différents des hommes par un seul ouvrage de morale ? » Quoi qu'il en soit, quel que soit le type de lecteur, ce dernier est en tous cas réticent à se corriger : « et tels n'approuvent la satire, que lorsque commençant à lâcher prise, et à s'éloigner de leurs personnes, elle va mordre quelque autre ».

La Bruyère présente également Théophraste : disciple d'Aristote, Théophraste a repris tout en s'appropriant la philosophie morale de son maître, en quittant la neutralité du ton philosophique pour adopter celui de la satire et en développant les définitions en portraits plus conséquents. D'une certaine manière, La Bruyère, en reprenant Théophraste, imite son maître dont il loue l'ouvrage : « un reste précieux de l'Antiquité », « un chef-d'œuvre dans son genre », « un livre d'or », « la première source de tout le comique ». Ce faisant, La Bruyère se permet au passage un coup de canif à ses adversaires : « nous qui sommes si modernes seront anciens dans quelques siècles. » Imaginant un lecteur du futur, La Bruyère invite à ne pas se détourner des ouvrages anciens et célèbre l'actualité de Théophraste au nom d'une permanence du genre humain : « Les hommes n'ont point changé selon le cœur et les passions, ils sont encore tels qu'ils étaient alors, et qu'ils sont marqués dans Théophraste, vains, dissimulés, flatteurs, intéressés, effrontés, importuns, défiants, médisants, querelleux, superstitieux. »

1.3.3 Le « plan » des *Caractères*

Les Caractères s'organisent selon un plan progressif, mais qui peut surprendre au premier abord : on attend en effet un moraliste, or au chapitre premier, c'est un critique littéraire qui apparaît dans « Des ouvrages de l'esprit ». Néanmoins, pour Thérèse Goyet, dans son article sur « La composition d'ensemble du livre de la Bruyère » (1955), les quatre premiers chapitres décrivent les quatre composantes de la vie sociale : l'esprit, l'ambition, l'amour, l'argent; puis La Bruyère s'attache à montrer l'homme en différentes postures et âges divers, dans un parcours terrestre qui culmine dans le chapitre X sur le Souverain (d'une certaine manière le premier des hommes dans sa particularité), puis à partir du chapitre XI « De l'homme », c'est le chemin spirituel de l'Homme vers la Foi qui est envisagé, le dernier chapitre « des Esprits forts », souvent le plus mal aimé mais néanmoins le plus important, dénonçant les dangers d'un rationalisme qui mènerait à l'incrédulité. Pour Roland Barthes, *Les Caractères* ont la prétention d'être « un livre de savoir total » (*Essais critiques*, 1963).

Toutefois, il ne faut pas envisager les chapitres comme des ensembles clos sur eux-mêmes : à bien des égards, les thèmes glissent d'un chapitre à l'autre et c'est un des avantages de l'écriture discontinue. Ainsi, la remarque 23 du chapitre V note à quel point l'évocation de ses bonheurs et de ses succès peut sembler indécente, voire scandaleuse, à ceux qui souffrent; le chapitre suivant « Sur les Biens de fortune » creuse cette idée de décalage entre les riches et les pauvres, notamment la remarque 18, qui d'une certaine manière, nous place ironiquement du point de vue du riche. Le chapitre IX « Des Grands » dans ses premières remarques donne plus d'ampleur à cette idée de l'aliénation des petits par les Grands (IX. 1-18). *Les Caractères* de La Bruyère sont donc beaucoup moins d'un seul tenant.

L'homme qu'il construit est toujours fait de quelques principes : l'âge, l'origine, la fortune, la vanité, la passion; seule varie la formule de composition, le jeu des classes interférentes : un « caractère » est toujours au moins la rencontre de deux constantes[1].

1. Roland Barthes, *Essais critiques*, 1963.

2. L'œuvre en examen

2.1 RÉSUMÉ ET ANALYSE SUIVIE

2.1.1 « De la Société et de la Conversation » (chap. V)

Le chapitre V « De la société et de la conversation » suit le chapitre « du cœur » qui traitait principalement de l'amitié et des sentiments qui font liens entre les hommes, comme l'amour et la reconnaissance. C'est donc naturellement que sa traduction pratique, la conversation, soit traitée ensuite : ce thème est par ailleurs traditionnel dans les traités de civilité comme *Le Livre du courtisan* de Castiglione (1528) ou *L'Art de la prudence* de Baltasar Gracian (1647) Le début du chapitre pose la nécessité de la convenance et de l'adaptation du discours : c'est en tout cas ce à quoi l'honnête homme doit tendre. Néanmoins la conversation « contemporaine » est marquée par un certain nombre de défauts qui sont passés en revue : celui de vouloir plaire et faire rire à tout prix (V. 3), de parler avec un langage nouveau dans ses expressions (V. 6), de dire des choses fades et sans intérêt (V. 5) ou de manquer de discernement, ce que Saint-Simon dans ses *Mémoires* qualifiait de « politesse choisie » (V. 12, le portrait de l'impoli Théodecte). Ces défauts de la conversation font qu'elle est davantage au service de l'amour de soi que de l'envie de faire société. La Bruyère dénonce la tyrannie du bel esprit et l'envie de dominer par le discours, comme dans le portrait d'Arrias (V. 9). Le pastiche de Montaigne (V. 30) souligne l'importance d'avoir « les coudées franches », la liberté étant seule garante de la conversation civile. Il y a chez La Bruyère une forme de nostalgie pour un langage simple et clair (V. 16), loin des modes maniéristes et précieuses (V. 15 et V. 65) et c'est d'ailleurs avec une grande vigueur que le moraliste dénonce l'imposture langagière des cercles mondains (V. 65-72). La seconde moitié du chapitre (V. 38-64) est consacrée aux dysfonctionnements de la conversation, présentant ainsi les ravages de la fierté et de la jalousie, désignées comme sources des brouilleries et des querelles. Les dernières remarques sont consacrées au dévoiement de la parole dans les cercles littéraires, renvoyant dos-à-dos le pédantisme (V. 73 et V. 74 le portrait d'Hermagoras) et le « commerce » du bel esprit dominant à travers le portrait de Cydias (V. 75), dans lequel les contemporains ont vu Charles Perrault ou Fontenelle, les adversaires « modernes » de La Bruyère. Après un ensemble de trois remarques consacrées au secret et à l'impossibilité de le tenir, le chapitre se clôt sur la perspective pour le sage de sortir du monde.

2.1.2 « Des Biens de Fortune » (chap. VI)

Le chapitre VI « Des Biens de Fortune » est en continuité avec le chapitre précédent dans la mesure où les premières remarques notent la facticité des relations sociales engendrée par les différences de richesse : faux-semblants (VI. 3) et discours réversibles (VI. 7) sont le lot des relations sociales dévoyées par l'écart de richesse, comme si l'Avoir perturbait la correspondance entre l'Être et le Paraître. Par ce thème, La Bruyère se fait l'écho d'un malaise de son temps, évoqué notamment par Boileau dans la Satire V, et qu'il personnifie dans la figure du financier. L'opposant au philosophe (VI. 12 : portrait de Clitiphon), La Bruyère brosse une série de portraits de parvenus (VI. 12-25), caractérisés par leur orgueil et le mépris éprouvé pour plus petit qu'eux. Le moraliste dénonce le scandale de la juxtaposition entre l'excessive accumulation et le parfait dénuement, certaines remarques empruntant le ton de l'éloquence de chaire (VI. 58 et 75) pour dénoncer la « faim insatiable d'avoir et de posséder » (VI. 28). Invitant à contempler la grandeur et la misère des financiers (VI. 31-34), La Bruyère explore sans fard les moyens de parvenir et de faire fortune (VI. 36-60), tout en introduisant progressivement l'idée que le temps révèle la fragilité de toute chose (VI. 40 et 55). À l'image de La Fontaine dans sa fable « Le savetier et le financier (VIII, 2), la seule voie du bonheur est l'*aurea mediocritas*[1], faute de pouvoir trouver un lieu où l'on puisse échapper à la finance, fût-ce « dans l'autre hémisphère » (VI. 35). Les dernières remarques se partagent autour des cas plus spécifiques de l'argent dans les relations familiales, en particulier sur la figure de l'avare et de l'héritier (VI. 60-70), et sur le jeu, qui était véritablement le fléau de la noblesse de l'époque (VI. 71-75). Dans un cas comme dans l'autre, La Bruyère revient sur le thème du temps qui, par son cours et ses aléas, fait et défait les fortunes : le portrait de Zénobie (VI. 78) esquisse une critique des fastes des constructions, reprenant discrètement la métaphore de la fortune-palais de la remarque 40. Le chapitre se clôt sur le double portrait de Giton et Phédon, le riche et le pauvre, pour accentuer le contraste initial du chapitre (VI. 83).

2.1.3 « De la Ville » (chap. VII)

Le chapitre VII « De la Ville » est relativement court avec seulement 22 remarques : la Ville (de Paris) y apparaît comme un lieu de corruption et de désagrégation du tissu social. La Bruyère souligne dès la première remarque le poids du regard des uns sur les autres : la vie y est spectacle (VII. 3), il faut se montrer et être vu. Le corps social est démembré en plusieurs micro-sociétés ou « coteries » qui sont juxtaposées. Le moraliste s'intéresse particulièrement à deux groupes sociaux, celui des avocats et des

1. Cette expression est tirée de l'ode X du deuxième livre des *Odes* d'Horace « À Licinius » : elle renvoie à l'idée que la médiocrité, au sens de juste milieu, est un état qui vaut de l'or, car exempt des tracas de la richesse comme des soucis de la pauvreté.

juristes (VII. 5-12) et celui des femmes (VII. 14-20), les deux groupes étant liés par la figure du pique-assiette ou homme-à-tout-faire (VII. 13). La peinture du premier groupe dénonce la déliquescence de la robe, qui se pare dorénavant d'une honnêteté de façade et des atours de la noblesse, cherchant à imiter les modes de la Cour (blasons, carrosses, chasse), mais ce train de vie dispendieux le précipite dans une vie oisive et inutile (VII. 12), si ce n'est ruineuse (VII. 11). Les femmes sont également dépeintes dans leur relation à l'argent, qui est désormais devenu le succédané de l'amour ou du rang (VII. 14-15), inquiétude que l'on retrouve également chez Saint-Simon dans ses *Mémoires* : l'argent-roi fait que la société est désormais « mêlée », sans « discernement ». La remarque 21 ramène le lecteur à une considération plus générale sur cette vie urbaine qui éloigne l'homme de la Nature, thème qui introduit l'évocation nostalgique d'une autre Ville, la Rome antique, parée de toutes les vertus de l'urbanité et de la civilité (VII, 22).

2.1.4 « De la Cour » (chap. VIII)

Le chapitre VIII « De la Cour » reprend la tradition de la critique de la vie curiale et constitue un des chapitres les plus constamment enrichis par La Bruyère au fil des éditions. La Cour y apparaît comme un lieu fui par la vertu (VIII. 1) et où il faut mobiliser un « savoir » contraire à tout ce que l'honnêteté pourrait préconiser : La Bruyère introduit dans les premières remarques le thème du masque (VIII. 2), du changement et de la mutabilité (VIII. 3-4), multipliant les effets de point de vue et les changements d'échelle (VIII. 5-6 ; 11-12). Ainsi l'homme qui arrive à la Cour perd tous ses repères car il entre résolument dans « un nouveau monde qui lui est inconnu » (VIII. 9). L'arrivée dans ce lieu doit impliquer une modification de personnalité et exige de prendre « l'air de cour » (VIII. 13-21), se traduisant par un extérieur théâtralisé que les portraits du riche (VIII. 18), du faux affairé (VIII. 19) et du maniaque de généalogie (VIII. 21) viennent illustrer. À partir de la remarque 22, La Bruyère s'intéresse aux moyens de parvenir et de faire fortune à la Cour, soulignant que la course à la faveur se fait au détriment de la possibilité d'une vie d'amitiés (VIII. 23-26), que le mérite ne peut par conséquent qu'être oublié (VIII. 27-30). La parole y est une fausse monnaie, dans la mesure où les courtisans passent de l'éloge au blâme en un éclair (VIII. 32) et que les mensonges et tromperies sont de mise (VIII. 42-43) : les « chemins de traverse » (VIII. 49), les « machines » et les « brigues » pour arriver à la fortune et aux places témoignent du dérèglement moral dans une cour où règne la vanité (VIII. 47 ; 65). La Bruyère entreprend ensuite de dépeindre les effets du poison de la faveur, chez des gens qui en sont « enivrés, ensorcelés » (VIII. 61) : l'âme n'est guère en repos (VIII. 51), la vie n'y est que contraintes (VIII. 67, 69, 72) et les relations sociales deviennent volatiles, ce qui se traduit par une succession d'apparitions et de disparitions miraculeuses (VIII. 56-57) ; langage, pensée et corps ne font plus qu'un, tant le courtisan intrigant à l'image de Théodote (VIII. 61) est victime d'une sorte de schizophrénie qui fait qu'il ne « nomme plus chaque chose par son nom » (VIII. 62) et qu'« il pleure d'un œil, et il rit de l'autre » (VIII. 62). Les remarques 73 et 74 soulignent la dimension merveilleuse et étrange de ce monde à l'envers. Le moraliste s'intéresse ensuite aux dangers de la parole de Cour (VIII. 78-84), en particulier sur le poids délétère du discours des Grands sur les petits (VIII. 78) ou sur le caractère stéréotypé du compliment, « phrases toutes faites que l'on prend comme dans un magasin » (VIII. 81) ; ces remarques sur le langage débouchent sur une reprise du thème pascalien de la « finesse » (VIII. 85-90), cette « qualité » qui « flotte entre le vice et la vertu ». Les derniers fragments du chapitre tournent autour de l'idée du départ de la Cour, départ subit de la disgrâce (VIII. 91-97) puis retraite du Sage qui sait renoncer aux vanités de ce monde (VIII. 98-101) : cet ensemble cohérent par sa thématique est entrecoupé par le portrait de Straton, dans lequel tous les contemporains ont vu le duc de Lauzun : une vie « équivoque » qui est aussi une « énigme » et une « question presque indécise », où la plus brillante faveur a côtoyé la pire disgrâce[1].

2.1.5 « Des Grands » (chap. IX)

Le chapitre IX « Des Grands » poursuit la logique ascensionnelle qui partait des riches de la Ville, pour évoquer ensuite le monde de la Cour, avant d'évoquer le premier d'entre tous, le Souverain dans le chapitre qui suit. D'emblée, la première remarque donne le ton et indique qu'il s'agira de démystifier leur personne, non sans ironie quand La Bruyère note : « s'ils s'avisaient d'être bons, cela irait à l'idolâtrie. » Tout le chapitre se fonde sur un jeu d'optique entre grandeur et petitesse et amène à relativiser la notion même de Grandeur, comprise à la fois dans son sens social de « noblesse » et son sens moral d'« élévation de l'esprit ». Les réflexions, dont certaines semblent être nourries par l'expérience de La Bruyère (IX. 3 en particulier), présentent les Grands sous un jour sévère : incapables d'être des exemples pour la société (IX. 2), manquant de cœur (IX. 3), légers et cyniques vis-à-vis de leurs inférieurs (IX. 7-11), ils sont néanmoins adulés par les petits (IX. 5, 14, 16) et pensent ainsi par vanité et affectation être des héros et demi-dieux (IX. 19-23). Or ils sont bien souvent dépassés par plus petits qu'eux, et la réflexion « heureux s'ils deviennent leurs gendres » (IX. 24) est un clin d'œil au roturier Colbert qui maria ses trois filles avec trois ducs. La remarque 25 est une comparaison franche des mérites comparés du peuple et des grands (« le peuple n'a guère d'esprit, et les grands n'ont point d'âme ») et finit sur la très forte déclaration de La Bruyère : « je veux être peuple ». S'ensuit une série de remarques sur le rire du grand et ses plaisirs

1. Antonin Nompar de Caumont (1632-1723) est un petit gentilhomme, remarqué par Louis XIV qui en fait son favori, le comblant de charges et d'emplois honorifiques. Enivré par la faveur, il tenta d'épouser la Grande Mademoiselle, cousine de Louis XIV, qui autorisa le mariage puis se ravisa. Il fut alors enfermé dans la prison de Pignerol pendant dix ans, avant d'être libéré. Il revint vivre alors à Versailles dans un état de semi-disgrâce, ayant quand même été fait duc de Lauzun en 1692.

(IX. 26-30), son incapacité à rendre service et à reconnaître le mérite (IX. 31-35), ce qui rend dangereux leur familiarité (IX. 38-39). Après un bref rappel de leur utilité première dans la société, à savoir le service dans l'armée (IX. 40-41), La Bruyère se penche sur le comportement en société des princes (IX. 43-49), ensemble marqué par la question du lieu et de son empiètement et de la théâtralisation de leur vie, « scène qu'il[s] joue[nt] pour le public » (IX. 45). Le portrait de Theognis (IX. 48), le Grand à qui l'on ne peut rien demander, et le portrait de Pamphile (IX. 50), le faux Grand ou le noble « d'après un grand » (le marquis de Dangeau selon Saint-Simon[1]), achèvent d'illustrer cette partie. Les dernières remarques invitent à se guérir de cette fascination pour les Grands (IX. 51-56) et de « l'espèce de culte qu'on leur rend » (IX. 52) : leur grandeur n'est qu'un mirage et « ils sont peuple » (IX. 53), écho de la remarque 25. Que doit-on dire des Grands, en particulier après leur mort ? Si la tentation de la louange excessive et du libelle est grande (IX. 55), La Bruyère nous invite au silence (IX. 56), autre version de l'invitation à la retraite qui terminait le chapitre précédent.

2.1.6 « Du Souverain ou de la République » (chap. X)

Le chapitre X « Du Souverain ou de la République » se place dans la droite ligne des « Institutions des princes », traités d'éducation morale à l'intention de ceux appelés au gouvernement. Le genre était d'actualité car Fénelon avait rédigé pour le duc de Bourgogne en 1694 *Les Aventures de Télémaque*, mise en roman de cette morale des princes (le texte ne sera publié qu'en 1699). C'est un chapitre à la tonalité plus sérieuse et les remarques y prennent plus d'ampleur. La première remarque souligne la soumission et l'obéissance du sujet en général, et de l'auteur en particulier, pour la forme de gouvernement de son pays. Puis, les remarques 2 à 8 évoquent les maux de l'état, que ce soit dans sa forme parce qu'il est tyrannique (X. 2) ou qu'il glisse vers le despotisme (X. 3-4), ou bien parce qu'il n'est pas capable de réformes et que les abus y prolifèrent (X. 5-8). La Bruyère évoque ensuite le plus grand mal pour l'état à savoir la guerre (X. 9-11 ; 25), série où l'on trouve le portrait de Démophile et Basilide, le défaitiste et le va-t-en-guerre de cour. Le portrait du plénipotentiaire ou ambassadeur en « caméléon » (X. 12), maître de soi et de son discours, est une véritable leçon de rhétorique diplomatique, qui souligne néanmoins le caractère moralement ambigu d'un métier qui consiste en « n'être point trompé et tromper les autres », écho aux réflexions sur la finesse du chapitre « De La Cour ». À partir de la remarque 13, la figure du Souverain devient le fil conducteur et constitue un portrait à petites touches du souverain idéal : nécessairement sérieux, le roi est un être foncièrement seul, or ce vide appelle à être rempli par le favori, miroir discret du prince (X. 17-20) même si La Bruyère n'est guère dupe de l'attrait financier de la fonction (X. 22) ; le roi doit également

1. Saint-Simon, *Mémoires* (VII, 709) : « Aussi La Bruyère disait-il, dans ses excellents *Caractères de Théophraste*, que Dangeau n'était pas un seigneur, mais d'après un seigneur. »

avoir le souci du détail, « partie essentielle au bon gouvernement » (X. 24) : il est la source du bonheur de son peuple et ne doit pas faire passer sa gloire personnelle avant le désir de sécurité et de justice de son peuple; le roi est un père pour son peuple (X. 27), idée présentée à nouveau selon le modèle religieux du Bon Pasteur (X. 29), l'un et l'autre sont engagés par des liens réciproques (X. 28); le roi doit gagner le cœur de son peuple (X. 31) tout en évitant les périls moraux intrinsèques à sa fonction (X. 30), d'où l'interrogation de La Bruyère : qui voudrait être roi? (X. 34). La dernière remarque du chapitre est un long portrait du roi idéal, marqueterie de vertus présentées dans une série de phrases coupées ou averbales, portrait qui apparaît comme un résumé de tout ce qui a précédé : est-ce un éloge de Louis XIV? Les quatre dernières phrases qui insistent sur la rareté de ce composé de qualités et le mérite qui en découlerait au point d'obtenir l'épithète de « Grand » est peut-être une manière discrète d'exprimer un blâme, à la manière de Saint-Simon qui commence le long portrait funèbre de Louis XIV dans la chronique de 1715 par : « Dieu lui en avait donné assez pour être un bon roi, et peut-être même un assez grand roi[1]. »

2.2 ANALYSE THÉMATIQUE : LA COMÉDIE SOCIALE

2.2.1 Un monde d'objets : décor et accessoires de la vie de Cour

La Bruyère dépeint un monde dominé par le culte de l'objet, phénomène qui sera reconnu comme une caractéristique de la société de consommation par des intellectuels comme Baudrillard ou Barthes au XXe siècle. Le moraliste condamne donc cette société qui s'enfonce dans le matérialisme et où la possession d'objets fait votre valeur (V. 14; 24; VI. 9).

Les Caractères sont une admirable collection de substances, de lieux, d'usages, d'attitudes; l'homme y est constamment pris en charge par un objet ou un incident : vêtement, langage, démarche, larmes, couleurs, fards, visages, aliments, paysages, meubles, visites, bains, lettres, etc.[2]

Ce désir d'objet a largement conduit les classes supérieures à une amoralité brillante, marquée par le conformisme, voire le conditionnement social, et l'envie de consommer, oubliant ainsi son désir de responsabilité et de pouvoir. Les remarques sur la guerre sont à lire comme un rappel de leurs devoirs (IX. 40-41).

Contrairement à La Rochefoucauld qui voit dans chaque action la manifestation du vice caché qu'est l'amour-propre, La Bruyère dénonce l'agent du vice qui s'exhibe à savoir l'argent, mobile et fin des actions humaines. À l'image de Saint-Simon, il est

1. Saint-Simon, *Mémoires*, Pléiade, t. V., « Vertus de Louis XIV; sa misérable éducation; sa profonde ignorance; il hait la naissance et les dignités; séduit par ses ministres », p. 478.
2. Roland Barthes, *Essais critiques*, 1963.

particulièrement horrifié par la noblesse devenue objet de commerce, qui transforme la réussite financière en privilège héréditaire. Néanmoins, contrairement au mémorialiste, la cause première du règne de l'argent n'est pas la mauvaise politique du prince, mais bien une tournure d'esprit largement partagée dans la société (VI. 43 ; 58). La Cour fait figure de coupable principal dans la transformation des mœurs : la politesse qui y règne n'est que le masque élégant (V. 32) de la loi du plus fort, qui tient à plus ou moins d'argent ou de faveur. D'où le caractère étrange, contradictoire des courtisans (IX. 16).

Il l'oppose à la notion du mérite qui lui est intérieur : ainsi, le contraste se creuse entre l'extrême visibilité de l'homme qui a et la disparition de l'homme qui est. Les portraits, qu'ils soient grands ou petits, donnent donc d'abord une impression visuelle du personnage (V. 12), en insistant davantage sur ses gestes et ses comportements : la compréhension intellectuelle du « pourquoi ? » ne vient qu'ensuite, à rebours de Théophraste qui lui partait d'une définition pour développer ensuite tout un ensemble d'éléments souvent abstraits. Si les personnages de la Bruyère sont autant marqués par l'automatisme et la prévisibilité, c'est que leur manque d'âme ne leur permet pas de sortir de leurs habitudes et qu'aucune transcendance ne vient les éclairer : contrairement à l'Homme de Pascal, l'Homme de La Bruyère n'a pas une conscience qui lui permettrait de contempler la misère de sa condition.

2.2.2 Distorsion du temps et de l'espace : La Bruyère spectateur de la Cour

On retrouve chez La Bruyère comme chez Pascal une certaine fascination pour les jeux d'échelle : le petit et le grand (VIII. 5) ; le proche et le lointain (V. 49 ; VI. 22 et 71 ; VIII. 6) ; le devant et l'arrière (VI. 25) ; ce qui est et ce qui est advenu ou adviendra (VI. 23). Cela crée des effets d'optique qui transforment tout à coup les objets observés. De la même manière, La Bruyère est très sensible aux déplacements de ses personnages ; ils entrent et ils sortent ; ils montent et ils descendent : autant de mouvements qui les font bien souvent revenir à leur point d'origine, d'une certaine manière à leur « lieu » ou « place », ce qui illustre la vanité de leurs actions. En cela, le caractère est un « faux récit » ou un « récit manqué » dans la mesure où aucune épaisseur temporelle (VIII. 47) ne vient donner une progression au personnage, ce qui le ferait basculer du côté du roman.

Le temps, seul compté également pour tous, est un thème important chez La Bruyère car il est le grand révélateur de la valeur de toutes choses (VI. 40) : c'était un des arguments de son « Discours sur Théophraste », mais on le retrouve disséminé à travers l'ouvrage et appliqué à d'autres matières que la littérature. Ainsi, l'humanité apparaît comme taraudée par le désir de durer, mais les moyens employés, notamment la possession d'objets, le rend illusoire (VI. 64-65 ; VIII. 65 ; 78).

Surnagent alors deux figures qui se détachent de la folie ambiante : la figure du sage (V. 83 ; VIII. 101), présent régulièrement en fin de chapitre, et la figure de l'écrivain à travers un « je » qui s'énonce (VI. 47), qui prend parfois la parole pour réaffirmer la dignité du travail littéraire, seul capable de racheter la société. Il s'oppose ainsi à l'écrivain Cydias (V. 75), qui lui ne « produit » que de l'objet littéraire, en une œuvre abondante mais sans fruit.

2.2.3 Rires de La Bruyère : la comédie de la Cour

Le satiriste est une sorte de prédicateur profane : si La Bruyère emprunte quelquefois un registre qui tient davantage de l'éloquence de chaire et si le chapitre « Du Souverain ou de la République » tranche par son esprit de sérieux, c'est surtout la tonalité comique qui domine, mais un rire réflexif car, comme le note Roger Zuber au sujet de la satire : « Son lecteur est sa cible; elle le force à penser, elle le force à se reconnaître[1]. » La satire comme la comédie reprennent à leur compte l'impératif antique « *castigat ridendo mores* » : en cela, elle s'oppose au rire galant, celui des femmes des ruelles et des petits-marquis, et au rire gaulois du burlesque. Il est notable que les deux fois où La Bruyère se risque à faire des pastiches en vieux français, le modèle est davantage Montaigne que Rabelais.

Les portraits, qui ont fait la renommée des *Caractères*, sont souvent une combinaison des différents types de comique. Dans le double portrait de Cimon et Clitandre (VIII. 19), on peut repérer les formes de comique suivantes :

- le comique de situation : le personnage se trouve ou se met dans une situation ridicule. *Personnages qui apparaissent déplacés ou en marge alors qu'ils veulent être au centre*;
- le comique de mots : ce comique explore les possibilités du langage ; La Bruyère évite tout de même de tomber dans des jeux de mots trop grossiers, dans la mesure où dans le chapitre I « Des ouvrages de l'esprit » il trouvait Marot et Rabelais « inexcusables d'avoir semé l'ordure dans leurs esprits » (I. 43). *La pointe finale du portrait « attelés tous deux au char de la fortune, et tous deux éloignés de s'y voir assis »*;
- le comique de gestes : le personnage se rend ridicule par un geste inapproprié, maladroit ou impertinent. *Les deux personnages sont dans une gesticulation permanente, sans but ni finalité*;
- le comique de caractère : il se fonde sur la psychologie des personnages. Bien souvent, il s'agit de monomanes, et La Bruyère jouera énormément sur le procédé dans le chapitre XIII « de la Mode ». *Cimon et Clitandre sont ridicules par leur manie de se vouloir importants*;

1. Roger Zuber, *Les Émerveillements de la raison*, 1997.

- le comique de répétition : La Bruyère étant fasciné par l'automatisme de la vie sociale, bien souvent le comique de geste est lié au comique de répétition. *L'emploi du présent d'habitude crée l'idée de répétition en figeant les deux personnages dans un comportement immuable.*

2.2.4 Mille et une formes de la morale : varier pour séduire le lecteur

La vie de salons à Paris a mis en vogue un certain nombre de formes brèves : ainsi, les Maximes de La Rochefoucauld sont-elles nées dans le salon de la marquise de Sablé. En reprenant les codes littéraires de ses lecteurs mondains, La Bruyère cherche à les séduire, manière sans doute d'atténuer la dureté de la peinture qu'il fait de la Cour.

Les formes brèves ont une multitude de noms et en faire une taxonomie juste relève du défi : si l'on s'accorde assez facilement sur les critères de reconnaissance de la maxime ou du portrait, comment nommer les passages qui ne sont ni l'un ni l'autre ? Sont-ce des fragments, à l'image des *Pensées* de Pascal ? Mais dans ce cas-là, on peut rétorquer que les *Caractères* sont une œuvre finie, voulue ainsi par l'auteur, et ne sont justement pas un ensemble de notes destinées à être liées par des transitions dans une œuvre à venir. Sont-ce des aphorismes ? Captation d'instants, lié à une exigence de mémorisation d'un savoir, l'aphorisme est bien souvent la conjonction d'une expérience et son commentaire : or, chez La Bruyère, le commentaire est bien souvent absent et à charge du lecteur ; par ailleurs, l'aphorisme, parce qu'il repose sur l'expérience, ne suppose aucun plan : les *Caractères* de La Bruyère sont relativement ordonnés selon une progression. Sont-ce des essais ? La Bruyère est un admirateur de Montaigne, mais il ne retient des *Essais* que la liberté de la forme : l'ample exercice critique du doute est remplacé par la retranscription, parfois sèche, des événements ; même si le « je » auctorial apparaît dans *Les Caractères*, il manque le « commerce » avec l'auteur qu'autorisait la « fin [...] domestique et privée » (Montaigne, « Au Lecteur », *Essais*) ; La Bruyère ne se peint pas. Le terme de « réflexion » est utilisé par La Rochefoucauld pour compléter son ouvrage de maximes : ces textes, souvent assez longs, se caractérisent eux aussi par une forte présence de l'auteur et une nette dimension argumentative.

Quelques passages tiendraient sans doute à l'anecdote, qui signifie « ce qui n'a pas été publié » : l'anecdote est dans le récit historique un petit fait vrai, un détail privé et le plus souvent scandaleux tel qu'on peut le trouver dans les *Historiettes* de Tallemant des Réaux (rédigées à partir de 1657, publiées en 1834) ou bien dans les écrits des mémorialistes du temps : il s'agit de faire le récit court, saillant et authentique d'un événement d'une personnalité, pour lui donner une dimension exemplaire (plan éthique), illustrative (plan rhétorique) et caractéristique (plan de la connaissance historique) : cette dernière fonction justifie en soi l'insertion de ce corps étranger dans le discours historique ; ainsi, Saint-Simon, n'ayant pu s'empêcher d'évoquer dans ses *Mémoires*, une obscure dispute entre deux courtisans non moins obscurs, écrit : « je sens bien qu'en soi c'est la dernière des bagatelles pour être rapportée; mais elle caractérise et dépeint. » Si certains textes de La Bruyère, essentiellement narratifs, tiennent de l'anecdote, il leur manque cependant un « ancrage » individuel et particulier, que le jeu des clés ne leur confère pas. Contrairement à Saint-Simon, il n'offre pas au lecteur « le spectacle vivant d'une pure socialité[1] ».

Ainsi, La Bruyère « entend éluder le choix d'un genre défini[2] », aussi peut-on s'en tenir au terme neutre de « remarques ».

Dans son « Discours sur Théophraste », La Bruyère se place dans la lignée de Pascal (en VIII. 80, il le cite et le complète) et de La Rochefoucauld, qui l'avaient précédé dans l'écriture de maximes, tout en se déclarant « moins sublime que le premier, et moins délicat que le second ». Les maximes sont des axiomes de droit envers lesquels aucune objection n'est possible : elles ont une valeur universelle et générale, et « elles sont comme les lois dans la morale », comme l'ajoute La Bruyère. À l'intention didactique de la sentence – donner des règles de vie, et juger les hommes –, elle ajoute une forme plus complexe : ce n'est pas qu'une idée, c'est une idée bien tournée. En cela, l'emprise esthétique qu'elle a sur le lecteur empêche tout recul critique et lui donne une autorité absolue : elle « décourage la contestation par le bonheur même de l'expression[3] », d'où la critique qui lui sera faite au siècle suivant par Montesquieu qui y voit « les proverbes des gens d'esprit[4] », ou plus fortement encore, par Saint-Lambert qui la qualifie de « langage des charlatans répété par des dupes[5]. » La série de maximes tirées des *Caractères* montre la variété des procédés et des tours employés :

- « Jeunesse du prince, source des belles fortunes. » (VIII. 55) : phrase averbale, juxtaposition sèche de deux groupes verbaux sans déterminant. Caractère absolu et universel de cette vérité. Même procédé de juxtaposition mais sous une forme moins concentrée (IX. 35);
- « Un caractère bien fade est d'en n'avoir aucun » (V. 1); « La moquerie est souvent indigence d'esprit » (V. 57) : structure attributive avec le verbe être, donne une forme de définition; présence parfois de modalisateurs en fréquence ou quantité de type « souvent », « jamais », « toujours »;
- « Il est souvent plus court et plus utile de cadrer aux autres, que de faire que les autres s'ajustent à nous. » (V. 48) : comparatif qui balance entre deux possibilités. Voir aussi VIII. 37 et 69; IX. 9;
- « La Cour ne rend pas content, elle empêche qu'on le soit ailleurs » (VIII. 8) : paradoxe qui oppose deux situations. Voir aussi VIII. 97;

1. Roland Barthes, *Essais critiques*, 1963.
2. *Ibid.*
3. L.A. Prévost Paradol, *Études sur les moralistes français*, 1865.
4. Montesquieu, *Pensées diverses*, « Des Modernes », publié en 1879.
5. Saint-Lambert, *Encyclopédie*, art. « Intérêt ».

- « C'est beaucoup tirer de notre ami, si ayant monté à une grande faveur, il est encore un homme de notre connaissance. » (VIII. 25) : jeu de mots. Voir aussi VIII. 89 ;
- « Les enfants peut-être seraient plus chers à leurs pères ; et réciproquement les pères à leurs enfants, sans le titre d'héritiers. » (VI. 67) : relation d'équivalence entre deux propositions, déséquilibrée par l'épiphrase à valeur d'hypothèse : crée un effet de surprise ;
- « Vous le croyez votre dupe ; s'il feint de l'être, qui est plus dupe de lui ou de vous ? » (V. 58) : question oratoire, davantage dans le style de Pascal que de La Rochefoucauld. Version exclamative (VII. 17) : aux limites de la maxime dans la mesure où l'exclamation n'a pas le même poids en termes de vérité que l'assertion ;
- « Il faut avoir trente ans pour songer à sa fortune, elle n'est pas faite à cinquante ; l'on bâtit dans la vieillesse et l'on meurt quand on en est aux peintres et aux vitriers. » (VI. 40) : maxime dédoublée : une première assertion factuelle puis sa transcription métaphorique. Métaphore expliquée (VIII. 10) ;
- « Épouser une veuve en bon français signifie faire sa fortune : il n'opère pas toujours ce qu'il signifie. » (VI. 61) : assertion puis commentaire métalinguistique qui souligne le double sens (devenir riche/rendre une femme malheureuse) Tendance de La Bruyère à allonger la maxime de cette manière (VIII. 1).

Le portrait s'érige en genre autonome au XVIIe siècle à la faveur de l'émergence d'une vie de salon et devient un véritable jeu de société, à l'image de la scène 4 de l'acte II du *Misanthrope* de Molière où Célimène se livre à la peinture méchante de ses contemporains. Généralement, on distingue ce qui relève de la prosopographie, c'est-à-dire la description physique, et ce qui relève de l'éthopée, description morale et psychologique. Bon nombre de portraits de La Bruyère, notamment les deux plus connus Giton le riche et Phédon le pauvre (VI. 83), sont construits en énigme du fait de l'inflation de la prosopographie et de la rétention de l'éthopée dans les toutes dernières lignes.

3. L'œuvre à l'examen

Le chapitre des « Biens de Fortune » s'attaque aux racines du mal dans la société : l'argent, fausse valeur, qui par sa circulation confond les mérites et les classes. Le thème est loin d'être neuf et les idées de La Bruyère loin d'être originales. À l'aube de la guerre de la ligue d'Augsbourg en 1694, Vauban fait une grande enquête sur l'économie de la France et constate l'immense pauvreté du royaume qui contraste avec l'extrême richesse d'une petite frange de la population. C'est cette petite frange qui est désignée sous le nom de « partisans » par La Bruyère, renvoyant aux financiers, aux hommes d'affaires et aux fermiers généraux. Dans les deux analyses qui suivent, nous allons voir comment La Bruyère utilise la souplesse de la forme des *Caractères* pour dénoncer l'injustice sociale et la comédie des apparences, impliquée par les décalages de richesses.

3.1 EXPLICATION LINÉAIRE : LE PORTRAIT DE CLITIPHON

Chapitre VI, « Des Biens de Fortune », remarque 12.

- **Éléments de contextualisation**
  - Au chapitre précédent « De la Société et de la Conversation », on trouvait déjà des portraits assez longs où la parole était mise en scène. On pense en particulier à la remarque 82 qui voit le riche Nicandre essayer de séduire la jeune et pauvre Elise : celle-ci sauve l'honneur en n'ayant pas « le courage d'être riche en l'épousant », choix moins guidé par la raison que par la nature superficielle de la femme, que les prestiges de la noblesse éblouissent encore. L'originalité de ce portrait est qu'il remet à nouveau deux personnages en prise, mais cette fois-ci, il s'agit de *Clitiphon* et du « je » auctorial.

Problématique : En quoi la mise en scène de soi en modeste philosophe permet à La Bruyère de dénoncer l'arrogance des riches, à travers le personnage de Clitiphon ?

I. Une double visite : allées et venues du philosophe

« Je vais Clitiphon […] ne vous pas laisser voir »

1. Autoportrait du philosophe en fâcheux

- Multiplication des obstacles à la visite : « porte », « esclaves », « endroit le plus reculé de votre appartement ». Mauvaise temporalité : occupé quand La Bruyère vient la première fois chez lui, sorti la deuxième fois.
- Première phrase d'un seul tenant qui relie les observations factuelles et les pensées du philosophe (exclamation « Plût aux dieux… »). La visite fait figure d'effraction dans le « lieu » du riche : mauvaise conscience du philosophe qui risque d'être pris pour un « fâcheux » (*cf.* Molière, *Les Fâcheux*, 1661)

2. Apostrophe au riche absent

- Présence du nom, du pronom personnel « vous », modalité interrogative directe (discours).
- Tentative par le philosophe d'imaginer l'occupation de son hôte : accumulation de verbes « enfilez, collationnez, signez, paraphez » en cadence mineure, qui mime la diminution du volume de travail : « quelques mémoires » deviennent

« un registre » ; la signature devient un parafe ; inconsistance et petitesse de ce « labeur » qui fait écho à la « petitesse de la demande du philosophe : tournure restrictive « qu'une chose », « oui ou non ».

- Première morale sur un registre ironique : jeu de mot sur « rare » ; nécessité pour le riche d'être d'un abord facile pour les solliciteurs. Par l'interpellation ironique « ô homme important et chargé d'affaires », La Bruyère imagine un renversement de la situation : le « besoin » change de camp.

II. La leçon de civilité du « je »

« Ô homme important [...] celle qui vous est utile »

1. Le philosophe au cabinet

- Le « cabinet » du philosophe est certes une « solitude, mais une solitude ouverte : « venez », « accessible », « entrez », « toutes les portes vous sont ouvertes » etc. Le chemin vers le philosophe est une voie dégagée de tous les obstacles vus auparavant chez le riche « passez jusqu'à moi sans me faire avertir ».
- Autoportrait du philosophe au travail : gradation dans l'étude des savoirs, des plus humains vers les mystères les plus sacrés : philosophie avec Platon, puis astronomie avec étude du « Ciel », enfin métaphysique et religion (« j'admire Dieu dans ses ouvrages ») : l'agrandissement des sujets d'étude est associé à un épanouissement de l'âme (« devenir meilleur »).

2. Le dialogue civil entre le philosophe et le riche

- Discours poli et obligeant à l'égard du visiteur : compliment (« vous m'apportez quelque chose de plus précieux... »), demande et proposition de service, sur une cadence majeure (« quitter mes livres, mes études, mon ouvrage, cette ligne qui est commencée »).
- Parole qui se déploie vers l'autre, lecture positive (« interruption heureuse ») de la vie sociale fondée sur la notion d'« utilité » à son prochain.

III. L'ours et la borne : hardiesse des images finales

« Le manieur d'argent [...] il ne le veut point être »

Les comparaisons finales achèvent d'opposer les deux personnages :

1. Richesse et sauvagerie

- Métaphore de l'ours pour le financier : « l'homme d'affaire est un ours » ; l'animal sauvage est rustique, incapable d'être « apprivoisé » (*cf.* La Fontaine, « L'Ours et l'amateur des jardins », sur la figure de l'incapable amitié).

- Invisible : répétition du verbe « voir » nié avec variation de l'adverbe de négation « qu'avec peine », « point », « pas encore » « plus » : série de corrections (incise « que dis-je ») qui n'aboutissent qu'à une seule et même idée.

2. Urbanité du philosophe

- Comparaison du philosophe avec la borne : plus originale et inattendue. Borne « mobilier urbain » ; répétition du mot « tout/tous » : figure d'universalité ; presque au-delà du convenable « à table, au lit, nu, habillé, sain, malade » : être visible et transparent à l'autre, là où le financier n'était qu'invisible. Idéal d'une société sans fards ni artifices.
- Morale finale qui définit le philosophe : « ne peut être important » : avis social et « ne le veut point être » : exercice d'une volonté ; sous-entendu : le mépris des richesses lui donne cette volonté.

3.2 EXPLICATION LINÉAIRE : LA GALERIE DES MAUVAIS RICHES

Chapitre VI, « Des Biens de Fortune », remarques 13 à 18.

- **Éléments de contextualisation**

  Suit le portrait de Clitiphon qui s'opposait à la figure du philosophe, *alter ego* de La Bruyère.

Problématique : Comment l'écriture discontinue des remarques permet d'approfondir la critique du matérialisme de la société ?

I. Une mise en garde philosophique contre la fascination de la richesse

Remarques 13 et 14

1. Le moraliste en prédicateur

- Rem. 13 et 14 en lien avec la morale du portrait précédent : refus d'accorder de l'importance aux partisans. Ton du prêche : thème du péché, de la conscience, des passions non maîtrisées.
- Rem. 13 : La Bruyère dévoile les « dessous » de cette fortune des partisans : elle naît du sacrifice de tout ce qui peut rendre heureux ; idée du « marché », sorte de version moderne des « pactes avec le diable » des histoires d'antan.

2. L'appel au public

- Rem. 14 : reprise du mot « envie », cette fois-ci le moraliste ne décrit plus le partisan mais l'effet qu'il produit dans le public : verbes de sentiments ; accoutumance coupable du public à leur égard : paradoxalement, en dépit de leur malhonnêteté « on les estime […] et on les respecte. »

- Jeu du « nous » et du « on » : dans le premier cas, le « nous » renvoie à la communauté qui écoute le moraliste-prédicateur; dans le second cas, le « on » au peuple qui réagit selon son comportement ordinaire.

Transition : après ces deux remarques qui enjoignent au lecteur d'adopter une posture critique sur un ton qui relève de la prédication, La Bruyère propose une galerie de petits portraits qui vont difracter son propos initial en plusieurs exemples.

II. Des remarques en galerie : contempler la misère des riches

Remarques 15 et 16

1. La critique d'une Église complice de cette comédie de la foi

- Effets de la richesse sur quatre personnages bien distincts : trois hommes et une femme.
- Rem. 15 : Sosie, valet qui s'est enrichi et qui a accédé à un poste de fermier-général. Ascension sociale fulgurante mais au prix d'une grande violence à l'égard de son prochain. Reprend le thème du prix à payer de la rem. 13. Relations malsaines de l'Église avec ce genre de personnage, qui devient gestionnaire pour l'église pour « blanchir » sa réputation. Mention ironique du « prodige », pour ne pas dire du miracle de l'argent. De même, jeu de mot ironique « noble » / « homme de bien ».
- Rem. 16 : Arfure : La Bruyère met davantage en scène le miracle de l'argent dans un avant/après. Arfure est une femme obscure, mal placée à l'église : elle n'est pas vue et ne voit pas le prêche, manière de signaler son insignifiance, son « obscurité ». Ironie : « sa dévotion était connue comme sa personne ». Richesse rapide et scandaleuse de son mari qui arrache un cri d'indignation : à qui attribuer ce cri ? à l'auteur ou au public ? Une fois riche, elle devient un spectacle concurrent à la messe. Critique de la tolérance de l'Église à l'égard de ces parvenus : *a priori* pas de prix à payer car elle est « absoute ».

2. La peinture cruelle de mauvais riches

- Rem. 17 : Crésus, riche ruiné, a été abandonné de tous. Le mort « insolvable », c'est-à-dire avec des dettes pendantes fait écho à la précédente absolution. Lui a été « privé de tous les secours » tant matériels que spirituels. Dénuement total scandé par les nombreuses tournures négatives. Préfigure ce qui attend Arfure. Image d'une chute, en parallèle avec l'ascension fulgurante de Sosie.
- Rem. 18 : Champagne : on quitte l'église pour l'hôtel du riche; à l'image de Crésus, amateur de « bonne chère ». Temps présent de la prospérité : la jouissance des biens de ce monde l'a rendu indifférent à son prochain; toute puissance d'un homme sur des milliers d'autres, inconséquence contraire à la charité. Le commentaire de l'auteur sous la forme de l'antiphrase finale souligne la cruauté du personnage.

Ouverture : dans la quatrième édition, la suite est complétée par deux autres courts portraits qui en précèdent un long. Le fil thématique de la place à l'église se continue dans celui des naissances honteuses.

3.3 L'ÉPREUVE ÉCRITE : SUJET DE DISSERTATION

> « *La fonction du moraliste est d'aider le lecteur – et généralement la société – à ressouder ce qui menace de se scinder, à préserver l'unité de la "règle des mœurs" et de la foi.* »
>
> Louis Van Delft, *Le Moraliste classique*, 1982

Problématique : La peinture satirique de la société à l'œuvre dans *Les Caractères* de La Bruyère permet-elle selon vous de réconcilier le lecteur avec la société ? Vous répondrez en prenant appui sur votre lecture des *Caractères*. Votre réflexion pourra également s'ouvrir à d'autres œuvres que vous avez découvertes dans le cadre du parcours « La comédie sociale ».

- **Suggestions pour l'introduction**

  Évoquer le contexte difficile de la seconde moitié du règne de Louis XIV. La France est en crise (économique, religieuse) et va commencer la guerre de la Ligue d'Augsbourg : cette situation réveille la nostalgie des premiers temps du règne, perçus comme plus heureux.

- **Problématisation de la citation**

  La citation invite à penser la relation entre l'auteur et le lecteur. *Les Caractères* seraient donc écrits dans une logique de restauration de l'unité de la communauté : il faudra donc s'interroger sur le rôle et la capacité du comique à effectuer cette tâche.

I. *Les Caractères* ou la peinture d'une société scindée

1. Une société marquée par les divisions

- Violence des rapports sociaux, en particulier entre les grands et les petits ; antagonismes Province/Ville/Cour ; Nobles/Riches ; Jeunes/Vieux.
- Scission de la société qui se traduit dans la forme par l'éclatement des portraits (pas de peinture générale de la société mais une multitude d'individus)
- Fréquence des figures d'opposition : doubles portraits, constructions de maximes sur le balancement entre deux propositions.

2. L'imaginaire de la clôture

- Imaginaire relevé par Roland Barthes : importance du thème de la frontière, de la porte.

- Mise en scène de personnages qui tentent de franchir ces limites et qui ne sont pas dans leur « lieu » : ils sont sanctionnés par le ridicule.

3. L'argent comme moteur de la comédie sociale

- Dénonciation de l'origine du mal : l'argent. Pour le critique Gustave Lanson (*Histoire littéraire de la France*, 1895), cette thématique est la seule originalité de La Bruyère, qui préfigure Balzac sur la question.
- Argent accélérateur du vaste mélange, du « dés-ordre » social.
- Idéal d'un monde du mérite : ce monde ne serait alors plus une comédie puisqu'il n'y aurait plus de masques à porter, ni de rôles à jouer ; il suffirait d'être soi-même.

II. L'art du moraliste : la dénonciation de la comédie sociale

1. *Les Caractères* : une littérature d'engagement

- Investissement du moraliste dans son texte : présence du « je », contrairement à l'abstraction des *Maximes* de La Rochefoucauld.
- La Bruyère est conscient de se réapproprier des vérités communes (« Des ouvrages de l'esprit », I. 69). Il définit clairement son objectif de rendre les hommes meilleurs (*Caractères*, I. 34)
- Il souligne la permanence des vices humains mais redensifie la leçon morale par la nouveauté du style : il se réapproprie les armes de la conversation mondaine au profit de la morale.

2. Posture du satiriste vis-à-vis de la société

- Une position en oblique ou en retrait : La Bruyère veut renouveler le regard sur ce qui nous semble commun et naturel. Il obtient ainsi un effet d'étrangeté par les jeux d'optique et de perspective.
- Attitude d'étonnement du « je » : pour Sainte-Beuve (*Portraits littéraires*, t. 1, 1836), La Bruyère préfigure Montesquieu ou Voltaire ;
- Chamfort : « [l'honnête homme] est dans le vrai et rit des faux pas de ceux qui marchent à tâtons dans le faux. C'est un homme, qui, d'un endroit éclairé, voit dans une chambre obscure les gestes ridicules de ceux qui se promènent au hasard. »

3. Réaffirmation de l'idéal chrétien de la *caritas*

- Volonté de retrouver une communauté de « prochains ».
- Dimension conformiste de cette pensée : vanité de ceux qui veulent dépasser les limites. La sagesse consiste en l'occupation son lieu, de sa place.

III. Le comique : outil de la réintégration sociale du lecteur ?

1. Le rire corrige les mœurs, dit-on

- Croyance ancienne que le rire corrige les mœurs : « *castigat ridendo mores* ».
- Multiplicité du comique : *varietas* conforme au goût mondain, idéal de la conversation et voie de séduction.
- Ironie comme moyen de faire entendre ses véritables idées.
- Art de la chute : crée la surprise.
- Caricature qui favorise le grossissement des traits.

2. Le double statut du lecteur, à la fois complice et victime du moraliste

- Le lecteur ne peut se ranger aux idées de l'auteur qu'à condition de ne pas s'y reconnaître. Cela pose la question de l'efficacité du propos : La Bruyère est conscient de cela dans le « Discours sur Théophraste ».
- La connaissance de soi est la plus douloureuse.
- Rire est comme un aveu de faiblesse ; le burlesque est le genre comique nostalgique d'un héroïsme perdu.

3. L'impossible morale de La Bruyère : peut-on sortir de cette comédie ?

- Deux possibilités de sortie : la retraite et le silence ou l'espoir dans un futur généreux et meilleur ; rien n'est possible pour l'ici et maintenant tel qu'il est décrit dans *Les Caractères*.
- Accusation de misanthropie notamment chez Taine : l'indignation et la colère sont inefficaces ; « ce sentiment trop fréquent et trop pénétrant empoisonne bientôt tous les autres [...] on perd la philosophie sereine et l'esprit comique ; on devient satirique et misanthrope » (*Nouveaux essais de littérature*, 1865).

Ouverture : Le moraliste en fin de compte n'écrit-il pas finalement que pour lui-même ?

3.4 PARCOURS AUTOUR DE L'ŒUVRE : « LA COMÉDIE SOCIALE »

– **« Comédie et société » : versant théâtral de la satire[1].** Quels sont les moyens de la satire sociale au théâtre ?

Corpus :

- Molière, *Le Misanthrope*, 1666 : II, 4.
- Beaumarchais, *Le Mariage de Figaro* (1778, 1re repr. 1783) : V, 3.
- Victor Hugo, *Ruy Blas*, 1838 : III, 2.

1. En lien avec le parallèle fait par Prévost-Paradol dans *Les moralistes français* entre La Bruyère et Molière.

  - Michel Vinaver, *Par-dessus bord*, 1972.
  - Yasmina Reza, *Art*, 1994.
- **Lectures complémentaires en lien avec l'œuvre de La Bruyère :**
  - Pascal, *Pensées*, 1662.
  - La Rochefoucauld, *Maximes*, 1665.
  - Saint-Simon, *Mémoires*, notamment les portraits (1691-1723, rédigés de 1739-1750, publ. 1829).
  - Boileau, *Satires*, 1657-1666.
- **Prolongements artistiques et culturels en lien avec l'œuvre de La Bruyère :**
  - Motif de Marie-Madeleine au miroir dans la peinture au XVIIe siècle et peinture des Vanités.
  - Fastes de la Cour : présentation d'un des grands châteaux royaux ou Chantilly : comment la construction véhicule une image symbolique de la grandeur ?

Olympe de Gouges, *Déclaration des droits de la femme et de la citoyenne*, du « préambule » au « postambule »

> “ *Pour avoir eu contre elle la force qui en politique condamne et ne juge pas : la fortune, la femme du dix-huitième siècle n'en a pas moins déployé de remarquables aptitudes, de singuliers talents, d'étonnantes capacités sur le théâtre des plus grandes affaires.* ”
>
> Goncourt, *La Femme au XVIIIe siècle*, 1862

L'édition de référence pour notre étude est la suivante : Olympe de Gouges, « *Femme, réveille-toi !* », *Déclaration des droits de la femme et de la citoyenne*, Gallimard, Folio, 2014.

1. L'œuvre et ses contextes

1.1 BIOGRAPHIE

1748	Naissance de Marie Gouze à Montauban.
1750	Mort de son père Pierre Gouze. Elle est élevée par sa mère Anne-Olympe.
1765	Elle épouse Louis-Yves Aubry à 17 ans.
1766	Son fils Pierre naît. Peu après, Louis-Yves meurt : Marie se retrouve seule, et bientôt elle imagine son nouveau nom : Olympe de Gouges.
1767	Elle rencontre Jacques Biétrix de Rozières qu'elle suit à Paris.
1778	Elle rencontre Louis-Sébastien Mercier, homme de lettres, qui l'encourage à écrire. Elle tient salon.
1784	Elle écrit et présente la pièce *Zamore et Mirza ou l'heureux naufrage*, qui traite de l'esclavage des Noirs (sera publiée en 1792).
1786-1789	Écriture de nombreuses pièces de théâtre ; *Réflexions sur les hommes nègres*.

1788	Écriture de son premier texte politique dans le *Journal général de France* : *Un projet d'une caisse patriotique par une citoyenne*. Elle y fait des propositions concrètes pour soulager les indigents.
1789 **Juin** **26 août**	Les députés se proclament « Assemblée nationale », Olympe de Gouges contribue à l'impôt patriotique et incite toutes les femmes à y participer dans la brochure *Action héroïque d'une Française ou la France sauvée par les femmes*. *Déclaration des droits de l'homme et du citoyen*.
1790	*Les Vœux volontaires*, pièce qui parle d'une religieuse forcée de prononcer ses vœux, rencontre un certain succès. Elle écrit *La Nécessité du divorce* : « Vous rendez à un homme la femme qui est faite pour lui, et une femme au mari qui lui convient ».
1791 **Sept.**	La fuite du roi arrêté à Varennes la déçoit et elle cherche des moyens de réformer la royauté dans une brochure : *Sera-t-il roi, ne le sera-t-il pas?* ***Déclaration des droits de la femme et de la citoyenne.***
1792 **Sept.**	Dans *L'Esprit français* elle écrit souhaiter une révolution sans violence. Elle se propose pour être l'avocate de Louis XVI dont le procès commence le 11 décembre. « La souveraineté du peuple a repris ses droits, et nous ne devons pas le punir de l'ignorance de nos ancêtres et des crimes des siens ».
1793 **20 juil.** **2 nov.** **3 nov.**	Elle fait publier « Les Trois Urnes ou le Salut de la patrie » : c'est en collant cette affiche qu'elle est arrêtée. On lui reproche de proposer trois choix : gouvernement fédéral, gouvernement républicain, ou monarchie. Elle est sommairement jugée et accusée d'« attentat à la souveraineté du peuple ». Elle est la première femme mise à mort après Marie-Antoinette. Ses derniers mots sont : « enfants de la patrie, vous vengerez ma mort ».

1.2 LES CONTEXTES LITTÉRAIRES, CULTURELS, POLITIQUES

L'œuvre d'Olympe de Gouges se déploie à une époque bien particulière, la Révolution française : pendant ces quelques années, de 1789 à 1799, les mondes littéraire et culturel ne pouvaient ignorer les événements politiques, et l'on écrivait bien souvent pour participer à la vie de la cité. Cependant, la liberté de ton, et le goût pour la prise de parole publique, n'auraient pu exister sans un autre mouvement qui occupa tout le siècle : les Lumières.

1.2.1 Les Lumières : aux origines de la *Déclaration des Droits*

Écrire pour raisonner et faire raisonner

En 1751, paraît l'*Encyclopédie* « afin que chacun participe selon sa portée aux lumières de son siècle » (Diderot), vaste projet autour duquel la conversation se nourrit de chaque idée nouvelle ; la littérature devient **polémique**, le **débat d'idées** est partout. On s'efforce de trouver les conditions d'une société moins injuste et plus solidaire que celle de l'Ancien régime.

Jean-Jacques Rousseau propose les principes démocratiques que la Révolution fera entrer dans la loi : pour remédier aux inégalités entre les hommes, il propose de passer un « contrat social » entre les citoyens.

Période d'effervescence intellectuelle passionnée, les années 1750-1778 préludent à l'élan révolutionnaire.

L'écriture juridique

Avec Montesquieu, le rapport à la loi, et donc au droit, se modifie : son livre *De l'esprit des lois* montre que la loi n'est pas éternelle ou universelle mais dépend de divers criteres. Il expose également différents types de gouvernements, en condamnant le despotisme : selon lui, le gouvernement républicain correspond à un esprit d'**égalité**, alors que le gouvernement monarchiste correspond à un esprit d'**inégalité**, et le gouvernement despotique à un **esprit d'égalité extrême**, c'est-à-dire à la corruption du principe d'égalité (*De l'esprit des lois*, chap. VIII, 1748).

L'esprit au féminin

La femme eut une place privilégiée dans la pensée, les arts et la littérature au XVIIIe siècle. Si l'on en croit Edmond et Jules de Goncourt, la femme domina le siècle[1].

Et pourtant. L'on se presse dans les salons d'une Mme Geoffrin ou d'une Mme du Deffand – où l'on fréquente l'élite intellectuelle –, sans pour autant penser que les femmes puissent devenir femmes de lettres, de sciences, ou académiciennes : on reconnaît leur esprit, sans pour autant leur accorder un rôle social équivalent à celui-ci.

En dehors des salons, les femmes, même celles qui ont accès au savoir, sont malgré tout souvent reléguées au **second rôle** par une **société d'hommes**. Les femmes ambitieuses du XVIIIe siècle pensaient que l'ordre hiérarchique qui soumettait un sexe à l'autre, et les moindres capacités féminines, n'avaient d'autres raisons que pédagogiques et sociales. Cette vérité n'allait pas de soi pour la majeure partie de leurs contemporains. Les femmes se définissaient par un surcroît de sensibilité, mais pas par une égalité juridique ou d'intelligence (Diderot, *Sur les Femmes*, 1772).

1. Goncourt, *La Femme au XVIIIe siècle*, 1862.

Olympe de Gouges fera ce que ses prédécesseurs féminins n'auront pas fait : elle engagera le combat pour l'égalité au niveau législatif et judiciaire.

1.2.2 Révolution, Déclamation, Déclaration

La parole

Avec la Révolution, très vite, dans les assemblées et les clubs, **l'éloquence** devint **l'arme** des hommes politiques pour **décider** des plus graves questions, **abattre** leurs adversaires ou **défendre** leur tête.

Les premières années de la Révolution furent marquées par une grande liberté : des opinions, des échanges d'idées, de la presse. On vit une forte diffusion d'écrits de toutes sortes, dans une multitude de nouveaux journaux, sur des affiches, dans des brochures distribuées dans la rue ou même à Versailles.

Le style **pamphlétaire** est à l'honneur, quand l'écrit ou l'éloquence oratoire se donnent pour but d'attaquer le pouvoir ou une institution. Dans le sillage de Voltaire, une écriture de l'**attaque** et de la **conquête des esprits** vise à **combattre les préjugés**, l'injustice.

« Si elle n'avait été scellée dans le sang, la Révolution pourrait apparaître essentiellement comme un débordement de la parole, un terrible déversement de mots, une prise de pouvoir de l'éloquence. Tout vient du Verbe, et aboutit à lui[1] ».

La *Déclaration des droits de l'homme et du citoyen*

Nulle surprise donc, si le symbole de la Révolution est une déclaration. Ce texte est à la fois un écrit et un événement : une déclaration est un acte, l'acte de **déclarer**, d'affirmer quelque chose.

La *Déclaration des droits de l'homme et du citoyen* vient d'une certaine manière coucher sur le papier la somme, le bilan de tous les écrits et pensées des Lumières, leur aboutissement dans la société, dans la vie des individus et de la Nation, le droit et la loi. Couronnement, donc, des Lumières, elle est aussi un commencement : elle sert de préambule à une Constitution votée en 1789, et qui affirme pour la première fois le passage de l'origine du pouvoir de Dieu et du Roi à la Nation et à la Loi.

1. Béatrice Didier, *La Littérature de la Révolution française*, 1988.

1.3 GENÈSE, PLACE DE L'ŒUVRE ET RÉCEPTION

1.3.1 Genèse

La Révolution ne tient pas ses promesses ; les femmes **n'ont pas le droit de vote, et,** dans la Constitution votée le 3 septembre 1791, la conception de citoyen ne s'applique qu'aux hommes. Les femmes sont dépendantes de leur père puis de leur mari.

Devant les différentes injustices sociales, Olympe de Gouges se sent poussée à l'action, et l'action, pour elle, c'est écrire et publier ses écrits. « Il lui semble que c'est à elle que s'adressent les plaintes d'en bas et les dédains d'en haut[1] ». Elle écrit sans cesse des brochures ou des affiches, dans lesquels elle donne son avis mais propose aussi des solutions concrètes pour résoudre un problème. Dans son roman *Le Prince philosophe* (1792), elle évoque la question de la place des femmes dans la cité : « le mérite seul devrait mener aux places majeures ainsi qu'aux inférieures, et l'on devrait donner aux jeunes demoiselles la même éducation qu'aux jeunes gens ».

Constatant que la *Déclaration des droits de l'homme* ne résout pas l'éternelle minorité civile des femmes, la prise de parole d'Olympe de Gouges sur ce sujet va alors de soi.

1.3.2 Place de l'œuvre

La *Déclaration des droits de la femme et de la citoyenne* est nettement écrite en **opposition**, en **parallèle** avec la *Déclaration des droits de l'homme et du citoyen* : elle est son symétrique, son égale de l'autre côté de la ligne qui sépare les sexes. C'est un texte qui représente en « format papier » la femme qu'il cherche à faire émerger, véritable compagne et égale de l'homme par rapport à la Loi.

Ce parallélisme le fait fonctionner comme un **pastiche**, bien qu'il vise aussi un statut **juridique** – Olympe essaiera de le présenter à l'Assemblée, en vain. Publier cette déclaration en 1791, c'est montrer et critiquer le fait que seuls les hommes au sens masculin sont concernés, de fait, par les nouveaux droits de 1789 et 1791.

Notre texte se définit donc dans son rapport à un autre texte, mais aussi à une assemblée politique et enfin au peuple et aux femmes : il est donc tout à la fois pastiche, copie d'un modèle ; texte juridique, plaidoyer, déclaration ; brochure, tract, palimpseste[2].

Concrètement, la *Déclaration des droits de l'homme et du citoyen* rédigée et votée en 1789, préambule à une Constitution élaborée de 1789 à 1791, est présentée au roi et acceptée par lui en septembre 1791 dans un esprit de réconciliation ; Olympe de Gouges

1. Charles Monselet, *Les Oubliés et les Dédaignés* (1857) cité par Sophie Mousset, *Olympe de Gouges et les droits de la femme*, 2003.
2. Parchemin dont la première écriture, grattée ou lavée, a fait place à un nouveau texte. (Larousse)

rédige et veut présenter sa *Déclaration des droits de la femme et de la citoyenne* également en septembre 1791. Elle rappelle ainsi que la moitié des personnes du pays reste exclue des droits civiques pourtant promis dans la *Déclaration des droits de l'homme.*

1.3.3 Réception

Cette *Déclaration des droits de la femme* resta à l'état de projet. Elle fut politiquement ignorée. Le 19 novembre 1793, on pouvait lire dans *Le Moniteur universel* à propos de la mort d'Olympe de Gouges : « Elle voulut être homme d'État, et il semble que la loi ait puni cette conspiratrice d'avoir oublié les vertus qui conviennent à son sexe. » Le message est clair : une femme n'a rien à faire en politique, y compris pour demander des droits que sa nature exige. C'est un **échec**.

On ne parla presque plus d'elle durant deux siècles. Olympe de Gouges est aujourd'hui mieux connue, et la *Déclaration des droits de la femme* est exposée à l'Assemblée nationale. On peut dire d'Olympe de Gouges ce qu'Élisabeth Badinter écrivit au sujet de Mme du Châtelet : « Elle était trop libre, trop intelligente et trop ambitieuse pour ressembler à l'idéal féminin qui l'a emporté jusqu'à ces dernières décennies. Aussi longtemps qu'on s'est représenté la femme sous les traits de la mère de famille, gardienne du foyer, et qu'on s'est moqué de ses prétentions intellectuelles, il était impossible de réconcilier [Olympe de Gouges] avec ces stéréotypes[1] ».

2. L'œuvre en examen

2.1 STRUCTURE DE L'ŒUVRE

Comme la *Déclaration des droits de l'homme et du citoyen*, la *Déclaration des droits de la femme et de la citoyenne* se compose également d'un préambule (adressé à Marie-Antoinette), de 17 articles, et d'un postambule. À cela s'ajoute un texte intitulé « Forme du contrat social de l'homme et de la femme », qui propose une nouvelle formule pour l'acte de mariage, suivi d'un commentaire d'Olympe de Gouges qui, au fil de la plume, déborde de son sujet pour évoquer d'autres préoccupations, comme la situation des esclaves dans les colonies ou une anecdote vécue, qui l'amènent à tirer des conclusions quant à l'amélioration de la société. Ce faisant, elle participe pleinement au « contrat social » évoqué dans son titre : interdite de parole à l'assemblée, une femme peut passer par l'écrit pour s'exprimer sur la vie politique.

1. Élisabeth Badinter, *Émilie, Émilie. L'Ambition féminine au XVIIIe siècle*, 1983.

2.2 ÉCRIRE ET COMBATTRE POUR L'ÉGALITÉ

Le texte d'Olympe de Gouges est doublement un écrit de combat. En effet, en trois ans de travaux, la Constituante n'a pas pensé à donner une place aux droits des femmes dans la société qu'elle élabore. Donc, pour Olympe de Gouges, il s'agit de marteler l'idée de l'égalité en droit des femmes avec les hommes, pour la faire advenir dans la société, le droit, et la loi. Cependant, l'Assemblée en 1791 est déjà menacée par des factions violentes et la lutte des partis. Les Jacobins s'opposent aux monarchistes constitutionnels. À cette date, il y a déjà eu des violences dans les rues, des menaces de guerre civile. Pour notre auteur, il y a là un autre combat : il s'agit de rester ferme dans ses opinions modérées et non-violente face à l'usage de la force. En ce sens, l'écriture est un combat non seulement d'attaque mais aussi de résistance.

2.2.1 Écrire et combattre : l'écriture comme combat

Le texte soumis à notre étude a une double particularité : étant une redite presque mot pour mot d'un texte existant, il n'apparaît pas comme un objet littéraire original ni même susceptible d'être commenté en tant que tel ; cependant, Olympe de Gouges s'est livrée à un travail de réécriture au féminin, changement de point de vue tout autant que changement de genre grammatical.

Aux endroits où Olympe de Gouges a effacé un mot ou une expression pour le remplacer par un(e) autre, le texte, la page, deviennent un champ de bataille et le théâtre d'un conflit. Par exemple dans le préambule, « considérant que l'ignorance, l'oubli ou le mépris des droits de l'homme » est remplacé par « considérant que l'ignorance, l'oubli ou le mépris des droits des femmes » (p. 33). Ce mot « hommes » a pour nous le sens de « genre humain », mais dans un contexte où les femmes sont exclues de la vie publique, on comprend que le remplacement du mot « hommes » par le mot « femmes » prend le caractère d'une lutte et non d'un simple jeu. Au commencement du texte, on peut imaginer dans l'accumulation « Les mères, les filles, les sœurs » la mise en ordre de bataille d'une armée féminine. Un peu plus loin dans le texte, les ajouts ou remplacements de termes faits par Olympe de Gouges mettent clairement l'accent sur une situation de conflit : dans l'article II, l'adverbe « surtout » insiste sur l'importance de la « résistance à l'oppression » dans la liste des droits de la femme – on comprend qu'il s'agit de résister à l'oppression masculine. L'article IV[1] est radicalement transformé, pour faire apparaître une « tyrannie perpétuelle que l'homme lui oppose » et termine par un appel aux « lois de la nature et de la raison » comme armes pour

1. « La liberté consiste à pouvoir faire tout ce qui ne nuit pas à autrui : ainsi, l'exercice des droits naturels de chaque homme n'a de bornes que celles qui assurent aux autres Membres de la Société la jouissance de ces mêmes droits. Ces bornes ne peuvent être déterminées que par la Loi. » (*Déclaration des droits de l'homme et du citoyen*).

soutenir la lutte. Par conséquent, le texte d'Olympe de Gouges fait voir une situation de conflit hommes-femmes – « oppression », « tyrannie », « oppose » –, tout en en donnant les armes non-violentes pour le mener et le gagner : le « partage des fortunes entre les hommes et les femmes », « l'administration publique[1] », « l'éducation [...], la restauration des mœurs[2] ».

En s'engageant dans la vie publique bien qu'elle n'y soit pas invitée, en imprimant et distribuant tracts et brochures pour faire ses propositions, Olympe de Gouges prend des risques. Le pamphlet est une lutte corps à corps de l'auteur avec son adversaire, d'où sa virulence : dans ce duel, qui ne tue pas est tué. D'où le caractère d'urgence et la véhémence du postambule, où l'auteur exhorte ses consœurs à entrer dans la bataille elles aussi, par une accumulation de questions destinées à renvoyer les lectrices à leur propre expérience : « Femmes, quand cesserez-vous d'être aveugles ? Quels sont les avantages que vous avez recueillis dans la révolution[3] ? » En effet, le verbe, toujours menacé d'être étouffé sous d'autres paroles plus fortes, doit être immédiatement efficace. C'est ainsi que le postambule suit un plan assez inhabituel : le tableau de la situation des femmes, qui pourrait logiquement être au début du postambule, suit en fait l'exhortation aux femmes à se lever pour leurs droits, comme si celle-ci était plus importante et urgente. L'auteur accumule les injonctions à l'impératif, « opposez la raison », « réunissez-vous », « déployez... votre caractère[4] ». Ces injonctions désignent leur locutrice comme une meneuse d'hommes, une battante : le style est pugnace, l'image de la guerre court à travers cette adresse aux femmes, dans un vocabulaire soigneusement choisi : « la **force** de la raison », « réunissez-vous **sous les étendards** de la philosophie ».

Le style est également déclamatoire et éloquent, dans ce postambule qui est le commentaire que fait avec passion Olympe de Gouges des articles un peu arides qu'elle vient de rédiger. Ici, elle prend la place qu'elle n'a pas dans l'arène de l'Assemblée française, déclamant des phrases aux tournures efficaces et aux images marquantes, avec des parallélismes qui frappent l'esprit : « Un mépris plus marqué, un dédain plus signalé[5] », « ce que la force leur avait ravi, la ruse leur a rendu[6] ». Sa manière de poser des questions auxquelles elle répond elle-même met sous nos yeux le débat d'idées que l'Assemblée lui a interdit : « que devient cette infortunée ? le jouet du mépris[7] »

1. Olympe de Gouges, *Déclaration des droits de la femme et de la citoyenne*, p. 42.
2. *Ibid.*, p. 43.
3. *Ibid.*, p. 39.
4. *Ibid.*, p. 40.
5. *Ibid.*, p. 39.
6. *Ibid.*, p. 40.
7. *Ibid.*, p. 41.

– et en lisant cette phrase, les lecteurs du XVIIIe siècle avaient peut-être encore en mémoire les tristes fins de Mme du Châtelet ou Mme du Deffand ; « quel est son lot ? la pauvreté et l'opprobre[1] ».

La longue tirade sur les ingratitudes des hommes[2], accumulation de termes péjoratifs – « l'ingrat », « son inconstance inhumaine », « violera » – ainsi que la vie personnelle d'Olympe, abandonnée par son vrai père, perdant son père légal à deux ans, mariée à un homme qu'elle n'aimait pas, ne laisse pas d'illusion : le combat contre les hommes, ou plutôt contre la puissance que leur donne la coutume et la loi, est un combat sans concession, visant à forcer la reconnaissance des femmes comme égales aux hommes dans le droit. L'écriture est donc un instrument d'**action** sur les hommes et sur l'histoire, l'auteur féminin « gratte » le marbre de la *Déclaration des droits de l'homme* pour substituer la femme à l'homme, faisant du premier texte un palimpseste, imposant le sien à sa place : son acte d'écriture donne aux femmes la place qu'elles n'ont pas en effet.

De ce point de vue, écrire des articles de loi, qui obligent les hommes et les femmes, et dire le droit, et le fixer sur le papier pour lui donner une dimension intemporelle, est une forme de **résistance passive** face à ce qui est présenté comme une tyrannie masculine omniprésente, dans l'adresse aux hommes qui précède la *Déclaration des droits*[3], p. 32-33 : « cet empire tyrannique », « il veut commander en despote ». Dans la dernière phrase de ce texte, Olympe de Gouges donne la raison la plus évidente de sa réclamation – « [la femme] a reçu toutes les facultés intellectuelles » puis proclame ses exigences, pour toutes les femmes : il s'agit de « réclamer ses droits à l'égalité ». Or quel meilleur moyen de résister à la force que d'utiliser la loi puisque, comme le dit l'adage, « force doit rester à la loi ». Il s'agit, en contraignant les hommes par le droit, d'éviter que « la raison du plus fort [soit] toujours la meilleure[4] ».

2.2.2 Écrire et aussi combattre

Dans l'objet d'étude « écrire et combattre pour l'égalité », le mot « et » peut avoir deux sens. Soit on entend que l'écriture est un combat, soit que le combat se mène à la fois sur le papier et dans la rue.

Or, les femmes ont participé activement aux premières journées révolutionnaires. Cependant, la Révolution, qui avait d'abord permis aux femmes de s'exprimer en tant que groupe pouvant avoir un rôle politique, se montra par la suite répressive envers

1. *Ibid.*, p. 42.
2. *Ibid.*, p. 42.
3. *Ibid.*, p. 32-33.
4. Jean de La Fontaine, « Le Loup et l'Agneau », *Fables*, I, 10, 1668.

elles. Le combat mené par certaines, parfois les mêmes, dans la rue, à l'Assemblée, dans les salons, est secondé par le combat de l'écrit – écrit éphémère pour les affiches ou les brochures, écrit durable pour les livres, pour la *Déclaration des droits de la femme*[1].

Se faisant arrêter pour avoir écrit et affiché le texte des « Trois Urnes », Olympe de Gouges va sceller par son sang ce qu'elle a théorisé par écrit : son exécution prouve l'égalité devant la Loi mentionnée à l'article IX (« Toute femme étant déclarée coupable, toute rigueur est exercée par la Loi »), mais son procès prouve aussi l'inégalité hommes-femmes, puisqu'on lui a refusé le droit d'être une femme politique. « La femme a le droit de monter sur l'échafaud ; elle doit avoir également celui de monter à la tribune » (art. X) : elle montra par sa vie que cette égalité n'était pas encore atteinte.

Sa *Déclaration* symbolise donc un **moment**, elle le couche sur le papier : ce moment dans l'histoire où l'on passe d'un système social à un autre, mais également ce moment où la Révolution passe de l'euphorie des débuts à la répression qui va s'ensuivre, dans cette course vers l'**égalité extrême** que redoutait Montesquieu[2], symbolisée par l'instrument du couperet de la guillotine, arasant les différences dans le sang. Il est possible qu'Olympe de Gouges ait été conscience de cette particularité de son entreprise : « je n'ai qu'un moment pour le faire, mais ce moment fixera l'attention de la postérité la plus reculée[3] ». Fixant dans l'écrit un combat inégal face à la force des hommes, elle fait par là un geste qui relance ce même combat pour les siècles à venir.

Ainsi, en défendant sa cause par la plume et par le corps et la voix, elle évite le côté abstrait, technique et purement idéologique que peut avoir une telle Déclaration : pour que le combat soit concret il faut qu'il continue dans l'Assemblée et dans la rue.

Le simple acte d'oser présenter une brochure à la reine, où elle s'adresse à elle en tant que femme et non que reine[4], est un acte de combat politique, qui vient en complément « physique » du texte écrit : « songez que vous êtes mère et épouse » écrit-elle. Traiter Marie-Antoinette comme une femme et non une reine, c'est déjà reconstruire la société non plus sur l'opposition nobles/autres gens, mais sur le duel femmes/hommes.

De même, la scène de la dispute (p. 48) est une mise en scène, théâtralisée, d'une lutte physique et verbale avec un cocher puis un sergent de ville : l'auteur s'y met en scène, fait parler les protagonistes, l'aspect théâtral et combatif étant appuyé par la référence à Bride-Oison et donc à la scène du jugement dans le *Mariage de Figaro* (Beaumarchais, 1784, acte III, sc. 12). La vivacité de la scène nous montre une femme

1. Un bon tableau de l'implication des femmes durant la Révolution : https://www.agoravox.fr/culture-loisirs/culture/article/les-femmes-oubliees-de-la-87594
2. Voir 1.2.1.
3. Olympe de Gouges, *Déclaration des droits de la femme et de la citoyenne*, p. 41.
4. Voir la dédicace à la reine (p. 29).

courant les rues pour imprimer ses affiches, faisant face avec vigueur à deux hommes quand il le faut, y compris un homme représentant la loi, pour réclamer son dû et ne pas se laisser faire

Texte créatif, inédit, la *Déclaration* est aussi un texte **engagé** et incarné. Son auteur a en effet payé de sa poche sa diffusion et de sa vie l'usage de la liberté d'expression qu'elle réclame dans son texte.

2.2.3 Écrire *pour* l'égalité : l'écriture parlementaire et politique, visant l'action

Tout le mouvement qui a conduit à la *Déclaration des droits de l'homme* et donc à la *Déclaration des droits de la femme*, est venu de la décision de Louis XVI de rétablir les parlements. À partir de là, les hommes rassemblés, venus pour parlementer, sont devenus une Assemblée nationale : la parole rendue possible a permis la prise de pouvoir par le peuple. Pouvoir parler, a été pouvoir agir. Parallèlement, quand elle écrit sa *Déclaration*, Olympe de Gouges écrit pour une hypothétique assemblée de femmes.

La période révolutionnaire a permis l'émergence d'une parole jusque-là réprimée, notamment à travers les cahiers de doléances : il y eut des cahiers de doléances de femmes.

Mais prendre conscience que l'on appartient à un groupe, et prendre la parole pour ce groupe, c'est prendre une stature d'orateur politique : c'est ce que fait Olympe de Gouges. Ses œuvres se conçoivent par rapport à un groupe qu'elle veut motiver ou devant lequel elle témoigne ; mais encore, elle se conçoit elle-même comme faisant partie d'un groupe, les femmes ; elle va leur servir de porte-parole.

Les deux styles assez distincts de son texte correspondent à deux stratégies différentes : dans la partie plus légaliste – le préambule et tous les articles, et la première partie du « Projet d'un contrat social », il s'agit de convaincre ses lecteurs par la raison, dans l'autre de les persuader par le *pathos*, l'émotion. En général, en effet, un projet de loi est proposé à la suite d'un discours, il est appuyé par l'éloquence.

Car l'écrit d'Olympe de Gouges est un écrit politique, qui contribue à la vie de la cité. L'écrit fixe le verbe politique, qui parlemente et débat : c'est l'écriture de la **démocratie en action.** La femme politique veut **emporter la conviction** des citoyens. Elle rend ces citoyens présents dans le texte à travers des impératifs et surtout l'emploi de la deuxième personne du pluriel : « quelles que soient les barrières que l'on *vous* oppose », « *vous* n'avez qu'à le vouloir[1] ». Les lectrices sont invitées à agir, puis à contempler dans le miroir du texte l'image de ce qu'elles sont en tant que groupe de femmes ; et il s'agit d'une véritable mise en accusation : « Passons maintenant à l'effroyable tableau de ce que *vous avez été* dans la société ». L'adjectif « effroyable », nettement péjoratif,

1. Olympe de Gouges, *Déclaration des droits de la femme et de la citoyenne*, p. 40. Nous soulignons.

invite la lectrice à se laisser émouvoir, se laisser effrayer, par un miroir qu'on lui tend, qui est celui de ses vices : « contrainte », « dissimulation », « cupidité », « ambition[1] ». Cependant cette dénonciation des vices individuels ne se sépare pas de la dénonciation des vices de la société.

Mettant en parallèle deux situations, dans son postambule[2], Olympe de Gouges met en valeur l'injustice faite aux mères non mariées : « la femme mariée peut impunément donner des bâtards à son mari, et la fortune qui ne leur appartient pas. Celle qui ne l'est pas, n'a qu'un faible droit : les lois anciennes et inhumaines lui refusaient ce droit. » Dans cette mise en parallèle, la femme non mariée est plainte, elle est victime de la loi donc de la société (« les lois » est le sujet de « refusaient ») ; celle qui est mariée mais se conduit mal est accusée.

On reconnaît là l'amertume de celle qui aurait dû recevoir en héritage l'éducation et le nom de Jean-Jacques Lefranc de Pompignan, son vrai père, mais qui dut s'élever seule : du coup, l'écriture de la *Déclaration des droits* est aussi écriture du moi, mise sur le papier d'une intériorité qui veut s'exprimer dans la cité en tant que femme. Pour se rendre digne de le faire, elle crée un *ethos* de l'écrivain, se montre elle-même comme une femme avertie de l'actualité, capable de prendre de la hauteur de vue, d'adopter un point de vue historique – « dans les siècles de corruption vous n'avez régné que sur la faiblesse des hommes », « la contrainte et la dissimulation ont été leur partage[3] » – mais aussi d'être proche des gens, de créer de l'empathie avec eux à travers des tableaux précis de leurs misères (« que devient cette infortunée ? Le jouet du mépris ; les portes même de la bienfaisance lui sont fermées ; elle est pauvre et vieille, dit-on[4] »), et même de proposer des solutions concrètes (le « partage des fortunes entre les hommes et les femmes, et [...] l'administration publique[5] »). Le « je » sujet de verbes affirmatifs dénotant une forte volonté individuelle, lui donne la posture d'une femme d'État : « Je propose », « j'en vais donner la preuve », « je voudrais encore une loi qui... », « j'offre un moyen invincible de[6]... ». Olympe de Gouges se révèle être là une véritable femme politique, montrant par ses écrits qu'elle en a « toute la capacité » bien qu'elle n'ait accès en tant que femme « à aucune fonction publique[7] ».

De fait, peut-être pour prendre une revanche sur son passé – elle aurait pu bénéficier d'une éducation noble qu'elle n'a pas reçue à cause des conventions sociales – il y a chez Olympe de Gouges, dès qu'elle commence sa vie parisienne, une envie de paraître : apparaître en société, paraître aussi cultivée que les autres, paraître dans les salons... C'est aussi un auteur de théâtre : prendre la parole en public, pendant que l'auditoire

1. *Ibid.*, p. 41.
2. *Ibid.*, p. 98.
3. *Ibid.*, p. 40.
4. *Ibid.*, p. 42.
5. *Ibid.*
6. *Ibid.*, p. 45.
7. *Ibid.*, p. 42.

se tait pour écouter, est son habitude. C'est ainsi également qu'on la voit **faire paraître** ses écrits, placardant elle-même ses affiches, peut-être au-dessus des autres. C'est le même geste que celui d'effacer un article de la *Déclaration des droits de l'homme* pour en remplacer certains termes. Au-delà encore du goût pour une certaine manière de s'imposer en société, on voit là l'expression d'une **liberté**, liberté de ne pas respecter les normes généralement admises, et on devine que l'égalité pour laquelle elle se bat va de pair avec cette liberté : sans liberté d'expression, réclamée, prise, quitte à parler au-dessus des autres, point de lutte pour l'égalité.

Ce n'est cependant pas une écriture anarchiste : c'est une écriture qui va vers un contrat social, qui se conclut par un tel contrat. De même que la *Déclaration des droits de l'homme* fonctionnait comme préambule à une constitution, de même la *Déclaration des droits de la femme* est immédiatement suivie de sa mise en application sous la forme d'une proposition de contrat social entre l'homme et la femme : la femme politique fait une proposition concrète pour régler le problème de l'inégalité dans le couple.

2.2.4 Quelle égalité homme-femme ?

Condorcet l'avait noté : « *Est-il une plus forte preuve du pouvoir de l'habitude, même sur les hommes éclairés, que de voir invoquer le principe de l'égalité des droits en faveur de trois ou quatre cents hommes qu'un préjugé absurde en avait privés, et l'oublier à l'égard de douze millions de femmes*[1] *?* »

La façon dont Olympe de Gouges envisage les inégalités hommes-femmes ne peut être dissociée de sa vie avec les différents hommes qui l'ont accompagnée : elle put se sentir abandonnée du premier, Pierre Gouze, qui n'était pas son vrai père et qui mourut peu de temps après sa naissance. Son père véritable, pour diverses raisons, ne l'éduqua et ne la reconnut pas. Élevée par sa mère, elle fut ensuite mariée contre son gré à Louis-Yves Aubry dont elle eut un fils un an plus tard, Pierre Aubry : « On me maria à un homme que je n'aimais point et qui n'était ni riche, ni bien né. Je fus sacrifiée sans aucune raison qui puisse balancer la répugnance que j'avais pour cet homme[2]. » Louis-Yves Aubry mourut rapidement après leur mariage.

Les figures masculines ont donc manqué à Olympe de Gouges pendant toutes les années cruciales de l'enfance et de l'adolescence, où se cristallise un certain rapport au monde. Amenée à Paris par Jacques Biétrix de Rozières, elle eut la chance d'avoir assez de personnalité et de caractère pour faire fi de la situation particulière qui était la sienne, puisqu'elle vivait avec un homme sans être mariée avec lui. Son intelligence, son esprit et sa sensibilité firent le reste : elle ne transforma jamais en ressentiment

1. Nicolas Condorcet, *Sur l'admission des femmes au droit de cité*, 1790.
2. Olympe de Gouges, *Mémoires de Madame de Valmont*, 1788, cité par Sophie Mousset, *op. cit.*

envers les hommes les manques de son enfance, mais au contraire les transforma en force proprement féminine, tournée vers l'amour du monde, la compagnie acceptée mais jamais subie des hommes, et plus tard le souci de réparer les injustices.

Olympe de Gouges ne refuse pas l'état de dépendance – elle n'est probablement pas autonome financièrement – que ce soit aux hommes qu'elle fréquente ou à la société dans laquelle elle vit, ou à ses parents. Elle n'est pas la femme de la **séparation** symboliquement représentée par la guillotine, qui coupe les corps en deux. Elle accepte la **relation**, même si c'est une relation de confrontation, aussi bien avec le duc d'Orléans, qu'avec Robespierre qu'elle ne craint pas d'affronter. Elle se propose pour être l'avocate du roi, elle est capable d'échapper au ressentiment pour proposer de prendre du recul et de la distance par rapport à la situation : « Nous avons aboli la royauté. Peuple, trône, il a tout perdu. Soyons assez grands pour lui laisser la vie[1]. »

Elle ne prône donc pas la séparation hommes-femmes, mais bien une reconnaissance du rôle social de la femme. D'ailleurs, au début du préambule, l'assemblée des femmes est décrite par des mots qui désignent leurs relations avec des hommes : « les mères, les filles, les sœurs ». La nation est décrite dans l'article III comme « la réunion de la femme et de l'homme », métaphore amoureuse qui prélude à la signature du contrat de mariage, à la suite de la lecture des articles de loi. Bref, Olympe de Gouges veut faire de la femme une compagne égale et au niveau de l'homme en respectabilité, avec « une consistance honorable et juste[2] ».

Il faut bien voir en effet que la *Déclaration des droits de la femme* ne vise pas à ôter des droits aux hommes pour en donner aux femmes, mais d'élever la femme aux mêmes droits que les hommes. Olympe de Gouges va plus loin, en ne réclamant pas ces droits uniquement par appartenance à la nature humaine, donc parce que les femmes y auraient droit par nature, et qu'elles pourraient les réclamer sans aucune condition : elle exhorte de façon extrêmement vive les femmes à **mériter** la responsabilité d'être citoyennes. Le féminisme d'Olympe de Gouges est sans complaisance.

Elle le montre avec un sens certain du panache, terme tout trouvé pour désigner l'action d'une femme qui n'hésite pas à aller réclamer les droits des femmes à une assemblée d'hommes qui vient de les refuser.

Il faut le redire : le texte d'Olympe de Gouges est celui d'une grande femme politique. Dans le sens où il allie la force – force de s'opposer à un texte considéré comme des tables de la Loi laïque et de faire face à des hommes comme Robespierre –, le courage, la détermination, une langue à la fois raisonnée, directement efficace, compréhensible mais non froide et technocratique. Loin de rester dans les salons, elle manifeste, harangue et colle des affiches dans la rue, sans pour autant s'abaisser à une vulgarité qui la ferait détester des beaux esprits : elle est, encore aujourd'hui, **entendable** par

1. Olympe de Gouges, *Écrits politiques (1788-1791)*, t. 2, cité par Sophie Mousset, *op. cit.*
2. *Id.*, *Déclaration des droits de la femme et de la citoyenne*, p. 40.

tous, contrairement à des écrits d'un Louis Hébert, qui écrit par exemple au sujet du procès du roi « Tonnerre de Dieu, est-il donc si difficile de couper la tête d'un cocu[1] ? ». Néanmoins, sa grande qualité **politique** est qu'elle est **sincère** dans ce qu'elle écrit, notamment parce qu'elle y a mis toute sa vie : en effet, on imagine qu'il y a toujours un risque à déléguer son pouvoir à un représentant, si celui-ci s'avère défaillant ou peu honnête. L'acte d'Olympe de Gouges, d'une femme – donc non-citoyenne – qui s'implique dans l'élaboration d'un texte de loi, va à l'encontre de cette conception : « toutes les Citoyennes et tous les Citoyens doivent concourir personnellement, ou par leurs représentants, à sa formation[2] ». Son but est que les femmes participent pleinement à la fonction publique pour pouvoir changer les choses vers plus de justice. Elle ne réclame pas l'égalité pour elle-même, mais pour servir la vie sociale.

Cette égalité voulue par Olympe de Gouges a-t-elle été atteinte ? On pense à la phrase ironique de Françoise Giroud : « *La femme serait vraiment l'égale de l'homme le jour où, à un poste important, on désignerait une femme incompétente*[3] ».

Notons pour conclure qu'Olympe de Gouges ne fut pas une victime de son combat pour l'égalité des hommes et des femmes, mais de son combat pour la liberté d'expression : elle fut incarcérée pour avoir affiché le texte « Les Trois Urnes ». Elle est particulièrement remarquable par son courage et sa droiture : elle ne cède pas à la facilité d'une féminité se complaisant dans la faiblesse, et tient bon dans la lutte. Il faut noter enfin, bien que l'on s'éloigne d'une problématique purement littéraire, que régler le problème de l'inégalité entre la femme et l'homme grâce à la Loi, comporte un risque, celui de donner trop d'autorité à la Loi et donc à celui qui fait la Loi, « car l'État est parfaitement capable d'imposer l'égalité absolue des citoyens devant la Loi, jusqu'à leur prendre tout ce qui leur appartient, tout ce qui permet de les distinguer les uns des autres, mais qui défendra la Loi contre les usurpations de l'État[4] ? » On peut en effet imaginer que si la séparation des pouvoirs perd de sa netteté, trop de pouvoir laissé à l'État pourrait rendre caduc un combat pour l'égalité des femmes et des hommes : il faudrait déjà défendre les principes eux-mêmes qui fondent ce combat. La mort d'Olympe de Gouges est la preuve que ce risque existe.

Il est probable que les citoyens aient toujours besoin pour les défendre d'écrivains qui luttent pour l'égalité, la liberté et la fraternité.

1. Louis Hébert dans son journal *Le Père Duchesne* (n° 201, 1792).
2. Olympe de Gouges, *Déclaration des droits de la femme et de la citoyenne*, Article VI.
3. Françoise Giroud, *Le Monde*, 11 mars 1983.
4. Georges Bernanos, *La France contre les robots*, 1947.

3. L'œuvre à l'examen

3.1 EXPLICATION LINÉAIRE : DÉFENDRE L'ÉGALITÉ DES SEXES

Le Préambule et les articles I, II et III (p. 33-34).

Après une brève présentation, une lecture expressive, annoncer la problématique et le plan de l'analyse linéaire. Nous commenterons les changements faits par Olympe de Gouges par rapport au texte initial : pour faciliter ce travail, nous les présentons tous deux ci-dessous sous forme de tableau. Les changements par rapport au texte initial sont indiqués en italiques.

***Déclaration des droits de l'homme et du citoyen*, 1789**	***Déclaration des droits de la femme et de la citoyenne*, 1791**
PRÉAMBULE	PRÉAMBULE
Les représentants du peuple français, constitués en Assemblée Nationale, considérant que l'ignorance, l'oubli ou le mépris des droits de l'Homme sont les seules causes des malheurs publics et de la corruption des Gouvernements, ont résolu d'exposer, dans une Déclaration solennelle, les droits naturels, inaliénables et sacrés de l'Homme, afin que cette déclaration, constamment présente à tous les membres du corps social, leur rappelle sans cesse leurs droits et leurs devoirs; afin que les actes du pouvoir législatif, et ceux du pouvoir exécutif, pouvant être à chaque instant comparés avec le but de toute institution politique, en soient plus respectés; afin que les réclamations des citoyens, fondées désormais sur des principes simples et incontestables, tournent toujours au maintien de la Constitution et au bonheur de tous. En conséquence, l'Assemblée nationale reconnaît et déclare, en présence et sous les auspices de l'Être suprême, les droits suivants de l'homme et du citoyen.	*Les mères, les filles, les sœurs, représentantes de la nation, demandent d'être constituées en Assemblée nationale.* Considérant que l'ignorance, l'oubli ou le mépris des droits *de la femme* sont les seules causes des malheurs publics et de la corruption des gouvernements, [elles] ont résolu d'exposer dans une déclaration solennelle, les droits naturels, inaliénables et sacrés de *la femme,* afin que cette déclaration, constamment présente à tous les membres du corps social, leur rappelle sans cesse leurs droits et leurs devoirs, afin que les actes du pouvoir *des femmes,* et ceux du pouvoir *des hommes* pouvant être à chaque instant comparés avec le but de toute institution politique, en soient plus respectés, afin que les réclamations des *citoyennes,* fondées désormais sur des principes simples et incontestables, tournent toujours au maintien de la Constitution, des bonnes mœurs, et au bonheur de tous. En conséquence, *le sexe supérieur en beauté comme en courage dans les souffrances maternelles,* reconnaît et déclare, en présence et sous les auspices de l'Être suprême, les Droits suivants *de la femme et de la citoyenne.*
ARTICLE 1	ARTICLE 1
Les hommes naissent et demeurent libres et égaux en droits. Les distinctions sociales ne peuvent être fondées que sur l'utilité commune.	*La femme naît libre et demeure égale à l'homme en droits.* Les distinctions sociales ne peuvent être fondées que sur l'utilité commune.

***Déclaration des droits de l'homme et du citoyen*, 1789**	***Déclaration des droits de la femme et de la citoyenne*, 1791**
ARTICLE 2	ARTICLE 2
Le but de toute association politique est la conservation des droits naturels et imprescriptibles de l'homme. Ces droits sont la liberté, la propriété, la sûreté, et la résistance à l'oppression.	Le but de toute association politique est la conservation des droits naturels et imprescriptibles *de la femme* et de l'homme : ces droits sont la liberté, la propriété, la sûreté et *surtout* la résistance à l'oppression.
ARTICLE 3	ARTICLE 3
Le principe de toute Souveraineté réside essentiellement dans la nation. Nul corps, nul individu ne peut exercer d'autorité qui n'en émane expressément.	Le principe de toute souveraineté réside essentiellement dans la nation, *qui n'est que la réunion de la femme et de l'homme* : nul corps, nul individu ne peut exercer d'autorité qui n'en émane expressément.

– **Éléments d'introduction**

- Comme son modèle, qui est la *Déclaration des droits de l'homme et du citoyen*, la *Déclaration des droits de la femme et de la citoyenne* se déploie en deux temps : un premier temps qui est une déclamation de grands principes inauguraux, rédigée dans un style plus éloquent et oratoire, un deuxième temps qui consiste en une série d'articles, sur le modèle d'un code juridique classique.
- Lorsqu'elle reprend la *Déclaration des droits de l'homme* pour en changer le genre grammatical, Olympe de Gouges peut paraître ne faire qu'un geste anodin, voire un exercice d'école. Il n'en est rien. En effet, elle « s'attaque » au texte le plus emblématique de la République française, celui qui pose les principes de la vie en société depuis lors. Elle crée donc un phénomène d'intertextualité[1], faisant résonner un texte en creux à l'intérieur du sien. Elle fait un geste totalement inédit, surprenant, à la fois par sa simplicité et son aspect radical. Elle ne fait rien moins que rappeler à la mémoire de la nation l'existence de personnes en son sein ne bénéficiant pas des droits pourtant affirmés dans la *Déclaration*. Ce faisant, elle montre les manques et les failles de cette dernière.

Problématique : Nous verrons comment la démarche d'Olympe de Gouges permet de mettre en évidence les manques, les lacunes de la *Déclaration des droits de l'homme et du citoyen*, pour mieux défendre l'égalité des sexes aux niveaux social, politique et juridique.

1. Présence d'un texte dans un autre texte, sous forme de citation, d'allusion, de pastiche, etc.

I. Imposer la présence politique des femmes

(Le préambule)

Comme son modèle, le préambule est composé de phrases amples, véritables périodes[1] où l'on reconnaît l'influence des grands orateurs de la Révolution. Dans le texte d'Olympe de Gouges, dès le départ l'auteur se fait porte-parole des « mères, [des] filles, [des] sœurs » : on note que les femmes sont nommées dans des termes qui rappellent leurs relations familiales, sans pour autant qu'on y trouve les épouses. Cela montre la femme dans ses relations intimes, utérines, par rapport aux hommes et aux autres femmes, créant un groupe uni, non par un contrat qu'on pourrait révoquer, mais par la vie elle-même. Olympe de Gouges rappelle aussi aux rédacteurs de la *Déclaration des droits de l'homme* qu'ils ont des mères, des filles et des sœurs qu'elle rappelle à leurs bons souvenirs.

En passant d'un seul sujet – « les représentants du peuple français » – à un sujet triple, Olympe de Gouges amène à l'existence civile et juridique non pas une femme théorique mais des femmes, multiples, considérées comme des êtres de relation, de lien. Donc essentielles à la société.

L'apposition « représentantes de la nation » fait exister ce groupe de femmes comme ayant un rôle politique, et appelle la définition de la nation qu'on trouvera à l'article III, « la réunion de la femme et de l'homme ». Le mot fait advenir la chose[2]. Dès le moment où l'esprit peut considérer que la femme est une « représentante de la nation » aussi bien que l'homme, la suite de la phrase vient logiquement : de « nation » on évolue vers le dérivé « nationale », et l'ensemble des femmes acquiert une existence politique sous la forme d'une « assemblée nationale ».

L'hypotexte – le texte de base, c'est-à-dire la *Déclaration des droits de l'homme et du citoyen* – entendait déclarer que les droits de l'homme, c'est-à-dire de tout individu – y compris les femmes –, sont naturels, constatés et imprescriptibles. Les mépriser, c'est mépriser la nature même et risquer, ainsi, le désordre, et le malheur. Mais l'inversion du genre donne une signification bien différente à la *Déclaration* : elle affirme que ce n'est pas le mépris de ce droit naturel qui est cause des malheurs publics, mais celui des femmes par les hommes. La modification se veut ainsi accusatrice, voire menaçante. L'emploi de l'adjectif exclusif « seules » épithète du substantif « causes » fait de l'inégalité homme/femme l'unique origine de tous les dérèglements sociaux et politiques. Jointe à un lexique fortement négatif – « malheurs, corruption » –, l'inégalité homme/femme apparaît comme un fléau décidé par des hommes qui endossent toute la responsabilité de telles conséquences.

---

1. Phrase composée de plusieurs propositions présentant un enchaînement et un rythme harmonieux. (Larousse)
2. Les sociologues diront plus tard que le langage est *performatif* parce qu'il crée une nouvelle réalité, dans le sens où il induit une nouvelle manière de penser le monde. Ainsi, créer une équivalence entre « les mères, les filles, les sœurs » et « représentantes de la nation », c'est faire advenir cette équivalence comme quelque chose de réel, alors même que ça n'existait pas dans la réalité politique de l'époque.

Cette première modification met en valeur la volonté d'Olympe de Gouges de dénoncer la domination des hommes sur les femmes. Le champ lexical du malheur et de l'altération pointe du doigt le despotisme masculin. Cependant, la phrase ne s'arrête pas sur cette constatation négative, mais se poursuit en une longue succession de propositions circonstancielles de but, pour finir sur la mention d'un avenir heureux, une fois que ces injustices seront réparées. C'est déjà ce que disait la *Déclaration des droits de l'homme*, mais ici le « pouvoir législatif » et le « pouvoir exécutif », entités abstraites, sont remplacés au cœur du texte par les « actes du pouvoir des femmes, et ceux du pouvoir des hommes » : Olympe de Gouges établit au cœur du texte de déclaration des droits une opposition homme/femme charnelle, concrète, là où auparavant il y avait des entités abstraites. Ainsi, elle met en lumière le fait que les pouvoirs de l'homme et de la femme ne sont pas égaux, que l'homme domine la femme, socialement, politiquement et économiquement, et tant que cette situation perdurera, le bonheur de tous demeurera impossible. Pour le dire autrement, elle met en valeur l'hypocrisie qui consiste à parler de droits de « l'homme » quand la femme en a moins que l'homme.

Dans la conclusion qu'elle en tire, elle a l'intelligence d'anticiper sur la contradiction qu'on risque de lui apporter, à savoir que la femme est le « sexe faible » et que c'est la nature qui l'a donc voulue inférieure. Elle use donc, pour parler de la femme, d'une périphrase : « l'Assemblée nationale » est remplacé par « le sexe supérieur en beauté comme en courage, dans les souffrances maternelles ». Les substantifs mélioratifs magnifient le sexe féminin, et rappellent le rôle naturel de génitrice des femmes. Ce faisant, l'auteur met au cœur de la polémique le paradoxe selon lequel, alors que la femme donne la vie, elle n'a pas la place qui lui revient de droit dans la société. La mention des « souffrances » peut surprendre. Cependant, elle doit être liée à celle du « courage », ici mentionné pour prouver que la femme n'est pas si « faible » qu'il n'y paraît. Olympe de Gouges reprend ici une théorie qui avait été développée par Mme d'Épinay (dans sa correspondance), en réponse à un philosophe qui avait déclaré dans un livre[1] que les femmes manquaient de courage et réagissaient aux événements de manière désordonnée. Mme d'Épinay utilisait précisément cet argument des souffrances de l'enfantement, pour argumenter en faveur du courage physique des femmes.

II. Imposer une présence juridique des femmes

(Les trois premiers articles)

Ces trois premiers articles sont à la fois la mise en forme juridique des principes posés dans le préambule, et une affirmation de grands principes qui seront précisés dans les articles suivants.

1. Antoine Léonard Thomas, *Essai sur le caractère, les mœurs et l'esprit des femmes dans les différents siècles*, 1772.

L'article 1 en réfère à la femme au singulier, considérée comme genre et non comme addition d'individus. On verra comment la différence de formulation, de « naissent et demeurent libres et égaux » à « naît libre et demeure égale » prouve que si la liberté est acquise, l'égalité est encore à instaurer, mais aussi que la réclamation de l'égalité découle de l'affirmation de la liberté.

Dans l'article 2, on commentera l'adverbe « surtout » qui met en valeur un des droits de l'homme et de la femme, « la résistance à l'oppression ». Cet adverbe est en effet la seule modification faite dans cet article : il signifie que la résistance à l'oppression est particulièrement importante pour Olympe de Gouges. On imagine sans peine que, dans son esprit, l'oppression en question est l'oppression de l'homme sur la femme.

Dans l'article 3, on verra comment Olympe de Gouges définit la nation comme une « réunion », et on comparera ce mot au contrat social qui suit notre texte. En effet, il est très significatif de l'engagement politique d'Olympe de Gouges, que ce mot d'« union » apparaisse sous sa plume. Elle ne cherche pas à diviser la société en deux partis, le masculin et le féminin, mais à les réunir, et souhaite dans cet article que la nation soit le lieu de cette union dans l'égalité. Il n'est donc pas anodin non plus que le premier texte qui suit la *Déclaration* soit un projet d'union civile, de contrat de mariage, sur le modèle du *Contrat social* de Rousseau : pour Olympe de Gouges, la nation doit se fonder sur l'union contractuelle entre un homme et une femme. Sa lutte pour l'égalité des droits vise à l'union et non à la division.

Éléments de conclusion

Notre texte fait advenir dans le droit ce qu'il souhaite faire advenir dans la société et ses mœurs. Après avoir fait advenir l'homme politique, impliqué dans la vie de la cité, la nation est invitée par Olympe de Gouges à faire advenir la femme citoyenne.

3.2 EXPLICATION LINÉAIRE : L'ÉGALITÉ DES DROITS

Le postambule : « Femme, réveille-toi ! » … « vous n'avez qu'à le vouloir. » (p. 39-40)

Éléments d'introduction

Noter le caractère unique du postambule, qui n'existe pas dans la *Déclaration des droits de l'homme*. À quoi sert-il ? Il fonctionne comme un contrepoint au pré-ambule – de *ambulare* = se promener avec quelqu'un, et *pré* = avant : il s'agit d'accompagner le lecteur avant l'entrée dans le texte. C'est un épilogue, qui résume et réunit tous les combats d'Olympe, pour conforter les femmes dans leur désir d'égalité, mais aussi pour récapituler tout ce qu'il faut combattre chez elles.

Problématique : Comment ce texte réclame-t-il dans un style passionné une égalité en droits que le préambule et les articles de loi réclamaient dans un style judiciaire ?

Proposition de trois mouvements et de leurs enjeux essentiels

I. Mobiliser les énergies par la parole

« Femme, réveille-toi » … « il est devenu injuste envers sa compagne »

- On étudiera ici comment Olympe de Gouges fait de ce postambule un véritable discours digne de l'Assemblée nationale. On pourra la comparer à Cicéron déclamant sur le forum sa première catilinaire[1]. On peut rappeler les différentes parties du discours selon les règles de la rhétorique classique : l'exorde, la proposition, la confirmation, la réfutation, la péroraison.
- Étudier ce premier mouvement comme une entrée en matière véhémente, étudier la brusquerie de l'exorde, liée à l'urgence de la situation.
- Étudier encore le mouvement allant de la victoire de la raison humaine, des Lumières, vers la libération de l'homme, puis un mouvement descendant vers la situation d'infériorité de la femme, mise en valeur dans la clausule.

II. Éveiller la raison et la sensibilité

« Ô femmes » … « Tout, auriez-vous à répondre. »

- On étudiera l'apostrophe, l'appel aux lectrices, le *pathos*.
- On commentera l'art rhétorique : la proposition qu'on va prouver est contenue dans la question « Quels sont les avantages que vous avez recueillis dans la Révolution ? », toute la suite de l'argumentation consistant à répondre « aucun » à cette question oratoire.
- Montrer qu'Olympe fait mine de s'opposer aux autres femmes dans un jeu de questions-réponses, appelé subjection, très utilisé dans l'art oratoire, et destiné à piéger le destinataire du discours afin qu'il n'arrive à aucune autre conclusion que celle que l'orateur lui désigne.
- Noter la référence à un ordre ancien – qu'il convient désormais de dépasser –, suggéré par la référence biblique aux noces de Cana[2], où Jésus apostrophe sa mère en lui disant, « femme, que me veux-tu ? » ici repris et modifié par Olympe sous la forme « femmes, qu'y a-t-il de commun entre vous et nous ? » Ce faisant, elle fait une lecture de la Bible qui lui est personnelle.

III. Pousser à l'action

« S'ils s'obstinaient » … « vous n'avez qu'à le vouloir »

- On verra ici comment Olympe de Gouges se fonde sur une conjecture, « s'ils s'obstinaient… », une hypothèse, qui est de l'ordre du fait social et de l'attitude plus que de l'argumentation.

1. Cicéron, *Catilinaires*, 63 av. J.-C.
2. Évangile selon saint Jean, chap. 2.

- Pour la réfuter, Olympe de Gouges fait donc appel à des images vives, aussi violentes que la réalité de l'oppression décrite. En montrer la vivacité : l'auteur appelle les femmes à *se secouer*, à briser leurs chaînes par la volonté – « le vouloir » en fin de phrase est mis en valeur derrière la locution restrictive « ne… que ».

Éléments de conclusion

Ce texte argumentatif peut paraître aride, trop sérieux ; c'est le cas notamment des dix-sept articles qui forment le corps de la *Déclaration*. En revanche, l'ajout d'un postambule témoigne d'une volonté d'exprimer de manière littéraire des idées politiques.

3.3 L'ÉPREUVE ÉCRITE : SUJET DE DISSERTATION

> Selon Benoîte Groult, « le féminisme ne se résume pas à une revendication de justice, parfois rageuse, ni à telle ou telle manifestation scandaleuse ; c'est aussi à la promesse, ou du moins l'espoir, d'un monde différent et qui pourrait être meilleur ».
>
> Benoîte Groult, *Ainsi soit-elle*, 1975

Problématique : Selon vous, ce propos est-il adapté à l'œuvre d'Olympe de Gouges, *Déclaration des Droits de la Femme et de la Citoyenne* ?

I. Une œuvre revendicative

- Des situations de confrontation hommes-femmes.
- L'effacement du masculin, le surgissement du féminin.
- La véhémence du style et de l'appel à la révolte.

II. Une œuvre qui construit un monde meilleur

- Comment le mot fait advenir la chose : graver l'égalité dans le marbre de la Loi.
- Création d'un *pathos* de la femme privée de droits, et d'un *ethos* de la femme citoyenne.
- Proposition d'un contrat social : redéfinir les relations hommes-femmes sous l'égide de la nation.

III. L'œuvre d'une vie : le féminin-sacré

- La vie d'Olympe de Gouges scelle son engagement de son sang, elle a fait ce qu'elle exhorte à faire : cas unique de correspondance entre le texte fictionnel et la réalité.
- Le débordement de la parole féminine, dans le postambule et dans l'épisode du cocher, un verbe plein de vie.

- Le féminin, dans notre texte, est décrit dans son rapport à la vie, à la fécondation et à la relation : loin d'une opposition, l'œuvre va vers une réunion de deux pôles opposés, le masculin et le féminin, pour démultiplier la force de la nation nouvellement créée.

3.4 PARCOURS AUTOUR DE L'ŒUVRE : « ÉCRIRE ET COMBATTRE POUR L'ÉGALITÉ »

- **Lectures cursives**
  - George Sand, *Indiana*, 1832.
  - Abbé Prévost, *Manon Lescaut*, 1753. Ce roman peut être mis en lien avec l'œuvre au programme. En effet ces deux femmes, l'une réelle et l'autre romanesque, vécurent leur passion jusqu'à la mort. L'une, Manon, serait l'incarnation d'Aphrodite, l'autre, Olympe, d'Athéna. Deux faces d'une même médaille : la féminité.
- **Textes complémentaires**
  - La Bible : *Genèse*, récits de la création de l'homme et de la femme, et Lettre de saint Paul aux Galates, chap. 3.
  - Benoîte Groult, *Ainsi soit-elle*, 1975.
- **Histoire des arts**
  - Film français : *La Kermesse héroïque* de Jacques Feyder (1935) : les femmes s'avèrent bien plus « viriles » que les hommes face au danger…
  - Films américains : *Convoi de femmes* (W. Wellman, 1951), qui traite du courage « viril » des femmes, ou *Madame porte la culotte* (G. Cukor, 1949), qui évoque le féminisme et la guerre des sexes.
  - Opéra : *Dialogues des Carmélites* de Francis Poulenc, sur une résistance féminine à la Terreur, et le sacrifice de seize Carmélites, qui eut lieu un an après la mort d'Olympe de Gouges, pour la paix.

OBJET D'ÉTUDE 3

Le roman et le récit du Moyen Âge au XXIe siècle

ABBÉ PRÉVOST, *MANON LESCAUT*

Parcours : « Personnages en marge, plaisirs du romanesque »
Par Rémy Arcemisbéhère et Morgan Trouillet

BALZAC, *LA PEAU DE CHAGRIN*

Parcours : « Les romans de l'énergie : création et destruction »
Par Bertille Le Coz

COLETTE, *SIDO* SUIVI DE *LES VRILLES DE LA VIGNE*

Parcours : « La célébration du monde »
Par Amélie Goutaudier

Abbé Prévost, *Manon Lescaut*

> « *Le bonheur n'est que dans ce qui agite, et il n'y a que le crime qui agite : la vertu, qui n'est qu'un état d'inaction et de repos, ne peut jamais conduire au bonheur.* »
>
> Sade, *La Nouvelle Justine*, chap. X, 1799

1. L'œuvre et ses contextes

1.1 ANTOINE-FRANÇOIS PRÉVOST D'EXILES, DIT ABBÉ PRÉVOST (1697-1763)

La vie d'Antoine-François Prévost ressemble à un roman : il a mené une vie aventureuse et libertine, marquée par une alternance de fortunes et d'infortunes. Sa biographie rappelle par certains aspects le destin de son personnage, le chevalier des Grieux. On se gardera néanmoins de surinterpréter ces coïncidences : *Manon Lescaut* n'est pas une autofiction mais bien un roman.

Sa vie	Son œuvre
1. Le jeune aventurier • **1697** : Naissance à Hesdin. • **1705-1712** : Son père le force à étudier chez les jésuites. • **1712** : Il s'engage volontairement dans l'armée. • **1720** : Il se brouille avec son père à cause d'un amour malheureux qui le conduit à s'engager dans l'ordre bénédictin. • **1728** : Il quitte l'habit de moine et s'enfuit. Son supérieur demande son arrestation. Il doit s'exiler en Angleterre où il devient précepteur. • **1730** : Il doit quitter Londres après avoir séduit la sœur de son élève. Il rejoint la Hollande.	• **1728** : Publication des deux premiers tomes des *Mémoires et aventures d'un Homme de qualité*.

2. Le romancier sulfureux	• **1731** : Publication à Londres de *Cleveland*. • **Mai 1731** : Publication à Amsterdam des tomes V, VI et VII des *Mémoires et aventures d'un Homme de qualité*. Le tome VII contient *Manon Lescaut*. • **1732** : Publication du roman en France.
• **Janvier 1733** : Prévost s'installe à Amsterdam et entretient une relation avec la courtisane Lenki Eckhardt. • **Décembre 1733** : Il est arrêté à Londres pour avoir émis un faux billet. • **1734** : Retour en France. Prévost demande et obtient l'indulgence du pape.	• **Juin 1733** : Le roman est interdit et condamné à être brûlé. Prévost lance un périodique, *Le Pour et le contre*.
• **1740** : À cours d'argent, il sollicite un prêt auprès de Voltaire, qui refuse de l'aider. • **1741** : Prévost quitte la France à la suite d'un scandale.	• **1735** : Publication du roman *Doyen de Killerine*. • **1740** : Publication de *L'Histoire d'une Grecque moderne*. • **1741** : Publication de *La Jeunesse du commandeur*. • **1746-1759** : Publication d'une longue étude, *Histoire générale des voyages* (20 volumes).
3. Une retraite paisible • **1754** : Le pape Benoît XIV pourvoit l'abbé Prévost d'un prieuré près de Mans. • **1763** : Il meurt d'une rupture d'anévrisme.	• **1751** : Traduction des *Lettres anglaises* de Richardson qui contribue à la diffusion de cet auteur en France. • **1753** : Édition définitive de *Manon Lescaut*.

1.2 LES CONTEXTES LITTÉRAIRES ET CULTURELS

1.2.1 Contexte politique

L'histoire de *Manon Lescaut* se déroule autour de la période de la Régence qui fait transition entre les règnes de Louis XIV et de Louis XV. En effet, ce dernier n'a que cinq ans à la mort de son grand-père en 1715 ; Philippe d'Orléans, neveu de Louis XIV, prend alors en main les affaires de l'État jusqu'en 1723. La Régence est une période de relâchement vis-à-vis de la fin de règne de Louis XIV : celle-ci avait été ressentie comme longue et très pesante ; le roi, devenu très dévot, avait manifesté son intransigeance religieuse en ordonnant entre 1709 et 1713 la destruction de l'abbaye de Port-Royal des Champs, haut-lieu du jansénisme[1] ; le pouvoir royal s'était raidi et les nombreuses guerres du roi affaiblirent les finances du royaume, pesant ainsi sur tous les sujets. Parce que l'ordre garanti par la figure du vieux monarque s'achève, la période de transition qui s'ouvre fait craindre un désordre dans le pays. Au contraire, la Régence fera plutôt souffler sur la France un vent de liberté : le gouvernement mis en place par le Régent

1. Le jansénisme est un mouvement théologique catholique. D'abord purement religieux, il est devenu progressivement un symbole de contestation de l'absolutisme royal.

est moins autoritaire, les mœurs sont plus légères (le Régent est un libertin notoire qui mène une vie de débauche, ses « petits soupers » sont restés célèbres pour leur caractère licencieux). Sur le plan économique, des expériences libérales sont tentées pour renflouer les caisses du royaume. L'une d'entre elles, le système de Law eut des conséquences désastreuses : elle introduisit en France le papier-monnaie ; la nouvelle spéculation fut à l'origine de très grandes fortunes mais entraîna la banqueroute du système. En outre de nombreux nobles furent ruinés ; le traumatisme fut grand car il affecta la notion même de valeur.

1.2.2 Contexte littéraire : le roman au XVIIIe siècle

Manon Lescaut est un roman, c'est-à-dire qu'il raconte une histoire fictionnelle. Or le siècle de Prévost a un rapport ambigu avec ce type de récit : ainsi, l'adjectif « romanesque » est encore largement connoté péjorativement, pour désigner des intrigues rocambolesques, alambiquées et surtout peu crédibles. On peut relever deux raisons principales pour expliquer ces critiques.

C'est d'abord une critique formelle, liée à une comparaison avec le théâtre. L'art dramatique jouit encore d'une grande réputation : c'est le genre littéraire dominant depuis le Grand Siècle et il fut largement commenté et théorisé, notamment par des intellectuels qui attachaient la plus grande importance aux idées d'Aristote (du moins selon leur lecture d'époque). C'est pourquoi la règle de vraisemblance influence encore les lecteurs, au-delà du théâtre. Plus un texte est jugé romanesque et plus durement il pourra être reçu car il n'est plus question de faire croire à l'histoire en la rendant crédible mais, au contraire, il est attendu du lecteur qu'il consente à suspendre son incrédulité, à s'émerveiller ou à s'effrayer des rebondissements inattendus, des coups du hasard que ménage le romancier.

C'est ensuite une critique morale, conséquence de la première. Le principe de fiction sur lequel repose le roman et qui l'éloigne de la vraisemblance sous-entend également qu'on cherche à divertir le lecteur, et donc potentiellement à l'éloigner de la vérité ou de la morale. Le théâtre a pu être présenté comme une « école de la vertu[1] » alors que le roman serait une école du vice, en reposant sur des péripéties qui mettent à mal l'héroïsme des protagonistes et qui flattent le plaisir coupable du lecteur. Par le truchement de la fiction, le romancier peut mettre en scène ce que le théâtre ne pouvait pas représenter par bienséance (violence, mort, sexualité). Les voix s'élèvent donc contre un genre qui met dans les mains de tout le monde des textes condamnables, qui pourraient influencer les esprits les plus faibles (et notamment ceux des femmes, selon l'idéologie de l'époque). Le philosophe des Lumières Jean-Jacques Rousseau considère par exemple que le succès du roman est le signe d'une corruption morale.

1. La formule est utilisée par Racine dans sa préface de *Phèdre*.

Pour se défendre de telles attaques, les romanciers témoignent d'une grande imagination pour mettre à distance leurs textes : les ressources de la narratologie leur offrent d'inépuisables formes littéraires pour signaler qu'ils ne cautionnent pas les agissements et pensées de leur personnage. Ainsi, dans de nombreuses préfaces, les écrivains affirment n'être que les éditeurs d'un document qu'ils auraient trouvé – un manuscrit dans *La Vie de Marianne* (Marivaux, 1731-1742), des lettres dans les *Lettres portugaises* (Guilleragues, 1669) et les *Lettres persanes* (Montesquieu, 1721) . Les narrateurs multiples ou les récits enchâssés mettent à distance les romanciers de leurs écrits en transférant la charge morale de ceux-ci à un personnage devenu narrateur.

Enfin, alors que le dispositif a fait son temps et que les lecteurs n'en sont pas les dupes, les romanciers se mettent davantage à défendre l'immoralité de leur texte (péripéties violentes, protagonistes sans héroïsme, porteurs de discours choquants, vocabulaire moins soutenu que dans les genres hauts) grâce à l'argument de la morale : les agissements des personnages sont si mauvais qu'ils détourneraient les lecteurs de suivre leur exemple. Le principe est celui du contre-modèle. Pour défendre jusqu'au bout cette idée, les romanciers font punir les personnages (*Les Liaisons dangereuses*) : le dénouement terrible réservé à ceux-ci justifie à rebours leurs pires actions et cherche à dissuader le lecteur d'en faire des modèles à imiter. Ainsi on comprend mieux le titre de l'œuvre de Prévost (qui met en valeur l'« homme de qualité ») ainsi que ses choix narratifs (le dispositif à plusieurs narrateurs et la mort de Manon).

1.2.3 Contexte culturel : la sensibilité

Manon Lescaut s'inscrit dans une évolution générale de la conception de la sensibilité. Il y avait à l'époque classique une critique très tranchée du corps. Héritée de la philosophie platonicienne autant que du paradigme judéo-chrétien, cette critique repose sur le dualisme, l'idée que le corps et l'esprit sont deux entités séparées. Chez Descartes, le dualisme se double d'une hiérarchie entre corps et esprit, avec une préséance donnée à l'esprit. Néanmoins, le XVIIIe siècle revalorise le corps. Cela commence avec l'idée que l'intériorité ne se résume pas à l'esprit, lieu de connaissance, siège de la raison, mais qu'on y trouve également le cœur, cet organe sensible, qui propose une autre façon d'appréhender le monde, par les émotions et les sentiments. C'est ainsi qu'on aboutit à la philosophie appelée sensualisme, pour laquelle toutes les connaissances viennent des sensations et non de la raison, et même à la philosophie matérialiste, qui va jusqu'à refuser qu'il y ait autre chose que la matière (renversant donc la hiérarchie classique pour faire du corps la seule modalité de notre existence).

Les êtres du roman de Prévost sont des êtres sensibles. Dès leur présentation, au début du roman, c'est par leur physique que le narrateur distingue Manon (qu'il isole parmi les douze filles de joie) et des Grieux, dont l'apparence et l'état permettent à l'œil du narrateur de deviner le passé : « on distinguait au premier coup d'œil un homme qui a de la naissance et de l'éducation ». Le fait que les protagonistes sont d'abord vus comme des corps est donc significatif du rôle que va jouer la sensibilité dans le roman. Ce sont des êtres de passion, et c'est pourquoi ils sont parfois dominés par leur corps, c'est-à-dire leur désir. Le fait de ne pas avoir accès à la psychologie de Manon n'est donc pas une faiblesse romanesque mais un véritable choix littéraire pour traduire un être dont le mouvement traduit la vie, la vitalité, la jeunesse, et qui ne cesse d'avancer jusqu'à sa mort.

Il ne s'agit donc pas de condamner des êtres qui sont aveuglés par leur passion (pour l'amour, pour l'argent) mais au contraire de comprendre combien leur sensibilité est aussi une manière pour eux d'exister. Il est question de mettre en scène, par la langue, une nouvelle appréhension du monde, où le corps n'est pas faible, mais au contraire capable de dire le monde. Ainsi c'est toute la relation entre les êtres qui passe par le corps, comme en témoigne cette scène d'union par les larmes : « Elle ne me répondit point; mais, lorsque je fus assis, elle se laissa tomber à genoux, et elle appuya sa tête sur les miens, en cachant son visage de mes mains. Je sentis en un instant qu'elle les mouillait de ses larmes. Dieux ! de quels mouvements n'étais-je point agité ! » Le passage commence par le silence : la relation ne sera donc point verbalisée. Puis les corps se rapprochent, avec la répétition du vocabulaire physique (« genoux », « tête », « visage », « main », « larmes »). Enfin, parce que des Grieux sent la larme, la trace physiologique d'une émotion sur son corps, c'est toute son âme qui est mise en « mouvements » : le terme physique permet de rappeler l'étymologie même de l'émotion, qui est d'abord transport physique avant d'être transport de l'âme. Le corps devient le langage même de l'émotion.

1.3 GENÈSE DE L'ŒUVRE

L'abbé Prévost publie le texte de ce qui deviendra le roman *Manon Lescaut* en 1731 à Amsterdam, après avoir fui l'Angleterre d'où il avait été chassé pour avoir séduit la fille de son protecteur. Quatre points sont à retenir de cette genèse pour comprendre la place qu'occupe ce texte dans l'œuvre de son auteur :

- le roman fut rédigé en quelques semaines durant le mois de février 1731 (néanmoins, cette célérité n'est pas isolée dans la carrière de l'écrivain);
- certains critiques ont fait l'hypothèse que l'abbé Prévost s'était inspiré de faits divers auxquels il aurait assisté, voire de sa propre vie (en particulier de sa relation tumultueuse avec Lenki Eckhardt). Faute de pouvoir l'affirmer avec certitude, on suivra la position du critique M. Goulemot qui nous conseille de ne pas réduire « la vérité romanesque à une recherche d'archives » tout en étant sensible à l'ancrage du roman dans « une réalité sociale parfaitement située » ;

- en février 1831, le roman est présenté comme le septième tome des *Mémoires et aventures d'un Homme de qualité*. Néanmoins, celles-ci devaient se terminer au tome VI (qui se conclut par le mot « Fin »). Il semble que, profitant du succès des précédents tomes, ses éditeurs demandèrent à l'abbé Prévost de transformer le roman pour l'adjoindre artificiellement à cet ensemble (qui constitue le récit-cadre de l'histoire de Manon). L'auteur signale ainsi dans son « Avis au lecteur » que cette matière n'a « point un rapport nécessaire » avec les *Mémoires d'un Homme de qualité* et que « le lecteur trouverait plus de satisfaction à les voir séparément ». Le texte est par la suite publié de façon autonome (mais conserve toujours son récit-cadre) ;
- l'abbé Prévost a probablement composé *Manon Lescaut* en parallèle de son autre grand roman *Cleveland* (1730) auquel il fait plusieurs échos : par exemple, l'épisode de la fuite des amants dans le désert apparaît dans les deux romans. L'héroïne de *Cleveland*, Fanny, manque d'y mourir d'épuisement mais survit à cette épreuve : l'abbé Prévost propose ainsi une variation plus intense autour de la même histoire en faisant mourir Manon en Amérique.

2. L'œuvre en examen

2.1 STRUCTURE DU ROMAN

2.1.1 Le récit cadre

Le roman *Manon Lescaut* est introduit par un récit-cadre dont le narrateur est Renoncour, l'Homme de qualité. Ce personnage raconte sa rencontre à Rouen avec le chevalier des Grieux, un jeune homme amoureux d'une jeune femme de mauvaise vie, Manon, qui est sur le point d'être déportée en Amérique. Deux années plus tard, il rencontre de nouveau le jeune homme à Calais, qui lui livre alors le long récit de son histoire (qui n'est interrompu qu'une fois, entre la première et la deuxième partie). Les événements sont donc présentés à travers deux filtres : le récit de Renoncour et celui de des Grieux (chacun en focalisation interne). *A contrario*, on ne connaît jamais les pensées du personnage éponyme, Manon. La temporalité du récit est également complexe : l'épisode de Rouen est donc raconté deux fois, la première fois par Renoncour dans le récit-cadre (prolepse) et une seconde fois par des Grieux dans son récit rétrospectif (analepse) : le lecteur ne découvrira la cause des infortunes des personnages qu'à la fin du roman.

2.1.2 Les épisodes du roman

L'*Histoire du chevalier des Grieux et de Manon Lescaut* est constituée d'une série de péripéties relativement autonomes entre elles. Celles-ci présentent toutes le même schéma :

- les amants se trouvent dans un état d'équilibre et peuvent jouir confortablement de leur passion;
- cet équilibre est brisé par des circonstances extérieures ou à cause de l'action d'un des deux personnages;
- les efforts de des Grieux conduisent à annuler les effets de la péripétie et permettent la réunion des amants.

Si les protagonistes sont toujours réunis à la fin de chacune de ces péripéties, ils ne réintègrent cependant jamais leur état initial : à chaque étape de leur histoire, leur situation se dégrade un peu plus. La structure du roman s'assimile donc à une longue chute au cours de laquelle le personnage se voit réduire à un état de plus en plus misérable : de jeune noble à l'avenir prometteur, des Grieux en vient à tricher, à escroquer, puis à mendier pour subsister.

- **La fuite** : des Grieux est un jeune homme de dix-sept ans qui achève ses études de philosophie à Amiens et se destine à devenir chevalier. Dans une auberge d'Arras, il rencontre Manon Lescaut, une jeune femme pourvue d'un fort « penchant au plaisir » et doit être envoyée dans un couvent. Il tombe immédiatement sous son charme, s'enfuit avec elle contre l'avis de son ami Tiberge et s'installe à Paris dans un appartement meublé.
- **L'adultère** : des Grieux découvre que Manon le trompe avec un riche fermier général, M. de B… Ce dernier fait avertir le père de des Grieux qui le fait ramener chez lui. D'abord abattu, le jeune homme reprend goût à la vie grâce à son ami Tiberge qui lui inspire une vocation religieuse. Il entre au séminaire, mais alors qu'il réalise une lecture à la Sorbonne, il aperçoit Manon avec qui il a une entrevue et à laquelle il pardonne les fautes passées. Des Grieux abandonne le séminaire et s'installe avec elle à Chaillot.
- **La ruine financière** : Les amants profitent de l'argent que Manon a soustrait à M. de B… mais Manon a le goût du luxe et des plaisirs. Des Grieux loue un appartement à Paris et doit supporter la charge financière du frère de Manon : Lescaut, un soldat rustre et débauché. Après l'incendie de leur maison de Chaillot, des Grieux doit trouver de l'argent : après avoir emprunté une somme importante à son fidèle ami Tiberge, il se fait introduire par Lescaut dans un cercle de jeu où il refait sa fortune en trichant.

- **La première escroquerie** : Les économies des amants sont volées par un domestique. Lescaut conseille à Manon de se faire entretenir par M. de G..., un vieux libertin. Elle se fait offrir des nombreux présents mais des Grieux est humilié par la situation. Avec Lescaut, les deux amants organisent un plan pour voler le vieil homme.
- **Le premier séjour en prison** : Dès le lendemain, M. de G... fait arrêter le couple : Manon est alors envoyée à l'hôpital de la Salpêtrière (où les prostituées étaient soumises à des travaux forcés) et des Grieux est conduit à la prison de Saint-Lazare (destinée aux jeunes nobles débauchés). Il joue l'hypocrite devant le père supérieur et organise son évasion grâce à la complicité de Tiberge et de Lescaut. Au cours de sa fuite, il tue accidentellement un garde. Des Grieux aide ensuite Manon à s'évader grâce à l'aide de Lescaut et d'un nouvel ami, M. de T... : celle-ci, déguisée en homme, est exfiltrée hors de l'hôpital. Le soir même, lors d'une altercation, Lescaut est tué par un homme dont il avait plus tôt causé la ruine. Miraculeusement, aucun de ces événements n'aura de conséquence grave et les deux personnages peuvent s'installer à l'auberge de Chaillot grâce à l'argent de Tiberge.
- **Le faux rival** : des Grieux entretient confortablement Manon en trichant au jeu. Un prince italien tente de séduire cette dernière, mais elle le rejette violemment. Des Grieux ressort de cette péripétie à la fois humilié et rassuré.
- **Le véritable rival** : Le fils de M. de G... partage un repas avec le couple et tombe immédiatement amoureux de Manon. Les protagonistes tentent de l'escroquer afin de se venger de son père : Manon doit lui faire miroiter ses charmes mais se soustraire à lui en emportant ses présents pour retrouver des Grieux. Elle ne se présente pas au rendez-vous et fait parvenir à des Grieux une lettre de rupture qu'elle fait porter par une prostituée, chargée de la remplacer. Des Grieux, profondément abattu, fait enlever le fils de M. de G... et retrouve Manon qui tente de justifier sa conduite et réaffirme son amour à des Grieux qui lui pardonne une nouvelle fois.
- **Le second séjour en prison** : Un laquais apprend à M. de G... le sort de son fils : M. de G... fait alors de nouveau arrêter le couple qui est conduit à la prison du Châtelet. Des Grieux sollicite l'aide de son père qui parvient à le faire libérer mais obtient également de faire déporter Manon en Amérique afin de l'éloigner de son fils. Des Grieux tente de la faire libérer durant son transfert jusqu'au Havre mais, abandonné par ses compagnons, il échoue piteusement : il est réduit à négocier avec les gardes ses entrevues avec Manon. Sur le chemin, à Rouen, il rencontre pour la première fois Renoncour. Il obtient d'embarquer sur le même bateau que Manon.

- **La déportation** : Arrivés à la Nouvelle-Orléans, les deux amants se font passer pour un couple marié. Ils obtiennent le soutien du gouverneur : pendant plusieurs mois, ils vivent humblement et vertueusement. Ils décident de se marier religieusement et d'avouer leur mensonge au gouverneur. Ce dernier refuse d'autoriser ce mariage : il promet Manon à son neveu Synnelet qui était secrètement amoureux d'elle. Des Grieux provoque Synnelet en duel, le blesse et croit le tuer.
- **La mort de Manon** : Les amants s'enfuient dans le désert où Manon meurt d'épuisement. Des Grieux l'enterre et souhaite mourir auprès d'elle. Il est sauvé et ramené à la colonie. Il retrouve Tiberge à la Nouvelle-Orléans qui le raccompagne en France où il rencontre pour la deuxième fois Renoncour.

2.2 DES PERSONNAGES EN MARGE

Les personnages de *Manon Lescaut* s'inscrivent dans la tradition romanesque du picaresque. Le picaro (le « vaurien » en espagnol) s'oppose à l'hidalgo (le « chevalier ») : alors que le grand roman de chevalerie repose sur des hautes valeurs qu'incarne le héros, le roman picaresque repose au contraire sur un personnel romanesque de plus basse extraction, à qui il pourra arriver des péripéties de moindre importance. Si Manon Lescaut n'est pas à proprement parler un roman picaresque (qui vise surtout le comique, et se termine souvent bien), sa structure répétitive en est un écho et ses personnages sont très clairement issus de cette atmosphère.

2.2.1 Des Grieux, un héros dégradé

C'est le cas de des Grieux, qui est pourtant appelé « chevalier ». Difficile de ne pas voir ce titre comme ironique, comme un pied de nez à la tradition du roman de chevalerie. En effet, des Grieux ne vivra pas les exploits de ses glorieux ancêtres, et il n'est nulle question de devenir un héros, de posséder un titre et une terre. Seul subsiste la conquête de la dame, comme un affadissement de la quête légendaire. Chacune des carrières qu'il envisage (études en philosophie, séminaire) se solde sur un échec et témoigne de son incapacité à réussir ce qu'il entreprend. Il glisse de plus en plus bas moralement : d'abord il triche au jeu, puis finit par tuer un homme. Ainsi, il était bien né, il avait tout pour réussir, mais sa passion pour Manon le force à se mettre en marge de la société.

2.2.2 Le bon et le mauvais génie : Tiberge et Lescaut

Des Grieux est entouré par deux modèles : l'ami Tiberge et le frère Lescaut, le bon génie et le malin génie. Tiberge, « ami si généreux et si constant », est celui qui pardonne, donne de l'argent, va chercher des Grieux quand celui-ci se perd (s'éloigne physiquement, glisse moralement). À la fin du roman, il ramène littéralement des Grieux vers la France, vers l'ancien monde. En revanche, le frère Lescaut est un vil brigand qui passe son temps à trouver une nouvelle combine pour gagner plus d'argent. Entre les deux, des Grieux est, par l'attraction pour Manon, tiré du côté du frère de cette dernière, ce qui explique son éloignement progressif depuis le centre (la prison du Châtelet, symbole d'une marge au sein même du cœur de Paris), vers la périphérie, à savoir le nouveau monde, l'Amérique, puis enfin le désert, (symbole du fait que le personnage est tout à fait au ban de la société). Ce n'est qu'à la toute fin du roman que Tiberge peut enfin l'emporter, lorsque des Grieux lui déclare « que les semences de vertu qu'il avait jetées autrefois dans [s]on cœur commençaient à produire des fruits dont il allait être satisfait ».

2.2.3 Manon : la liberté dans la contrainte

Manon incarne donc, avec son frère, cette tendance, ce penchant, qui tire des Grieux vers la marge. C'est d'abord qu'elle est une femme, être éternellement mineur dans la société d'Ancien Régime, et qu'elle ne peut donc pas légalement être indépendante. Sa dépendance officielle à un homme (le frère, l'amant, le faux époux) est déjà le signe d'une infériorité sociale qu'elle ne pourra jamais dépasser. Face à cette inégalité, Manon fait le choix d'embrasser sa condition. Elle assume une féminité et une sexualité qu'elle transforme en force et non en faiblesse : c'est des Grieux qui finit dépendant de l'argent qu'on lui offre. On peut ainsi la prendre pour une prostituée (n'apparaît-elle pas au début parmi douze filles de joie ?) mais c'est elle qui envoie une prostituée à sa place au rendez-vous avec des Grieux, comme pour mieux dire ce qu'elle n'est pas, une femme soumise à l'argent des hommes et donc à sa propre féminité. Manon est à la marge parce que la société l'y a mise, mais elle est l'expression d'une liberté totale, qui la poussera toujours plus loin dans l'immoralité, et donc l'entraîne loin des cercles parisiens où sa beauté pouvait la voir triompher. Même en Amérique, elle refuse le mariage officiel avec un bon parti qu'on lui propose : cela signerait la mort de sa liberté (elle serait alors vraiment mariée, donc à nouveau soumise légalement à un homme). Elle n'est avec des Grieux que faussement mariée, donc en réalité libre, jouant uniquement le rôle de la soumission pour que la société la laisse tranquille. Face à la proposition d'un mariage officiel, il ne lui reste qu'à fuir et mourir. Elle meurt dans le désert, dans un lieu hostile à la vie, lieu hautement symbolique dans la religion (le lieu de l'exode dans l'Ancien Testament et de la tentation dans le Nouveau Testament). Elle meurt dans la marge la plus démunie qui soit, mais toujours libre.

2.3 UN ROMAN FÉMINISTE ?

En faisant mourir Manon, Prévost condamne officiellement les agissements d'une femme libre, à la sexualité débordante et consommée. Les romans qui mettent au centre de leur histoire une femme sont à l'époque nombreux : en choisissant un protagoniste féminin (donc inférieur socialement), les écrivains mettent en évidence ce qui fait leur force, leur individualité, leur liberté comme dans *La Vie de Marianne* de Marivaux (1731-1742) et *La Religieuse* de Diderot (1796, posthume). Néanmoins, en privant Manon de la parole, Prévost se distingue du glorieux modèle de *La Princesse de Clèves* écrit par Madame de Lafayette en 1678. Il n'est pas question de montrer la psychologie du personnage, la manière dont celui-ci pense le monde et ce faisant se pense soi-même ; il est au contraire question de montrer que la société refuse cette individualité aux femmes en ne leur donnant jamais voix au chapitre. Parce que nous n'avons accès qu'au point de vue de des Grieux, Manon reste souvent un mystère[1]. L'épisode du prince italien est exemplaire de ce mystère : des Grieux croit Manon infidèle, et celle-ci n'explique pas immédiatement son plan, plongeant longtemps des Grieux dans les affres de la jalousie. Le silence de Manon lors de cet épisode explique les doutes du personnage, et cela traduit ce qui se passe tout au long du roman.

Le silence de Manon est donc significatif du silence dans lequel les femmes de cette époque étaient enfermées. Sa mort tragique témoigne de la seule échappatoire qui reste aux femmes qui exprimeraient le désir d'une liberté : on retrouve une fin similaire chez Madame de Lafayette, car la princesse de Clèves fait le choix de s'extraire du monde, en se retirant au couvent ; il en est de même chez Montesquieu et chez Diderot, quand Roxane et Suzanne se suicident à la fin des *Lettres persanes* et de *La Religieuse* pour s'émanciper des lois injustes de la société qui les enferment dans leur soumission (ce que symbolisent le sérail et le couvent des deux romans des Lumières). Le féminisme du roman passe donc par l'expression d'une liberté paradoxale, qui coûte la vie à l'héroïne. Cette manière de procéder, qui n'est pas la mise en scène d'un triomphe mais celle d'un refus de se conformer à une société injuste et inégalitaire, aura une grande postérité dans les lettres françaises, par exemple dans *Nana* d'Émile Zola (1880), dans *Belle du Seigneur* d'Albert Cohen (1968) ou encore dans *Trois femmes puissantes* de Marie Ndiaye (2009).

1. Les paroles rapportées, souvent au discours indirect, sont à mettre sous le sceau du doute puisque le dispositif narratif nous fait comprendre qu'il s'agit de ce que la mémoire de des Grieux a bien voulu garder.

2.4 LE ROMAN D'UNE PASSION

Cette fin permet également d'inscrire le roman dans la tradition littéraire du roman sentimental qui reprend son dénouement à la tragédie, dans laquelle sont condamnées les amours illégales (Shakespeare, *Roméo et Juliette*, 1597) ou illégitimes (Racine, *Phèdre*, 1677). Parce que des Grieux n'écoute jamais sa raison mais se laisse guider aveuglément par sa passion, il est attendu que son amour connaisse une fin tragique, ce que lui rappelle le destin, qui lui refuse de s'installer dans le contentement : « J'ai remarqué dans toute ma vie que le ciel a toujours choisi, pour me frapper de ses plus rudes châtiments, le temps où ma fortune me semblait le mieux établie. » Ainsi s'explique que la fatalité poursuit inlassablement les deux amants. Le pacte que passe Manon avec lui, quand elle voit d'autres hommes qui lui permettent de gagner de l'argent, les lie pour toujours : « Cher amant ! toi que j'adore, reprit-elle d'un ton enchanteur, je te demande un moment de complaisance ; un moment, un seul moment ! je t'en aimerai mille fois plus, je t'en saurai gré toute ma vie. » L'antithèse entre le « moment » qu'elle doit passer avec un autre homme et « toute [s]a vie » montre que Manon promet bien plus que ce qu'elle propose aux autres hommes : elle s'engage à lier son destin à celui de Des Grieux. C'est ainsi que se noue la tragédie : les amants ne pourront vraiment jamais échapper l'un à l'autre. On peut trouver ironique la signature « votre fidèle amante » que Manon fait figurer dans la lettre où elle annonce sa décision de demeurer avec le fils de M. de G…, mais cette fidélité s'avérera sincère puisque c'est avec lui qu'elle fuit et c'est à ses côtés qu'elle meurt. À quoi cette fidélité paradoxale est-elle due ? Peut-être à ce que des Grieux est le seul qui l'aime vraiment, bien que sans argent il ne peut lui promettre la vie dont elle rêve.

Le roman se construit donc comme un long cheminement vers la mort, comme une chute morale illustrée par les compromissions successives des personnages. Presque rien n'échappe à des Grieux, ni le jeu, ni la tricherie, ni le mensonge, ni le meurtre : chaque péripétie fonctionne comme une station sur un long chemin de croix, où il ne s'agit plus de s'élever vers la rédemption et le salut mais au contraire de se rabaisser un peu plus moralement chaque fois. La passion de des Grieux l'entraînera à son tour au désert où il pourra enterrer, enfin, sa tentation. Ce n'est qu'après la mort de Manon qu'il entrevoit enfin le salut ; alors qu'il n'attend que la mort après avoir perdu la femme qu'il aime, il reçoit pourtant un signe venu d'en haut : « Mais le ciel, après m'avoir puni avec tant de rigueur, avait dessein de me rendre utiles mes malheurs et ses châtiments : il m'éclaira de ses lumières ».

3. L'œuvre à l'examen

3.1 EXPLICATION LINÉAIRE : LE PREMIER INTERNEMENT DE DES GRIEUX

Première partie, de « Cette connaissance fut le plus rude de tous mes châtiments » à « la honte est une de leurs plus violentes passions ».

– **Éléments de contextualisation**
  - *Manon Lescaut* est un roman constitué d'une succession d'événements qui entraînent progressivement la dégradation de la situation du chevalier des Grieux. Alors que la plupart de ses aventures avaient été durant tout le début du roman clandestines, le protagoniste est publiquement arrêté et enfermé dans la prison de Saint-Lazare (destinée aux jeunes nobles libertins). Sur place, le Père supérieur lui avoue qu'il a entière connaissance de sa situation. Cette révélation entraîne une violente prise de conscience du chevalier qui fait état dans ce texte de la honte qu'il ressentit alors.
  - Ce texte se présente comme un monologue intérieur : dans un premier temps, le narrateur décrit ses sentiments de manière rétrospective et sous le mode de l'hyperbole, puis dans un second temps il tente de déduire une loi générale de ses infortunes passées. Il explique ainsi la singularité des mouvements qui l'animent par son statut aristocratique. Parallèlement à cet effort d'autoanalyse (qui est en fait une autojustification), le narrateur expérimente un nouveau rapport à la société : alors qu'il appartenait à un groupe social privilégié (la noblesse), il se retrouve marginalisé, à la fois sur le plan social et affectif. Par un effort dialectique, il inverse ainsi cette exclusion en marque de distinction et découvre comment prendre plaisir à ce rejet.

■ **Problématique :** On peut se demander comment dans ce passage Prévost donne à voir les relations étroites qui unissent amour de soi et amour de l'autre.

I. La description hyperbolique de sentiments complexes

(du début à « la honte et la confusion »)

Dans ce paragraphe, l'Abbé Prévost donne à lire l'auto-analyse d'un personnage qui oppose son nouveau statut de prisonnier à son éthos aristocratique.

- « Le plus rude de tous mes châtiments » : hyperbole, passage du concret à l'abstrait → la souffrance la plus intense est de nature psychologique.
- « Un ruisseau de larmes », « affreux désespoir », « consoler », « le plus profond abattement » : métaphore et champ lexical de la tristesse qui inscrivent le texte dans l'univers de la sensibilité propre au XVIIIe siècle.

- « La fable de toutes les personnes de ma connaissance, et la honte de ma famille » ; « mon opprobre » : insistance sur les relations sociales grâce aux déterminants possessifs de la P1 → éthos aristocratique selon lequel la honte est une dégradation du statut social.
- « Rien entendre », « ni de m'occuper », « n'ajoutait rien », « n'y entrait moins » : importance des négations syntaxiques → Des Grieux apparaît comme un personnage exclusif chez qui un sentiment remplace l'autre.
- « Je passai ainsi huit jours dans le plus profond abattement » : hyperbole et sommaire.
- « Il n'y entrait, du moins, que comme un sentiment qui avait précédé cette nouvelle peine, la passion dominante de mon âme était la honte et la confusion » : univers carcéral et thème du châtiment, lexique moraliste → la condamnation morale apparaît comme une forme d'auto-flagellation.

II. Une loi aristocratique sur l'effet des passions

(de « Il y a peu de personnes » à la fin du texte)

Dans ce second paragraphe, le personnage se sert de son expérience pour en déduire une loi grâce à un raisonnement par induction. L'abbé Prévost dévoile que cette hiérarchie sociale des sentiments est en fait un discours d'autojustification.

- « Il y a peu de personnes qui connaissent » : forme de la maxime marquée par la tournure impersonnelle (qui rompt avec le passage précédent où la P1 était majoritaire) et renforcée par l'usage présent de vérité générale → effort d'abstraction qui permet de passer du cas particulier au cas général → le chevalier se singularise tant par son statut que par sa capacité à réfléchir sur ses sentiments.
- « Mouvements particuliers, « Le commun des hommes » : antithèse entre le cas particulier de des Grieux et le reste des hommes.
- « Le commun des hommes n'est sensible qu'à cinq ou six passions dans le cercle desquelles leur vie se passe et leurs agitations se réduisent » : la négation restrictive, l'utilisation d'indications chiffrées et la métaphore du cercle concourent à induire l'idée d'enfermement dans une vie médiocre → inversion de la situation de des Grieux + éthos aristocratique et présomption du personnage qui se place en position de supériorité.
- « Ôtez-leur l'amour et la haine, le plaisir et la douleur, l'espérance et la crainte, ils ne sentent plus rien » : négation lexicale + négation syntaxique → des Grieux place virtuellement les autres hommes dans un état de privation → Prévost démontre les ruses morales par lesquelles le personnage détourne sa condamnation vers les autres.
- « Mais » : conjonction de coordination qui opère un balancement et qui signale que le narrateur s'apprête à donner une nouvelle interprétation à son précédent propos. La suite mime le discours argumentatif (« Et comme », « de là »).

- « Un caractère plus noble », « plus de cinq sens » : comparatif de supériorité qui installe une hiérarchie (ce qui est renforcé par le passage de « cinq à six passions » à « mille façons différentes » → Prévost montre que des Grieux convertit sa supériorité aristocratique en supériorité psychologique.
- « Des sensations qui passent les bornes ordinaires », « un sentiment de cette grandeur qui les élève au-dessus du vulgaire » : métaphores qui donnent une image concrète de sentiments abstraits → confusion entre supériorité sociale et supériorité psychologique.
- « Les personnes d'un caractère plus noble » : périphrase pour désigner des Grieux → il dissimule mal que sa démonstration a pour fonction de l'absoudre lui.
- « Il n'y a rien dont elles soient plus jalouses » : paradoxe qui ferait que ceux victimes de passions complexes seraient jaloux de ceux affectés de sentiments simples → paradoxe de la marginalité qui isole en même temps qu'elle distingue.
- « La honte est une de leurs plus violentes passions » : hyperbole → le point de départ et le point d'aboutissement du texte sont les mêmes → discours d'autojustification.

Éléments de conclusion

Proust affirme que « là où la vie emmure, l'intelligence perce une issue ». Dans ce passage, des Grieux détourne les valeurs morales et fait de sa honte une forme de distinction qui le hisse au-dessus de la plupart des mortels (à la fois les masses populaires, limitées à des sentiments simples, et les autres nobles qui s'épargnent de tels troubles). Le lecteur comprend ainsi bien avant le père supérieur que la conversion morale du protagoniste est un leurre et commence à distinguer les raisons sociales et psychologiques qui ont fait que des Grieux, ce jeune homme qui avait « toutes les qualités dont se forme le plus brillant mérite » a préféré « par choix, une vie obscure et vagabonde ».

3.2 EXPLICATION LINÉAIRE : LA MORT DE MANON

Deuxième partie, de « Pardonnez si j'achève en peu de mots ce récit qui me tue » à « ce fatal et déplorable événement ».

- **Éléments de contextualisation**
  - L'ensemble du roman est tendu vers la mort de Manon : cet « exemple terrible de la force des passions » emprunte en effet son modèle à la tragédie à laquelle il reprend son dénouement fatal. Néanmoins, dans la deuxième partie du roman, les dernières péripéties en Amérique et la conversion morale et religieuse des amants avaient fait miroiter au lecteur l'espoir d'une fin heureuse. Le duel et la fuite dans le désert scellent l'impossibilité d'une

telle conclusion. Loin de fonctionner comme une condamnation morale, ce dénouement tragique offre au personnage la possibilité ultime d'une rédemption : en effet, Manon meurt comme une sainte.

- Le récit de la mort de Manon est encadré par deux passages de discours à travers lesquels des Grieux s'adresse à son interlocuteur, Renoncour. Ces deux précautions qui signalent l'impossibilité du narrateur à raconter fonctionnent comme des prétéritions. Le texte rejoue sur le plan de la narration la révélation de la mort de Manon : des Grieux, qui n'a pas su lire les signes de l'agonie de Manon, impose au lecteur de faire la même erreur, dissimulant ces mêmes signes dans son récit.

Problématique : Comment l'abbé Prévost fait-il de la mort de Manon un épisode édifiant en faisant de la narration le véritable moment où toutes les conversions – celle du personnage, celle du narrateur et celle du lecteur – s'achèvent ?

I. Le refus de dire

(du début à « J'entreprends de l'exprimer »)

Le narrateur multiplie les circonvolutions langagières pour retarder le récit de la mort de Manon qu'il considère comme une nouvelle épreuve.

- « Pardonnez » : impératif à la P5 + énallage personnelle : des Grieux s'adresse à Renoncour. À travers lui, c'est l'auteur qui s'adresse à son lecteur.
- « Un malheur qui n'eut jamais d'exemple », « je le porte sans cesse dans ma mémoire » : hyperbole→ donne à lire la violence du traumatisme du narrateur.
- « Peu de mots », « un récit », « je vous raconte », « l'exprimer » : champ lexical de la narration associé à un lexique de l'horreur (« me tue », « un malheur », « reculer d'horreur »). Le narrateur déporte sur le plan de la narration la répulsion liée à la mort → pour achever d'acquérir les leçons de cette mort, le narrateur doit encore la raconter.

II. La mort d'une sainte

(de « Nous avions passé » à « sa dernière heure »)

La mort de Manon intervient de façon inattendue dans le récit, comme un coup de théâtre. Le calme dans lequel elle s'éteint contraste avec les tumultes de sa vie et avec l'agitation de Des Grieux qui n'a pas, comme Manon atteint la paix intérieure.

- « Avions passé », « croyais », « n'osais » / « je m'aperçus », « elle sentit », « elle me dit » : passage de temps non bornés (imparfait, plus-que-parfait) à un temps borné (passé simple) → la mort arrive brutalement et s'inscrit de manière inattendue dans la temporalité de la fuite.

- « Une partie de la nuit », « jusqu'au point du jour » : indications temporelles → symboliquement, la mort de Manon est une traversée de la nuit. C'est une métonymie de l'ensemble du roman : Manon a traversé les douleurs de la vie et voit la lumière (dans un sens chrétien) lors de sa mort.
- « Tranquillement », « endormie » : champ lexical de la tranquillité → rupture dans la caractérisation de Manon : personnage épicurien, elle apparaît désormais stoïque face à la mort. Opposition à l'attitude du narrateur qui est troublé par ses émotions (« la crainte de troubler », « le croyais ») → à la différence de Manon qui acquiert sa rédemption dans sa mort édifiante, des Grieux n'a pas fini sa conversion, il devra la réaliser par son récit.
- « En touchant ses mains », « froides et tremblantes », « les échauffer », « elle sentit » : insistance sur les sensations physiques → le monde des sensations s'oppose à la conversion spirituelle qui se réalise → des Grieux (qui n'a pas achevé la sienne) n'interprète pas les signes de la mort à venir.
- « Elle sentit ce mouvement, et, faisant un effort pour saisir les miennes » : effet de réciprocité → Manon accepte l'amour de des Grieux, ce qu'elle avait refusé de faire dans le reste du roman.
- « Elle me dit, d'une voix faible, qu'elle se croyait à sa dernière heure » : discours indirect → motif des *ultima verba* → paroles de vérité de Manon qui s'opposent au « langage ordinaire » du chevalier. Ces paroles s'opposent aux symptômes physiques de la mort (« soupirs fréquents », « son silence », « le serrement de ses mains ») → Des Grieux ne parle encore que le langage du corps, pas encore celui de l'âme.
- « Je ne pris d'abord ce discours que », « je n'y répondis que » : double négation restrictive → le chevalier n'a pas été à la hauteur de cette mort. La périphrase euphémistique (« la fin de ses malheurs approchait ») qui désigne la mort montre que l'événement n'a pas encore été surmonté par le chevalier.

III. La répétition de la mort par l'écriture

(de « N'exigez point » à la fin)

Comme pour souligner que l'itinéraire spirituel de Des Grieux n'est pas achevé, la narration occulte dans un geste pudique le moment de la mort.

- « N'exigez point de moi que je vous décrive mes sentiments, ni que je vous rapporte ses dernières expressions. » → retour du récit-cadre + double négation → fausse pudeur qui rompt avec le caractère verbeux du narrateur dans le reste de son récit.
- « Je la perdis ; je reçus d'elle des marques d'amour, au moment même qu'elle expirait. » : ellipse narrative → le moment critique de la mort est soustrait au lecteur.

- « Ce fatal et déplorable événement » : périphrase euphémistique pour désigner la mort → le narrateur signale le lien entre le caractère tragique de cet événement et le fait qu'il faut le déplorer, c'est-à-dire le raconter pour le faire se réaliser entièrement.

Éléments de conclusion

L'écrivain Marcel Proust écrit que « Notre amour de la vie n'est qu'une vieille liaison, dont nous ne savons pas nous débarrasser ». Dans ce texte, le personnage Des Grieux effectue lui aussi un double travail de deuil : sur le plan du récit, il met en scène la mort de son amante tandis que sur le plan de la narration, il revit et relit *a posteriori* ce traumatisme afin d'enterrer définitivement sa vie de libertin. En ce sens, ce texte apparaît doublement comme un récit de conversion car il montre comment ses deux personnages font le choix de la vertu.

3.3 L'ÉPREUVE ÉCRITE : DEUX SUJETS DE DISSERTATION

3.3.1 Sujet 1

Selon le critique Charles Mauron, *Manon Lescaut* est une « tragédie » qui « ressemble constamment à une comédie qui tourne mal[1] ».

En quoi ce jugement rend-il compte de votre lecture de l'abbé Prévost ?

Introduction rédigée

- L'*Histoire du chevalier des Grieux et de Manon Lescaut* fit scandale lors de sa publication en 1731 et fut condamnée à être brûlée. Si les mœurs représentées scandalisèrent une partie des censeurs, le choix de représenter les passions à travers cette forme romanesque était tout aussi audacieux pour l'époque. En effet, au XVIIe siècle, le roman est encore un genre mineur dans un champ littéraire français au sein duquel le théâtre – tragédie et comédie – occupe une place prépondérante.
- Lorsque Charles Mauron affirme que *Manon Lescaut* est une « tragédie » qui « ressemble constamment à une comédie qui tourne mal », il propose de relire le texte de l'abbé Prévost à l'aune de cette hiérarchie et d'appliquer à ce roman les codes du théâtre. Selon le critique, Prévost mélangerait des éléments propres à ces deux modèles importants : la tragédie et la comédie. Les personnages, la structure et la fonction de ces deux genres étaient alors bien définis : alors que la tragédie consistait en la représentation de la chute d'un personnage – toujours noble – accablé par la fatalité et dont l'exemple

1. Charles Mauron, « Manon Lescaut et le mélange des genres » dans *L'Abbé Prévost, Actes du Colloque d'Aix-en-Provence*, 1965, p. 113.

devait servir à l'instruction morale du spectateur, la comédie représentait plus largement la société et tâchait de corriger ses mœurs en faisant rire. En ayant recours aux registres tragiques et pathétiques tout en mettant en scène des personnages en marge de la société, le roman de l'abbé Prévost divertit son lecteur en faisant dialoguer deux visions du monde : il montre que les événements et le destin des personnages apparaîtront tantôt comiques, tantôt tragiques selon le point de vue utilisé.

- Il s'agira donc de se demander comment le travail de la narration permet d'associer les deux modèles de la tragédie et de la comédie afin de mettre en lumière leurs forces et leurs limites respectives, et de proposer une vision du monde marquée du sceau de l'ambivalence. On montrera ainsi que ce roman est composé à la manière d'une tragédie (I), mais que celle-ci serait avant tout une tragédie dégradée en comédie (II), puis on montrera que cette hybridation est source du plaisir romanesque (III).

Problématique : Comment le travail de la narration permet d'associer les deux modèles de la tragédie et de la comédie afin de mettre en lumière leurs forces et leurs limites respectives, et de proposer une vision du monde marquée du sceau de l'ambivalence ?

Proposition de plan

I. Un roman agencé à la manière d'une tragédie

- Une passion fatale : structure tragique du roman (la condition des deux amants se dégrade progressivement au cours du roman, jusqu'à la mort de sa protagoniste).
- Des procédés propres à la tragédie : intrigue resserrée autour d'un nombre limité de personnages, usage de monologues délibératifs.
- La fonction cathartique du roman : un « exemple terrible de la force des passions » qui doit « servir à l'instruction des mœurs » (Avis de l'auteur).

II. Une tragédie dégradée en comédie

- Des personnages en marge, propres à la comédie : ils sont caricaturaux et incarnent des types théâtraux : le brigand (Lescaut), le libertin (M. de G...), l'amoureux éconduit (le prince italien).
- Une représentation pittoresque de la société du XVIIIe siècle : le roman donne à voir les marges de la société (prostitution, jeu) et donne une grande importance au thème de l'argent.
- Une structure répétitive, voire comique : des épisodes tous organisés de la même façon, faisant alterner les moments de fortunes et d'infortunes.

III. Une ambivalence à la source du plaisir romanesque

- L'art de la narration : les procédés d'enchâssement et de focalisation troublent la représentation et occultent son cœur obscur, à savoir les motivations de Manon.
- Une structure romanesque : importance du hasard et de la contingence dans la succession des épisodes.
- Des personnages ambivalents : Manon et des Grieux sont des personnages complexes, mus par des forces parfois irrationnelles (« un caractère ambigu, un mélange de vertus et de vices », Avis de l'auteur).

Éléments de conclusion

Dans la pièce de théâtre *Comme il vous plaira* (1599), William Shakespeare affirme que « le monde entier est un théâtre ». L'abbé Prévost montre pareillement à travers son roman que la vie s'assimile aux formes et aux structures de modèles théâtraux comme la tragédie et la comédie. En mettant en scène des personnages en marge (comme la comédie) et en utilisant une intrigue et des procédés cathartiques (propres à la tragédie), *Manon Lescaut* fait l'hypothèse que la forme du roman est à même de les faire tenir ensemble : ainsi, l'abbé Prévost espère pouvoir mettre en pleine lumière les « bizarreries du cœur humain ».

3.3.2 Sujet 2

Un roman doit-il être nécessairement moral ?

Vous organiserez votre réflexion en prenant appui sur *Manon Lescaut* et son parcours associé « Personnages en marge, plaisirs du romanesque ».

Éléments d'introduction

- On lit des romans pour se divertir, pour s'identifier à des personnages qui vivent des aventures que nous n'avons pas loisir de vivre, pour ressentir la grandeur des uns, pour trembler devant la laideur morale des autres. Lorsque naît le roman moderne, on lui impose d'être un « bon roman », c'est-à-dire un roman qui défend et illustre le bien. La littérature se devait d'être morale, les lettres n'existeraient que pour soutenir les textes de philosophie ou les traités de vertu, en donnant des exemples à imiter, la fable illustrant la morale sous-jacente. Le divertissement lui-même nous éloignerait de la vérité et de la vertu. Si cette théorie n'a plus cours, la question n'est pas pour autant dépassée et de tels discours critiques ont pu être entendus depuis à propos de la bande dessinée, de la télévision, des jeux vidéo, voire des réseaux sociaux. Le divertissement est-il pour autant immoral ? On ne conçoit pas que l'art, et donc la littérature, ne puissent être que moralisateurs, mais on ne peut nier qu'il existe un lien entre la représentation et la réception et il est nécessaire d'interroger ce lien, de montrer comment il fonctionne pour expliquer ce qui unit esthétique et éthique. Un bon roman est-il nécessairement moral ? Si la structure d'un roman repose davantage sur le plaisir du romanesque (I), il est possible de défendre la morale par l'expérience de la lecture elle-même (II) ; le roman met surtout en scène la complexité morale du monde ce qui empêche de simplifier l'œuvre et de la réduire à un discours moral, ou pire moralisateur (III).

Problématique : Comment le roman articule-t-il l'éthique et l'esthétique ?

Pistes de réflexion

I. Le plaisir du romanesque l'emporte sur la moralité du roman

- Un bon roman donne du plaisir au lecteur. Or on prend autant plaisir à contempler des modèles de vertu qu'à observer des modèles de perversité. On trouve donc dans la littérature de nombreux personnages qui témoignent des nombreuses facettes de l'humanité : c'est tout l'enjeu de l'immense *Comédie humaine* de Balzac au XIXe siècle (Rastignac, Vautrin, Nucingen, Rubempré…). Dans *Manon Lescaut* on trouve aussi bien Tiberge que Lescaut, comme les deux faces d'une même pièce : Lescaut la prend, Tiberge la rend.
- Les choses se compliquent avec ce qui arrive aux personnages : ainsi, les personnages vertueux peuvent être récompensés ou punis ! La question n'est pas tant de désigner ce qui est moral ou non, il s'agit surtout de surprendre le lecteur, l'intéresser ou le choquer. Chez Sade, le lecteur de *Justine ou les malheurs de la vertu* (1791) éprouve du plaisir à assister à la déchéance du personnage éponyme. *A contrario*, *Pamela* de Richardson (1740) voit « la vertu récompensée » : qui ne prend plaisir à pleurer devant un si charmant spectacle ?
- Il en va de même avec les personnages immoraux qui procurent un plaisir certain chez le lecteur venu se délecter d'un mal dont il détesterait entendre parler dans le réel : ces personnages peuvent à leur tour être punis (ce qui rendrait le roman moral) ou célébrés (ce qui rendrait le roman immoral). Pour reprendre l'exemple de Sade, il est également l'auteur d'une *Juliette* où est mise en scène la « Prospérité du vice » (1797). Ainsi, Manon meurt et des Grieux est sauvé.

II. La lecture, une expérience morale

- Quelle que soit l'intrigue du roman, celui-ci peut aider le lecteur : c'est en comprenant le fonctionnement même de la morale, au sein d'un individu ou d'un groupe humain, que le bon roman aide le lecteur. Ainsi on y découvre comment résister à la tentation mais aussi comment les hommes peuvent « tomber » dans le mal. Lire la manière dont cela fonctionne chez quelqu'un peut aider à ne pas s'aveugler soi-même, c'est l'enjeu de *Madame Bovary* de Flaubert (1856), roman accusé d'immoralité, où le personnage éponyme s'aveugle à cause des formes du romanesque lui-même. Pourtant, la vie d'Emma Bovary ne sert ni de modèle ni de contre-modèle, ce récit est avant tout une étude psychologique.

- Il y a une véritable expérience cathartique à la lecture des horreurs : il est concevable que l'humain s'interroge sur le mal, se demande quel plaisir il procure (l'excitation du danger, les peurs de se faire prendre, les risques encourus) ; or, pour ne pas avoir à se laisser tenter, la littérature peut suffire, par procuration, à se purger, comme le Meursault de Camus dans *L'Étranger* (1942), qui a tué « comme ça, pour voir ».
- L'expérience de l'altérité est essentielle : la lecture d'un roman est aussi la plongée dans le fonctionnement d'une psychologie ; or, l'identification à un personnage qui n'est pas moi mais nécessairement autre, me permet de comprendre combien autrui est un autre moi, et cela peut aider à ce que, dans la vie de tous les jours, on fasse les bons choix, en reconnaissant la dignité des autres. C'est ce que met en scène *Mrs. Dalloway* de Virginia Woolf (1925), à la fois par le dispositif du flux de conscience, et par le détour par des personnages secondaires, en marge, dont les expériences se croisent à celles de l'héroïne.

III. Le roman ou la mise en scène de la complexité

- Le roman va plus loin encore, il met en scène la complexité du monde, en refusant le manichéisme d'autres formes de récit (épopée, chanson de geste et conte) : ainsi, certains personnages ne sont pas de simples représentants d'une instance morale, à la manière des caractères du XVIIe siècle ; leur profondeur psychologique fait même tout l'intérêt du roman, comme le Julien Sorel de Stendhal, *Le Rouge et le Noir* (1830) ayant pour but d'expliquer le geste criminel du jeune homme.
- L'évolution d'un même personnage rend d'autant plus impossible la simplification du roman en « bon roman » ou « mauvais roman » : ainsi un personnage qui commencerait l'intrigue du mauvais côté de la morale peut très bien se racheter, comme le Jean Valjean des *Misérables* (1862) ou le Raskolnikov de *Crime et Châtiment* (1866). Les romans de Hugo et de Dostoïevski racontent autant les crimes que la rédemption.
- Le romancier fait confiance à la capacité du lecteur à déterminer la part de la fiction et à distinguer le personnage de l'auteur (*Voyage au bout de la nuit* de Louis-Ferdinand Céline, rédigé en 1932, n'est pas une autobiographie) ainsi que le narrateur de l'auteur : ainsi Prévost n'est ni des Grieux… ni Renoncour ! Par un dispositif narratif complexe, le romancier met en scène la distance entre l'immoralité des personnages et la moralité de l'œuvre.

3.4 PARCOURS AUTOUR DE L'ŒUVRE : « PERSONNAGES EN MARGE, PLAISIRS DU ROMANESQUE »

Problématique : Pourquoi le roman provoque-t-il le plaisir de son lecteur en représentant des personnages en marge de la société ?

- **Lectures analytiques : Le personnage féminin, de l'ombre à la lumière**
  - Marivaux, *La Vie de Marianne*, 1731-1742 : la rencontre avec Valville (Deuxième partie, de « Parmi les jeunes gens dont j'attirais les regards » à « ce fut où il voulut qu'on me transportât »).
  - Denis Diderot, *La Religieuse*, 1796 : la scène du refus des vœux (de « On avait tout disposé dès la veille » à « on m'enferma sous la clef »).
  - Émile Zola, *Nana*, 1880 : le portrait de Nana (chapitre VII, de « Et, lâchant la chemise » à « avec le frémissement continu d'une almée dansant la danse du ventre »).
  - Marie Ndiaye, *Trois Femmes puissantes*, 2005 : excipit de la troisième histoire « Khady » (de « Ils s'ébranlèrent à la nuit, des dizaines » à « elle était cet oiseau et cet oiseau le savait »).
- **Textes et documents complémentaires**
  - Mise en perspective générique.
    - Henri Coulet, *Le Roman jusqu'à la Révolution* (1967-1968).
    - Mona Ozouf, *Les Aveux du Roman. Le XIXe siècle entre Ancien Régime et Révolution* (2001).
  - Roman et moralité.
    - Comparaison entre des extraits du *Dialogue des héros de roman* (Nicolas Boileau, 1668) et le *Traité de l'origine des romans* (Pierre-Daniel Huet, 1670).
    - Comparaison d'extraits de textes de Jean-Jacques Rousseau (*La Nouvelle Héloïse*, 1761 et *L'Émile ou De l'éducation*, 1762).
    - Denis Diderot, *Éloge de Richardson*, 1761.
    - Donatien Alphonse François de Sade, *Justine ou Les Malheurs de la vertu*, Préface, (1791).
    - Réquisitoire d'Ernest Pinard contre Gustave Flaubert lors du procès de *Madame Bovary* (1857).
  - Adapter *Manon Lescaut.*
    - Comparaison d'extraits de mises en scène des opéras *Manon Lescaut* (Puccini, 1893) et *Le Portrait de Manon Lescaut* (Massenet, 1884).

  - Comparaison d'extraits de trois adaptations cinématographiques de *Manon Lescaut* :
    - Henri-Georges Clouzot, *Manon*, 1949.
    - Jean Aurel, *Manon 70*, 1968.
    - Gabriel Aghion, *Manon Lescaut*, 2013.
- **Lectures cursives : personnages marginaux ou antihéros ?**
  - Paul Scarron, *Le Roman comique* (1651-1657).
  - Piotr Dostoïevski, *Les Carnets du sous-sol* (1864).
  - Louis-Ferdinand Céline, *Voyage au bout de la nuit* (1932).

Balzac,
La Peau de chagrin

> « *Peut-on vivre longtemps en dévorant ainsi sa vie à toute heure ?* »
>
> Balzac, *Louis Lambert*, 1832

L'édition de référence pour notre étude est la suivante : Balzac, *La Peau de chagrin*, présentation par Nadine Satiat, GF Flammarion (2013).

1. L'œuvre et ses contextes

1.1 « LA VIE DE BALZAC ? UN PERMANENT FOYER DE CRÉATION, UN PERPÉTUEL, UN UNIVERSEL DÉSIR, UNE LUTTE EFFROYABLE[1] »

ENFANCE ET FORMATION : UN GÉNIE IGNORÉ, JAMAIS ENCOURAGÉ	
20 mai 1799	Naissance à Tours de l'aîné des quatre enfants Balzac. Une grande complicité le liera à sa sœur Laure, qui publiera sa biographie en 1858.
1807-1816	Pensionnaire. Élève médiocre réputé paresseux, sans cesse puni ; il dévore en cachette une grande partie de la bibliothèque au collège de Vendôme. Le ***Traité de la Volonté***, sa première œuvre, est brûlé par un professeur.
1816-1819	Études de droit, leçons particulières et cours à la Sorbonne. En parallèle, travail comme clerc de notaire chez un avoué, amateur de littérature. Destiné au métier de notaire, il s'éprend de philosophie et affirme une vocation littéraire.
LES DÉBUTS DIFFICILES D'UN JEUNE AUTEUR EN QUÊTE DE GLOIRE ET DE FORTUNE	
1819	Balzac expose à sa famille son **projet de gloire littéraire** et refuse une place de clerc de notaire. Sa famille lui accorde deux ans pour faire ses preuves à Paris. Doté d'une maigre pension, logé dans une **mansarde** meublée d'un lit, d'une table et de quelques chaises, il dit économiser pour acheter un piano. Il mange de la « vache enragée » et « meurt de faim[2] » ; il **travaille avec opiniâtreté** à lire les philosophes et à ébaucher romans, comédies, opéras-comiques, tragédies.

1. Mirbeau, *La Mort de Balzac*, 1989.
2. Balzac, *Correspondance*, Lettre à Laure de Surville d'octobre 1819.

ENFANCE ET FORMATION : UN GÉNIE IGNORÉ, JAMAIS ENCOURAGÉ	
1821	Première déception avec sa tragédie *Cromwell*. On le dissuade de poursuivre en littérature, mais il s'oriente vers le roman, dans la veine de Walter Scott.
1822-1827	Romans alimentaires sous pseudonymes, « cochonneries littéraires » selon lui.
1825-1828	Son entreprise d'édition, d'imprimerie et de fonderie de caractères fait faillite. Balzac ne parviendra jamais à s'acquitter de ses immenses **dettes**, et tout le reste de sa vie est marqué par la quête désespérée d'une fortune. Obligé de fuir ses créanciers, il sera contraint de changer plusieurs fois de domicile, utilisant des noms d'emprunt et même des mots de passe, ce qui ne l'empêchera pas de vivre en dandy et de décorer avec faste ses différentes demeures.
DES PREMIERS SUCCÈS À *LA COMÉDIE HUMAINE*	
1829	***Le Dernier Chouan*** : tournant dans sa carrière avec ce premier roman signé Balzac. ***Physiologie du mariage*** (sous anonymat) : succès empreint de scandale. Cette nouvelle notoriété, sans résoudre ses problèmes financiers, fait de lui un homme à la mode, qui fréquente les salons.
1830	Intense **activité journalistique**, jugée plus rentable : contributions de natures diverses, et insertion en prépublication de contes ou nouvelles. Début de structuration de son œuvre avec l'édition des ***Scènes de la vie privée***.
1831	***La Peau de chagrin*** : premier grand et véritable succès. La production de Balzac acquiert un rythme intensif : véritable **galérien littéraire**, il travaille parfois plus de quinze heures par jour, sur plusieurs livres à la fois, à grand renfort de café, dans sa fameuse robe de chambre.
1832	Première lettre de « L'Étrangère », la Comtesse Hanska, admiratrice ukrainienne. Début d'une longue correspondance.
1833	***Eugénie Grandet***. Rencontre de Mme Hanska, échange d'une promesse de mariage.
1834	***Le Père Goriot*** : naissance du monde balzacien avec le procédé des **personnages reparaissants**. Présentation du plan de ***La Comédie humaine***, qui évoluera au gré des retouches maniaques de l'auteur.
PRODUCTION LITTÉRAIRE ACHARNÉE, NOUVEAUX REVERS ET ÉPUISEMENT	
1835	Achat de la royaliste *Chronique de Paris* : succès au départ, mais liquidation en 1836.
1835-1837	***Le Lys dans la vallée*, *Illusions perdues*, *César Birotteau***.
1838	Fondation avec Hugo, Dumas et George Sand de la **Société des Gens de Lettres**. Échec du projet d'exploitation de mines d'argent en Sardaigne. Achat du domaine des Jardies à Ville-d'Avray, nouveau gouffre financier.
1839	Nouvelle entreprise journalistique avec *La Revue parisienne*, nouvelle faillite. Nouvel essai pour le théâtre : refus de *L'École des ménages*.
1840	*Vautrin*, joué à la Porte-Saint-Martin, interdit à la 3e représentation. *Mercadet* ne sera jamais joué, Balzac refusant les corrections demandées.

ENFANCE ET FORMATION : UN GÉNIE IGNORÉ, JAMAIS ENCOURAGÉ	
1841	Contrat éditorial pour la première publication de ***La Comédie humaine***. 16 volumes publiés de 1842 à 1846, avec « **Avant-propos** » de l'auteur.
1842	Mort du Comte Hanski. Le mariage devient une idée fixe chez Balzac, qui achète et aménage luxueusement une maison rue Fortunée ; Mme Hanska se montre plus réticente, avec de sérieuses objections sur la fidélité et l'endettement de Balzac.
1844-1847	***Splendeurs et misères des courtisanes. La Cousine Bette. Le Cousin Pons.***
1848	Balzac critique la révolution. Drame *La Marâtre*, éclipsé par la situation politique.
1850	**Mariage** avec la Comtesse Hanska. Balzac est alors très **malade** : il souffre d'insuffisance cardiaque, conséquence de son travail acharné et de ses excès de café. **Mort prématurée** à Paris le 18 août, à 51 ans. Enterrement au Père-Lachaise. Victor Hugo prononce une vibrante oraison funèbre.

1.2 LES CONTEXTES POLITIQUES ET LITTÉRAIRES

1.2.1 Le siècle des révolutions

1789	**Révolution française**. Abolition des privilèges au nom de la liberté et de l'égalité.
1792	**Première République**, qui connaîtra deux années de **Terreur** (1793-1794).
1799	Coup d'état du 18 brumaire : **Napoléon Bonaparte** devient **premier consul**.
1804	**Napoléon Ier** empereur : un destin hors norme, incarnation de l'énergie et de la volonté.
1815	Défaite de Waterloo. **Restauration** : Louis XVIII puis Charles IX.
1830	Révolution des Trois Glorieuses et instauration de la **monarchie de Juillet**, monarchie constitutionnelle : Louis-Philippe d'Orléans succède aux Bourbons.
1848	Révolution et proclamation de la **deuxième République**.

La Révolution française, ouvrant la voie à de nouvelles expérimentations politiques, fait de la France un véritable laboratoire institutionnel où républicains, monarchistes et bonapartistes s'affrontent pour tenter d'imposer leur modèle. L'ordre social de l'Ancien Régime ayant été balayé, on assiste à l'essor de la bourgeoisie, dévorée d'ambitions, et à la montée de l'industrie et du capitalisme. Balzac, libéral à ses débuts, affirme sous la monarchie de Juillet des opinions légitimistes, appelant de ses vœux un régime stable et fort. Il dénonce le **règne de l'argent et de l'individualisme,** dressant une peinture impitoyable des **appétits bourgeois** ; il représente une **jeunesse désenchantée** au milieu de cette société jugée moribonde, construite sur les ruines de la Révolution et de l'Empire.

1.2.2 Balzac et la littérature de son temps

Balzac, auteur romantique ?

ROMANTISME	Mouvement culturel européen – première moitié du XIXe en France.
Il rejette :	• Les normes classiques et le modèle antique gréco-romain. • Le rationalisme des Lumières.
Thèmes majeurs	Le moi, les sensations, les sentiments, les passions, la solitude. La nature. L'imagination, le rêve, l'étrange. Le sublime, la démesure. La lutte, la révolte. Le mal du siècle, le désenchantement consécutif à l'échec de la Révolution.
Sources d'inspiration	Le médiéval (Scott), l'orientalisme, le fantastique (Lord Byron, Hoffmann).
Auteurs majeurs	Chateaubriand, Lamartine, Hugo, Vigny, Sand, Gautier, Musset, Dumas…

Balzac appartient à la **génération romantique**, et entretient des liens d'amitié avec plusieurs de ses représentants : Hugo, Gautier, George Sand… Comme Vigny, Lamartine et Hugo, il aspire à accéder au statut de « **penseur** ».

Il n'a néanmoins jamais été membre de l'école romantique, et ses rapports avec elle sont très ambigus. En 1830, il se montre très critique dans la presse envers le drame *Hernani* d'Hugo, qu'il accuse d'« invraisemblances ». De même, la préface de Félix Davin à ses *Études de mœurs au XIXe siècle* (1835) reproche à ses contemporains l'**exagération** et l'**idéalisme** d'un romantisme conventionnel. Dans la préface de *La Peau de chagrin* (1831), il prône ainsi un retour à la « littérature franche de nos ancêtres », tout en proposant une **œuvre romantique** par son fantastique oriental et par son personnage principal : Raphaël de Valentin, génie méconnu et mélancolique, amoureux désespéré prêt au suicide, s'adonnant aux excès de la débauche, menant une lutte acharnée et vaine contre l'amenuisement de sa peau de chagrin.

Balzac, précurseur du réalisme ?

RÉALISME	« Réalisme » : néologisme péjoratif inventé par la critique artistique et littéraire ; il s'impose au milieu du XIXe avec la polémique autour des peintures de Courbet jugées laides, triviales et ignobles. Mouvement théorisé dans un second temps. 1857 : Champfleury, *Le Réalisme*.
Objectif	Exprimer la réalité sans aucune forme d'idéalisation.
Sujets majeurs	La vie ordinaire, les milieux populaires, paysans et ouvriers.
Auteurs majeurs	Flaubert, frères Goncourt. Prolongement naturaliste : Zola, groupe de Médan.

Le mouvement réaliste se constitue juste après la mort de Balzac, qui est alors érigé avec Stendhal au statut de **pionnier**. Balzac fait en effet du « talent d'**observer** » l'une des deux composantes de l'art littéraire, avec l'expression – art de « donner une forme vivante à [ses] pensées[1] ». Procédant avec une approche sociologique, psychologique, historique voire anthropologique, attentif aux détails matériels et friand de descriptions, il se présente comme un simple « secrétaire » dressant un « inventaire[2] », un « **peintre exact des mœurs** [...] copiant son temps[3] ». Ses personnages semblent **de chair et d'os,** ils ont un physique précis, une manière propre de s'habiller, manger, marcher, dormir.

Pour autant, il ne s'agit pas pour Balzac de copier servilement la réalité. L'auteur de génie « est obligé d'avoir en lui je ne sais quel miroir concentrique où, suivant sa fantaisie, l'univers vient se réfléchir » ; c'est-à-dire une « sorte de seconde vue qui [...] permet de deviner la vérité dans toutes les situations possibles[4] » ; l'intuition peut donc suppléer à l'expérience vécue. On est loin des enquêtes documentaires d'un Zola ! Balzac sera ainsi décrit comme un « **voyant** » (Gautier), « un **visionnaire passionné** » (Baudelaire). L'objectif est la **vérité**, qui s'atteint non par la copie mais par la **création**.

1.3 UN ROMAN CHARNIÈRE DANS LA CARRIÈRE ET DANS L'ŒUVRE DE BALZAC

1.3.1 Le premier grand succès

En 1831, Honoré Balzac est déjà connu pour *Le Dernier Chouan* et *La Physiologie du mariage*. Son passage par le **journalisme** en 1830 l'a poussé à s'intéresser à l'actualité ; il abandonne alors son projet « walter-scotté » d'une histoire de France pour se concentrer sur la **période contemporaine**. Il utilise habilement la presse pour faire la **publicité** de son roman à venir. Deux extraits sortiront ainsi en prépublication dès mai 1831 : *Une Débauche* dans *La Revue des Deux Mondes,* puis *Le Suicide d'un poète* dans *La Revue de Paris.* Mme Récamier lui demande une lecture dans son salon. Lors de sa parution, *La Peau de chagrin* – signée Honoré *de* Balzac, avec ajout de la particule ! – remporte un **immense succès** auprès du public ; le roman connaîtra plusieurs rééditions.

---

ace de *La Peau de* chagrin, 1831.
ant-propos » de *La Comédie humaine*, 1842.
ace d'*Une Ténébreuse Affaire*, 1843.
ace de *La Peau de chagrin*, 1831.

1.3.2 La première des *Études philosophiques*

Progressivement, Balzac structure son œuvre en un vaste projet englobant, qui deviendra ***La Comédie humaine*** : une immense fresque qui ambitionne de dresser « **l'histoire oubliée par tant d'historiens, celle des mœurs**[1] », avec 91 romans achevés – 50 autres resteront à l'état d'ébauche ou de projet – en moins de vingt ans. *La Comédie humaine* trouve son unité dans une structure d'ensemble en triptyque : d'abord ***Les Études de mœurs***, de loin les plus nombreuses, visant à peindre tous les aspects de la société française à travers des « types individualisés » dans divers milieux, puis ***Les Études philosophiques***, cherchant à expliquer les causes des comportements sociaux, et enfin ***Les Études analytiques***, exposant les principes. Cette unité extérieure est complétée par une **unité organique** : le va-et-vient des personnages (plus de 2000) d'un roman à l'autre crée en effet un véritable microcosme, une société miniature. Au sein de cet ensemble, ***La Peau de chagrin*** acquiert une place tout à fait particulière en ouvrant les *Études philosophiques*, ainsi reliées aux *Études de mœurs* « par l'anneau d'une fantaisie presque orientale où la Vie elle-même est peinte aux prises avec le **Désir, principe de toute Passion**[2]. »

2. L'œuvre en examen

2.1 TITRE, PROTAGONISTE ET STRUCTURE DU ROMAN

2.1.1 Le titre

Rendu célèbre par son passage dans la langue courante, le titre du roman peut néanmoins paraître énigmatique au premier abord. Il est expliqué par le naturaliste Lavrille (p. 332) : « chagrin » provient ici du turc *sagri*, qui désigne la croupe de l'onagre. Le titre fait de ce cuir oriental, auquel on attribue des propriétés magiques, un personnage central du roman. C'est grâce à la Peau que Raphaël prend conscience des répercussions du désir sur son espérance de vie, et agit en conséquence, avec radicalité.

La polysémie du mot « chagrin » permet par ailleurs d'annoncer les thèmes majeurs du désenchantement et de la souffrance, de même que la « peau » évoque la lutte menée par Raphaël pour sauver sa peau.

1. Balzac, « Avant-propos » de *La Comédie humaine*, 1842.
2. *Ibid.*

2.1.2 Un héros au nom programmatique

Balzac nous plonge *in medias res* dans le Paris contemporain, au côté d'un jeune homme anonyme, désespéré, incarnation de toute sa génération. Le lecteur est d'emblée saisi par une double interrogation : qui est-il, et qu'a-t-il vécu pour en arriver là ?

C'est au détour de la conversation qu'on découvre le nom du héros : Raphaël de Valentin. Comme le Raphaël biblique c'est un ange, mais « sans rayons » (p. 74) ; comme le peintre italien c'est un génie, mais qui ne parviendra pas à déployer son talent. Valentin annonce un cœur amoureux, mais aussi un homme voué au martyre.

2.1.3 Un roman tripartite

I. Le Talisman	II. La femme sans cœur	III. L'Agonie
• Le tripot et la flânerie du jeune suicidaire • Le magasin d'antiquités et le pacte • L'orgie chez Taillefer	• Une jeunesse bridée • Une réclusion studieuse • Raphaël amoureux de Fœdora • Raphaël viveur • L'héritage	• Le millionnaire reclus • Un bonheur fugace avec Pauline • La cure • L'issue fatale

S'ouvrant sur le désir de mort dans la première partie, le roman se referme sur la mort effective dans la troisième. La partie centrale introduit une variation dans la narration : Raphaël devient le narrateur d'un récit enchâssé à la première personne, dans lequel Balzac a mis beaucoup de lui-même. L'analepse et la focalisation interne permettent d'éclairer les raisons de son désespoir. S'ensuit en effet le récit d'échecs successifs : économique et familial, intellectuel et amoureux.

Paradoxalement, c'est en acquérant la capacité à réaliser tous ses désirs qu'il plonge dans le pire des cauchemars. La dernière partie offre ainsi une étonnante étude de caractère présentant un héros pas si héroïque, fort égoïste et prêt à renoncer à tout pour repousser l'heure de sa mort.

2.2 UN ROMAN PHILOSOPHIQUE POUR PENSER LA QUESTION DE L'ÉNERGIE VITALE

2.2.1 Le roman, outil de compréhension du monde

Balzac, dans la lignée de Walter Scott, fait du roman un outil de quête de vérité et de compréhension du monde, chargé d'une « **valeur philosophique**[1] ». Son ambition est colossale, encyclopédique : il s'agit de faire l'expérience de la complexité essentielle de l'humain, de percer les secrets de la nature, de dévoiler les rouages et le sens profond de la société, de rendre compte de la totalité du monde et de tous les possibles, afin d'en dégager l'unité. Loin d'être un simple « conteur », il se veut « **penseur** » de la vie sociale et déplore que certains lecteurs ne voient dans la *Peau de chagrin* qu'un divertissement, sans en comprendre la portée[2].

Le récit sert ainsi de support à la réflexion, qui remonte des effets aux causes. Dès l'incipit du roman, le lecteur est convié à prendre part à cette expérience, interpellé par le narrateur à propos du chapeau, réclamé à l'entrée du tripot (p. 67). Cette incursion du commentaire dans le récit permet déjà de présenter des thèmes majeurs du roman : le pacte diabolique, l'argent, la comédie sociale, la passion, la mort. Le lecteur est ainsi invité à analyser attentivement chaque détail, potentiellement porteur de sens, qu'il soit accompagné ou non d'une digression. Balzac va même jusqu'à mettre en scène son lecteur en utilisant la deuxième personne : le lecteur est invité à vivre de l'intérieur le récit, à se l'approprier pour en faire le lieu d'un **apprentissage**. La fiction est ainsi conçue comme un vaste **champ d'expérimentation**, où les personnages essaient pour nous une multiplicité de voies possibles.

Les *Études philosophiques,* variation autour du thème de l'énergie et de la pensée qui tue, en proposent de multiples facettes en jouant sur les paramètres qui font varier les situations. Cette démultiplication de l'expérience est à l'œuvre au sein même de *La Peau de chagrin* : le lecteur « se promène à l'intérieur du cerveau éprouvette de Raphaël[3] », et découvre la diversité des choix de vie opérés par les autres personnages. Raphaël lui-même fait cette expérience dans le magasin de curiosités, où il « se personnifi[e] » (p. 90) et s'empare « de toutes les formules d'existence » (p. 91) suggérées par les objets qui défilent sous ses yeux.

1. *Ibid.*
2. Balzac, *Correspondance*, Lettre à Mme Hanska du 20 janvier 1838 : « Il y a encore des gens qui s'obstinent à voir un roman dans *La Peau de chagrin* ; mais chaque jour aussi les gens sérieux et les appréciateurs de cette composition gagnent du terrain. »
3. Brigitte Méra, « Le roman philosophique balzacien et la passion de l'absolu », *L'Année balzacienne*, 1, n° 7, 2006.

2.2.2 Supériorité du roman sur la science

Balzac prétend appliquer à l'humanité la **démarche scientifique** de Geoffroy Saint-Hilaire et de Cuvier[1] ; il se veut poète scientifique, de même que dans un vibrant éloge il fait de Cuvier un scientifique poète (p. 94-96). Dans *La Peau de chagrin*, dédiée à Félix Savary, mathématicien et astronome membre de l'Académie des sciences, la science est pourtant mise en échec à deux reprises. Lorsque Raphaël consulte les plus grands savants au sujet de la Peau, le zoologiste ne lui apprend rien, le physicien comme le chimiste échouent à la détendre comme à la détruire ; et lorsqu'il s'en remet à la médecine, aucune des analyses discordantes des trois éminents docteurs, imbus de leurs théories, n'est pleinement satisfaisante. La **science est impuissante, lacunaire**, incapable de saisir la profondeur du concept d'énergie vitale incarné par la Peau, et donc d'expliquer le fonctionnement de la vie[2]. Le roman, avec son immense liberté, son pouvoir de captation et sa puissance de séduction, prétend surpasser la science par ses **capacités supérieures de révélation et d'intellection.**

2.2.3 Allégorie et magie au service du réalisme et de la réflexion

Balzac n'hésite pas à recourir à des procédés littéraires pour atteindre la vérité. Le récit est ainsi chargé d'une portée allégorique : Fœdora représente la société (p. 405), la Peau est l'**allégorie du capital d'énergie vitale** de Raphaël. Pour Balzac, « *La Peau de chagrin* devait formuler le siècle actuel, notre vie, notre égoïsme[3]. »

L'auteur convoque également le **registre fantastique**, à travers l'objet magique qu'est la Peau – talisman exauçant les désirs, tantôt souple tantôt rigide, indestructible mais qui se rétracte inexorablement – ou encore dans la description du magasin d'antiquités. Mais cette Peau extraordinaire contribue paradoxalement au **réalisme** de la peinture de l'homme ordinaire en mettant en lumière l'action destructrice du désir : elle agit comme un **miroir** plus qu'elle ne détermine le destin de Raphaël ; on pourrait d'ailleurs considérer que ses désirs ne se réalisent que par le fait de simples coïncidences. Balzac joue avec les codes du genre, s'intéresse peu aux thèmes de la peur, du mystère ou du doute qui caractérisent le fantastique, mais les fait ressurgir dans la banalité de la vie quotidienne[4]. Le fantastique permet ainsi de tirer le lecteur hors du confort que procure la reconnaissance d'un monde familier et normal : en le déstabilisant, il le pousse à engager une réflexion sur les ambiguïtés et le sens profond

1. Balzac, « Avant-propos » de *La Comédie* humaine, 1842.
2. Cette insuffisance de la science pousse Balzac à s'intéresser à l'illuminisme (Swedenborg, Saint-Martin), qui associe science, métaphysique et mysticisme.
3. Balzac, *Correspondance*, Lettre à Mme La duchesse de Castries du 5 octobre 1831.
4. Par exemple lorsque Raphaël entend « avec surprise quelques pièces retentir d'une manière véritablement fantastique au fond de sa poche. » (p. 80).

de la société, de l'humanité. C'est la société parisienne elle-même qui se révèle alors monstrueuse et fantastique : une maison de jeu devient la sanglante place de Grève, une orgie se transforme en champ de bataille.

L'invraisemblable, l'imagination, tout en participant du plaisir de la lecture, sont donc légitimés au nom de la **vérité** : ils permettent à la raison d'accéder à l'invisible, à ce qui la dépasse. C'est ce qui permet à Philarète Chasles d'écrire : « ce livre a tout l'intérêt d'un conte arabe, où la féerie et le scepticisme se donnent la main, où des **observations réelles et pleines de finesse** sont enfermées dans un **cercle de magie**[1] » (p. 427).

2.3 QUAND L'ÉNERGIE NOUS DÉTRUIT : LA PENSÉE QUI TUE

2.3.1 L'énergie selon Balzac : cette force vitale qui se consume

La question de l'énergie est centrale dans l'œuvre et la pensée de Balzac, qui s'intéresse aux phénomènes du magnétisme, de l'électricité, de la thermodynamique, ainsi qu'à des théories telles que le mesmérisme et l'illuminisme. Par énergie, Balzac désigne la **force vitale** ; c'est pour lui un fluide matériel, comparable à la lumière, à l'électricité ou à la vapeur, qui se projette en mouvement : mouvement de la pensée et mouvement du corps.

Dans la *Physiologie du mariage*, il explique que : « l'homme a une somme donnée d'énergie. [...] Cette force est unique, et bien qu'elle se résolve en désirs, en passions, en labeurs d'intelligence ou en travaux corporels, elle accourt là où l'homme l'appelle. » Selon l'auteur, l'énergie vitale, donnée en **quantité limitée**, n'est pas renouvelable ; ce capital d'énergie, qui permet d'agir sur le monde et les êtres et que symbolise la Peau, s'appauvrit au fur et à mesure qu'on le consomme : ainsi « **la vie décroît en raison directe de la puissance des désirs ou de la dissipation des idées**[2] » et la mort survient lorsque toute l'énergie est épuisée ; aussi Raphaël meurt-il lorsque sa Peau est réduite à néant, conformément à l'avertissement de l'antiquaire au moment du pacte (p. 113). L'inscription inscrite dans le cuir, formant une pointe tournée vers le bas, imite l'inéluctable amenuisement de l'énergie, et l'inexorable approche de la mort.

Les images de la **consomption**, du **bouillonnement** et du **feu intérieur** sont récurrentes pour exprimer ce processus : Raphaël dit par exemple sentir « dans [sa] poitrine un foyer qui [le] brûle » (p. 348), et souffre d'après le médecin d'Aix d'une

1. Philarète Chasles, *op. cit.* Les multiples références aux « fées », au diable, les échos à divers contes (*Ali Baba et les quarante voleurs, Aladin ou la Lampe merveilleuse, Peau d'Âne, Cendrillon*...) sont autant d'éléments constitutifs de ce « cercle de magie ».
2. Félix Davin, Introduction aux *Études philosophiques*, 1835.

« combustion déjà trop rapide » (p. 370). La phtisie incarne cette progression de la mort à l'œuvre dans un corps rongé de l'intérieur. On remarquera que le seul souhait de Raphaël qui ne se réalise pas est celui de l'éternité : « Il désira vivre toujours » (p. 351).

2.3.2 Une énergie vivifiante et fatale

Selon Balzac, **l'humanité est faite de pensées, de passions et de désirs**[1], qui témoignent de la quête d'absolu des hommes. Ces manifestations de l'énergie vitale peuvent conférer à l'homme une puissance inégalée qui lui permet de **dépasser ses limites**, d'accomplir l'impossible; c'est ce que Raphaël explique à Fœdora quand il compare la volonté à la vapeur (p. 207). Mais la pensée est aussi une **puissance désorganisatrice et ravageuse** : une idée peut traverser une « âme comme l'acier d'un poignard perce une poitrine » (p. 321); le père de Raphaël, par exemple, meurt d'une idée : celle d'avoir ruiné son fils adoré (p. 176). Les génies balzaciens, ces personnages débordant d'énergie, sont généralement voués à l'échec, à la folie et à la mort. Raphaël ne fait pas exception : incapable de canaliser son énergie et d'utiliser avec sagesse sa Peau, Raphaël passe d'un excès de dépense à un excès d'économie; il succombe dans un ultime élan de désir, foudroyé comme sous l'action de « terribles poisons » (p. 94). Balzac lui-même, véritable forçat littéraire, se condamne à une mort prématurée par son mode de vie excessif[2].

2.3.3 « Tous les excès sont frères » (p. 269)

Le jeu (p. 67-73)	
Plaisir	• « Bouillonnants plaisirs de la vie des joueurs » (p. 68). • « Une des plus terribles joies de ma vie » (p. 170).
Souffrance	« Angoisses inexprimables », « condamné [marchant] au supplice » (p. 171-172).
Le tripot, lieu de mort (p. 67-73)	• **Enfer** gardé par un « triste Cerbère », peuplé de « démons humains ». • **Morts-vivants** : « visages de plâtre, impassibles », « cœurs qui depuis longtemps avaient désappris de palpiter »; « teint olivâtre »; « cœurs glacés » • Lieu de **mise à mort** : place de Grève; « arène » qui procure le « plaisir de voir couler le sang à flots sans que les pieds du parterre risquent d'y glisser. »

1. « La vie est dans la passion » (*Physiologie du mariage*, 1829); « la passion est toute l'humanité » (« Avant-propos » de *La Comédie Humaine*, 1842).
2. Il écrit dans une lettre de mai 1834 : « Ma vie gagne le cerveau, la forme s'épaissit par l'inactivité du corps. Le siège principal de la combustion est en haut. La sobriété, l'abstinence des vrais moines maintient encore l'équilibre, mais le moindre excès le détruirait. [...] Ce sera curieux de voir mourir jeune l'auteur de *La Peau de chagrin*. »

Le « système dissipationnel » : débauche et orgie	
Plaisir	• **Hédonisme** : « faire de mon existence une longue partie de plaisir » (Euphrasie, p. 159) ; « tourbillon de plaisirs creux et réels tout à la fois » (Raphaël, p. 267). • Libération du corps qui « s'abandonne aux joies délirantes de la liberté. » (p. 149). • Références à **Rabelais**, qui célèbre le corps et la joie de vivre : « joyeuse vie à la Panurge » (p. 119), « fameux *tronçon de chiere lie* » (p. 128), « *Trinc* » (p. 148). • Exemple du **festin de Taillefer** : luxe éclatant, mets raffinés, plaisir des sens (vue, goût, odorat, sexe) ; « jouissances excessives du festin », sérail offrant des « séductions pour tous les yeux, des voluptés pour tous les caprices » (p. 150).
Magie	« Féerie digne d'un conte oriental » (p. 146) ; « fantasmagories » de l'ivresse, « torpeurs enchanteresses », « sphère où tout est merveilleux » (p. 270-271).
Intensité	• « Nous vivons plus en un jour qu'une bonne bourgeoise en dix ans » (p. 159). • Raphaël : « J'aurai du moins épuisé, connu, dévoré mille existences » (p. 128) ; « perpétuelle étreinte de toute la vie » (p. 270) ; « l'existence bouillonne et fuit comme un torrent. » (p. 271).
Fécondité	« Vous avez des heures ravissantes comme les caprices d'une jeune fille, des causeries délicieuses avec des amis, des mots qui peignent toute une vie, des joies franches et sans arrière-pensée, des voyages sans fatigue, des poèmes déroulés en quelques phrases. » (p. 271).
Un art pour l'homme d'exception	• **Art** réservé aux âmes fortes : « besoin d'opposer de violentes distractions à [une] existence si fort en dehors de la vie commune. » (p. 269). • **Lutte** contre un « monstre admirable », « duel » (p. 270).
Dépense et excès	• **Rejet de toute épargne** : « Donnez-moi des millions, je les mangerai ; je ne voudrais pas garder un centime pour l'année prochaine. » (Euphrasie, p. 158) ; « vie d'un homme occupé à manger sa fortune » (Rastignac, p. 201). Endettement de Raphaël. • **Excès usants** : « excès du plaisir » (p. 268) ; « user l'existence par le plaisir » (p. 263).
Brièveté	• « Autant rester libres, aimer ceux qui nous plaisent et mourir jeunes. » (p. 159). • « Je mettais de l'amour-propre à me tuer promptement » (p. 268).
La belle mort ?	• Rastignac : « L'intempérance, mon cher ! est la reine de toutes les morts » : mieux vaut l'apoplexie que le pistolet, l'orgie que l'opium, l'ivresse que la noyade (p. 263). • Euphrasie : « J'aime mieux mourir de plaisir que de maladie. » (p. 158).
Avilissement	• **Corps malmené** : « Ils ne peuvent pas seulement se mettre debout » ; nausées et vomissement : « prends garde à ton habit, ton voisin pâlit » (p. 144). • **Régression intellectuelle et morale** : caricature du discours philosophique, moral, religieux et politique ; interruptions intempestives, insultes, provocations, grossièreté (p. 132-145). • **Vice**, notamment incarné par Aquilina et Euphrasie. • **Bestialité** : « Les ressemblances animales inscrites sur les figures humaines [...] reparaissaient vaguement dans les gestes, dans les habitudes du corps » (p. 146) ; « brutale satisfaction de la bête » (p. 271).

La mort dans toute sa laideur ?	• Perspective d'avenir : l'hôpital (Aquilina p. 157). • Débauche qui apparaît à Raphaël « dans toute la majesté de son horreur » (p. 268) ; « hideux spectacle » du réveil (p. 282). • **Guerre et dévastation** : « image d'un champ de bataille » (p. 160) ; « débris de tous les trésors intellectuels », « si cruel pillage » (p. 162) ; « tout avait été dévasté, ravagé par le feu des passions » (p. 283). • **Maladie** et **mort** : « jonchés de morts et de mourants » (p. 160) ; visages cadavériques des convives au réveil, « squelette du mal » (p. 282). Allégorie de « la Mort souriant au milieu d'une famille pestiférée », « miasmes d'une orgie » (p. 283). • **Enfer** : « teinte infernale » (p. 160) ; « scène infernale », « rire satanique » de Taillefer (p. 283).
Désir et passion amoureuse	
Raphaël, être de désir	• Cœur « gonflé de désirs » (p. 169) : ambition, quête de l'amour, de la fortune et de la gloire. Importance du rêve et des fantasmes. • Fœdora : « symbole de tous [ses] désirs », « thème de [sa] vie » (p. 202).
Force	« Énergie qui ne s'effrayait ni des sacrifices, ni des tortures » (p. 178).
Intensité	« Pendant la nuit je ne dormis pas, je devins son amant, je fis tenir en peu d'heures une vie entière, une vie d'amour » (p. 203).
Désordre	• « Il suffit à un jeune homme de rencontrer une femme qui ne l'aime pas, ou une femme qui l'aime trop, pour que toute sa vie soit dérangée. » (p. 264). • Métaphores de l'incendie (p. 192), de l'orage : « ouragans » (p. 77), « océan qui battait tempétueusement dans mon cœur » (p. 179). • Agressivité qui se substitue à la fraternité (p. 216).
Souffrance	• **Inquiétudes** très prosaïques : chapeau déformé par la pluie, éclaboussures, habits mouillés ou tachés, bottes crottées… « Ma passion s'était augmentée de tous ces petits supplices inconnus, immenses chez un homme irritable. » (p. 221). • **Frustration** et **castration** dues aux obstacles à la réalisation du désir : inexpérience, autorité paternelle, résistance de Fœdora. • **Aliénation** : « ma passion grandit, je ne fus plus maître de moi » (p. 212). • **Torture** : « souffrances inouïes » (p. 103), « tortures que je souffrais » (p. 245).
Destruction et mort	• La mise en échec du désir, facteur d'**autodestruction** : « impuissante énergie qui se dévorait elle-même » ; alternative « Fœdora ou la mort ! » (p. 211). • **Désir mortifère** : « lutte affreuse » (p. 238), « passion fatale qui me tuera » (p. 245) ; « Fœdora me tue, je veux mourir. La vie m'est insupportable. » (p. 261).

2.4 ÉCONOMISER SON ÉNERGIE : LA VOIE DE LA SAGESSE ?

2.4.1 L'antiquaire, un modèle problématique[1]

Ne pas gaspiller ses forces en excès pour ménager sa longévité, tel est le programme que s'est fixé l'antiquaire, directement inspiré du propre père de Balzac, Bernard-François, esprit original obnubilé par la santé et « l'équilibre des forces vitales[2] ».

La doctrine de l'antiquaire (p. 109-111)	
Les trois facultés[3]	• **Vouloir** : désir et passions ; associé au **cœur**. • **Pouvoir** : mouvement, moyen de réaliser ses désirs, jouissance des **sens**. • **Savoir**, associé au **cerveau**.
Le constat	• « Deux causes de mort » : « **Vouloir nous brûle et Pouvoir nous détruit** ». • Fragilité du cœur et des sens, infaillibilité du cerveau.
La solution	• **Sacrifice du Vouloir** : tout dédaigner, tout attendre, seule ambition : voir. • **Sacrifice du Pouvoir** : rejet de l'excès, limitation au « jeu naturel [des] organes ». • **Au profit du Savoir** : contemplation, mémoire, rêverie, imagination.
Bénéfices énoncés par l'antiquaire	• **Ataraxie** : « perpétuel état de calme ». • **Longévité** : robuste vieillard de cent deux ans, santé physique et mentale. • **Bonheur** : « jouissances intellectuelles », « mille voluptés idéales dépouillées de souillures terrestres », « plaisir de tout embrasser, de tout voir ». • **Liberté** : savant affranchi vis-à-vis du temps et de l'espace.
Un modèle remis en question	
Le prix à payer (p. 100)	• **Solitude** et **absence de plaisir** (selon le narrateur) : « ce vieux génie habitait une sphère étrangère au monde où il vivait seul, sans jouissances, parce qu'il n'avait plus d'illusion, sans douleur, parce qu'il ne connaissait plus de plaisirs. »
Un portrait inquiétant qui pousse à la méfiance (p. 98-100)	• **Corps ascétique** qui dit le renoncement au plaisir : « petit vieillard sec et maigre », « visage étroit et pâle », « bras décharné », « large front ridé », « joues blêmes et creuses ». • **Mort-vivant** : « espèce de fantôme » semblant « être sorti d'un sarcophage voisin », robe comparée à un « vaste linceul », « face froide ». • **Ambivalence** : Dieu ou diable ? Figure du sage et du tentateur. C'est l'image seule de Méphistophélès qui ressurgit dans « L'Agonie ».
Le reniement (p. 309)	• **Aveu de son erreur** : « Je suis maintenant heureux comme un jeune homme. J'avais pris l'existence au rebours. Il y a toute une vie dans une heure d'amour. » • Revirement **sérieux** ou **victime** du pouvoir de la Peau ? Nouveau *credo* peu convaincant : oxymore « poupée pleine de vie », ridicule qui suscite la raillerie.

1. *Cf.* Analyse linéaire détaillée du discours de l'antiquaire en 3.1.1.
2. Laure de Surville, *Balzac, sa vie et ses œuvres d'après sa correspondance*, 1858.
3. Cette triade évoque la tripartition de l'âme énoncée par Platon dans *La République* (443 d).

2.4.2 La tentative de Raphaël de se consacrer au Savoir

	Une expérience proche de celle proposée par l'antiquaire
Ascèse	• Retraite, « vie monastique » (p. 237), « pauvre et solitaire » (p. 193). • Réduction de « l'existence à ses vrais besoins, au strict nécessaire » (p. 184) ; « je diogénisais » (p. 193).
Savoir	• « Exercice de la pensée », « recherche des idées », « contemplations tranquilles de la science » (p. 189) ; « j'ai observé, appris, écrit, lu sans relâche » (p. 192). • « Vie tranquille et studieuse » (p. 200).
Plaisir, bonheur	« L'étude est si maternellement bonne », avec les « pures et douces joies dont elle nourrit ses enfants » (p. 186) ; « tant de plaisir », « je ne sais quoi de doux, d'enivrant comme l'amour », « ineffables délices », « bonheur », « joie supérieure aux autres joies terrestres », « divin plaisir » (p. 189-190).
Activité créatrice	• **Éveil du regard** : « l'étude prête une sorte de magie à tout ce qui nous environne » (p. 190) ; « merveilleux effets produits par la diète sur l'imagination » (p. 185) ; Raphaël découvre la dimension poétique du paysage urbain avec ses « singulières beautés » (p. 186). Élévation dans les « hauteurs célestes » (p. 187). • Deux **œuvres** : une comédie et une *Théorie de la volonté*.
	Les failles
Excès destructeur	• Travail acharné : « travaillant nuit et jour sans relâche » (p. 189). • Conséquences sur la santé : « ravages de la science », « traces de nuits passées à la lueur de la lampe studieuse » (p. 74), risque de « mourir pour vivre » (p. 184).
Omniprésence du désir	• **Motivations** : quête de la gloire et de l'amour, « excessive ambition » (p. 177), « immense amour-propre » (p. 182). • **Fantasmes** érotiques, « visions dévorantes » (p. 193). • **Passion parasite** : opposition du « savant et de l'amoureux » ; la pensée de Fœdora « abattait ma plume, elle effarouchait la Science et l'Étude, qui s'enfuyaient désolées » (p. 214-215).
	L'échec
Déception et condamnation	• **Échec de l'écrivain** : comédie jugée « véritable niaiserie d'enfant », traité passé inaperçu si ce n'est d'Émile (p. 191). • **Déception** : « superfluité de [ses] fervents travaux » dans une telle société (p. 186) ; l'étude et la pensée « ne m'ont même pas nourri » (p. 112). • **Mensonge risible** : « ma vie a été une cruelle antithèse, un perpétuel mensonge » (p. 192) ; « Aujourd'hui je ris de moi » (p. 185). • **Métaphores** : « prison » (p. 187), « sépulcre aérien » (p. 189) : contrainte, mode de vie contraire à la nature de Raphaël, absence de vie.
Un regret pourtant	« la mansarde où j'avais mené la chaste vie d'un savant, une vie qui peut-être aurait été honorable, longue, et que je n'aurais pas dû quitter pour la vie passionnée qui m'entraînait dans un gouffre. » (p. 264).

2.4.3 Les autres figures de l'économie

Vivre à l'écart de la société	
Le sauvage (p. 90)	Vie primitive de la « jeune fille d'Otaïti » : « vie simple de la nature », satisfaction des besoins primaires, calme, oisiveté, « délices de la paresse » (p. 90).
La vie rustique (p. 381-387)	• « Laisser-aller primordial », « routine de bonheur » des Auvergnats. • Santé et longévité : vieillard de cent deux ans (comme l'antiquaire), qui se contente de « dormir, boire et manger. » • Travail et ignorance.
La vie monacale (p. 90)	• Étude, science et contemplation. • « Grasse vie des moines exempte de chagrins, exempte de plaisirs. »
Vivre en marge au cœur de la société	
M. de Valentin, une vie laborieuse (p. 168-176)	• Auvergnat qui impose « une règle monacale » et despotique à son fils. • Physique d'ascète qui rappelle l'antiquaire : « grand homme sec et mince, le visage en lame de couteau, le teint pâle. » • Défaite du travail et du sacrifice face au chagrin et à la mort.
Pauline et Mme Gaudin, une vie modeste (p. 223-224)	• « Nature modeste », « humble misère », « vie simplifiée ». • « Paisible intérieur », « indéfinissable harmonie ». • Courage, abnégation et générosité : « bon naturel », « travaux continus et gaiement supportés », « résignation religieuse pleine de sentiments élevés ».
Se préserver dans la société	
Fœdora, ou la mort (p. 202-262)	• Femme fatale : beauté coquette, attitudes voluptueuses qui attisent le désir et suscitent des passions mortelles : « Fœdora me tue, je veux mourir. » • « Réserve constante », « modestie extraordinaire ». • Égoïsme, indifférence, « froide insouciance » et « innocente cruauté ». • Mort du naturel, de l'humain en elle, avec refus du sentiment : « anomalie psychologique », « phénomène » « si contraire aux lois de la nature ». • Femme artificielle. Motifs du masque et de la statue de marbre ou de bronze. • Constamment associée au froid, à la glace et à la sécheresse. • Matérialisme qui met l'argent et le bien-être avant l'humain : « avec de l'or nous pouvons toujours créer autour de nous les sentiments qui sont nécessaires à notre bien-être. » • Vanité de cette vie. Aveu : « l'existence est bien vide » ; Raphaël lui prédit une « vieillesse déserte, vide et triste. »

Parmi ces exemples, deux sont clairement des contre-modèles : le père de Raphaël pour la frustration qu'il a occasionnée et pour son échec dramatique, Fœdora pour son inhumanité. Quant aux autres, ils impliquent d'importants renoncements, notamment le sacrifice des ambitions de gloire, de richesse et de conquête amoureuse si chères à Raphaël.

2.4.4 Vivre ou survivre à tout prix : préserver son énergie pour sauver sa peau

La brutale prise de conscience de la fugacité, de la précarité de sa vie au lendemain de l'orgie produit chez Raphaël un renversement total. Dans un repli égoïste sur lui-même, le jeune malade enchaîne dans la troisième partie plusieurs tentatives extrêmes pour retarder l'échéance de sa mort. Sa stratégie : l'**isolement**, pour se couper des **influences pathogènes de la société moderne**, et la **régression**, au prix d'une **déshumanisation.** À l'inverse du héros tragique, il ne sort pas grandi de sa vaine lutte contre le destin.

Des modèles d'existence instinctive pour n'avoir rien à désirer : le rejet de l'humain	
Le nourrisson	« Jonathas, tu auras soin de moi comme d'un enfant au maillot » (p. 296).
Le végétal	• « Il veut vivre comme une vergétation, en vergétant » (p. 296). • Raphaël se veut « tulipe » : « Voilà ma vie. Je vergète. » (p. 297), mais ne ressemble qu'à une « fleur étiolée » (p. 298). • Recherche au Mont-Dore d'une « vie végétative », « tranquille, spontanée, frugiforme comme celle d'une plante » (p. 380-381). Il reste « des journées entières comme une plante au soleil » (p. 388).
La machine	« Sorte d'automate » (p. 299), menant « la vie d'une machine à vapeur » (p. 300), s'adonnant à des « rêveries machinales » (p. 363).
Le minéral	« Semblable à ces rochers insensibles » (p. 365).
L'animal	• « Devenir une des huîtres de ce rocher, sauver son écaille pour quelques jours de plus » (p. 387), passer sa journée « comme un lièvre au gîte » (p. 388). • Effets de l'opium : « cet homme d'imagination si puissamment active s'abaissa jusqu'à la hauteur de ces animaux paresseux qui croupissent au sein des forêts, sous la forme d'une dépouille végétale » (p. 397).
Une vie dégradée	
Renoncement et impuissance	• **Abdication** de sa volonté, de son génie, de son indépendance : « Il soumettait sa volonté, son intelligence, au grossier bon sens d'un vieux paysan à peine civilisé » (p. 299). « Il abdiquait la vie pour vivre, et dépouillait son âme de toutes les poésies du désir » (p. 299). • **Impuissance paradoxale** : « Prométhée enchaîné », « Napoléon déchu » (p. 299), « Raphaël avait pu tout faire, il n'avait rien fait. » (p. 380). • **Castration** : « chaste à la manière d'Origène, en châtrant son imagination » (p. 299). • **Regret** : « Oh ! ma vie ! ma belle vie ! dit-il. Plus de bienfaisantes pensées ! plus d'amour ! plus rien ! » (p. 303).
Exacerbation de défauts	• **Égoïste** : aucune empathie pour son professeur, abandon de Pauline, aucun souci des autres au point de se montrer indélicat et de manquer de savoir-vivre à Aix. • **Irascible** : insulte Porriquet et Jonathas, condamne la joyeuse fête de village. • **Avare** de sa vie. • **Misanthrope** : haine et dégoût de la société.

Déchéance physique	• Progrès de la **maladie** malgré les cures • **Vieillesse prématurée** : Raphaël avec « son masque de vieillard » entre en comparaison avec l'antiquaire (p. 306), puis est associé à Jonathas : « deux vieillards également détruits » (p. 377). • **Mort-vivant** : « jeune cadavre » (p. 300).

2.5 DÉPENSER, GASPILLER, CANALISER SON ÉNERGIE : QUELLES LEÇONS PEUT-ON TIRER DE *LA PEAU DE CHAGRIN* ?

2.5.1 Que faire de son capital d'énergie ? Une quête aporétique

La Peau de chagrin pose la question du « **Comment vivre ?** ». Une vie faite d'excès et de jouissances sera brève car grande consommatrice d'énergie, tandis qu'une vie calme et sans passions assure la longévité, au risque de s'avérer monotone et insipide. Vaut-il donc mieux **vivre plus longtemps ou plus intensément** ?

L'antiquaire adopte au début du roman la posture du vieux sage afin d'apporter sa réponse à cette problématique, mais le lecteur est invité, par un « **incessant balancement du pour et du contre**[1] », à s'interroger aussi bien sur la valeur de cette position que sur celle des points de vue opposés. Aucun mode de vie n'apparaît alors pleinement satisfaisant, entre « tuer les sentiments pour vivre vieux, ou mourir jeune en acceptant le martyre des passions » (p. 162).

Le roman reste ambigu, marqué par une **esthétique de l'oxymore et de l'antithèse**[2]. Raphaël incarne dès sa première apparition cette ambivalence : « les ténèbres et la lumière, le néant et l'existence s'y combattaient en produisant tout à la fois de la grâce et de l'horreur » (p. 74) ; autre exemple, Émile oppose la « sagesse insensée » à la « folle sagesse » (p. 162).

Balzac ne tranche pas et semble nous laisser dans une impasse. Faut-il alors sombrer dans le **relativisme** et le **scepticisme**, et déclarer avec Raphaël : « Que nous vivions avec les sages ou que nous périssions avec les fous, le résultat n'est-il pas tôt ou tard le même ? » (p. 163).

Les premières éditions du roman se clôturaient sur une « Moralité » citant Rabelais : « "*les Thélémites estre graznds mesnagiers de leur peau et sobres de chagrins.*" Admirable maxime ! – Insouciante ! – Égoïste ! – Morale éternelle ! ». Balzac semblait ainsi conclure sur la supériorité de la modération, mais fallait-il le prendre au sérieux ? N'était-ce qu'une plaisanterie, autour du titre de son roman ? Pourquoi la supprimer en 1833 ?

1. Régine Borderie, « Le corps de la philosophie : *La Peau de chagrin* », *L'Année balzacienne*, 2, nº 1, 2001.
2. José-Louis Diaz, « Esthétique balzacienne : l'économie, la dépense et l'oxymore », *Balzac et* La Peau de chagrin, SEDES, 1979.

L'absence d'un apprentissage clair invite le lecteur à poursuivre l'enquête, en partant à la découverte d'autres modèles proposés par *La Comédie humaine*.

2.5.2 La société, coupable d'un gaspillage énergétique dévastateur

La Peau de chagrin est porteuse d'une sévère critique contre la société de la monarchie de Juillet, règne de la médiocrité, de l'individualisme, et de l'égoïsme, la « lèpre actuelle » (p. 139) qui conformément à la prédiction d'Émile gagnera Raphaël devenu riche[1]. Les effets d'une telle société sur l'individu sont dévastateurs : les « irritations mondaines […] rapetissent la plus belle âme et la réduisent à l'état de guenille » (p. 180).

Paris, véritable chaudron en ébullition, « succursale de l'Enfer » (*Melmoth réconcilié*), est le lieu du déchaînement de toutes les passions d'une société surexcitée, asservie par le désir de paraître, de faire fortune, d'arriver, de consommer.

Raphaël, symbole de la jeune génération dans cette monarchie gouvernée par des gérontocrates bourgeois, est un « véritable zéro social, inutile à l'État, qui n'en [a] aucun souci » (p. 80). La société, où l'argent a remplacé les valeurs morales et spirituelles, valorise les cyniques, les « intrigants riches de mots et dépourvus d'idées » (p. 186), voire les criminels (le banquier Taillefer), bien plus que le talent et l'énergie des génies, là où un autre Raphaël, l'artiste italien, bénéficiait du soutien d'un mécène pour créer. Raphaël, pauvre, se heurte à la **solitude** et à l'**indifférence** du monde, illustrées par les motifs du désert et de la froideur (p. 77, p. 367) réunis en Fœdora. Il se retrouve exposé à des **séductions révoltantes**, sources de frustrations et de douleurs, car il est impuissant à canaliser les désirs immenses suscités en lui. Vaincu par le **désenchantement** et le **désespoir**, son énergie reste inféconde et il finit par renoncer à sa carrière de penseur et de poète, poussé à l'**autodestruction** par la débauche ou au **suicide**.

2.5.3 La religion, solution pour résoudre cette vaine débauche d'énergie ?

Dans le magasin d'antiquités, il existe un pendant à la Peau de chagrin : le portrait du Christ par le peintre Raphaël (p. 101-102). Ce tableau témoigne des **bienfaits de la religion**, dont les vertus de douceur, de pardon, de simplicité et de charité s'opposent directement aux maux d'une société égoïste. Cette « parole de vie » se dresse face au chemin de mort dans lequel est engagé Raphaël, faute de n'avoir su rester dans sa chambre[2] ! Pour Balzac, la religion est la seule à pouvoir **canaliser l'énergie**, **réguler la pensée** et **éviter le débordement des passions** : « Le christianisme, et surtout le

1. « Je ne te donne pas deux mois pour devenir fangeusement égoïste » (p. 289).
2. Pascal, *Pensées* (1670) : « Tout le malheur des hommes vient d'une seule chose, qui est de ne savoir demeurer en repos dans une chambre. »

catholicisme, étant un système complet de répression des tendances dépravées de l'homme, est le plus grand élément de l'ordre social[1]. » Mais dans une société où la croyance s'est effondrée, supplantée par le journalisme, religion moderne (p. 122), la religion est reléguée au rang des « souvenirs », et le portrait n'échappe pas au mercantilisme froid de l'antiquaire, qui ne voit que sa valeur marchande.

Le christianisme serait-il le moyen de **redonner du sens** à une vie qui paraît bien vaine ? Comme le visiteur du magasin de curiosités, qui après avoir traversé « trois salles gorgées de civilisation, de cultes, de divinités, de chefs-d'œuvre, de royautés, de débauches, de raison et de folie » entassés sous la poussière de la boutique (p. 86), le lecteur peut se demander, devant « tant d'univers en ruines, à quoi bon nos gloires, nos haines, nos amours » (p. 96). **À quoi bon ce gaspillage d'énergie ?** Faut-il voir dans *La Peau de chagrin*, qui dénonce la vanité de la société, une étape pédagogique dans un **cheminement** qui devrait conduire à une **conversion ?**

2.5.4 Le don de soi, une belle dépense d'énergie ?

Le personnage de Pauline offre une sorte de synthèse entre la **modeste économie** et l'**intensité de la passion.** Habituée à une vie sobre par la misère, elle reste étrangère au tourbillon de la société une fois devenue riche. Souvent présentée comme une « enfant », elle se range du côté du naturel, de la simplicité et de la pureté. Elle ne nie pas le désir, s'ouvrant ainsi pleinement à la vie et au « bonheur d'aimer », auquel elle parvient – certes provisoirement – à associer Raphaël (p. 322). Le « cœur à cœur » de ce « joli ménage de contrebande », vivant comme dans une bulle, leur permet d'atteindre un bonheur idéal, la « volupté [...] des anges ».

Pauline valorise la dépense de soi dans un amour vrai et altruiste, qui accepte les sacrifices. En choisissant la vie, humainement riche et intense, plutôt que la survie, elle accepte aussi la mort : « La mort ne m'effraie pas [...]. Qu'importe le nombre de jours, si, dans une nuit, dans une heure, nous avons épuisé toute une vie de paix et d'amour ? » (p. 349) ; « Je ne désire pas vivre vieille [...]. Mourons jeunes tous deux, et allons dans le ciel les mains pleines de fleurs » (p. 352).

Cependant une fois encore Balzac laisse planer l'**ambiguïté**. Pauline s'effraie lorsqu'elle perçoit en Raphaël « le hideux squelette de la MORT » (p. 353) ; cette réalité concrète de la mort à l'œuvre chez le malade la bouleverse, au point de recommander aussitôt à Raphaël de cesser leurs « folies ». D'ange protecteur elle est devenue le « bourreau » (p. 326), et tue Raphaël bien malgré elle[2]. Dans l'épilogue enfin, elle devient un être idéal, esprit de feu, créature fluide insaisissable, « phénomène fugitif » qui s'évanouit, alors que sa rivale Fœdora, au contraire, est « partout » (p. 403-405).

1. Balzac, « Avant-propos » de *La Comédie* humaine, 1842.
2. *Cf.* Analyse linéaire détaillée de l'épilogue en 3.1.2.

Le sens ultime de l'œuvre reste comme Pauline insaisissable : *La Peau de chagrin*, peinture des **ravages de la pensée** chez l'individu ? Ou, au contraire, **glorification du désir**, qui fait de l'homme un être pleinement humain ?

3. L'œuvre à l'examen

3.1 EXPLICATION LINÉAIRE : LE SAVOIR CONTRE LES EFFETS DÉVASTATEURS DU VOULOIR ET DU POUVOIR

(de « La pensée n'est-elle pas la clef » à « en saisissant la Peau de chagrin », p. 110-111)

Éléments d'introduction

– L'étrange antiquaire propose à Raphaël la Peau de chagrin, mais l'avertit aussitôt des dangers d'un tel pacte. Il entreprend de lui expliquer le secret de son bonheur et de sa longévité : « Vouloir nous brûle et Pouvoir nous détruit; mais SAVOIR laisse notre faible organisation dans un perpétuel état de calme. » (p. 109).

Problématique : Comment l'antiquaire justifie-t-il la supériorité de son mode de vie, qui s'oppose à la violence des désirs et des plaisirs qu'offre la société ?

I. Éloge des bienfaits de la pensée

1. La solution pour jouir de la vie en préservant son énergie (de « La pensée » à « qui m'appartenait. »)

- Métaphore de la « clef » : voie d'accès à la richesse et au plaisir (champs lexicaux). Posséder par la pensée procure calme et liberté par rapport à l'inquiétude qui ronge « l'avare ». But recherché : l'ataraxie, qui permet le bonheur et la longévité.
- Posture aérienne, intellectuelle. Importance du voir, associé précédemment au savoir. La vision permet d'englober le monde entier (accumulation) sans s'épuiser (chiasme : « tout vu [...] sans fatigue » / « rien désiré » ... « tout attendu »). Apparition en creux du mode de vie dévorant du commun des mortels, plein de « soucis ».
- Voir et savoir équivalent à avoir : « l'univers » devient son « jardin ».

2. Une méthode efficace (de « Ce que les hommes » à « vrais millions. »)

- Mise à distance, extériorisation des passions humaines (accumulation). Forte singularité : parallélisme de construction « au lieu de... je... » avec une 1re personne insistante.

- Conséquences : parfaite santé physique et mentale du vieillard centenaire, et jouissance d'un trésor immatériel. Supériorité accordée à l'intellectuel sur le matériel.

II Un bonheur incomparable

1. La puissance du Savoir (de « Je passe des journées » à « que je n'ai pas eues. »)

- Le passé nourrit le présent avec volupté ; l'évocation, la vision mentale se substitue à la vue. Accumulation qui fait écho à la première. C'est non seulement l'expérience vécue, mais toute l'histoire qui peut être évoquée.
- L'imaginaire supplée à l'impossible possession charnelle. « Je possède » / « que je n'ai pas eues » : les oppositions présent/passé, affirmative/négative sonnent comme une revanche.

2. Un fervent plaidoyer (de « Je revois souvent » à « écouter Dieu ! »)

- Regard critique qui condamne les violences du monde. Répétition du « vos » accusateur.
- Minimisation des plaisirs charnels : doublement de l'épithète (« de fébriles, de légères admirations »), quantitatif « quelque », répétition de « plus ou moins ». Futilité, vanité qui engendre des « désastres ».
- Double exclamative avec anaphore de « comment préférer » : envolée lyrique pleine d'emphase pour souligner l'absolue supériorité de ce mode de vie intellectuel.
- Affranchi des contraintes humaines du temps et de l'espace, doué d'un regard englobant, situé en surplomb par rapport à la société, le savant semble égaler Dieu.

III. La Peau de chagrin, antithèse de la Sagesse

1 Une Peau symbolique d'une vie de démesure (de « Ceci » à « la volupté ? »)

- Dramatisation : désignation théâtrale de la Peau, qui par sa faculté de réaliser les désirs associe en effet le Pouvoir et le Vouloir, mais sans le Savoir, qui manquera à Raphaël[1].
- Association de la Peau aux excès auxquels se livre la société : accumulation, antithèses et oxymore « violent plaisir ». Mise en avant de la proximité entre la volupté et le mal, le nuisible.

2. Une alternative favorable au Savoir (de « Les plus vives lumières » à la fin)

- Successions de questions rhétoriques avec fortes antithèses : « lumières » / « ténèbres », « idéal » / « physique », « caressent » / « blessent », « Sagesse » / « folie ».

1. « La possession du pouvoir, quelque immense qu'il pût être, ne donnait pas la science de s'en servir. » (p. 380).

- Discours qui prétend révéler une vérité : présent de vérité générale, adverbe « toujours ».
- Tout semble favorable au choix du Savoir, pourtant Raphaël semble renforcé dans son choix d'une vie d'excès, et unit aussitôt le geste à la parole en saisissant la Peau.

Éléments de conclusion

- Discours argumentatif qui mêle les genres délibératif et épidictique.
- À la question « Comment vivre ? », l'antiquaire répond par une économie de l'énergie vitale grâce à la pensée, créatrice de tout un univers idéal ; permettant de maîtriser un désir dévorant, elle permet une jouissance intellectuelle supérieure aux jouissances des sens, excessives et destructrices.
- Le discours s'avère inapte à convaincre Raphaël. La forte ambivalence du personnage de l'antiquaire, et surtout le reniement ultérieur de sa propre théorie, tendent également à discréditer un tel mode de vie. Balzac nous laisse dans la perplexité.

3.2 EXPLICATION LINÉAIRE : DÉSIR FATAL, DÉNOUEMENT TRAGIQUE

(de « Raphaël tira » à la fin, p. 400-401)

Éléments d'introduction

- Après sa tentative de retraite en Auvergne, Raphaël malade rentre à Paris. Pauline, qu'il a abandonnée sans explications, et dont il a brûlé les lettres trouvées à son retour, réapparaît telle un ange en pleine nuit, sur son lit. Croyant en un amour plus fort que la mort[1], elle sera cependant impuissante à protéger Raphaël du désir qui consume sa vie.

Problématique : En quoi ce dénouement brutal et tragique peint-il « la Vie elle-même [...] aux prises avec le Désir, principe de toute Passion » ? (« Avant-Propos » de *La Comédie humaine*, 1842)

I. De l'adieu laconique au terrifiant réveil du désir

1. Une ultime tentative pour épargner sa vie (de « Raphaël tira » à « je vais mourir... »)

- Présentation de la Peau, avec insistance sur sa fragilité et sa petitesse (comparaison).
- Raphaël transforme ces retrouvailles en simple adieu. On aurait pu s'attendre à plus de sentiments de sa part !

1. « Mourir, mais je t'aime ! » (p. 399).

- Surprise de Pauline compréhensible. Réduite à une « belle image », elle est niée dans son humanité et refoulée par l'égoïsme de Raphaël, qui la désigne déjà comme responsable de sa mort à venir (« si *tu* me regardes »).

2. Le réveil redouté de la passion (de « La jeune fille » à « foyer mal éteint »)

- Lumière « vacillante » métaphorique : vie vacillante de Raphaël ; basculement de Pauline, confiante en l'amour et en la vie, dans le désespoir ; basculement de Raphaël léthargique dans la passion.
- Beauté sublimée de Pauline, qui provoque la perte de contrôle de Raphaël, en réveillant la mémoire charnelle (« caressantes ») et spirituelle (« joies délirantes »).
- Retour de la « passion », associée à la puissance (« triomphèrent ») et au feu (comparaison). Thème du réveil, sorte de détournement tragique de *La Belle au bois dormant*.

3. Une réalité horrible (de « Pauline, viens ! » à « ferma la porte »)

- Nouveau paradoxe : enfin Raphaël appelle à lui Pauline au lieu de la refouler, mais alors il provoque sa fuite. Elle ne s'enorgueillit pas cette fois de ce « désir furieux », qui suggère à la fois la violence et la dépossession de soi (sens étymologique de *furor*).
- Métamorphose effrayante de Pauline frappée d'effroi (compléments circonstanciels de manière), causée par le constat du mouvement contradictoire de la Peau qui s'amenuise quand le désir s'accroît. Fantastique qui dévoile la réalité : le désir tue Raphaël.

II. Violence du désir, violence du désespoir

1. L'énergie de la passion (de « Pauline ! Pauline ! » à « sur un canapé »)

- Nouvel appel redoublé de Raphaël. Déclaration d'amour teintée d'égoïsme, qui tranche avec l'amour pur de Pauline : anaphore du « je », insistance sur le désir de possession charnelle (« je te veux ! »), menace…
- La force de son désir lui permet de mobiliser une énergie, une vitalité « singulière » pour un « moribond ». Mais il sait que son désir conduit à la mort : « Je veux mourir à toi ! »

2. Le conflit de la vie et de la mort (de « Pauline avait tenté » à « dans ses bras »)

- Pauline, habitée par l'énergie de la passion renforcée par le désespoir, cherche à se sacrifier pour sauver Raphaël. Ultime don de soi qui s'oppose au désir prédateur de Raphaël (comparaison).

- Non seulement le suicide échoue, mais il hâte la mort de Raphaël en offrant le spectacle d'un érotisme exacerbé qui excite encore son désir et réveille ses fantasmes[1].

3. L'inévitable mort (de « Le moribond » à la fin)

- Forces consumées, dévorées (personnification) par le désir. Aggravation du mal.
- Morsure au sein : attitude prédatrice de Raphaël, ou désir de fusion du nourrisson, aphasique et tétant[2]. C'est dans la mort que le désir se trouve enfin en adéquation avec son objet.
- Pauline, ange salvateur responsable de la mort de Raphaël. Héroïne tragique qui n'a pu se soustraire à sa propre prophétie[3].

Éléments de conclusion

- Dénouement brutal avec la mort de Raphaël, foudroyé par le désir qui a épuisé ses dernières forces, « tué par un excès d'amour », comme son homonyme Raphaël d'Urbin (p. 272). Réalisation de son souhait : « je voudrais mourir dans ses bras » (p. 348).
- Caractère inéluctable de la mort : lutte pour la vie tragiquement vouée à l'échec.
- Un dénouement sans solution pour le lecteur : comment vivre (ou mourir) avec le désir ?

3.3 L'ÉPREUVE ÉCRITE : SUJET DE DISSERTATION

« *La pensée est plus puissante que ne l'est le corps, elle le mange, l'absorbe et le détruit ; la pensée est le plus violent de tous les agents de destruction, elle est le véritable ange exterminateur de l'humanité, qu'elle tue et vivifie, car elle vivifie et tue. […] Les passions, les vices, les occupations extrêmes, les douleurs, les plaisirs sont des torrents de pensées.* »

Balzac, *Les Martyrs* ignorés, 1837

Problématique : En quoi *La Peau de chagrin* est-elle révélatrice de la puissance et de la terrible ambivalence de la pensée, qui fait aussi bien la misère que la grandeur de l'homme ?

1. Raphaël avait dit à Émile : « J'aime à froisser sous mes désirs de pimpantes toilettes, à briser des fleurs, à porter une main dévastatrice dans les élégants édifices d'une coiffure embaumée » (p. 197).
2. L'amour de Raphaël pour Pauline est teinté d'inceste, Pauline apparaissant dans le roman tantôt comme la sœur, tantôt comme la mère nourricière.
3. « La femme que vous aimerez vous tuera » (p. 244).

I. La pensée, puissant agent de destruction

1. La Peau de chagrin, un symbole éloquent.
2. Un mal qui consume l'homme de l'intérieur : combustion et maladie.
3. L'omniprésence de la mort : au tripot, après l'orgie, dans la passion amoureuse, dans le dénouement.

II. La pensée qui sauve ?

1. La pensée, refuge de l'antiquaire.
2. La pensée pour sublimer son désir : Raphaël dans sa mansarde.
3. Une pensée mise en échec : reniement de l'antiquaire et renoncement de Raphaël.

III. La pensée qui vivifie et tue

1. Rejet de la pensée, rejet de l'humain : froideur de Fœdora, régression de Raphaël.
2. Une vie profondément humaine, intense et féconde : plaisir, jouissance, plénitude.
3. Pauline, incarnation de l'ange exterminateur.

3.4 PARCOURS AUTOUR DE L'ŒUVRE : « LES ROMANS DE L'ÉNERGIE : CRÉATION ET DESTRUCTION »

– **L'énergie, une puissance positive ou néfaste ?**
  - Corpus :
    - Dumas, *Le Comte de Monte*-Cristo, 1844 : I, 16 « Un savant italien »
    - Hugo, *Les Travailleurs de la* mer, 1866 : II, III, 7 « Le Combat »
    - Zola, *La Bête humaine*, 1890 : XII, épilogue, le train fou.
    - Kessel, *Fortune carrée*, 1932 : II, 2 « L'oasis de l'aventure »
  - Textes complémentaires :
    - Poe, *Nouvelles histoires extraordinaires*, 1842 : « Le Portrait ovale »
    - Goethe, *Faust*, 1808.
    - Balzac, *La Recherche de* l'Absolu, 1834 : de « L'idée de l'Absolu avait passé partout » à « les Rois. »
    - Camus, *La Peste*, 1947 : l'énergie de la révolte face à l'absurde.

- Prolongements artistiques et culturels :
  - Blanchet, *Alexandre au tombeau d'Achille* (c. 1650), huile sur toile, Louvre, Paris.
  - Gérôme, *Pygmalion et Galatée* (1890), huile sur toile, Metropolitan Museum, New York.
  - Edgar P. Jacobs, *La Marque Jaune* (1954).

– **Lectures cursives**
- Rabelais, *Gargantua*, 1534 : célébration du corps et joie de vivre.
- Abbé Prévost, *Manon Lescaut*, 1731 : une passion dévorante et dévastatrice.
- Molière, *Le Malade imaginaire*, 1673 : le personnage malade, la critique de la médecine.
- La Bruyère, *Les Caractères*, 1688 : un regard critique sur le pouvoir et la société.

Colette, *Sido*, suivi de *Les Vrilles de la vigne*

> “ *Maison et jardin vivent encore, je le sais, mais qu'importe si la magie les a quittés, si le secret est perdu qui ouvrait – lumières, odeurs, harmonie d'arbres et d'oiseaux, murmure de voix humaines qu'a déjà suspendu la mort – un monde dont j'ai cessé d'être digne ?...* ”
>
> Colette, *La Maison de Claudine*, 1922

L'édition de référence pour notre étude est celle du Livre de Poche, n° 373, préfacée par Alain Brunet.

1. L'œuvre et ses contextes

1.1 SIDONIE GABRIELLE COLETTE (1873-1954)

Éléments biographiques	Résonance et production littéraire
Le royaume d'une enfance campagnarde • **1873** : Sidonie Gabrielle Colette naît le 28 janvier à Saint-Sauveur-en-Puysaye, dans l'Yonne. Sa mère, Sidonie, avait déjà d'un premier mariage deux enfants, Juliette et Achille, lorsqu'elle se remarie avec le capitaine Colette, amputé d'une jambe suite à une blessure à Magenta en 1859 et percepteur à Saint-Sauveur depuis 1860. De cette union naissent Léopold, puis Gabrielle six ans après. Grâce à sa mère, Gabrielle apprend à « écouter » la nature ; grâce à son père, elle découvre les grands auteurs rassemblés dans la grande bibliothèque de la maison familiale. • **1885 :** Néanmoins, cette vie d'insouciance est assombrie par les conflits familiaux qui éclatent lorsque Juliette et son mari, le docteur Roché, demandent des comptes sur la gestion de l'héritage paternel. • **1891** : La famille Colette, en proie à des difficultés financières, part s'installer à Châtillon-sur-Loing, près d'Achille qui vient d'y installer son cabinet de médecin.	• Le thème de l'enfance deviendra un matériau privilégié et sans cesse convoqué dans l'œuvre de Colette qui célébrera la vie simple et campagnarde au sein d'une famille unie, quoique singulière, au centre de laquelle s'impose la figure maternelle. • Non seulement Colette immortalisera sa mère surnommée Sido par son mari, mais elle consacrera un chapitre à son père et un autre à ses frères, les « sauvages ». • Dans *Claudine à l'école*, elle se souviendra, sous les traits un peu caricaturés de Mlle Sergent, de l'institutrice de la petite école laïque de Saint-Sauveur, Olympe Terrain. • La nostalgie de l'enfance irriguera l'œuvre de Colette, sans pour autant sombrer dans l'attendrissement naïf et sans recul.

Débuts littéraires et naissance de l'écrivain • **1893** : Gabrielle épouse Henry Gauthier-Villars, journaliste parisien de réputation, connu sous le pseudonyme Willy et qui l'introduit dans les salons littéraires et musicaux représentatifs de la Belle Époque. Elle y rencontre, entre autres, Anatole France, Marcel Proust, Robert de Montesquiou, Gabriel Fauré, Claude Debussy, Sacha Guitry. Son mari la pousse à écrire ses souvenirs d'enfance qu'il signera de son propre pseudonyme. • Gabrielle découvre le milieu du music-hall, se lance dans la pantomime et se produit sur scène. Elle commence en 1905 une longue carrière journalistique qu'elle poursuivra pendant plus de quarante ans. • **1906** : Le couple se sépare ; Gabrielle se réfugie auprès de son amie Mathilde de Morny, la marquise de Belbeuf, surnommée « Missy ».	• **1900-1903 : Série des *Claudine*** (romans signés par Willy), dont le caractère licencieux provoque un succès de scandale : *Claudine à l'école* (1900), *Claudine à Paris* (1901), *Claudine en ménage* (1902), *Claudine s'en va* (1903). Colette jugera sévèrement ses premiers récits qui correspondent surtout à « ce qu'on attendait d'elle », dans *Mes Apprentissages* (1936). • **1904** : *Dialogues de bêtes*, sous le nom de Colette Willy (qu'elle gardera jusqu'en 1913). • **1907** : *La Retraite sentimentale* • **1908** : *Les Vrilles de la vigne*
Vie intense et dispersée d'une femme libre • La vie professionnelle de Colette se partage entre la pantomime, les publications successives de ses récits et les chroniques, articles de presse ou reportages. • **1912** : Elle épouse Henry de Jouvenel, rédacteur en chef au journal *Le Matin*. De leur union naît une fille, Colette, surnommée dans les romans de sa mère « Bel-Gazou ». • **1919** : Gabrielle Colette devient directrice littéraire au *Matin* et s'adonne à des critiques dramatiques. • **1924** : Le couple se sépare et Colette cesse de travailler pour le journal *Le Matin*.	• **1910** : *La Vagabonde* • **1913** : *L'Envers du music-hall* • **1916** : *La Paix chez les bêtes* • **1920** : *Chéri* • **1922** : *La Maison de Claudine* • **1923** : *Le Blé en herbe*

Maturité littéraire et célébrité • **1925** : Colette rencontre Maurice Goudeket qu'elle épousera en 1935.	S'ensuit une période apaisée et propice à une fécondité littéraire, d'inspiration très diverse et mêlant récits de souvenirs, peintures et méditations poétiques. • **1928** : *La Naissance du jour* • **1930** : *Sido*
• **1932** : Colette ouvre un institut de produits de beauté à Paris, rue de Miromesnil – qui fera faillite un an plus tard.	• **1932** : *Prisons et Paradis* • **1933** : *La Chatte* • **1934** : *Duo*
• **1935** : Colette est élue membre de l'Académie royale de langue et littérature françaises de Belgique (elle y succède à Anna de Noailles).	
• **1936** : Elle devient commandeur de la Légion d'honneur.	• **1936** : *Mes Apprentissages*
• **1939** : Les premiers symptômes de l'arthrite de la hanche se manifestent et finissent par l'immobiliser. • **1945** : Elle est élue à l'unanimité à l'Académie Goncourt, dont elle devient présidente en 1949.	• **1942** : *Paris de ma fenêtre* • **1944** : *Gigi* • **1946** : *L'Étoile Vesper* • **1948** : *Pour un herbier* • **1949** : *Le Fanal bleu* • **1950** : *En pays connu*
• **1954** : Colette meurt le 3 août. Après des funérailles nationales dans la cour du Palais-Royal, son corps est inhumé au cimetière du Père-Lachaise.	Publications posthumes : • **1955** : *Belles Saisons* • **1958** : *Paysages et Portraits*

1.2 GENÈSE, PUBLICATION ET RÉCEPTION DES *VRILLES DE LA VIGNE* ET DE *SIDO*

Les deux recueils, qui relèvent de l'autofiction, mêlant souvenirs et reconfiguration romanesque, ont été composés à une vingtaine d'années d'intervalle : entre 1905 et 1908 pour *Les Vrilles*, entre 1929 et 1930 pour *Sido*. *Les Vrilles* sont l'œuvre de la jeunesse – « Colette Willy », pseudonyme du moment, a trente-cinq ans –, tandis que *Sido* est l'œuvre de la maturité – « Colette », pseudonyme définitif, a cinquante-sept ans. De surcroît, *Sido* renvoie à la période de l'enfance de Colette, alors que *Les Vrilles* renvoient à celle de l'adulte. S'ils peuvent se lire indépendamment l'un de l'autre, les deux recueils témoignent néanmoins d'une **commune célébration du monde**, Colette portant sur la nature un regard avide et enthousiaste, quoique nostalgique.

1.2.1 *Les Vrilles de la vigne*[1]

Le recueil, dont certains textes ont déjà été publiés dans *Le Mercure musical* entre le 15 mai 1905 et le 1er janvier 1906, ainsi que dans *La Vie parisienne* à partir d'avril 1907, paraît en 1908 aux éditions de *La Vie parisienne.* Ce « dernier-né fait de pièces et de morceaux », comme le nomme Colette elle-même, est plusieurs fois remanié, amputé de pièces qu'elle trouve surannées, ou au contraire enrichi de textes supplémentaires. Les éditions successives de 1923, 1930, 1934, 1950 sont l'occasion pour Colette de travailler le caractère fragmentaire du recueil tout en exploitant l'harmonie d'ensemble, chacun des textes étant « construit selon une logique musicale ou poétique de "phrases" ou "morceaux" juxtaposés, repris, modulés sans que ce **texte-arlequin** suive une logique narrative précise[2] » selon Julia Kristeva. Cultivant l'art de la condensation, du non-dit, Colette s'affranchit de l'exubérance fantaisiste des *Claudine* et acquiert les faveurs de la critique littéraire grâce à une prose lyrique, entremêlée de scènes dialoguées, et empreinte de sensualisme.

En dépit de sa notoriété entachée de scandale[3], son talent d'écrivain est salué dans la presse, quoique discrètement, dès la première publication des *Vrilles*, en novembre 1908. Le *Figaro* du 20 novembre 1908 commente le « charme véritable » de ce « fort curieux volume » ; quelques jours plus tard, André du Fresnoy manifeste son enthousiasme dans *La Phalange* : « Je trouve en elle un curieux mélange de raffinement et de sauvagerie : on croyait écouter les confidences d'une petite fille, et on lit des pages d'un admirable écrivain. » Gaston de Pawlowski, dans son article paru dans *Comoedia* le 3 janvier 1909, célèbre quant à lui le talent artistique de Colette : « combien, parmi nos écrivains actuels, en est-il qui vaillent Colette Willy en tant qu'artistes véritables de Lettres ? »

---

1. L'édition au programme rassemble les dix-huit textes de l'édition de 1908 et, en annexe, cinq morceaux ajoutés dans l'édition de 1934.
2. Julia Kristeva, « Colette : *Les Vrilles de la vigne* », *La Littérature et l'expérience des limites. La révolte intime : Colette* (séminaire doctoral), 2012.
3. En 1906, Colette se sépare de son mari, « Willy », qui l'avait introduite dans les milieux mondains de la Belle Époque et l'avait engagée à écrire ses souvenirs d'enfance – la série des *Claudine*, publiée sous le pseudonyme de l'époux. Menant une vie libre, bravant les préjugés et revendiquant son anticonformisme, Colette se produit sur les scènes de théâtre et de music-hall, allant jusqu'à provoquer le scandale au Moulin Rouge en 1907, embrassant sur scène son amante, l'ex-marquise de Belbeuf, surnommée Missy.

1.2.2 *Sido*, troisième volet de la trilogie maternelle

Après une longue omission de la figure maternelle, cette dernière hante l'œuvre de la fille à partir de 1922. Suivant *La Maison de Claudine* (1922) et *La Naissance du jour* (1928), *Sido ou les points cardinaux* paraît une première fois en 1929[1], puis le récit est augmenté de deux sections lors de sa publication définitive en 1930 sous le diminutif du protagoniste principal, *Sido*. Même si le titre consacre en premier lieu la figure maternelle, le récit d'enfance ressuscite à son tour le capitaine, dont les traits avaient déjà été esquissés dans « Un zouave », texte publié dans *Le Matin* en deux temps, les 27 mai et 10 juin 1915, et la fratrie. Dans *Sido*, Colette clame donc son attachement au pays natal et à la famille, décimée au moment de la composition[2] mais reconstituée précisément grâce à l'écriture.

Dès sa publication, le recueil est salué par la critique. Albéric Cahuet est sensible à l'émotion engendrée par l'écriture : « Sous la plume de Colette, tout vit et vibre : la pierre et le brin d'herbe, le seuil et le toit et, chez les êtres, le trait, la manie, l'expression et le souvenir[3] ». Plus tard, en juillet 1934, Robert Brasillach soulignera « la magie d'un art incomparable » qui interpelle le lecteur dans le sens où « ces souvenirs deviennent les nôtres ». En effet, par un subtil effet d'universalisation, les souvenirs de Colette débordent du passé déterminé, de sorte que chaque page devient un espace de l'intemporel dans lequel chaque lecteur trouve pleinement sa place. Nicole Bourdonnais fait dans ce sens l'éloge d'une écriture « luxueuse » : « Colette se soucie, à la manière proustienne, d'extraire l'essence intemporelle de cette expérience ancrée dans l'éphémère et le quotidien. Elle veut suspendre le temps, transmuter le transitoire en éternel[4]. »

1. Rédigé début 1929, le récit paraît dans *La Revue hebdomadaire* en juin, puis aux éditions Kra en juillet.
2. Entre 1905 et 1913, une série de deuils vient décimer la famille : mort du père en 1905, de Juliette en 1908, de la mère en 1912, d'Achille en 1913 (Léopold mourra en 1940).
3. Albéric Cahuet, *L'Illustration*, 25 octobre 1930.
4. Nicole Bourbonnais, « Colette et la liberté d'écrire. Une luxueuse intertextualité », *Études littéraires*, vol. 26, nº 1, 1993.

2. L'œuvre en examen

2.1 L'APOLOGIE DES ÊTRES CHERS

2.1.1 « Je la chante, de mon mieux » (p. 47) : la mère et le culte de la beauté de la création

Les premières pages consacrées à la mère en font une provinciale maniant le verbe avec humour et ironie : la parole de Sido, applaudie par son mari, se fait volontiers cinglante et son sens critique se mue régulièrement en un plaisir un peu facile de tancer le physique des Parisiennes (p. 32), l'inconvenance des jeunes mariés ou la mode des Parisiennes (p. 34). Fière de sa progéniture (p. 39, p. 53, p. 83) et mère possessive, voire jalouse (p. 54), elle sait se montrer impitoyable envers ses enfants (p. 51, p. 79, p. 97) ; amoureuse sincère, la tendresse de l'épouse se dissimule sous une apparence d'indifférence ou de suspicion (p. 68, p. 72, p. 76).

Pourtant, ces traits caractéristiques de la commère ou de la mère un peu bourrue disparaissent quand Sido franchit le seuil de son jardin : la nature, véritable « antidote » (p. 35) semble alors absorber cette femme dont le portrait est mythifié. Actualisation du mythe d'Antée[1], **Sido vit en osmose avec la nature** et reprend vie au contact de la terre (p. 64). Femme-nature, arborant un « glorieux visage de jardin » (p. 40), la mère est aussi celle qui s'émerveille devant la nature (p. 47), protège les fleurs (p. 33, p. 42, p. 44, p. 47) et les animaux (p. 66), parle à la jument (p. 51) et initie sa fille aux trésors dont la nature est porteuse (p. 38). Comparée à l'hirondelle, à la hase ou à la chatte (p. 65), la mère devient pédagogue et donne à sa fille tantôt une leçon de botanique (p. 44), tantôt une leçon sur l'interprétation des postures du chat (p. 43). Conteuse avérée, elle fascine sa fille par des récits extravagants qui célèbrent la puissance des éléments (p. 49, p. 51) et réhabilitent les animaux tels que le sanglier, le loup ou le renard (p. 65).

Véritable pythonisse[2] (p. 33), « avertie par ses antennes » (p. 37), Sido communique avec la nature, fait pacte avec les éléments déchaînés qu'elle considère comme des ennemis (p. 38, p. 49), prédit la bourrasque d'Ouest (p. 37) et se montre vigilante envers tout autre avertissement du vent (p. 42). **Prêtresse du *cosmos*,** elle consulte le ciel (p. 41, p. 52, p. 55) et fait des offrandes aux génies invisibles (p. 41).

1. Dans la mythologie, Antée est un géant, fils de Gaïa (la Terre) et de Poséidon, qui reprenait force chaque fois qu'il touchait la terre.
2. La Pythonisse, ou Pythie, était la prêtresse d'Apollon. Par analogie, le terme désigne une femme qui profère des oracles, prédit l'avenir.

La figure maternelle est donc ambivalente : mère et épouse despotique, elle n'en demeure pas moins la déesse protectrice de la nature et le génie tutélaire de l'enfance. L'apologie posthume de la mère oscille entre réalisme et reconfiguration mythique : Colette réinvente la figure maternelle en insistant sur l'héritage que cette dernière lui a légué : le culte de la beauté de la création.

2.1.2 Le père et la célébration d'un artiste

En dépit des phrases inaugurale et conclusive de la première séquence, aveu littéraire des lacunes de la fille à l'égard d'un père « mal connu, méconnu » (p. 61), Colette s'érige à nouveau en portraitiste accomplie, réhabilitant la figure paternelle dans une écriture qui procède par petites touches.

Contrairement à sa femme, le capitaine Colette est un homme « banni des éléments » (p. 67) : il ne comprend pas la nature qu'il considère seulement comme un décor agréable, cadre propice aux repas dominicaux (p. 64). Il connaît les bêtes grâce à un savoir livresque qui lui suffit, n'aime pas s'approcher des animaux (p. 66) et ne sait pas consulter le ciel pour juger de la pluie, ce qui lui vaut le mépris amusé de sa femme (p. 68).

Cependant, les pages magnifient **la bravoure du héros de guerre**, l'écrivain compensant le handicap de l'amputé en insistant sur sa musculature virile (p. 60), en exhibant son panache (p. 62) et en rappelant son passé de beau saint-cyrien (p. 67). Tantôt animé d'une souffrance indicible, celle des amputés, tantôt mû par une colère de méridional (p. 60), refusant la pitié des autres (p. 61), l'intensité du personnage est perceptible dans son regard extraordinaire et fascinant, qui hante l'écrivain d'un bout à l'autre du portrait et qui sidère la voyante (p. 74).

Au même titre que la célébration de la figure maternelle, la célébration de la figure paternelle imprègne le recueil : décrit avant tout comme un artiste construisant des objets à l'enfant et collectionnant des crayons de couleur (p. 57), **le père stimule les talents littéraires de sa fille**, bien qu'ils ne partagent pas la même conception du lyrisme (p. 58). Si le récit se montre économe en ce qui concerne la parole paternelle, Colette ressuscite le défunt en faisant entendre à plusieurs reprises sa fantaisie de musicien (p. 58), parsemant la narration de chants poétiques et amoureux (p. 61-62, p. 71), et en lui léguant *in fine* la parole par la retranscription de la dédicace (p. 77). Artiste méconnu et secret, confronté à la tragédie de la page blanche (p. 76), c'est le père, et non la mère, qui veille sur sa fille, par-delà la mort (p. 74).

L'apologie posthume est donc un moyen pour Colette de révéler l'héritage paternel : célébrant l'être cher, elle justifie non seulement son humeur impulsive, mais elle révèle surtout la face cachée de celui qui lui a transmis sa vocation d'écrivain, accomplissant dès lors le projet d'écriture du capitaine.

2.1.3 Les « sauvages » ou la célébration de l'enfance

Colette porte un regard ému, attendri et amusé sur la période de l'enfance – au sens large, englobant l'âge adolescent – qu'elle actualise en faisant entendre les dialogues fraternels, le discours direct occupant plus de la moitié de la troisième section. Le narrateur délègue ainsi la parole aux deux frères qui sont pourtant paradoxalement présentés par leur laconisme et leur aspiration au silence[1]. Sauvages et vagabonds, « sobres et vertueux » (p. 79) vivant volontiers en marge de l'humanité, en quête du « non-foulé » (p. 80), les sauvages deviennent les protagonistes de quelques épisodes singuliers qui suggèrent leur caractère atypique (les pruneaux p. 81, la cagnotte p. 89, le mariage de la sœur p. 98). Libres, rêveurs et poètes, les garçons sont à leur tour mythifiés, le cadet devenant même sous la plume de Colette un être surnaturel et aérien, tantôt peint sous les traits du sylphe[2] (p. 84), tantôt sous ceux d'Éole[3] (p. 91).

Mais le clan des sauvages, en dépit des réticences fraternelles (p. 90), s'ouvre à la benjamine : dans la section consacrée au capitaine, Colette intègre la fillette au clan des « sylvains aux pieds légers » (p. 64) et immortalise l'image – proche de la photographie – de sa mère assise au milieu de ses trois enfants sauvages (p. 65). L'objet du récit n'est donc pas tant de célébrer les frères que d'illustrer, à travers les épisodes mettant en scène les trois enfants, **les « us et coutumes de l'enfance – réserve, discrétion, liberté »** (p. 85). C'est l'insouciance à parcourir les bois, à cuire au soleil (p. 90), à rentrer écorchés et déguenillés (p. 66), qui caractérise cet âge d'or, époque chérie en tant qu'offrant un espace de liberté, à l'écart du monde humain (p. 170-171). C'est cette « ivresse du chercheur de trésor » (p. 45) qui pousse l'enfant silencieuse et « reine de la terre » (p. 171) à contempler les fleurs du printemps, à préférer les bouquets de fleurs aux jouets et à considérer l'école comme une prison (p. 115).

Grâce à l'esthétique du contraste, **le portait des enfants parisiens sert de faire-valoir à la vie sauvageonne célébrée**. Avant même de mentionner la fratrie, Colette, par le biais de Sido, présente Mimi Antonin et par extension tous les enfants de Paris qui portent des chaussettes en été et s'apparentent davantage à des forains (p. 34-35). L'opposition entre les sauvages provinciaux et les « petits Parigots » est accentuée dans le deuxième volet d' « En marge d'une page blanche », la narratrice usant de l'hyperbole pour esquisser les traits des vacanciers qu'elle présente comme des antinomies de l'enfant qu'elle était, jouant sur l'antithèse portant sur les mollets

1. À ce propos, Jean-Philippe Dupuy analyse le paradoxe de l'écriture : « le scripteur s'intéresse essentiellement, dans "Le Capitaine", à ce qu'a tu un père "qui parlait volontiers", il consacre "Les Sauvages" aux propos de deux frères qui n'aspiraient qu'au silence » (« Les temps et le temps du Verbe dans *Sido* », *Cahiers Colette*, 1995).
2. Dans la mythologie nordique et celte, le sylphe (« génie »), est un esprit de l'air, représenté sous une forme svelte et doté d'ailes transparentes.
3. Dans la mythologie grecque, Éole est le dieu régisseur des vents.

ou les joues (p. 178-179). Mais c'est surtout l'épisode de Mathieu M… qui fait de ce dernier un anti-sauvage, bien coiffé, bien habillé, ganté et cravaté, se promenant en tricycle, et annonçant la préciosité des dandies qui peupleront *Les Vrilles de la vigne*.

Ce que célèbre avant tout l'écrivain adulte, c'est la vie à l'état de nature des enfants, qui n'est pas sans rappeler **le mythe du bon sauvage**. Les garçons, « coiffés de jonc » (p. 93), absorbés par les bois (p. 66), courant, ivres de liberté, à travers les prés marécageux et les ronciers (p. 66), préfèrent rentrer chez eux à pied – et non dans la victoria. Colette enfant fait elle-même l'expérience de cette ivresse sauvage, allant explorer le monde à trois heures et demie du matin et devenant la spectatrice privilégiée de la naissance du jour et de l'éveil de la nature. Arpentant le monde endormi, l'enfant fait l'expérience de la traversée d'un monde originel enveloppé dans un brouillard personnifié et prend conscience de sa connivence avec le monde primitif, goûtant, exaltée, l'eau des sources perdues (p. 38-39).

Cependant, ce mythe du bon sauvage est nuancé dans certaines pages, les enfants, tenant de leur mère leur sauvagerie peu charitable (p. 53), **n'étant pas dénués d'une certaine férocité**, méprisant le passant (p. 91) ou leur camarade de classe (p. 93). Si les jeux enfantins peuvent être innocents – cuire au soleil (p. 90), collectionner les papillons, construire un jet d'eau (p. 92) –, ils peuvent révéler une certaine « perversité » (p. 93), ce qu'illustre l'épisode mystérieux dans lequel Mathieu M… devient la victime des sauvages, ces derniers se complaisant dans leur rôle de bourreau que leur concède la narratrice, le cadet étant comparé à Lorenzaccio (p. 96). Gabrielle n'échappe pas non plus à cette férocité qui caractérise les sauvages, ne cachant pas sa déception à l'issue du récit lacunaire dont elle attendait tant, à propos du sort réservé à la victime de ses frères (p. 95), ou bien lorsqu'elle fouille la terre, bravant l'interdit maternel et devenant, selon le verdict sévère de Sido, la « petite meurtrière » de la chrysalide (p. 44-45).

Quoi qu'il en soit, la célébration de la vie sauvage se lit en creux dans *Les Vrilles*, la narratrice revendiquant à plusieurs reprises son désir de danser nue et écrivant un hymne à la liberté dans « Toby-Chien parle », aspirant à retrouver le pays sauvage et odorant de l'enfance (p. 140) et voulant fuir le monde d'artifices et de faux-semblants (« De quoi est-ce qu'on a l'air ? »).

2.1.4 Les animaux de Colette ou la célébration d'une « sérénité divine » (p. 128)

Colette hérite de sa mère l'amour des animaux et célèbre la complicité qui la lie à ces derniers. De la même manière que le chat répondait à Sido (p. 41), le chien Moffino répond à l'ordre de la fillette (p. 67) ; de la même manière que Sido parlait à sa jument (p. 51), « Elle », double de Colette, se confie à sa chatte (« Dialogue de bêtes », p. 139) ; de la même manière que Sido contemplait le merle déguster les cerises (p. 47), Colette s'émerveille devant la guêpe qui savoure la gelée de groseilles (« Belles-de-jour », p. 145).

La narratrice, vivant entre un chien, une chatte et un livre, selon le témoignage de Valentine (p. 146), célèbre **les animaux dont elle partage le destin et auxquels elle s'identifie volontiers**. Colette se compare, en tant qu'écrivain, aux animaux ailés et à leur soif de liberté : le rossignol (« Les Vrilles de la vigne ») ou la mouette (« Jour gris » p. 110). De façon plus discrète, elle se rapproche, en tant que femme, de Nonoche, la chatte rêveuse, passionnée et mélancolique, qui ne peut résister à l'appel du matou sauvage (« Nonoche »), ou de la chatte bohémienne à l'âme vindicative et délicate (« De quoi est-ce qu'on a l'air ? », p. 155). En tant qu'actrice immergée dans l'univers du music-hall, elle est assimilée à une abeille dans sa ruche (« Dialogue de bêtes », p. 136) et rêve devant le papillon, le comparant à une danseuse virtuose (« En marge d'une page blanche II », p. 181).

Aux femmes dont elle récuse le mode de vie (« Belles-de-jour », « De quoi est-ce qu'on a l'air ? », « La Guérison »), à l'humanité angoissée et souffrante (« Printemps de la Riviera »), **la narratrice préfère la compagnie de sa chatte** qui partage ses repas, son goût de la solitude (« La Guérison », p. 161-162) ou ses promenades au crépuscule (« Amours », p. 214). Dans l'hiver parisien, elle contemple la neige et court en compagnie de sa bull et de sa bergère flamande : l'empathie est telle que la narratrice dit galoper et aboyer comme ses compagnes (« Rêverie de nouvel an », p. 203). Si la narratrice clame son amour pour ses animaux, ces derniers le lui rendent bien, revenant la voir durant son sommeil (« Un rêve ») et se montrant émus par son sort (« Toby-Chien parle », « Dialogue de bêtes »). Cependant, elle refuse de devenir l'objet de leur pitié : elle accorde certes à Toby-Chien, dans une structure de discours enchâssés – le discours du chien faisant entendre celui d' « Elle » qui n'est autre que celui de Colette –, le rôle de révéler la soif de liberté qui l'anime, mais elle lui reproche ses excès de compassion (« Toby-Chien parle », p. 133) et son incapacité à saisir sa blessure cachée, contrairement à Kiki-la-Doucette (« Toby-Chien parle », p. 134 ; « Dialogue de bêtes », p. 139-140).

À plusieurs reprises, **les animaux, par leur sagesse, semblent supérieurs aux humains** : non seulement ils réconfortent le maître et l'apaisent en répondant à son besoin de reconnaissance, mais ils l'enrichissent par leur aptitude à lui donner une leçon de maîtrise de soi (« Amours », p. 215). Malgré le ton plaintif de la chienne reprochant à la maîtresse son ingratitude, la pièce finale, « Un rêve », parachève la célébration des animaux familiers caractérisés par leur dévotion fidèle, que ce soit Nell, Lola ou la chienne qui demeure anonyme, le recueil se concluant sur la supériorité de l'âme animale, gardienne pérenne de la mémoire.

2.2 L'HYMNE À LA NATURE

Colette, éduquée de façon très rousseauiste à observer et écouter la nature (p. 42), devient le chantre d'un univers marqué par le **cycle des saisons** (p. 37, p. 111-112, p. 205) et consacre certaines pages au printemps (p. 108, p. 115), à l'été (p. 38), ou à l'hiver (p. 203). Ses descriptions convoquent tour à tour les **quatre éléments naturels**, l'eau des sources, de la mer ou de la Somme (p. 39, p. 182), l'air et les vents (p. 37), la terre et les fleurs, le feu (p. 117). Dans cet univers naturel, Colette n'oublie ni le **règne animal** (les oiseaux des marais p. 174, les libellules p. 120, les papillons p. 108, p. 112, p. 181, p. 208, etc.), ni le **règne végétal** (avec l'omniprésence des fleurs ou des arbres), ni le **règne minéral** (représenté par le sable p. 177). La nature célébrée est une nature dynamique, sensorielle et harmonieuse, paradis terrestre dans lequel s'épanouissent l'enfant et l'adulte.

2.2.1 Le jardin de Sido, une nature « antidote » (p. 35)

Le jardin de Sido est un **univers clos**, entouré de vieux murs hauts, protégé par des arbres (p. 36) et circonscrit par les points cardinaux (p. 36). Dès que la mère en franchit le seuil, dès qu'elle se trouve au contact de la terre et de ses fleurs, elle retrouve apaisement et sérénité (p. 35). Colette insiste sur la paix qui règne dans ce jardin, univers marqué par l'harmonie et devenant propice au dialogue paisible et courtois entre les bêtes et les humains (p. 36-37). Usant à loisir d'hyponymes[1], Colette fait de sa description un parterre fleuri et coloré (p. 38), et de la leçon de botanique une véritable page d'horticulture (p. 44).

Au sein de cet univers, **les éléments végétaux sont humanisés** : Sido soigne de façon très maternelle le géranium, provoquant la jalousie de sa fille (p. 33) ; elle coiffe tantôt sa fille, tantôt les fleurs (p. 42), ou déshabille l'oignon, comptant ses différentes robes (p. 43). Elle accuse sa fille d'être la « petite meurtrière » de la chrysalide (p. 45) et refuse de participer à l' « hécatombe » des fleurs disposées sur un cercueil (p. 45) même si, de façon paradoxale, elle applaudit au saccage de la rose perpétré par le petit enfant d'une voisine (p. 46). Il n'est donc pas étonnant d'entendre Colette s'adresser, dans des apostrophes lyriques, aux géraniums, aux digitales (p. 38) ou aux violettes (p. 115).

1. Hyponyme : mot dont le sens est inclus dans celui d'un autre plus générique (s'oppose à hyperonyme). Les roses, les hortensias, le muguet, les bégonias, les crocus, etc. sont les hyponymes du mot « fleur ».

2.2.2 La nature, royaume sensoriel

Colette, chantre de la nature, nous offre une lecture polyphonique du monde : en effet, les deux recueils **nous donnent à lire tous les sens en représentation**, nous permettant dès lors de faire la découverte physique, charnelle, musicale, vocale du monde, véritable démarche expérimentale pour une nouvelle appréhension du monde dans sa totalité, par les sens.

Si les notations sensorielles sont omniprésentes, Colette fait des perceptions un véritable outil de connaissance du milieu dans lequel elle est plongée, enfant et adulte. **Les notations visuelles** ont bien évidemment la première place, l'écrivain offrant toute une palette de couleurs – rouge, rose, violet – lorsqu'elle décrit les fleurs du jardin (p. 38) ou les différentes nuances du bleu des violettes (p. 115). La narratrice se montre également sensible à l'intensité variable de la lumière qui modifie profondément le décor qu'elle a sous les yeux, comme dans « Partie de pêche », la Baie de Somme étant décrite au coucher du soleil (p. 182-183) et aux différentes heures de la journée. Mais parfois, la vue ne suffit pas à dire le monde, à l'appréhender : il faut alors être attentif **au bruit du monde**, qui peut être incongru, ou bien ténu, voire imperceptible. Ainsi, l'enfant écoute le faible et lointain ronflement de la mer (p. 37), le sanglot de la source (p. 39) ou le bruit de la pluie (p. 42). Plus tard, l'adulte est attentive au bruit du feu dans l'âtre (p. 117), au chant des frelons (p. 112), donne à entendre le bruit des vagues grâce à l'onomatopée (« flac-flac », p. 183) et le compare à celui de la queue d'une chienne. Elle écoute aussi l'écho de la forêt de Crécy (p. 180) ; en Baie de Somme, elle est sensible au bruit du vol de l'oiseau, comparé au frottement de la soie (p. 183) ou, à Nice, au chant limpide et harmonieux du merle (p. 199). Le sujet au contact de la nature doit être à l'écoute du monde, mais doit pouvoir aussi le sentir, le goûter : c'est pourquoi **les notations olfactives et gustatives** sont importantes – Colette n'écrit-elle pas que ses oreilles et ses narines sont ses organes les plus sensibles (p. 39) ? Les fragrances naturelles abondent, parfum des fleurs, des fruits et des bois (p. 111, p. 115, p. 180, etc.), parfum de la terre (p. 199), arômes du pays natal, « un pays de merveilles, où la saveur de l'air enivre » (p. 113). Par ailleurs, lors de la promenade à l'aube, l'écrivain décrit précisément le goût des deux sources par des comparaisons aux éléments végétaux – la feuille de chêne, la tige de jacinthe – ou minéraux – le fer – (p. 39). Enfin, Colette tente de retranscrire **ses sensations tactiles** par des images puissantes, comme lors de l'épisode du bain de soleil (« En marge d'une page blanche II »), dans lequel l'écrivain use de comparaisons et de métaphores propres à nous transmettre la sensation d'une femme couchée sur le sable. Dans cette description, le sable est comparé à de la cendre brûlante que fouillent les orteils de la femme, ou à de la poudre légère qui se répand sur le corps étendu et chatouille les pieds (p. 178).

Parfois même, toutes les notations sensorielles fusionnent dans une **synesthésie poétique**, comme lors de la promenade printanière propice à l'exaltation des sens (p. 108), ou lors de la virée dans la forêt de Crécy où la fraise, puis les champignons, sont décrits grâce aux différents sens. Le regard poétique se focalise en effet sur l'apparence de la fraise dont la rondeur est celle d'une perle, puis sur sa couleur changeante, et son odeur singulière (mise en valeur par l'oxymore « suave pourriture »). Les champignons quant à eux sont décrits grâce au sens de la vue (la couleur blanche étant comparée, de façon atypique, à celle d'un gant), auquel se superposent les sens du toucher (la moiteur étant mise en relief grâce à la comparaison au museau de l'agneau) et de l'odorat (dont l'intensité est suggérée par la comparaison à la tubéreuse, fleur exotique et très parfumée, p. 180).

Il s'agit dès lors pour Colette de **dire le monde avec le luxe des sens**, lesquels attestent de la singularité d'un monde quotidien, parfois banal, ou **ambivalent**. Ainsi, contrairement au jardin de Sido, la forêt de Crécy et la Baie de Somme sont des espaces ouverts et ambivalents, qui menacent l'être humain et lui révèlent sa propre finitude (p. 181, p. 187), l'enfermant dans une pénombre inquiétante et anxiogène (p. 180) ou au contraire le projetant dans un désert aveuglant (p. 187), espace mortifère au sein duquel le soleil s'attaque à l'homme (p. 186). Dans ces pages, les sens sont traduits dans leurs aspects de grâce ou de dégoût, comme le révèle l'oxymore de la « suave pourriture » des fraises, mais comme l'explicite surtout l'odeur nauséabonde des poissons (p. 187-188). Pourtant, il ne s'agit pas tant pour Colette de dénigrer ces espaces que d'en saisir la complexité et l'ambivalence, l'écrivain mêlant adroitement le sublime et le trivial pour décrire par exemple la vague qui « danse en moires glauques, en bagues dorées, en colliers rompus » (p. 186).

2.2.3 Monde originel et paradis terrestre

Avec l' « ivresse du chercheur de trésor » (p. 45), Colette enfant, **nouvelle Ève** (p. 98), aime « dénude[r] et hisse[r] au jour ce que l'œil humain n'a pas, avant le [s]ien, touché… » (p. 45). L'hymne à la nature se fait dès lors exaltation lorsque la fillette devient la spectatrice d'un monde pur et primitif, qui permet à l'enfant d'appréhender le monde dans son harmonie originelle. Ce constat est particulièrement frappant dans les pages consacrées à la promenade à l'aube : l'enfant, immergée dans un monde primitif, peut établir un contact avec ce qui fait l'essence du monde. S'ensuit un état de grâce relevant de l'ineffable, l'enfant ayant conscience de sa supériorité en ce qu'elle prend possession de la virginité du monde, devenant le témoin privilégié du premier souffle de l'air ou du premier oiseau. La promenade retrace un itinéraire sensoriel qui reconstruit la beauté du monde dans toute sa plénitude, l'enfant ayant même le privilège de goûter l'eau de jouvence des « sources perdues » (p. 39). Ce **monde primitif, endormi, humide** et enveloppé de brouillard hante la narratrice qui s'en souvient avec nostalgie dans

« Jour gris » et dans « Le Dernier Feu », décrivant son pays natal comme un paradis situé aux confins du monde : l'émotion est telle que sa description est fréquemment suspendue par l'aposiopèse (p. 112, p. 116). On comprend donc la fascination de la nature chez Colette puisqu'elle révèle l'être humain à lui-même et qu'elle le ramène à ses origines. La description de la Baie de Somme n'échappe pas à cette tentative de retrouver, malgré les perturbations engendrées par la « tribu papoue », la beauté primitive du monde originel représenté par le désert de sable (p. 182), monde sauvage, dépourvu de flore – excepté le chardon –, enveloppé de brouillard (p. 183) et marqué par la nudité (p. 185).

Cette nature originelle, sorte d'Éden dans lequel le serpent n'est jamais loin (p. 39, p. 112, p. 183, p. 186, p. 208), n'est pas un décor, comme la conçoit le capitaine, mais une force agissante. Le monde est régi par des forces naturelles dont la personnification tend à souligner la **dimension mythique** de la nature. Ainsi, l'éclair et la foudre sont enfantés par l'Ouest et Février (p. 37) ; l'Ouest est doté d'une « haleine » de « monstre amical » et la forêt est une divinité titanesque (p. 180) et chevelue (p. 111), dont l'haleine fait tressaillir la promeneuse (p. 180). Dans cette même appréhension d'une nature personnifiée, la mer ronfle (p. 37), le vent court et profère un cri belliqueux (p. 110), le sable marche et vole (p. 116, p. 176), et le corps du brouillard est presque palpable (p. 39). Génies malfaisants, l'Ouest se rue sur le jardin de Sido, l'Est s'adonne à des plaisirs criminels (p. 38) et le soleil s'attaque à la peau des vacanciers (p. 186). Pourtant, ces mêmes forces cosmiques peuvent au contraire s'avérer bienfaisantes : le vent peut devenir une présence amicale, voire même amoureuse (p. 140), s'asseyant sur la dune et ordonnant l'univers, tel un démiurge (p. 111), tout comme le sable (p. 177) ; le feu quant à lui est une divinité qui apporte sérénité et réconfort (p. 117). Dans certaines pages, **le culte de la nature est empreint de paganisme**, la fillette vénérant les sources (p. 39), la mère vouant ses offrandes aux génies invisibles de la terre (p. 41) et l'adulte se souvenant avec nostalgie de son petit paradis peuplé de dieux, de nymphes ou de satyres (p. 205). Indépendamment de tout culte religieux, la nature est bénie : telle est la leçon de Sido (p. 46) dont se souvient la fille, multipliant dans son écriture les références au culte païen.

2.3 UNE POÉTIQUE DE LA CÉLÉBRATION : LYRISME ET NOSTALGIE

2.3.1 Le lyrisme colettien

La première décennie du XXe siècle est marquée par l'émergence du **courant fantaisiste**[1] qui rassemble des poètes « fatigués des vieux clichés et de l'hermétisme prétentieux du symbolisme », condamnant l'esprit décadent de la fin du XIXe et rêvant « de rendre à la poésie un plus clair et plus sain visage[2]. » Cette école, à laquelle adhère le premier époux de Colette, Henry Gauthier-Villars, plus connu sous son pseudonyme Willy, prend par ailleurs ses distances avec le romantisme et son lyrisme exacerbé, comme l'analyse Michel Decaudin : « Les fantaisistes, eux, se défient d'abord des épanchements, des élans du cœur, de tout ce qui risque de faire basculer la poésie dans la pure sensibilité, comme aussi de toutes les exagérations verbales ou rhétoriques[3]. » C'est dans ce milieu lettré de la Belle Époque que Colette fit ses premiers pas d'écrivain, apprenant à se méfier d'un style grandiloquent, stéréotypé, et privilégiant, à l'instar des fantaisistes, la forme brève et l'écriture concise, comme le souligne Germaine Beaumont qui salue la limpidité de son écriture : « La concision est le propre du chef-d'œuvre, ainsi que la clarté. Colette use d'un vocabulaire exact, jamais obscur[4]. »

L'œuvre de Colette manifeste son **refus d'un lyrisme exacerbé**, l'écrivain dédaignant les accents du « mauvais poète déchaîné » : « Si je n'exerçais sur ma prose un contrôle sans merci, je sais bien qu'au lieu d'un prosateur anxieux et appliqué, je ne serais autre chose qu'un mauvais poète déchaîné, et aussi heureux dans son univers métronomique, qu'un ténor dont toute la vie ne serait qu'un pur et interminable *si* bémol[5] ! » C'est précisément ce que la fillette reproche à son père dans « Le Capitaine », dénigrant la prose oratoire nourrie d'adjectifs, ou les vers « sonores comme un orage de montagne » (p. 58). Elle souligne, dans « La dame qui chante » l'écart qui existe entre l'extase lyrique et la réalité prosaïque : le cri extatique qui jaillit de la gorge de la cantatrice fascine le spectateur qui entre à son tour en extase, Colette inscrivant en creux la figure d'Orphée[6] dont le chant parvint à émouvoir les animaux sauvages et

1. Pierre Tranchesse, « Une singulière école : l'école fantaisiste », *L'Avant siècle 3, Jean Pellerin et l'école fantaisiste*, textes réunis par Jean Burgos, 1984. Au sujet de la fantaisie chez Colette, on pourra se référer à la thèse de doctorat de Véronique Gigleux, *Aspects et enjeux de la Pastorale dans l'œuvre de Colette*, 2011.
2. Pierre Olivier Walzer, *Paul-Jean Toulet*, 1954.
3. Michel Decaudin, « Modernité de Jean Pellerin », *L'Avant siècle 3*, *op. cit.*
4. Germaine Beaumont, *Colette par elle-même*, 1964.
5. Colette, « La poésie que j'aime », *Conferencia*, 15 novembre 1938.
6. Dans la mythologie grecque, Orphée, poète à la lyre, est le patron de la poésie lyrique. Descendu aux Enfers pour retrouver sa jeune épouse Eurydice, il parvient à émouvoir les dieux infernaux en chantant son amour perdu et obtient la faveur de ramener Eurydice à condition de ne pas se retourner pour la regarder. Ayant échoué, il perd Eurydice une seconde fois ; ses chants sont si désespérés qu'ils émeuvent animaux sauvages et rochers.

les rochers. Ici, c'est le spectateur qui est profondément ébranlé en écoutant la cantatrice, éprouvant la fulgurance du désir sensuel. Le charme est néanmoins rompu de façon brutale par le retour à la réalité prosaïque, l'onomatopée « ouao-ouao » mettant en exergue l'écart entre les deux univers, écart que vient confirmer l'absence de délicatesse et la vulgarité de la cantatrice abordée par l'admirateur. Ce dernier, dont la frénésie est comparée à celle des rescapés de l'incendie du Bazar de la Charité en 1897, devient le prototype du mondain passif, en quête d'un lyrisme dont l'écrivain se méfie en ce qu'il demeure éphémère et éloigné du réel. Mais les limites du lyrisme exacerbé sont surtout analysées dans la pièce intitulée « Toby-Chien et la musique », le chien devenant la caricature du poète lyrique. En effet, les thèmes et les procédés lyriques – musique, nature, grottes ; personnifications, allitérations, hyperboles, etc. – abondent dans la parole de l'animal interrompu par une interlocutrice ironique, double de Colette. Revêtant les caractéristiques du chantre d'un lyrisme outrancier, l'animal s'apparente au « mauvais poète déchaîné » et provoque l'hilarité d'Armande de Polignac, hilarité qui le pousse à achever son autoportrait de poète maudit, éternel incompris, inconsolable et condamné aux railleries humaines (p. 141-144). Dans ces trois extraits, Colette souligne les excès d'un lyrisme grandiloquent, ce qui est une manière oblique de justifier le lyrisme épuré qu'elle revendique.

Dans sa préface des *Îles de lumière* de Renée Hamon[1], Colette dévoile les ingrédients de l'esthétique qui lui est chère : « Ne peins que ce que tu as vu. Regarde longuement ce qui te fait plaisir, plus longuement encore ce qui te fait de la peine. Tâche d'être fidèle à ton impression première. Ne te fatigue pas à mentir. » L'art poétique que revendique Colette est fondé sur une modernité d'écriture qui allie lyrisme, concision et souci d'exactitude. La technique descriptive de l'écrivain s'apparente dès lors à la **peinture impressionniste** propre à susciter une impression de spontanéité. Se comparant à l'artiste dotée d'un « pinceau ému » (p. 207), Colette fait sien le précepte d'Horace, « *Ut pictura poesis*[2] » et se fait peintre du réel, réel dépourvu néanmoins de la brutalité du réalisme. Travaillant la langue et la nourrissant d'une sensibilité poétique, Colette crée une prose poétique marquée par l'exigence de concision et de brièveté. Son écriture, qui procède par petites touches, aboutit à une poétisation du réel, Colette puisant ses images, non dans les clichés romantiques, mais dans les livres de botanique. Ainsi, les évocations successives du jardin de Sido (p. 38, p. 44), des fleurs printanières (p. 108) ou des violettes de l'enfance (p. 115) multiplient les taches de couleur, assurant le caractère pictural de la description et nourrissant la poétisation du réel qui s'anime délicatement. Les tableaux qui résultent de ce travail sur la langue offrent une palette de couleurs vives (p. 38) ou de pastels plus délicats pour décrire la montagne ou le ciel (p. 112, p. 116).

1. Renée Hamon, *Aux îles de lumière*, 1939.
2. « Il en est de la poésie comme de la peinture » (Horace, *Art poétique*, v. 361, env. 19 av. J.-C., traduction de Leconte de Lisle.

Par ailleurs, si la poétique de la célébration se débarrasse du style grandiloquent de la déclamation, la prose poétique de Colette, écrivain qui « chante » sa mère (p. 27) et qui se compare au rossignol, « ce chanteur éperdu, enivré et haletant » (p. 104), n'en demeure pas moins une prose lyrique. On y retrouve en effet les **procédés usuels de l'incantation lyrique**, avec de multiples apostrophes aux géraniums, digitales ou violettes (p. 38, p. 115), à la chatte (p. 191), aux saisons (p. 206), au feu (p. 117), avec l'utilisation du « Ô » vocatif, procédé emphatique. De plus, la ponctuation affective est omniprésente, avec la surenchère des points de suspension et d'exclamation. Créant un climat d'intimité, **le lyrisme se fait volontiers dialogique** lorsque la narratrice fait de la nature son allocutaire ou s'adresse à l'être aimé (« Nuit blanche », « Jour gris », « Le Dernier Feu », « Chanson de la danseuse »). La rhétorique de l'éloge et de l'amplification, avec les effets de liste – voire même la saturation de l'espace dans certains passages descriptifs –, sont les supports du lyrisme colettien, qui exploite, particulièrement dans *Les Vrilles*, la musicalité de l'écriture, créant de véritables textes incantatoires (« Chanson de la danseuse »). Certaines pièces des *Vrilles* – « Rêverie de nouvel an », « Jour gris », « Le Dernier Feu » –, sont des « fragments lyriques de rêverie éveillée, au ton fiévreux[1] », selon Véronique Gigleux, au sein desquels le lecteur assiste à l'irruption du passé. Ainsi l'écriture de Colette est à la fois sobre et poétique : grâce à sa prose poétique, Colette devient le chantre du monde sensible et de la volupté du moment.

Enfin, à l'instar des fantaisistes, Colette complexifie le réel par un **recours récurrent au paradoxe**, comme l'analyse Danielle Deltel[2]. L'alliance des contraires, l'oxymore ou l'antithèse fondent en effet l'un des aspects singuliers de son lyrisme. Ainsi, l'enfant amoureuse des violettes éprouve une joie chagrine et mystérieuse (p. 115) ; plus tard, le sujet lyrique qui se promène dans la forêt de Crécy est saisi d'une « triste allégresse » (p. 180). L'écriture du paradoxe peut être appréhendée comme un **paravent au sentimentalisme convenu** et stéréotypé, coupant court à la tentation de l'exaltation lyrique. Dans cette perspective, les différents sens sont malmenés par l'oxymore, l'antithèse ou le paradoxisme[3] qui créent des alliances inattendues : la fraise des bois dégage un parfum de « suave pourriture » (p. 180), les livres de la bibliothèque laissent échapper une odeur de « moisissures embaumées » (p. 76), le bruit de la neige est comparé au « crissement caressant du taffetas » (p. 203) et l'ombre du tamaris dessine un « délicat squelette » (p. 114). Ce défaut de sentimentalisme convenu participe à traduire la dualité des caractères qu'il s'agit pour l'écrivain de **célébrer dans leur ambivalence** : aucun membre de la famille n'est épargné, chacun devenant, à l'instar de Juliette, un

1. Véronique Gigleux, *Aspects et enjeux de la Pastorale dans l'œuvre de Colette*, 2011.
2. Danielle Deltel, « Le Paradoxe dans l'écriture de Colette », *Colette, Nouvelles Approches Critiques*, 1986.
3. Pierre Fontanier définit le paradoxisme comme une « alliance de mots, un artifice de langage par lequel les idées et les mots, ordinairement opposés et contradictoires entre eux, se trouvent rapprochés et combinés de manière [qu'] ils frappent l'intelligence par le plus étonnant accord, et produisent le sens le plus vrai […] et le plus énergique » (*Les Figures du discours*, 1821-1830).

« agréable lai[d] » (p. 97). Célébrer l'être aimé ne revient pas à l'idéaliser : telle est la conviction de Colette, qui décrit l'être cher à la manière de la nature, dans ses failles et ses contradictions[1].

2.3.2 Nostalgie du pays natal : « Mon souhait vorace crée ce qui lui manque et s'en repaît » (p. 116)

« J'appartiens à un pays que j'ai quitté » (p. 111) : si le regret du passé a un goût amer[2], il existe chez Colette un lien inextricable entre le désenchantement – *lamento* de la perte – et la réminiscence enchantée. En effet, les anamnèses lyriques font jaillir un **chant nostalgique qui, ranimant l'espace du passé, célèbre le pays natal**. Chez Colette, ce chant, qui s'élève dans des instants de rêverie méditative (« Jour gris », « Le Dernier Feu », « Printemps de la Riviera »), célèbre l'*oikos* dans un sens qui englobe la maison familiale, la terre et la nature primitive, voire même le lieu originel et mythique de l'Éden (p. 39). La nostalgie conduit l'écrivain à élaborer toute une poétique de l'espace, espace certes réel mais qui, en raison de l'affect nostalgique, est reconstruit, idéalisé, voire même transfiguré. En effet, la célébration de l'*oikos* est intimement liée à une recréation littéraire, un « faire littéraire », ce *poiein* qu'interroge toute poétique. Cette réinvention permet également de questionner la **porosité des frontières qui relient l'espace réel et l'utopie**. Reconstruisant le passé, l'écriture nostalgique manipule le souvenir et crée tout un système de combinaisons et de superpositions, projetant le sujet dans des lieux exemplaires qui s'enracinent dans une idéalisation du passé. Ainsi, le jardin de Sido est un espace préservé et idyllique, microcosme qui s'ouvre au macrocosme (p. 36-42) ; le pays natal est décrit comme un royaume sensoriel semblable au paradis terrestre (p. 111-112, p. 199). Mais ce royaume, présenté comme inaccessible et hors du monde (p. 116), existe-t-il vraiment ? La malade de « Jour gris » recommande à son interlocutrice de ne pas chercher ce pays natal magnifié par les couleurs de l'imaginaire, qui est le fruit de la conscience nostalgique (p. 113). C'est donc bien l'utopie qui tend à fonder l'imaginaire colettien, utopie mise en valeur par le contraste saisissant de l'univers spectral (p. 132) propre au présent de la narratrice, univers dystopique dans lequel règnent l'agitation et l'artifice (« Toby-Chien parle », « Belles-de-jour », « De quoi est-ce qu'on a l'air ? »).

1. *Cf.* 2.1. L'apologie des êtres chers.
2. Dans *Sido* et *Les Vrilles de la vigne*, plusieurs personnages souffrent de nostalgie, cette émotion liée au *pathos* d'exil : Léo (p. 85-88) ; « Elle », double de Colette, dont la blessure profonde et insupportable est révélée par Kiki-la-Doucette (p. 134) ; la narratrice malade de « Jour gris ».

3. L'œuvre à l'examen

Nous proposons des plans détaillés, qui doivent être nécessairement complétés par des références précises au texte.

3.1 EXPLICATION LINÉAIRE : LA PROMENADE À L'AUBE (« SIDO »)

« Étés réverbérés [...] son éclosion... » (p. 38-39)

– **Éléments de contextualisation**

Premier volet de la trilogie familiale, « Sido » participe du « roman d'une enfance » tel qu'il est souhaité par Colette en 1910 : « Ressusciter ce que je fus !... Quelle femme n'a espéré le miracle ? Revivre tout ce qu'il y a dans un cœur d'enfant, savourer à nouveau ce qu'il a contenu de sagesse, de pudeur, de diplomatie, de méfiance [...] Le roman d'une enfance... je voudrais l'écrire, et je crains, en l'essayant, d'échouer. » (*Paysages et portraits*, « Le passé », 1958). Si les premières pages cristallisent la figure maternelle, souveraine de son foyer et de son jardin, la promenade à l'aube constitue un épisode autonome au sein duquel l'adulte « ressuscite » l'enfant d'autrefois, dans son exploration du monde, à la naissance du jour.

– **Lecture expressive du passage**

■ **Problématique :** Il s'agira d'analyser en quoi cet épisode, oscillant entre autobiographie, conte et mythe, célèbre le monde de l'enfance dans sa connivence avec la nature.

– **Annonce des mouvements de l'extrait**

I. Du récit autobiographique au conte initiatique : l'échappée dans la nature (1er §)

1. Inscription de l'épisode dans la veine onirique (1re phrase)

- Décor intemporel et mystérieux, temps archaïque et sans âge, à l'intersection du monde ordinaire et du merveilleux.
- Atmosphère onirique : pluriels emphatiques, absence de pittoresque, enfant présente par métonymie.
- Restitution de l'émotion d'antan, éblouissement optique, sensation tactile de chaleur et impression d'appartenir à l'éternité.
- Prose lyrique et rythme incantatoire du texte : anaphore, phrase averbale, ponctuation expressive et suspensive.

2. Le prestige de l'aube, moment charnière (2e phrase)

- Commentaire de la narratrice qui explique sa fascination pour l'aube.
- Schéma actantiel : la mère est l'instigatrice de l'exploration du monde, la fille en est la bénéficiaire.
- Métaphore qui fait de l'aube un cadeau palpable, offert par Sido, divinité bienfaisante.

3. L'expédition de la néophyte (3e phrase)

- Caractère atypique d'une éducation hors norme (précision temporelle et imparfait d'habitude).
- Néophyte partant à la découverte du monde (image des paniers vides et gradation rythmique).
- Connivence avec une nature personnifiée.

II. Du conte au mythe : la découverte d'un monde originel et primitif (2e §)

1. Un monde fœtal et endormi (4e phrase)

- Univers antérieur à la naissance du jour, dans lequel règnent l'humidité et la confusion.
- Impression d'osmose entre l'enfant et la nature : mouvement vertical du brouillard qui atteint successivement les différentes parties du corps de l'enfant.
- Convocation des différents organes sensibles. La découverte du monde est indissociable d'une approche sensorielle de la nature.

2. L'enfant, l'élue arpentant un monde ambivalent (5e phrase)

- Démarche volontariste de l'enfant (verbe de mouvement).
- Menace latente de la campagne, aussitôt démentie grâce au paradoxisme[1].
- Insouciance sereine et placide de la mère et de la fille.

3. Un moment épiphanique (6e phrase)

- Récompense accordée mise en valeur par les formules clivées : la promenade à l'aube répond au besoin de reconnaissance de l'enfant.
- L'enfant, nouvelle Ève, assiste à l'éveil du monde : l'adjectif numéral ordinal répété et l'image de la naissance de l'astre renforcent son sentiment d'appartenir à un monde primitif.

1. Pierre Fontanier définit le paradoxisme comme une « alliance de mots, un artifice de langage par lequel des idées et des mots, ordinairement opposés et contradictoires entre eux, se trouvent rapprochés et combinés de manière [qu'] ils frappent l'intelligence par le plus étonnant accord, et produisent le sens le plus vrai […] et le plus énergique » (*Les Figures du discours*, 1821-1830).

- Moment de révélation intense et émotion intraduisible : prose lyrique et suspensive.
- Connivence avec le *cosmos* : instant d'extase durant lequel l'enfant semble vibrer au rythme même du souffle du monde.

Conclusion

La promenade à l'aube est donc un moment d'exception dans lequel l'enfant fait l'expérience sensible d'un monde originel et accède à sa splendeur native. Si le passage adopte la forme d'un récit autobiographique avec l'emploi de la première personne, la transcription du souvenir y mêle volontiers les ingrédients du conte et du mythe. C'est ainsi que Colette célèbre ses retrouvailles avec l'enfant d'autrefois, portant un regard ému sur un âge d'or, habitacle de « l'impérieuse, la sauvage et secrète tendresse qui [la] liait à la terre et à tout ce qui jaillit de son sein » (*Paysages et portraits*, « Le passé », 1958). Célébrant l'enfance, la prose lyrique de Colette s'ouvre sur un hymne à la nature, l'écrivain se faisant, tel le rossignol des *Vrilles de la vigne*, un « chanteur éperdu, enivré et haletant » (p. 104).

3.2 EXPLICATION LINÉAIRE : LA CÉLÉBRATION DU PAYS NATAL (« PRINTEMPS DE LA RIVIERA »)

« Enfin, Midi menteur [...] bonheur printanier... » (p. 199)

- **Éléments de contextualisation**

  Les Vrilles de la vigne sont un espace poétique dans lequel jaillissent de nombreuses anamnèses lyriques qui célèbrent le pays natal. En effet, dans « Jour gris », « Le Dernier Feu » ou « En marge d'une page blanche II », l'appel du passé se fait prégnant, Colette clamant haut et fort son appartenance à la terre natale : « J'appartiens à un pays que j'ai quitté » (p. 111). Mais si les violettes (p. 115), les roses (p. 140) ou les fraises des bois (p. 180) du présent de la narratrice renvoient à celles du passé, actualisant dès lors le souvenir de façon immédiate, ce sont surtout les défauts de la terre du Midi, dans « Printemps de la Riviera », qui attisent le désir et fondent la singularité de la célébration du pays natal, les images se succédant, non plus selon le système d'analogies, mais selon celui d'antithèses.

- **Lecture expressive du passage**

Problématique : Il s'agira d'analyser en quoi l'antagonisme entre deux pays rivaux fonde la célébration de la terre natale.

- **Annonce des mouvements de l'extrait**

I. Entre complainte et ode lyrique sous-jacente : l'invocation au Midi porte en creux la célébration du pays natal (1er §)

1. Une attaque lyrique : le Midi, rival du pays natal (1re phrase)

- Apostrophe lyrique, personnification du Midi.
- Jugement péremptoire et dépréciation de la terre niçoise, caractérisée par l'absence d'odeurs (antithèse et détournement des clichés).

2. Difficulté de la réminiscence sensorielle : aveu d'une impuissance ? (2e phrase)

- Anamnèse rendue difficile en raison du défaut de fragrances naturelles.
- Réseau d'antithèses qui établit la rivalité prégnante entre les deux univers.
- Célébration nostalgique de la terre natale : prose lyrique (rythme ternaire, ponctuation suspensive).
- Le pays natal, une terre authentique et nourricière (accumulation finale et image utérine).

3. Mise à mal de la synesthésie poétique (3e phrase)

- Amertume quant à l'impossibilité d'une connivence avec la nature.
- Sens malmenés, voire inexistants : la négation restrictive condamne la rugosité et la sécheresse d'un pays sans couleurs et sans vie.
- Poétique de la nostalgie et esthétique du contraste : la sécheresse de l'univers minéral, métonymie du Midi, s'oppose à l'humidité de l'univers végétal, métonymie du pays natal.
- La silhouette de la femme amoureuse de la nature rappelle incontestablement celle de Sido.

II. De la complainte à l'envoûtement : une invitation au voyage (2e §)

1. L'affirmation d'une appartenance au pays natal (4e phrase)

- Confrontation des deux univers rivaux et antithétiques : pays niçois caractérisé par sa chaleur et sa luminosité; pays natal convoqué grâce aux images du froid et du brouillard. Jeu sur les déterminants (démonstratifs/possessif).
- Émotion palpable : périphrase poétique, ponctuation expressive et suspensive, gradation rythmique suspendue brièvement par l'adverbe – rupture qui traduit aisément le trop-plein émotionnel.

2. La nostalgie du *locus amoenus* (5e phrase)

- Dernière apostrophe au Midi, pays de la superficialité et de la surenchère (épithète postposé et anaphore).
- Ode qui réinvestit les *topoï* du *locus amoenus*, lieu idyllique, ombragé, dans lequel on recherche la fraîcheur et la sérénité.

- Rhétorique de la célébration : ralentissement du rythme et gradation rythmique finale qui s'étouffe dans un soupir.
- Suggestion d'atmosphère : l'univers chéri se dévoile progressivement, dans une vision kaléidoscopique.

3. Le pays natal, royaume des sens (6e phrase)

- Convocation dynamique du royaume des sens : Colette, au terme du recueil, habite oniriquement son pays natal.
- Le chant du merle : singularité du son (paradoxisme : verbe prosaïque dérivé de l'onomatopée et adverbe poétique) ; métaphore qui fait de la note une larme qui coule, nous invitant à établir le rapprochement entre l'oiseau et l'écrivain.
- L'odeur de la terre natale : paradoxisme associant les fragrances naturelles du sol à l'odeur de pourriture. Refus d'un lyrisme convenu.
- Nostalgie dont l'ambivalence fonde la saveur aigre-douce de la prose colettienne.

Conclusion

Le pays natal sort donc victorieux de la confrontation entre les deux univers. La terre natale est une rivale invincible, en dépit des images convenues qui célèbrent le Midi de façon ostentatoire dans l'imaginaire collectif. Sensible à la beauté séduisante du Midi, Colette regrette néanmoins le défaut d'authenticité du pays sans odeurs, qui suscite le désir et le manque : « Plus on est loin du pays natal, plus on souffre de la nostalgie de ses odeurs », pourrait ainsi conclure Gaston Bachelard (*La Poétique de la rêverie*, 1960). Malgré l'amertume du sujet confronté à l'opacité d'un monde avare de sensualité, le souvenir du pays natal s'empare progressivement de la narratrice : l'ode qui s'ensuit est une invitation au voyage dans un royaume sensoriel, marquant définitivement le recueil du sceau de la nostalgie. Mais comme le précisera la pièce suivante, placée en annexe et intitulée « Rêverie de nouvel an », la nostalgie n'est pas régressive, enfermant le sujet dans un temps archaïque : au contraire, le détour par le passé est une étape nécessaire dans la conquête apaisée du présent.

3.3 L'ÉPREUVE ÉCRITE : SUJET DE DISSERTATION

« *La rêverie sacralise son objet. Du familier aimé au sacré personnel il n'y a qu'un pas.* »

Gaston Bachelard, *La Poétique de la rêverie*, 1960

Problématique : Dans quelle mesure la célébration du monde relève-t-elle de la rêverie poétique telle qu'elle est définie par Gaston Bachelard ? Vous répondrez en prenant appui sur votre lecture de *Sido* et des *Vrilles de la vigne*. Votre réflexion pourra également s'ouvrir à d'autres œuvres que vous avez découvertes dans le cadre du parcours « La célébration du monde ».

– **Analyse du sujet**

« Il faut embellir pour restituer » : dans son chapitre consacré aux « Rêveries vers l'enfance » (*La Poétique de la rêverie*, 1960), Gaston Bachelard souligne le contraste entre la perception du réel et l'imagination créatrice. L'écriture du souvenir résulterait de la tension permanente entre le désir de restituer le réel et la tentation, plus ou moins consciente, de le reconfigurer, l'écriture étant soumise au regard poétique émerveillé. C'est d'ailleurs cette dialectique qui semble fonder l'écriture de Colette, laquelle énonce, dans ce qui peut constituer un véritable pacte de lecture : « Je la chante, de mon mieux ». En effet, dans ses deux recueils composés à une vingtaine d'années d'intervalle, *Les Vrilles de la vigne* (entre 1905 et 1908) et *Sido* (entre 1929 et 1930), Colette « chante, de [s]on mieux » la famille, la terre natale, les êtres chers. Ainsi, célébrant l'univers familier, l'écrivain est semblable au rossignol décrit dans « Les Vrilles de la vigne » et devient « ce chanteur éperdu, enivré et haletant », submergé par une émotion qui l'autorise à « sacralise[r] son objet ».

– **Problématisation**

Mais n'est-ce pas réducteur que d'apprécier la prose colettienne comme une rêverie poétique qui, embellissant le souvenir, participe à la transfiguration d'un réel auréolé ? La poétique du sensible, au cœur du projet d'écriture, ne fait-elle pas de l'écrivain le scripteur du réel ? Le réel tel qu'il est célébré n'est-il pas protéiforme, absorbant le monde dans ses failles et ses contradictions ? Ce questionnement nous invite à analyser dans quelle mesure la célébration du monde relève de la rêverie poétique, laquelle tend à sublimer le réel.

Proposition de plan

Se reporter à l'analyse thématique pour compléter ce plan et donner des exemples précis.

I. La célébration du monde soumis au filtre du regard poétique tend à sacraliser l'univers familier

1. L'univers familier est volontiers mythifié

   Cf. 2.1. L'apologie des êtres chers.

2. L'embellissement de la réalité cristallise la porosité des frontières entre l'espace réel et l'utopie.

   Cf. 2.3.2. Nostalgie du pays natal.

II. Cependant, l'écriture manifeste la volonté de saisir le réel dans toute son authenticité : l'écrivain célébrant le monde n'est pas tant un rêveur qu'un scripteur du réel

1. Le scripteur du réel refuse l'exaltation d'un lyrisme exacerbé et se méfie du style grandiloquent inapte à saisir l'authenticité du monde.

   Cf. 2.3.1. Le lyrisme colettien

2. C'est dans la perspective de rendre compte de l'authenticité du réel que l'écrivain élabore toute une poétique du sensible.

   Cf. 2.2.2. La nature, royaume sensoriel

III. Se distille dès lors le projet ambitieux de l'écrivain, qui ne désire pas tant sacraliser le réel, que de le célébrer dans toute son ambivalence

1. Si les êtres chers sont volontiers mythifiés, ils ne sont pas pour autant auréolés, mais sont esquissés dans toute leur complexité, de sorte que chacun devient, à l'instar de Juliette, un « agréable lai[d] » (« Les sauvages »).

   Cf. 2.1. L'apologie des êtres chers : les failles de la mère ; les blessures du capitaine ; la cruauté des frères. Sensible à leur souffrance, Colette rend hommage à des êtres que la vie n'a pas épargnés.

2. Célébration d'un monde dont l'ambivalence est sans cesse suggérée par l'alliance récurrente des contraires, la présence de l'oxymore et du paradoxisme.

   Cf. 2.3.1. Le lyrisme colettien

3.4 PARCOURS AUTOUR DE L'ŒUVRE : « LA CÉLÉBRATION DU MONDE »

- **Lecture cursive : George Sand, *La Mare au diable* (1846)**
  - Axes de lecture :
    - « Elle possède le secret du bonheur » (chap. II) : la nature berrichonne.
    - Célébration des cœurs purs : Germain, Marie, Petit-Pierre.
    - La « dignité des mœurs de la campagne » (chap. XIII).
- **Contempler et exalter**
  - Corpus 1 : jardin idyllique et *locus amoenus.*
    - Bernardin de Saint-Pierre, *Paul et Virginie*, 1788 : le « Repos de Virginie »
    - Colette, *Les Vrilles de la vigne*, « Nuit blanche », 1908, p. 107-108 : le « jardin d'été éblouissant ».
    - *Cantique des cantiques* (Cant. II, 10-17), trad. Jean-Baptiste Glaire, 1902 : le jardin des amants.
  - Corpus 2 : plénitude et euphorie.
    - Colette, *Les Vrilles de la vigne*, « En marge d'une page blanche II », 1908, p. 177-178 : le bain de soleil.
    - Saint Exupéry, *Terre des hommes*, « L'Avion et la planète » (IV, 4), 1939 : la nuit dans le désert.
    - Delteil, *À la belle étoile*, « Mathématique de la sensation », 1944 : une « euphorie rayonnante ».
    - Bouvier, *L'Usage du monde*, « Afghanistan », 1963 : le Khyber Pass.

OBJET D'ÉTUDE 4

Le théâtre du XVIIe au XXIe siècle

JEAN-BAPTISTE POQUELIN, DIT MOLIÈRE,
LE MALADE IMAGINAIRE (1673)

Parcours associé : « Spectacle et comédie »

Par Bertille Le Coz

PIERRE CARLET, DIT MARIVAUX :
LES FAUSSES CONFIDENCES (1737)

Parcours associé : « Théâtre et stratagème »

Par Amélie Goutaudier

JEAN-LUC LAGARCE, *JUSTE LA FIN DU MONDE* (1961)

Parcours associé : « Crise personnelle, crise familiale »

Par Rémy Arcemisbéhère et Morgan Trouillet

Molière,
Le Malade imaginaire

« Le Malade imaginaire *n'est après tout qu'une comédie-ballet en trois actes. La dernière pièce de Molière a toutes les apparences d'une pièce secondaire.* [...]
[Mais] *la dernière pièce est la première à atteindre la grande comédie au cœur de la farce et, plus rare encore, la farce au cœur de la grande comédie.* »

Alfred Simon, *Molière, une vie*, 1987

1. L'œuvre et ses contextes

1.1 MOLIÈRE, VIE ET ŒUVRE (1622-1673)

Enfance et formation	
1622	• **Jean-Baptiste Poquelin** naît à Paris dans une famille de la **bourgeoisie aisée**, milieu social qu'il a largement dépeint dans ses comédies. • Il entre au **collège de Clermont** (actuel Louis-le-Grand) puis étudie le **droit** à Orléans. • Son père, **tapissier du roi**, lui destine la survivance de sa charge; mais c'est le théâtre qui l'attire. Déjà enfant son grand-père l'emmenait dans les foires pour applaudir des farces.
Les années d'apprentissage: de l'échec parisien au succès en province	
***L'Illustre Théâtre* ou l'effondrement du rêve tragique**	
1643	• Jean-Baptiste Poquelin choisit le métier, quoiqu'infâmant à l'époque, de **comédien**, et va prendre le nom de **Molière**. Il fonde avec les **Béjart** « L'Illustre Théâtre ». La troupe est d'abord dirigée par **Madeleine Béjart**, maîtresse et mentor de Molière, puis par Molière lui-même. Ils jouent des **tragédies**, genre théâtral noble, mais sans succès.
1645	• Molière est emprisonné pour **dettes** au Châtelet. Son père, sans rancune, l'aide financièrement. La troupe quitte Paris pour douze ans d'itinérance.

La tournée provinciale	
1645	• Molière et les Béjart rejoignent la troupe de **Dufresne**, placée sous la protection du **duc d'Epernon**, gouverneur de Guyenne. Tournée dans le sud et l'ouest de la France. • La troupe se fait remarquer par la **richesse de ses costumes et de ses décors**.
1650	• Le duc d'Epernon quitte la Guyenne, Molière devient chef de troupe et trouve un nouveau protecteur en la personne du **prince de Conti**. De Lyon à Toulouse, la troupe joue des **farces**, inspirées de la *commedia dell'arte*. Molière signe ses deux premières comédies : ***L'Étourdi*** (1654) et ***Le Dépit amoureux*** (1656).
1656	• Le prince de Conti se convertit, devient dévot et adversaire virulent du théâtre.
La consécration	
La revanche parisienne	
1658	• Molière, sous la protection de ***Monsieur***, frère du roi, est présenté à **Louis XIV** au Louvre, et remporte un triomphe avec la farce du ***Docteur amoureux***. Il s'installe au **Petit-Bourbon**, s'essaie aux tragédies de Corneille mais remporte son succès avec ses **comédies**. Il partage en alternance la salle avec la troupe italienne de Tiberio Fiorilli, alias **Scaramouche**.
1659	• ***Les Précieuses ridicules*** : farce et comédie de mœurs, premier grand succès qui lui vaut aussi l'inimitié des troupes concurrentes de l'Hôtel de Bourgogne et du Marais.
1660	• ***Sganarelle***. Les précieuses applaudissent à la démolition du Petit-Bourbon, mais le roi s'empresse de donner à Molière la salle du **Palais-Royal**. À la mort de son frère, Molière reprend la charge de **tapissier et valet de chambre ordinaire du roi**.
1661	• Échec de sa comédie héroïque ***Don Garcie de Navarre***. Succès de ***L'École des maris***, puis des ***Fâcheux,*** présenté au roi à Vaux-le-Vicomte sur l'invitation de Fouquet.
1662	• Mariage avec la jeune **Armande Béjart**, sœur (ou fille) de Madeleine, dont les infidélités affligeront Molière fort jaloux. Le roi sera le parrain de leur fils aîné, Louis.
Molière face à la cabale	
1662	• **Querelle de *L'École des femmes*** : immense succès de sa première « grande comédie », qui lui vaut 1000 livres de pension du roi, mais suscite aussi une violente polémique orchestrée par les rivaux de Molière, notamment les frères Corneille.
1663	• Réponse à la cabale avec ***La Critique de L'École des femmes*** puis ***L'Impromptu de Versailles***.
1664	• ***Le Mariage forcé,*** comédie-ballet : Louis XIV danse.
1664	• **Fête des Plaisirs de l'île enchantée** à Versailles. ***La Princesse d'Élide***. Interdiction de ***Tartuffe ou l'hypocrite*** sous la pression des dévots, malgré son succès auprès du roi. La version remaniée de 1667, *L'imposteur*, est immédiatement interdite.
1665	• Triomphe et scandale du ***Dom Juan***. La troupe de Molière devient toutefois « ***Troupe du roi*** ». ***L'Amour médecin***. Brouille avec **Racine**. Molière est **malade**.

La maturité	
Une activité prolifique au service du divertissement royal	
1666	• ***Le Misanthrope. Le Médecin malgré lui***. **Fêtes de Saint-Germain** : il collabore avec Benserade et Lully et présente trois comédies.
1668	• ***Amphitryon***. Grand Divertissement royal : ***George Dandin***, comédie-ballet. ***L'Avare***.
1669	• La disgrâce du jansénisme et le soutien royal assurent enfin le succès du ***Tartuffe***. Fêtes de Chambord : ***Monsieur de Pourceaugnac***.
1670	• Carnaval à Saint-Germain : ***Les Amants magnifiques***. Chambord : ***Le Bourgeois gentilhomme***.
1671	• ***Psyché***. ***Les Fourberies de Scapin***. ***La Comtesse d'Escarbagnas***.
1672	• ***Les Femmes savantes***.
Une fin de vie douloureuse	
1672	• Mort de Madeleine Béjart, l'amie fidèle. Brouille avec **Lully** qui obtient l'exclusivité des spectacles chantés. Molière se tourne vers **Charpentier**. Mort de son fils âgé d'un mois.
1673	• ***Le Malade imaginaire***. Molière succombe à une maladie bien réelle après la quatrième représentation. Quoique n'ayant pas abjuré son métier de comédien, il reçoit néanmoins des funérailles chrétiennes grâce à l'intervention d'Armande auprès de l'archevêque de Paris et du roi, mais ce sera une cérémonie de nuit et sans aucune pompe.

1.2 LES CONTEXTES POLITIQUES, ARTISTIQUES ET SCIENTIFIQUES

1.2.1 Louis XIV, monarque absolu de droit divin

La carrière de Molière est étroitement liée à la **première moitié du règne de Louis XIV** (1638-1715). En 1661, à la mort de Mazarin, principal ministre d'État, le jeune roi s'empare personnellement du contrôle du gouvernement et renforce ainsi la monarchie, qui devient **monarchie absolue de droit divin**. Profondément marqué par la Fronde dans son enfance, Louis XIV cherche à soumettre les grands du royaume, abaissés au rang de **courtisans**.

La **musique**, la **danse** et les **spectacles** sont très prisés par le **roi-Soleil** qui, à l'instar du dieu **Apollon**, dont il reprend les attributs, s'érige en héros guerrier dispensateur de paix et **protecteur des arts**. L'art est en outre un outil de **propagande** efficace, qui permet de répandre l'**idéologie royale** et de soumettre le peuple. Il s'entoure ainsi des meilleurs artistes de l'époque, tels **Molière** et **Lully**. Il exerce sa souveraineté jusque dans le monde du spectacle : c'est lui qui préside à la **censure**, qui accorde une salle à Molière, ou encore qui donne à Lully le monopole sur les spectacles musicaux.

Avant de se fixer à Versailles en 1882, la cour est **itinérante** et se déplace entre les différentes résidences royales : le Louvre, les Tuileries, Saint-Germain, Vincennes, Fontainebleau, Chambord et Versailles en plein chantier. Molière, véritable **ordonnateur des fêtes de la cour**, a pour mission d'y fournir des **divertissements** au roi. Il s'adapte donc à ses goûts, car « *le public est le juge absolu*[1]. », *a fortiori* quand il s'agit du roi ! Molière se soumet donc à ses exigences : il sait répondre aux commandes royales dans des **délais souvent très courts**, et invente la **comédie-ballet**, inspirée du ballet de cour, qui mêle le théâtre, la musique et la danse. Il renoue ainsi avec l'antique comédie grecque, qui comprenait un **chœur**. Il y déploie des **décors fastueux** et des **effets spectaculaires** pour le monarque, qui ne dédaigne pas de danser lui-même sur scène. Ce nouveau genre est tellement lié à Molière et Louis XIV qu'il disparaît après la mort du dramaturge ; cependant nos **comédies musicales** modernes en sont les dignes héritières.

Dans le prologue du *Malade imaginaire*, Molière flatte directement le roi en célébrant les victoires françaises qui marquent le début de la **guerre de Hollande** (1672-1678). Mais il est victime de l'évolution des goûts royaux, qui penchent désormais en faveur de Lully et de l'**opéra français**, jugé plus digne de célébrer la gloire et le prestige du règne de Louis XIV.

1.2.2 Entre fantaisie baroque et rigueur classique

Au début du XVIIe siècle, c'est le **goût baroque** qui domine avec des pièces peu réalistes, débordantes d'imagination, aux intrigues multiples et aux décors fastueux. À partir des années 1630, on délaisse la **fantaisie** et le **romanesque** baroque au profit de la **mesure** et la **raison** : c'est l'avènement du **classicisme**. L'**Académie française**, fondée en 1635 par Richelieu, défend la **pureté de la langue** et prône le respect des **trois unités** – unité d'action, unité de lieu et unité de temps[2] – au nom de la **vraisemblance**. Les classiques renouent ainsi avec les **règles** énoncées par Aristote dans sa *Poétique*. À la vraisemblance s'ajoute l'impératif de **bienséance** : ni violence, ni vulgarité. Le genre comique est cependant moins astreint à ces règles que le tragique, et Molière conserve une grande **liberté** : il s'intéresse au **naturel**, au **vraisemblable**, à l'**analyse psychologique**, mais finalement peu importe que le public ait « *ri selon les règles*[3] », « *la grande règle de toutes les règles*[4] » est de **plaire** ! Aussi ses œuvres oscillent-elles entre **ordre classique** et **riche ornementation baroque**.

1. Préface des *Précieuses ridicules*.
2. Cf. N. Boileau, *Art poétique*, III, 1674 : « *Qu'en un lieu, qu'en un jour, un seul fait accompli / Tienne jusqu'à la fin le théâtre rempli* ».
3. Avertissement des *Fâcheux*.
4. *Critique de L'École des femmes*, 6. Cf. N. Boileau « *Le secret est d'abord de plaire et de toucher* », *Art Poétique*, III, 25.

1.2.3 L'âge d'or du théâtre français

Le XVIIe siècle est une période foisonnante pour la littérature française. La prestigieuse **tragédie** règne au théâtre, avec notamment **Corneille** puis **Racine**. Inspirée des modèles antiques, elle met en scène de nobles héros écrasés par la fatalité. Lorsque Molière rentre de province, deux troupes officielles sont établies à Paris, l'une à l'**Hôtel de Bourgogne** (les Grands Comédiens), l'autre au **théâtre du Marais** (les Petits Comédiens). La **concurrence** est rude et parfois cruelle, donnant lieu à de violentes **cabales** qui ne l'épargneront pas. C'est en vain que Molière tentera de s'illustrer dans le genre tragique. Il contribuera en revanche au succès et à l'élévation du **genre comique**, longtemps jugé secondaire par son caractère plus populaire. S'il recourt volontiers aux procédés simples et grossiers de la **farce**, et s'inspire largement de la ***commedia dell'arte*** italienne, qui met en scène des personnages types et fait la part belle à l'improvisation, il crée avec succès la **grande comédie**, qui hisse sur scène des thèmes jusqu'alors réservés aux genres « nobles » : société, humanité, caractères, morale.

Malgré l'engouement du public pour le théâtre, les **comédiens** restent marqués du sceau de l'**infamie** : l'Église, qui voit d'un mauvais œil ce métier fondé sur le **mensonge** et le **divertissement**, susceptible de favoriser une certaine liberté de mœurs, les **excommunie**, et les contraint à renier leur vocation s'ils veulent recevoir des funérailles chrétiennes.

1.2.4 La médecine au XVIIe siècle

Fondée sur les doctrines antiques d'Hippocrate et de Galien, la médecine du temps de Molière repose encore sur la **théorie des humeurs** et des tempéraments, et les traitements préconisés se limitent à peu près à ceux cités dans *Le Malade imaginaire* : la **saignée**, les **purges** et les **clystères**[1]. Les médecins, diplômés de la Faculté, n'ont que mépris pour les praticiens (chirurgiens et apothicaires). Toutefois des théories nouvelles d'Harvey sur la circulation sanguine commencent à s'imposer en 1673.

Molière, confronté au deuil et à la maladie, a constaté lui-même la **prétention**, l'**archaïsme** et l'**inefficacité** de cette médecine. Il dispose en outre d'une solide **culture médicale**, sans doute grâce à ses amis Mauvillain et Bernier, eux-mêmes médecins. Loin d'innover par sa **satire de la médecine**, il reprend au contraire à son compte une longue **tradition** qui remonte au moins au Moyen Âge, avec le fabliau du *Vilain Mire*, et s'attirera par là les foudres du corps médical.

1. Injection d'eau dans le rectum au moyen d'une seringue.

1.3 GENÈSE ET PLACE DE L'ŒUVRE

1.3.1 Le dernier chef-d'œuvre

Le Malade imaginaire est la dernière pièce écrite par Molière. Elle clôt ainsi une œuvre constituée d'une trentaine de pièces, dont près de la moitié sont des **comédies-ballets**.

Au moment de sa création, Molière est bien **malade** et ne jouit plus de la même faveur auprès du roi. L'amitié qui le liait à **Jean-Baptiste Lully**, avec lequel il a collaboré pour ses comédies-ballets, se mue en une **rivalité féroce**. Arriviste, Lully obtient en 1672 des privilèges inouïs grâce à quatre ordonnances royales qui lui octroient le **monopole sur les spectacles musicaux** dans tout le royaume. Molière parvient de justesse à obtenir du roi le droit d'utiliser six chanteurs et douze violons. Il tente de riposter avec une **comédie à divertissements** destinée au roi pour le carnaval, et se tourne vers le compositeur **Marc-Antoine Charpentier**, avec lequel il avait déjà collaboré pour *La Comtesse d'Escarbagnas*. Ce sera la seule comédie-ballet de son répertoire qui n'aura pas été commandée par le roi. Cependant elle devient vite un sujet de déception pour Molière, qui comprend bientôt que la pièce, dont la musique n'est pas de Lully, n'a aucune chance de pouvoir être jouée à la cour. La première a donc lieu le **10 février 1673** au **Palais-Royal**. Molière, gravement malade, joue le rôle d'**Argan**. C'est un **immense succès**, les recettes sont considérables. Au cours de la quatrième représentation, le **17 février**, Molière, qui avait insisté pour jouer, est pris d'un malaise ; il meurt quelques heures plus tard. Le roi n'était pas venu l'applaudir sur scène.

La mort de Molière n'a pas empêché la reprise de la pièce : dès le 25 février, les représentations recommencent ! C'est le 18 juillet 1674 qu'elle sera jouée à Versailles. Elle est depuis restée un incontournable du répertoire moliéresque. La **Comédie Française**, née de la fusion des troupes parisiennes en 1680, célèbre tous les 15 janvier, pour son anniversaire, un **hommage à Molière**, et aime à rassembler l'ensemble de sa troupe autour du vieux fauteuil d'Argan pour le divertissement final de la cérémonie des médecins.

1.3.2 Les sources de Molière

On reconnaît dans la pièce plusieurs influences. Le **prologue** s'inscrit dans la tradition **antique de la pastorale**, évoquant les *Idylles* de Théocrite : des personnages mythologiques, comme Flore et Pan, côtoient des bergers et des bergères qui parlent d'amour. Ce thème renvoie également au roman pastoral *L'Astrée*, best-seller d'Honoré d'Urfé, et au courant de la **préciosité**. Le premier intermède est directement inspiré de la ***commedia dell'arte***, toujours très en vogue à son époque. Il lui emprunte un de ses personnages, **Polichinelle**, qui chante une sérénade en italien. On retrouve des éléments des pièces italiennes *Arlechino medico volante* ou encore *Boniface ou le Pédant*. Molière a également puisé chez son contemporain **Thomas Corneille**[1] la ruse de Cléante, déguisé en maître de musique, motif dont Beaumarchais se souviendra plus tard[2].

Le thème central du *Malade imaginaire* est original : il lui est peut-être venu du **pamphlet *Élomire hypocondre ou les Médecins vengés***, publié par ses détracteurs en 1670, dans lequel Élomire (anagramme de Molière) est taxé par sa femme de folie, parce qu'il « *se persuade/D'être malade alors qu'il est sain.* » Mais Molière fait surtout du Molière, en **s'imitant lui-même**. Le **canevas** de la pièce est tout à fait traditionnel : un vieux père égoïste s'oppose aux projets amoureux de sa fille, comme dans ***Tartuffe*** ou ***L'Avare***. La scène de la querelle entre Argan et Toinette reprend le dialogue entre Argante et Scapin dans *Les Fourberies*[3]. Le thème de la **médecine incapable, prétentieuse et grotesque**, qui ne se distingue de l'ignorance que par la **robe** dont elle s'affuble et le **jargon** dont elle abuse, celui de l'**imposture** et du **déguisement**, ou encore celui de la **maladie feinte ou fictive** ont déjà été exploités par Molière dans le ***Médecin volant***, ***Dom Juan*** (1665), ***L'Amour médecin*** (1665), ***Le Médecin malgré lui*** (1666) et ***Monsieur de Pourceaugnac*** (1669). Enfin, la **cérémonie finale** du *Malade imaginaire* doit beaucoup d'une part au premier intermède de ***Monsieur de Pourceaugnac*** (I, 10-11), où deux médecins et un apothicaire armé de sa seringue harcèlent un prétendu malade tout à fait sain, et d'autre part à la cérémonie turque du ***Bourgeois gentilhomme*** (IV, 5) au cours de laquelle le prétendu Mufti anoblit M. Jourdain.

2. L'œuvre en examen

2.1 STRUCTURE DE LA COMÉDIE-BALLET

2.1.1 Un prologue spectaculaire

L'**églogue** est un **poème lyrique et pastoral** composé de **vers hétérométriques** ; celui du *Malade* reprend deux thèmes conventionnels : l'**amour** du berger pour la bergère, et le **concours poétique** faisant s'affronter des bergers. Ce poème ne s'adresse pas au monde paysan, mais bien au public de la cour, dont il adopte le **langage soutenu et précieux**.

1. Th. Corneille, *Dom Bertrand de Cigarral*, 1650, œuvre imitée du *Don Lucas de Cigarral* de Francisco de Rojas.
2. Beaumarchais, *Le Barbier de Séville*, III, 4.
3. Molière, *Les Fourberies de Scapin*, I, 4.

Si l'on en croit l'avertissement de Molière, cette églogue a une fonction **épidictique** : il s'agit de **célébrer** les « *vastes exploits* » et « *l'intrépide courage* » de Louis XIV. De même qu'au Ier siècle Virgile vantait la politique d'Auguste à travers ses *Bucoliques,* Molière exalte le règne du roi-Soleil par la peinture d'une **nature idéalisée**, « *fort agréable* », où l'on se rassemble à l'ombre de « *tendres ormeaux* » ; **beauté** et **harmonie** prévalent grâce à l'œuvre pacificatrice du monarque, qui « *ramène en ces lieux les plaisirs et l'amour* ».

Cependant l'éloge n'est pas le domaine de prédilection de Molière[1], qui conclut par une pirouette (« *Le silence est le langage/Qui doit louer ses exploits.* »). Le dramaturge en revanche n'a pas omis de **divertir** ses spectateurs dès son prologue : plaisirs de la vue et des oreilles sont au rendez-vous grâce à la **musique baroque** joyeuse et triomphale de Charpentier, alliée à la **danse**, à la **poésie** et aux **somptueux décors et costumes** qui valurent à la pièce un coût considérable.

2.1.2 L'intrigue d'une comédie classique

Conformément aux normes de la comédie, l'action se situe dans un **milieu familial** : Molière y excelle dans la peinture du quotidien[2].

Le canevas est celui de la **comédie d'intrigue conventionnelle** : un **projet de mariage** entre deux jeunes gens amoureux est **contrarié** par un obstacle. Ici, il se heurte à l'**autorité du père**, qui exerce une **surveillance stricte** sur sa fille aînée ; son projet pour elle est dicté par l'**égoïsme** et sa « ***maladie des médecins*** » (III, 4) : c'est « *un gendre tel qu'il* [lui] *faut* » (III, 3) qu'elle épousera. Nous sommes donc en pleine **comédie de caractère** : comme Orgon, Harpagon ou M. Jourdain[3], Argan est prêt à **sacrifier le bonheur familial à sa manie.**

Une intrigue secondaire vient se mêler à la première : Béline, avec l'aide du notaire, tente d'escroquer Argan en subtilisant son héritage, là encore au détriment de la jeune génération.

Les péripéties font la part belle à la **ruse** (Cléante s'introduit chez Argan en tant que maître de musique) et au **déguisement** (Toinette en médecin), sans oublier les tentatives de Béralde pour **rendre Argan à la raison.**

Le **dénouement** de la comédie est **heureux** comme il se doit : le père donne son **assentiment** au mariage des jeunes amants, dont **la vertu est récompensée.** Le **coup de théâtre** qui amène une telle résolution n'est pour une fois pas extérieur : Molière ne recourt ni à la scène de reconnaissance, ni au *deus ex machina* ; le **double stratagème**

1. Cf. Dédicace à Madame de *L'École des femmes.*
2. « *Les grandes pièces de Molière sont la peinture de toute une famille, de toute une maison, de tout un salon. Molière ne pousse pas sur la scène un caractère habillé en homme avec quelques comparses autour de lui. Il enlève le toit d'une maison et il nous dit : regardez.* » E. Faguet, *Études littéraires, XVIIe siècle*, 1886.
3. Respectivement dans *Tartuffe*, *L'Avare* et *Le Bourgeois gentilhomme.*

de Toinette permet à lui seul le revirement d'Argan, qui prend conscience à la fois de la perfidie de Béline et de la sincère et respectueuse affection de sa fille. On pourrait s'attendre à ce que les méchants soient punis, or Béline disparaît simplement sans demander son reste. Molière conclut néanmoins sa pièce de manière **ambiguë** : si Argan est sorti de son **aveuglement** à l'égard de sa femme, il demeure **prisonnier de son obsession** pour la médecine, à tel point que le sage Béralde juge bon de l'entretenir dans ses «***fantaisies***» (III, 14) par une **ultime supercherie** : une cérémonie factice à laquelle Argan ne voit que du feu. Faut-il simplement en rire, comme l'esprit du carnaval nous y «*autorise*» (III, 14), s'en désoler ou s'en alarmer ? Derrière la comédie ne se cache-t-il pas un certain **pessimisme** ?

2.1.3 Des intermèdes purement ornementaux ?

Les **intermèdes** occupent une place non négligeable : ils concluent chaque acte, et contribuent avec le **prologue** à faire de la pièce un **spectacle total**. Comme le veut la comédie-ballet, la danse et la musique n'y ont pas une vocation simplement plastique, mais aussi **mimétique** : elles contribuent à la représentation de l'action. Cependant les liens qui unissent ces intermèdes à l'intrigue semblent parfois ténus, voire artificiels. C'est à l'acte II qu'on fait le rapprochement entre l'**églogue initiale** et la **parodie pastorale** inventée par Cléante (II, 5). Les **personnages** mis en scène dans les deux premiers intermèdes n'apparaissent pas dans l'intrigue de la comédie, mais ils sont **introduits** par une simple réplique : ainsi Toinette cite son amant Polichinelle (I, 8). Molière a recours à la **mise en abyme** : Béralde donne à Argan un **spectacle délassant** faisant intervenir des Égyptiens, puis organise la scène de carnaval finale avec les comédiens, dans laquelle les personnages peuvent se «*donner la **comédie** les uns les autres*» (III, 14). Le dernier intermède a un **rôle narratif** indéniable, puisqu'il nous présente le sacre d'Argan, promu médecin par la prétendue Faculté. Cette fonction narrative est moins évidente dans les autres cas. Polichinelle a bien rempli sa mission auprès de Cléante, puisqu'il dit avoir été averti (II, 1), mais ce n'est pas ce qui est montré dans l'intermède : cette **ellipse** pourrait surprendre !

En réalité l'**unité** de la pièce tient beaucoup aux **thèmes** abordés, tout particulièrement celui de l'**amour**, décliné sous plusieurs formes : exigeant mais heureux dans le prologue, non partagé et source de souffrance dans le premier intermède, ambivalent mais encouragé dans le deuxième, menacé mais triomphant dans l'intrigue. D'autres thèmes secondaires apparaissent, comme la **cupidité impitoyable** des archers qui fait pendant à celle de Béline.

Quoi qu'il en soit, les ballets sont avant tout des **divertissements** pour les spectateurs; aussi correspondent-ils à leurs **goûts**. Le premier intermède nous rappelle que la ***commedia dell'arte*** était encore très appréciée au XVIIe, et Molière, qui a côtoyé Scaramouche, la connaît très bien; le public de l'époque identifie immédiatement le ***zanni***[1] **Polichinelle**, avec son costume blanc et sa bosse, et se réjouit d'avance en s'attendant à des ***lazzi***[2] **acrobatiques** et **burlesques** tels que la course poursuite ou la bastonnade. Le deuxième intermède quant à lui satisfait le goût contemporain pour l'**exotisme**[3] en introduisant des bohémiens déguisés en Maures. Le ballet final permet de conclure la comédie dans une sorte d'**apothéose festive, euphorique** et **burlesque**. C'est donc le **baroque exubérant** et volontiers **invraisemblable** qui domine dans ces intermèdes.

2.2 LES INGRÉDIENTS DE LA COMÉDIE

2.2.1 Des personnages de comédie

Le genre comique met sur scène des **personnages ordinaires**, appartenant au milieu **bourgeois**. Molière reprend des **types**, remontant parfois à la « nouvelle comédie » antique, auxquels il donne une **épaisseur psychologique** nouvelle. Conformément à la tradition, la **sympathie** du public est orientée vers les **jeunes gens**.

1. Valet de la *commedia dell'arte*.
2. Plaisanteries et jeux de scène reposant aussi bien sur les actions que les jeux de mots, les grimaces ou les gestes grotesques.
3. En 1669, le diplomate ottoman Soliman Aga suscite l'engouement des Parisiens, au point que Louis XIV le recevra en grande pompe à Versailles, le prenant à tort pour l'ambassadeur du Grand Turc ! Cette méprise inspirera la ridicule cérémonie turque du *Bourgeois gentilhomme*.

	Personnages et types	Caractère	Rôle
Le duo amoureux	ANGÉLIQUE, fille aînée d'Argan, au prénom évocateur.	Tendre et douce, sage et clairvoyante, déterminée à se défendre avec courage.	Amoureuse de Cléante, mais soumise à une stricte vigilance paternelle, elle refuse d'épouser Thomas Diafoirus.
	CLÉANTE, son amant. Le **jeune couple amoureux**, menacé et désarmé face à l'autorité paternelle.	Courtois et respectueux, astucieux.	Il a pris la défense d'Angélique, malmenée alors qu'elle assistait à une comédie. Il se fait passer pour un maître de musique pour pénétrer chez sa belle.
Les adjuvants	TOINETTE, **confidente** d'Angélique et **servante** de Béline, à l'esprit vif et à la langue bien pendue. Digne héritière du *servus callidus* antique, du *zanni* italien et de Dorine[1].	Franche et impertinente avec Argan, volontiers ironique. D'une dévotion toute maternelle envers Angélique. Débrouillarde, rusée et entreprenante.	Elle cherche à la fois à libérer Argan de sa maladie imaginaire et de l'emprise des médecins, à contrer les manigances de Béline et à favoriser le mariage entre les jeunes gens. Elle recourt pour cela à la ruse et au déguisement, se muant en véritable chef d'orchestre.
	BÉRALDE, frère d'Argan. Le **raisonneur**, dans la lignée d'Ariste[2] ou Cléante[3].	Homme de bon sens, droit et sympathique, créatif quand il le faut.	Il tente de raisonner son frère par un discours mesuré, dans lequel on retrouve les opinions de Molière sur la médecine, et de lui changer les idées. Il soutient les entreprises de Toinette, et imagine la supercherie finale.

1. *Tartuffe.*
2. *Les Femmes savantes.*
3. *Tartuffe.*

	Personnages et types	Caractère	Rôle
Les opposants	ARGAN, père de famille. Le **barbon** âgé, **monomane incorrigible**, successeur d'Orgon[1] ou Harpagon[2].	Hypocondriaque convaincu de sa grande faiblesse physique mais capable de prompts emportements. Égoïste et avare, « *méchant quand* [il veut] », tyrannique, naïf et aveugle, ridicule.	Il ne jure que par la médecine et vit prisonnier de sa maladie imaginaire, insensible aux conséquences dramatiques pour sa famille : prêt à sacrifier le bonheur de sa fille pour avoir un gendre médecin, il serait même disposé à envoyer les deux au couvent parce qu'il est dupe des cajoleries de sa femme, qui seule se montre compatissante pour son mal.
	BÉLINE, seconde épouse d'Argan. L'**intrigante hypocrite**, méchante **marâtre** tirée des contes, escroquant son mari à la manière de Dorante[3] ou Tartuffe.	Hypocrite et cupide, manipulatrice, cajoleuse, dangereuse. Méprisante face à Thomas, odieuse et agressive avec Angélique.	Elle manigance pour détourner à son profit les biens d'Argan, en spoliant ses deux filles qu'elle aimerait envoyer au couvent. Elle aveugle son mari par ses chatteries, mais ni Toinette, ni Angélique, ni Béralde ne s'y laissent prendre.
	LOUISON, fille cadette d'Argan.	Charmante, affectueuse, coquine et rusée.	Manipulée à des fins d'espionnage, elle dénonce l'entrevue amoureuse de sa sœur.
	THOMAS DIAFOIRUS, fiancé d'Angélique. Le **rival** ridicule.	Discoureur imbécile, buté et maladroit, victime d'une pédagogie abrutissante, ferme sur ses principes, en somme peu humain.	« *Frais émoulu du collège* » (II, 6), il doit devenir médecin sous peu et épouser Angélique selon l'accord conclu par intérêt entre M. Purgon et Argan. Il ne voit d'ailleurs aucune objection personnelle à ce riche mariage.
	M. PURGON, médecin d'Argan. L'**imposteur**.	Pédant et orgueilleux, ignorant qui s'ignore, intransigeant, despotique.	Il exploite la lubie d'Argan, véritable « *vache à lait* » (I, 2). Il est à l'origine du projet de mariage pour son neveu, afin de conserver son emprise.

On peut s'étonner du fait que la moitié des personnages n'apparaissent qu'**une fois** : entrées et sorties s'enchaînent, véritable **ballet** qui confère à la pièce un **dynamisme** spectaculaire.

1. *Tartuffe.*
2. *L'Avare.*
3. *Le Bourgeois gentilhomme.*

2.2.2 Un florilège de procédés comiques

Le comique de farce

La **farce**, genre théâtral médiéval qui a fait les premiers succès de Molière, a pour objectif de déclencher le **rire**, en recourant à des **procédés faciles** et volontiers **grossiers**, véritables **bouffonneries**. Les personnages y sont **stéréotypés**, tel M. Purgon par exemple, tout infatué de son art.

Le **comique de gestes** y est essentiel : si on ne peut pleinement l'apprécier que dans le cadre d'une mise en scène, les didascalies nous en fournissent divers exemples, dès le premier acte : course poursuite entre Argan et Toinette (I, 5) bataille d'oreillers (I, 6), bastonnade (premier intermède)... En outre, on imagine aisément le potentiel comique des différentes scènes d'auscultation (II, 6 et III, 10), avec la prise du pouls. La servante, du fait de son rang social et de son impertinence, est un personnage tout désigné pour se livrer à toutes sortes d'outrances : Toinette se met à geindre en hurlant, feignant de s'être cognée (I, 2) ; à l'inverse, elle coupe le son de sa voix, se contentant de grimaces, avant de rétablir un volume sonore élevé, dans le but de faire enrager Argan (II, 2). Le comique de gestes est présent jusque dans la cérémonie finale, avec la ribambelle de faux médecins allant faire la révérence à Argan.

La farce repose également sur le **comique de mots.** On peut citer les **insultes** dont Argan use abondamment, mais la meilleure illustration en est bien sûr le « ***pompeux galimatias*** », le « ***spécieux babil*** » (III, 3) des médecins : recours au latin à tout propos, en plein milieu d'une phrase énoncée en français (« *Dico que le pouls...* » II, 6) ; vocabulaire technique fort exotique pour les non-initiés, presque poétique dans les factures de M. Fleurant (I, 1), mais qui se mue en imprécations terribles dans la bouche de M. Purgon (homéotéleutes[1] en « *-pepsie* » puis en « *-ie* », III, 5) ; usage de mots rares ridicules (« *duriuscule* » II, 6) ; néologismes (« *crime de lèse-Faculté* » III, 5) ; et surtout latin de cuisine, qui se substitue au français dans le dernier intermède, avec des plaisanteries qui consistent à introduire des anomalies dans le discours, par exemple l'expression familière « *à gogo* » mise dans la bouche du président.

Enfin de nombreuses allusions **scatologiques** rattachent la pièce au genre farcesque : Argan reçoit des traitements pour des problèmes intestinaux, et quitte la scène pour un besoin pressant (I, 3). L'apothicaire armé de sa « *seringue* » (III, 5) et les médecins ont tous des noms très odorants : « *Fleurant* » annonce une odeur qu'on imagine volontiers nauséabonde, « *Purgon* » évoque directement la purge, quant au nom « Diafoirus », il associerait le mot grec *diaphoros* (« supérieur à, qui excelle ») à l'adjectif *foireux* (« qui a la colique »)[2].

1. Utilisation, à la fin de phrases ou de membres de phrases, de mots dont les finales sont homophones.
2. J.-C. Rolland, *Du phosphore dans le somnifère*, 2016.

La comédie dans la comédie

Molière reprend le traditionnel **quiproquo** sur l'identité du futur gendre (I, 5), mais dans la pièce le **comique de situation** tient surtout aux différentes **supercheries** mises en œuvre par les personnages. Finalement, presque chacun d'entre eux se met à **jouer la comédie** : Béline se fait passer pour une épouse toute dévouée, Cléante se présente en maître de musique, Thomas Diafoirus récite péniblement son texte, les jeunes amants interprètent une pastorale à double sens, qui **parodie** par ailleurs le prologue, Louison la rusée joue l'innocente, Argan entre dans le jeu de sa fille, Toinette se déguise... Quant au dénouement, il est rendu possible par le stratagème de la fausse mort, inauguré par Louison et repris par Argan.

Le personnage devient comédien, et le comédien personnage ! Le procédé de la mise en abyme est exploité pour introduire les deux derniers intermèdes, spectacles dans le spectacle. Mais il devient comique lorsque Molière, avec **autodérision**, se cite lui-même dans la pièce par le truchement de Béralde (III, 3), ce qui n'est pas sans rappeler ses comédies de coulisses[1]. Par l'emportement d'Argan qui le traite de « *bon impertinent* », de « *bon nigaud* » et de « *malavisé* », il fait plaisamment allusion aux virulentes polémiques qu'il a déclenchées en allant « *jouer d'honnêtes gens comme les médecins* ». Mais Molière n'est pas l'unique cible d'Argan, qui lance aussi une pique indirecte à Lully : « *Nous nous serions bien passés de votre impertinent d'opéra* » (II, 5).

2.2.3 « *Castigat ridendo mores* »

Comme le dit le proverbe latin, la comédie « *corrige les mœurs en riant* » : le rire n'est pas pur divertissement, il est porteur d'une **dénonciation** et d'une **morale édifiante.** Ainsi, selon Molière, « *l'emploi de la comédie est de corriger les vices des hommes*[2] », en provoquant par le spectacle des ridicules humains une prise de conscience salvatrice.

Satire et comique de mœurs

Les premières cibles de Molière dans la pièce sont la **médecine** et les **médecins**. La satire n'est pas nouvelle chez l'auteur, elle est même héritée de la farce et de la *commedia dell'arte*. Dans le *Malade imaginaire*, elle transparaît aussi bien à travers l'attitude de Fleurant, Diafoirus et Purgon en personne, qu'à travers les avis raisonnables de Béralde et les commentaires sarcastiques de Toinette, sans oublier la caricature offerte par les faux médecins : Toinette d'abord (III, 10), puis les comédiens (dernier intermède). On retrouve les mêmes chefs d'accusations que dans les précédentes comédies de Molière : une **cuistrerie verbeuse et grandiloquente**, masquant (à peine) une **incompétence** totale, au point que l'intervention du médecin est souvent plus nocive que bénéfique

1. *La Critique de l'École des femmes* et *L'Impromptu de Versailles* (1663).
2. Préface de *Tartuffe*.

au malade, allant jusqu'à entraîner la mort. C'est ce que Béralde résume par ces aphorismes : « *Entendez-les parler : les plus habiles gens du monde ; voyez-les faire, les plus ignorants de tous les hommes*[1]. » ; « *presque tous les hommes meurent de leurs remèdes, non pas de leurs maladies.* » (III, 3). M. Diafoirus s'offusque même de ce que les grands « *veulent absolument que leurs médecins les guérissent* » (II, 5) ! On se demande alors quelle est la vocation de la médecine ! Une autre caractéristique de ces médecins, dont aucun n'échappe au ridicule, est leur **formalisme** – en témoigne la rigidité du discours de Thomas Diafoirus, et leur **conservatisme opiniâtre et réactionnaire**, qui leur fait adopter aveuglément tous les principes des Anciens : le même Thomas exhibe ainsi avec orgueil sa thèse « *contre les circulateurs* », sous le regard approbateur de son père, gonflé de fierté[2], à une époque où justement la théorie révolutionnaire d'Harvey commence à s'imposer dans le milieu scientifique !

La satire peut sembler moins violente que dans *L'Amour médecin*, dans la mesure où les médecins ne sont pas d'hypocrites manipulateurs : ils croient vraiment en leur art, comme le souligne Béralde en disant de M. Purgon : « *c'est de la meilleure foi du monde qu'il vous expédiera* » (III, 3). En réalité Molière, durement éprouvé par les attaques, les deuils, la maladie et la trahison de Lully, est allé plus loin dans la **radicalité**, car « *au lieu de se contenter de blâmer les mauvais médecins, il attaqu*[e] *la médecine elle-même*[3] », et postule qu'il vaut mieux laisser faire la nature. La médecine est abaissée à un « ***roman*** », à une sorte de pratique magique dont la liturgie nous est figurée dans la cérémonie finale.

Dénoncer la **vanité** de la médecine, c'est aussi critiquer tous ceux qui lui accordent du crédit, en se laissant notamment impressionner par l'attirail médical. Dans la droite ligne de Pascal, Molière incrimine le règne des **apparences**, mais toujours avec humour : « *L'on n'a qu'à parler avec une robe et un bonnet, tout galimatias devient savant, et toute sottise devient raison.* » ; « *la barbe fait plus de la moitié d'un médecin* » (III, 14).

Enfin, à travers les personnages de Béline et de M. Bonnefoy, au patronyme fort ironique, Molière s'attaque à une autre cible et reprend un de ses thèmes favoris : la **dénonciation de l'hypocrisie** et des « *vicieuses imitations* » de la vertu[4]. La machiavélique Béline met en péril par sa **cupidité** l'avenir et le bonheur des deux filles d'Argan. Toutes ses caresses sont calculées ; elle ne fait d'ailleurs pas beaucoup d'efforts pour se contenir lorsqu'elle s'adresse à quelqu'un d'autre que son mari (II, 6) ; aussitôt qu'elle croit celui-ci mort, elle abat son masque pour déverser tout son dégoût réprimé (III, 2),

1. Cf. « *Ils savent la plupart de fort belles humanités, savent parler en beau latin, savent nommer en grec toutes les maladies, les définir et les diviser ; mais, pour ce qui est de les guérir, c'est ce qu'ils ne savent point du tout.* » (III, 3)
2. « *Ce qui me plaît en lui, et en quoi il suit mon exemple, c'est qu'il s'attache aveuglément aux opinions de nos anciens, et que jamais il n'a voulu comprendre ni écouter les raisons et les expériences des prétendues découvertes de notre siècle.* » (II, 5)
3. Ch. Perrault, *Les Hommes illustres qui ont vécu en France pendant ce siècle*, 1696.
4. Préface des *Précieuses ridicules*.

ce qui cause sa perte. Quant au notaire, qui est de mèche, il n'hésite pas à orchestrer des transactions frauduleuses, en prétextant qu'il défend les intérêts de son client mieux qu'un avocat.

Le cas Argan

Le **comique de caractère** occupe une place fondamentale dans *Le Malade imaginaire*, comme le titre l'indique lui-même. En effet, même s'il touche d'autres personnages, par exemple l'impertinente Toinette, il se cristallise autour de la figure ubuesque d'Argan, **hypocondriaque incorrigible, égocentrique, tyrannique**, parfois grossier, avare de surcroît, en somme parfaitement **déplaisant**, et dont on se moque sans aucun scrupule[1]. Malade imaginaire ? Pas tout à fait, car il souffre bien d'un mal, mais qui relève de la psychiatrie. Comme tous les monomanes de Molière, il est la **dupe réjouie** des personnages qui l'exploitent, à savoir sa femme et les médecins. Il a pourtant dans son entourage des proches réellement aimants, ses filles, son frère, Toinette même, mais son obsession l'empêche de les voir autrement que comme des fauteurs de troubles.

Le spectateur a tout le loisir de l'étudier, puisqu'il est le premier à apparaître sur scène, et ne la quitte presque plus jusqu'à la fin. Ainsi, plus que l'intrigue en elle-même, c'est le caractère même du malade imaginaire qui fait l'**unité de la pièce**. On s'amuse en particulier de l'**incohérence** du personnage, parfaitement décrite par Francisque Sarcey[2] : « *Molière, par un coup de génie, a fait de lui un sanguin qui sursaute au moindre incident, s'irrite, s'emballe, jusqu'à ce qu'un mot lui rappelle qu'il est malade et très malade. Le comique de la pièce, un comique très profond, est tout entier dans le contraste incessamment renouvelé d'un égoïste, ramassé sur sa santé, et qui s'échappe sans cesse de cette contemplation où il vit par des à-coups de fureur que provoquent à plaisir ceux qui l'entourent.* » La malicieuse Toinette ne manque pas d'ironiser sur ce point : « *Doucement, Monsieur : vous ne songez pas que vous êtes malade.* » ; elle s'estime même « *en droit de le redresser* » (I, 5).

L'**esthétique comique du contraste** repose aussi sur l'opposition des personnages. Ainsi, Béralde, qui accompagne Argan dans tout l'acte III, accentue les excès et les ridicules de son frère par son bon sens et sa tenue respectable.

1. On se reportera à l'analyse du monologue inaugural ci-dessous pour une étude plus détaillée des traits saillants de son caractère.
2. F. Sarcey, *Quarante ans de théâtre*, tome II, 1900.

2.2.4 « *La farce au cœur de la grande comédie*[1] »

La comédie dépasse la simple farce par une visée plus haute : avec Molière, elle prétend s'élever au **sérieux**, et cherche à atteindre une **vérité humaine**.

Tout l'art de Molière s'exprime dans la virtuosité avec laquelle il allie **dérision** et **gravité**. Quand il met en opposition Béralde le raisonneur et Argan l'irrationnel, il parvient à exposer très sérieusement son point de vue sur la médecine, sans jamais quitter le registre de la comédie. En effet, pour éviter de tomber dans l'écueil d'un réquisitoire moralisateur et rébarbatif, il dote Béralde d'un réel sens de l'**humour**, qui pour autant ne décrédibilise pas le fond de son propos. Plusieurs boutades rythment ainsi la discussion, rendant le raisonneur plus avenant, le ton plus léger, mais le sujet non moins profond, par exemple : « *Une grande marque que vous vous portez bien* [...] *c'est qu'avec tous les soins que vous avez pris,* [...] *vous n'êtes point crevé de toutes les médecines qu'on vous a fait prendre.* » (III, 3).

Molière n'hésite pas à aborder les sujets les plus sombres, et en particulier celui de la **mort**, omniprésent. Cela n'est pas pour nous surprendre quand on se rappelle du contexte de création de la pièce : un Molière mourant, affecté par les deuils, trahi par Lully, abandonné par le roi. Tous les personnages sans exception évoquent la mort à un moment ou à un autre, et à trois reprises ils vont jusqu'à la mimer. Cela explique certaines **interprétations très noires et pessimistes** du *Malade*, qui se rapproche alors du drame.

Mais la farce, doublée d'autodérision, n'est jamais bien loin, et désamorce tout ce qui pourrait conduire au pathétique. « *Le fait même qu'il ait raillé et ridiculisé Argan démontre son état d'esprit, sa volonté de neutraliser et de faire tourner court, dans un vaste éclat de rire, des sentiments et des passions qui mènent à grand pas au tragique. Molière, en riant de lui-même, a voulu qu'on en rie*[2]. » Le dramaturge a voulu jouer la comédie jusqu'à son dernier souffle, coûte que coûte. La mort est exorcisée par le rire[3], et les ballets entraînent le spectateur dans une joyeuse et irrésistible euphorie, loin des inquiétantes préoccupations.

1. A. Simon, *Molière, une vie*, 1987.
2. P. Valde, *Le Malade imaginaire*, 1946.
3. Cf. J. Serroy, « Autopsie du malade imaginaire », dans *Mélanges offerts en l'honneur de Robert Garapon*, 1992.

3. L'œuvre à l'examen

3.1 L'ÉPREUVE ORALE : ANALYSE LINÉAIRE DE TROIS EXTRAITS

3.1.1 Argan, personnage de comédie (I, 1)

Introduction

- **Contraste total** avec le prologue exubérant : décor sobre, monologue.
- **Scène d'exposition**, pourtant aucune information n'est donnée sur l'intrigue de la pièce. L'intérêt réside exclusivement dans la **peinture du caractère** d'Argan.

Problématique : Comment Molière introduit-il le personnage principal de sa pièce, en mettant d'emblée en avant sa dimension comique, ridicule et antipathique ?

I. Avarice et folles dépenses

1. L'introduction sans surprise du personnage éponyme (didascalie initiale)

- Argan **apparaît dès la première scène**, alors que souvent Molière ménage l'attente du spectateur, et présente son personnage principal à travers les avis exprimés par leur entourage (cf. *Tartuffe*, *L'Avare*). Ici c'est donc au spectateur de **se faire sa propre opinion**.
- Un indice majeur biaise son jugement : le **titre**. Annonce d'une **comédie de caractère**.
- **Isolement** : l'obsession et l'égoïsme d'Argan l'enferment et le coupent de ses proches.
- **Fauteuil** : emblème de son statut de « ***malade*** ». Position assise témoignant de sa pseudo-faiblesse physique.

2. Drôles de comptes (du début à « *Vingt et quarante sols* »)

- **Comique de répétition** : liste interminable, anaphore de « *Plus* » (cf. *L'Avare*, II, 1).
- **Comique de mots** : jargon médical très fleuri, épiphore « *de monsieur* » dont le caractère « *fort [civil]* » tranche avec la réalité très prosaïque de ses problèmes intestinaux.
- **Comique de caractère** :
  - **Dialogue fictif** avec Monsieur Fleurant, interpellé sur un ton condescendant mêlé de réprobation, parfois d'indignation et d'autoritarisme. Sorte de **polyphonie** à une voix.

– **Avarice** : réduction systématique du montant de chaque facture, même lorsqu'Argan semble approuver (il ne paie que la moitié du « *julep* »). Il ne paie même pas le prix qu'il fixe lui-même (la « *potion* » à 5 livres, évaluée à 4 francs, est payée 3)[1].

- **Ironie** : « *langage d'apothicaire* » : Argan souligne lui-même l'**escroquerie** inhérente au métier, sans prendre conscience qu'il en est la victime. Il laisse échapper ensuite qu'on peut être malade par volonté : « *si vous en usez comme cela, on ne voudra plus être malade* » !

II. Un faux malade vraiment détestable

1. Maladie et irrationalité (de « *Trois et deux font cinq* » à « *qu'il mette ordre à tout cela* »)

- **Structure circulaire** avec la reprise de la phrase initiale : imitation de l'**obsession** qui fait tourner en rond le monomane.
- **Comique de répétition** : totaux des traitements, ridiculement excessifs.
- **Satire** : médecine inefficace malgré les multiples traitements redondants.
- **Comique de caractère** : Argan mesure son état de santé à la quantité de traitements reçus. **Incohérence** du personnage oscillant entre limitation des dépenses et surconsommation, **irrationnel** lorsqu'il s'agit de médecine, mais très **lucide** quand il est question d'argent.
- **Puérilité** : M. Purgon est l'autorité suprême.

2. Ridicule et antipathie (de « *Allons, qu'on m'ôte tout ceci.* » à la fin de la scène)

- **Autoritarisme** : impératif.
- **Impatience** et **irascibilité** : gradation dans l'insulte. Emportement souligné par la ponctuation expressive.
- **Comique de mots et de caractère** : onomatopées : Argan fait la cloche en hurlant !
- **Égocentrisme** et **victimisation** : Argan estime en tant que malade mériter l'attention et les soins constants de toute la maisonnée.

Conclusion

- Les spectateurs disposent de suffisamment de symptômes pour établir leur **diagnostic** : Argan n'est pas malade, si ce n'est de sa **névrose** qui le rend **ridicule**. À son obsession pour la maladie s'ajoutent en outre de vilains **défauts** : avarice, égoïsme, irascibilité et posture tyrannique.
- Le **plaisir du spectacle** réside dans les différentes **formes de comique** – en premier lieu dans le **comique de caractère** ; elles provoquent le **rire** aux dépends d'Argan, qui ne suscite aucune forme de compassion.

1. Dans le système monétaire de l'ancien régime, une livre vaut vingt sols (sous), un sol vaut douze deniers.

3.1.2 Le père face à sa petite fille (II, 8)

Introduction

- Béline vient d'avertir Argan qu'elle a vu Angélique en présence d'un jeune homme. Argan fait venir la jeune Louison pour en savoir plus sur cette entrevue.
- Scène comique dont le réalisme est frappant tant dans la peinture de l'enfance que dans le spectacle des liens et rapports de force qui peuvent exister au sein d'une famille.

Problématique : Un spectacle comique plus vrai que nature ?

I. Une petite fille charmante mais peu décidée à parler

1. Une fillette naïve ou maline ? (du début à «*ce que je vous demande.*»)

- **Ingénuité** : modalité interrogative, signifiant ou feignant l'incompréhension.
- **Câlineries** délicieuses : langage enfantin, répétition de l'appellation hypocoristique « *mon papa* » : tendresse filiale sincère ou parfaitement calculée ?
- Elle propose de raconter une histoire pour délasser son père : touchante attention ou tentative de **diversion ?**

2. Un interrogatoire infructueux (de «*Quoi donc ?*» à «*Assurément*»)

- Une « ***rusée*** » qui joue l'**innocente.** Répétition de l'interrogatif « *Quoi ?* ». Reprise docile des mots employés par son père. Flagrant délit de **mensonge**, au moins par omission !
- **Autorité** et **emprise paternelle** : question rhétorique à vocation intimidante, rappelant le devoir d'obéissance. Instrumentalisation de Louison : espionne à la solde de son père, peut-être contre son gré ?

II. II. Jeux de pouvoir et comédie

1. L'affirmation du père, dur et violent (de «*Oh ça !*» à «*Allons, allons.*»)

- **Coercition** : Argan n'a pas de scrupules à employer la menace et la force sur un enfant. Stratégie efficace, cependant l'obtention du résultat escompté ne le fait pas renoncer à la **violence** ! Modalité injonctive : **dureté**, détermination impitoyable.
- **Comique de situation** : changement radical dans l'attitude de Louison, réellement paniquée ou adaptant sa stratégie ? Supplications : modalité exclamative, agenouillement.

2. Un renversement du rapport de force ? (de «*Ah ! mon papa*» à «*Oh ! oui, mon papa.*»)

- **Comique d'exagération** : hyperbole «*je suis morte*», avant même les coups !
- Stratagème pour **désamorcer** la violence : **mort feinte** de Louison, préfigurant les scènes III, 12-14. Procédé censé permettre de révéler les sentiments profonds d'un personnage.
- **Lamentations** d'Argan : ponctuation expressive, interjections. **Désespoir sincère** d'un père enfin débarrassé de son égoïsme, ou façon d'entrer dans le **jeu** de Louison pour en rester le **maître** ? Victoire de Louison, qui échappe aux coups ? Victoire d'Argan, qui en attendrissant sa fille la rend redevable du pardon accordé, et donc plus docile ?

III. Candides aveux ?

1. Un récit morcelé (de «*Prenez-y bien garde*» à «*il s'est enfui.*»)

- **Menace comique** : «*petit doigt*» personnifié, brandi en guise de détecteur de mensonges : **crédulité toute enfantine** de la fillette pourtant si futée.
- Promesse rassurante d'Argan pour libérer la parole.
- **Réticences** de Louison ou **plaisir malin** pris à impatienter son père ? : phrases déclaratives courtes. Argan semble devoir lui tirer les vers du nez : **comique de répétition**.
- **Théâtralité** du récit : discours rapporté aux styles direct et indirect.

2. Mises en garde paternelles (de «*Il n'y a point autre chose ?*» à la fin)

- Argan est **dubitatif** quant à l'issue de l'entrevue, qu'en grossier personnage il imagine sans doute moins chaste. Nouvelles **menaces**, nouvelle **ruse** : mise en scène du «*petit doigt*».
- Spectacle attendrissant et drôle de la **naïveté** d'un enfant.
- Argan, parvenu à ses fins, peut endosser à nouveau son **rôle de malade** harassé et égoïste.

Conclusion

- Finesse dans l'**analyse psychologique** des personnages.
- Spectacle plaisant d'un **duel original** et riche en rebondissements, au cours duquel on ne sait pas toujours qui a l'avantage. Déploiement de ruses et stratégies propres à la comédie : **théâtre dans le théâtre**.

3.1.3 Toinette fait son numéro (III, 10)

Introduction

- Dans la pure tradition de la farce, l'inventive servante, déguisée, se livre à un véritable numéro de comédie pour servir l'intérêt des jeunes gens.
- L'objectif est de décrédibiliser la médecine aux yeux d'Argan pour le tirer de l'emprise des médecins et de sa maladie imaginaire. C'est donc un faux médecin qui va singer et ridiculiser de vrais médecins, qui eux-mêmes ressemblent pourtant déjà à des caricatures grotesques !

Problématique : Quels procédés comiques Toinette utilise-t-elle dans sa mise en scène pour ridiculiser et discréditer la médecine aux yeux d'Argan, tout en amusant les spectateurs ?

I. Le portrait satirique de l'imposteur

1. Présentations trompeuses (du début à « *pour quatre-vingt-dix ans.* »)

- Flatteries envers « *l'illustre malade* ». Dénonciation de l'hypocrisie.
- Mensonge sur son âge et sur les « *effet*[s] *des secrets de* [son] *art* ». Argan semble dupe.

2. Un autoportrait à charge (de « *Je suis médecin* » à « *des bontés que vous avez pour moi.* »)

- Tirade à périodes : **rhétorique** qui cherche à impressionner.
- **Prétention**, confiance dans sa « *capacité* ». **Mépris** pour « *le menu fatras des maladies ordinaires* », vocabulaire de la plaisanterie.
- Recherche de cas graves capables de **le faire valoir** : accumulation avec anaphore, alexandrin avec anaphore et parallélisme « *c'est là que je me plais, c'est là que je triomphe* ».
- **Absence d'humanité** : le malade est réduit à un cas d'école, un **objet**. Souhait déplacé de voir Argan au plus mal ! **Décalage** entre la souffrance du patient et la jouissance qu'il en retire. **Ironie** des remerciements d'Argan.

II. Décrédibiliser la médecine par un art jubilatoire de la contradiction

1. Un étonnant diagnostic… (de « *Donnez-moi votre pouls.* » à « *le poumon, vous dis-je.* »)

- **Admonestation ridicule** du pouls personnifié.
- **Pique** adressée à M. Purgon, exclu de la liste des « *grands médecins* ». Concurrence.
- **Diagnostic** volontairement contradictoire : **discrédit** du discours médical.
- **Comique de répétition** : « *le poumon* », devenu cause imaginaire de tous les symptômes. Déclenchement d'un véritable ballet de paroles, rythmé et frénétique.

- **Satire** : questions transformant des comportements triviaux en symptômes de maladie.

2. Et des prescriptions déconcertantes (de «*Que vous ordonne*» à «*Vous m'obligez beaucoup.*»)

- Même mécanique rythmée d'enchaînement des répliques, avec **comique de répétition**.
- M. Purgon est accusé d'**ignorance**. Querelle interne qui **décrédibilise** toute la profession.
- **Comique de mots** : adjectif en pseudo-latin scandé aux trois genres, ce qui n'a aucun sens !
- **Satire** : préconisation d'un **régime** absurde, gras et lourd, aux antipodes du précédent.

III. Un médecin inquiétant

1. Douteuses recommandations (de «*Que diantre faites-vous*» à «*Cela n'est pas pressé.*»)

- **Conseils abusifs** et **inacceptables**, même pour Argan qui proteste et pour la première fois **remet en question** la parole d'un médecin.
- **Parodie** de l'*Évangile de Matthieu*, 5, 29-30.

2. Un congé précipité (de «*Adieu*» à la fin)

- **Satire** : départ impromptu. Médecine incompétente, qui tue et réfléchit ensuite.
- **Ironie** de Béralde.

Conclusion

- **Comique de situation** naissant de la **double énonciation** : Toinette s'adresse à Argan, qui prend la chose au premier degré, mais aussi à Béralde et aux spectateurs, **complices** du stratagème, qui peuvent se délecter de son **jeu comique et outrancier**.
- **Satire complète** : flatterie, orgueil, pédantisme, jargon, rhétorique, ignorance, incohérence, incompétence. Finalement il n'y a pas de réelle différence entre un faux et un vrai médecin, car même les vrais médecins sont des imposteurs ; seul le costume compte[1].
- Si Argan semble déstabilisé, l'entreprise est **infructueuse** : il est décidé à envoyer Angélique au couvent et refuse d'en discuter avec Béralde. Il n'est pas non plus tiré de son aveuglement obsessionnel.

---

1. «*L'on n'a qu'à parler avec une robe et un bonnet, tout galimatias devient savant, et toute sottise devient raison.*» (Béralde, III, 14).

3.2 L'ÉPREUVE ÉCRITE : PROPOSITION D'UN SUJET DE DISSERTATION

- D'après Molière, « *Les comédies ne sont faites que pour être jouées,* [...] *avec les ornements qui les accompagnent* » (Préface de l'*Amour médecin*). Vous illustrerez et discuterez ce jugement en répondant à la problématique suivante : le spectacle, dans toutes ses dimensions et avec tous ses effets, est-il l'unique manière, ou la meilleure, d'aborder la comédie ?
- **Éléments d'introduction** : question du rapport du genre théâtral, et en particulier de la comédie, à la représentation. Thèse de Molière : la vocation de la comédie est le spectacle, le divertissement. Par « *ornements* », il fait référence à la musique, à la danse et au faste qui caractérisent la comédie-ballet, genre de son invention.
- **Plan détaillé** : chaque argument devra être illustré par des exemples précis tirés du *Malade imaginaire*, d'autres comédies, et de votre expérience personnelle du théâtre.

I. Le texte de comédie, comme tout texte de théâtre, est destiné au spectacle

1. Le texte théâtral est par essence lacunaire[1]

- Simple composante de la pièce, qui ne se réalise pleinement que dans la **représentation** par des **comédiens** devant un **public**.
- À l'époque de Molière, les pièces sont souvent jouées avant d'être publiées.
- Dans la *commedia dell'arte*, dont Molière s'est largement inspiré, seul le canevas était écrit, le reste était improvisé !

2. La représentation est complémentaire du texte

- **Expérience collective** au sein d'un public, partage d'émotions, circulation du rire.
- Spectacle qui fait appel aux **sens. Incarnation** du texte.
- Jeu vivant des acteurs, essentiel pour faire advenir le comique : gestes, mouvements, intonations, grimaces...
- Décors, costumes, éclairages. Plongée dans une atmosphère particulière.

3. La comédie-ballet, un spectacle total

- Notion de spectacle et de divertissement très intimement liée au genre de la **comédie-ballet**, qui associe la **musique** et la **danse** au théâtre et leur accorde une place importante :

1. Cf. A. Ubersfeld, *Lire le théâtre*, 1977.

- 4 Ballets pour 3 actes dans le *Malade imaginaire*, sans compter l'air d'opéra chanté (II, 5).
- 6 Ballets pour 5 actes dans *Le Bourgeois gentilhomme*.

II. Pourtant on prend aussi plaisir à aborder les comédies autrement

1. La lecture, une expérience de liberté

- **Accès** plus facile d'un point de vue matériel : liberté par rapport à la programmation des théâtres, aux horaires, aux lieux, au prix…
- Maîtrise du **rythme** de lecture : relire, anticiper, faire une pause, reprendre…
- Texte vierge qu'on est libre d'**imaginer** à sa manière sans être prisonnier de l'interprétation d'une mise en scène particulière.

2. La possibilité d'un approfondissement par la lecture

- **Intimité** avec le texte qui nous rend plus sensible à la beauté recherchée dans l'écriture, aux figures de style, au vocabulaire. Possibilité d'observer et analyser le texte en détail.
- **Aide** à la compréhension fournie par le paratexte, utile par exemple pour un lecteur contemporain qui n'est pas familiarisé avec le théâtre classique.

3. Une adaptation nécessaire ?

- Dans le cas spécifique des comédies-ballets, beaucoup de metteurs en scène ont choisi de présenter la comédie **sans ses** « ***ornements*** », en laissant de côté les ballets.
- Raisons **matérielles** et **financières** : mise en œuvre difficile pour une troupe.
- Évolution des **goûts** : public moins sensible à l'exubérance et à la fantasmagorie baroque, esthétique trop liée au règne de Louis XIV. Pour le *Malade imaginaire*, déclin aussi bien de la pastorale que de la *commedia dell'arte* et de l'orientalisme : les ballets risquent de manquer leur fonction divertissante à cause de leur décalage avec la sensibilité du public.

III. Rester fidèle à la dimension spectaculaire de la comédie

1. Être son propre metteur en scène

- Pour bien lire une comédie, Molière conseille de s'en faire un **spectacle mental**.
- « *Je ne conseille de lire celle-ci qu'aux personnes qui ont des yeux pour découvrir dans la lecture tout le jeu du théâtre.* » (Préface de l'*Amour médecin*)

2. Le spectacle pour enrichir sa lecture

- Le spectacle donne accès à des **interprétations**, à des **réactualisations** de la comédie qui ne nous seraient pas apparues dans une lecture individuelle.
- Bénéfice de la **comparaison** des mises en scènes, qui permet de ne pas s'enfermer dans une seule vision de la pièce.

3. Adapter sans trahir

- Tronquer les « *ornements* » d'une comédie, c'est risquer la **trahison**.
- Pièce dépouillée « *des grâces dont* [elle] *a toutes les peines du monde à se passer.* » (*Ibid.*)
- Nécessité narrative indéniable de certains intermèdes, tels que les cérémonies du *Bourgeois gentilhomme* et du *Malade imaginaire.*
- Sens de la pièce biaisé : sans la folie, l'euphorie des ballets, *Le Malade imaginaire* peut devenir une pièce très noire et pessimiste. La comédie devient drame.

Conclusion

- Différentes approches de la comédie, complémentaires plus qu'antagonistes.
- Grande liberté accordée aussi bien dans la lecture que dans la mise en scène, sous réserve de respecter l'unité et l'esprit de la comédie.

3.3 PARCOURS ASSOCIÉ : « SPECTACLE ET COMÉDIE »

Problématique : Comment la comédie se donne-t-elle elle-même en spectacle ?

- **Proposition d'un corpus** : Le spectacle dans la comédie : quand les personnages se font comédiens…
  - Molière, *Les Fourberies de Scapin* (1671), III, 2 : une supercherie farcesque.
  - Shakespeare, *Le Songe d'une nuit d'été* (1600), III, 1 : une répétition de théâtre burlesque.
  - Beaumarchais, *Le Mariage de Figaro* (1784), V, 8 : déguisement et comédie.
- **Textes complémentaires**
  - Aristophane, *La Paix* (421 av. J.-C.), v. 309-345 : une irrépressible envie de danser.
  - Molière, Prologue de *L'Amour médecin* (1665) : l'union de la comédie, de la musique et du ballet pour divertir roi.
  - Marivaux, *Le Jeu de l'amour et du hasard* (1730) : masques et déguisements.
  - Anouilh, *L'Hurluberlu* (1959) : un spectacle bien difficile à mettre en place.
  - Romains, *Knock ou le Triomphe de la médecine* (1924) : le médecin manipulateur.
- **Prolongements artistiques et culturels**
  - Charlie Chaplin, *Le Dictateur* (1940) : scène du barbier. La *Danse hongroise n° 5* de Brahms entraîne le personnage dans un ballet comique.
  - Stanley Donen et Gene Kelly, *Singing in the rain* (1952) et Michel Hazanavicius, *The Artist* (2011) : mise en abyme du monde d'Hollywood et spectacle total.

Pierre Carlet, dit Marivaux, *Les Fausses Confidences*

“ *Il est permis à un amant de chercher les moyens de plaire, et on doit lui pardonner, lorsqu'il a réussi.* ”

Araminte (III, 12)

1. L'œuvre et ses contextes

1.1 MARIVAUX (1688-1763), UN HOMME INSCRIT DANS SON TEMPS

Éléments biographiques	Contexte culturel
• **1688** : Naissance à Paris de Pierre Carlet, le 4 février, au sein d'une famille de la petite noblesse. • Enfance et adolescence à Riom, en Auvergne.	• **1688** : Début de la querelle des Anciens et des Modernes, initiée par Charles Perrault (*Le Siècle de Louis le Grand*). • **1697** : Les Comédiens-Italiens sont chassés sur ordre de Louis XIV. • **1709** : *Turcaret* (comédie) de Lesage.
• **1710:** Études de droit à Paris. Rapidement, il laisse de côté le droit pour se consacrer à la littérature. • Pierre Carlet fréquente les salons intellectuels à la mode, se lie d'amitié avec Fontenelle et Houdar de la Motte dont il partage les idées esthétiques ; comme ces derniers, **il prend le parti des Modernes** dans la célèbre querelle littéraire opposant les partisans du respect de la tradition – les Anciens-, aux partisans d'un renouvellement des formes – les Modernes.	• **1715** : Mort de Louis XIV. Philippe d'Orléans, régent jusqu'à la majorité de Louis XV (en 1723), autorise le retour des Comédiens-Italiens.

Éléments biographiques	Contexte culturel
• **1716** : Pierre Carlet adopte le pseudonyme de Marivaux • **1717** : Il épouse Colombe Bologne (qui décède en 1723). De leur union naît Colombe Prospère l'année suivante. • **1720** Marivaux, ruiné par la banqueroute de Law, devient un homme de Lettres professionnel, à la fois journaliste, romancier et dramaturge.	• **1721** : *Lettres persanes* de Montesquieu. • **1734** : *Lettres Philosophiques* de Voltaire.
• **1742** : Il est élu à l'unanimité à l'Académie Française, face à Voltaire (qui sera élu en 1746), lequel le critique sévèrement, l'accusant de légèreté et alimentant sa réputation d'homme peu préoccupé par les questions de son temps.	• **1748** : *De l'esprit des lois* de Montesquieu. • **1749** : Début de la publication de l'*Encyclopédie* dirigée par Diderot et d'Alembert. • **1758** : *Lettre à d'Alembert sur les spectacles* de Rousseau. • **1759** : *Candide* de Voltaire.
• **1763** : Mort à Paris, le 12 février, à l'âge de 75 ans.	

1.1.1 Une carrière littéraire prolifique

Marivaux journaliste	Marivaux romancier	Marivaux dramaturge
En **1717**, sous le nom de Théophraste, Marivaux écrit des articles pour un important périodique, *Le Mercure de France*. *Les mœurs de Paris par le Théophraste moderne* (publications réunies sous le titre *Lettres sur les habitants de Paris*) manifestent déjà son talent d'observateur critique. À partir de **1721**, **Marivaux lance ses propres journaux**: • **1721-1724**: *Le Spectateur français*. • **1727**: *L'Indigent philosophe*.	Marivaux est d'abord tenté par la **veine burlesque et parodique**: • **1712**: *Pharsamon ou les folies amoureuses* (publié en 1737), parodie des romans précieux du XVIIe; • **1714**: *Le Télémaque travesti* (publié en 1736), parodie du roman de Fénelon, *Les Aventures de Télémaque* (1699). Il s'adonne ensuite à l'écriture de deux romans qui resteront inachevés, constituant une sorte de **diptyque** : • **1731-1742** : *La Vie de Marianne*, roman-mémoire inachevé, mettant en scène une jeune provinciale découvrant l'hypocrisie de la société parisienne du début du XVIIIe.	Mais Marivaux se rend surtout célèbre par les nombreuses comédies qu'il écrit et qui lui permettent de **mettre en scène les faiblesses humaines.** Il crée des **comédies amoureuses**: • **1720**: *Arlequin poli par l'amour* (1er grand succès). • **1722**: *La Surprise de l'amour.* • **1723** : *La Double Inconstance.* • **1727**: *La Seconde Surprise de l'amour.* • **1730**: *Le Jeu de l'amour et du hasard.* • **1731**: *Les Serments indiscrets.* • **1732**: *Le Triomphe de l'amour.* • **1733** : *L'Heureux stratagème.*

Marivaux journaliste	Marivaux romancier	Marivaux dramaturge
• **1734** : *Le Cabinet du philosophe*. L'objectif de Marivaux, en créant ces périodiques moraux, est d'étudier les mœurs, inventant dès lors une nouvelle forme d'écriture morale. Il crée une nouvelle relation entre le rédacteur et son lecteur, exploitant la discontinuité de l'écriture et faisant alterner le récit des histoires quotidiennes – dont il a été le témoin – et des morceaux d'analyse. Sa réflexion porte essentiellement sur **le rôle de l'écrivain**, la **condition des femmes** et l'omniprésence de la **dissimulation** et du **masque** dans la société.	• **1734-1735** : *Le Paysan parvenu*, autre roman-mémoire inachevé dans lequel Jacob, jeune paysan cherchant à s'intégrer à la haute société parisienne, analyse de façon lucide – et ironique- son ascension sociale.	• **1737 : *Les Fausses Confidences* (16 mars) au Théâtre-Italien.** • **1739** : *Les Sincères*. • **1740** : *L'Épreuve*. • **1744** : *La Dispute*. • **1755** : *La Femme fidèle*. • **1757** : *Félicie*. Le dramaturge s'illustre aussi en créant des **comédies à thèse sociale ou philosophique** : • **1725** : *L'Île des esclaves* (sur la condition des domestiques); • **1750** : *La Colonie* (sur la condition des femmes).

1.2 L'ŒUVRE DANS SON SIÈCLE

1.2.1 Le XVIIIe siècle : une époque de renouveau

Marivaux a vingt-sept ans lorsque Louis XIV, qui règne depuis 1643, meurt le 1er septembre 1715. Son arrière-petit-fils, Louis XV, n'a que cinq ans. S'ensuit la période de **la Régence**, pendant laquelle le pouvoir est confié à Philippe d'Orléans jusqu'à la majorité du roi (1723). L'austérité de la fin du règne de Louis XIV laisse place à l'émancipation des mœurs; une « morale du plaisir » commence à s'imposer. La fameuse banqueroute de Law[1], qui ruine entre autres Marivaux, est propice à un brassage social. **Les bourgeois s'enrichissent, deviennent de plus en plus cultivés et côtoient dans les salons les aristocrates**. Progressivement, la fortune et le mérite tendent à remplacer la naissance comme critères de qualité. Marivaux, même s'il n'a pas l'esprit révolutionnaire, s'interroge sur la structure pyramidale de la société qui peut provoquer des injustices sociales.

1. Financier écossais qui avait mis en place un système monétaire fondé sur l'émission de billets, mais qui conduisit à une banqueroute retentissante en 1720.

Homme éclairé et bienveillant qui pense, à l'instar de M. Orgon dans *Le Jeu de l'amour et du hasard*, que « *dans ce monde, il faut être un peu trop bon pour l'être assez* » (I, 2), Marivaux croit que l'ordre social peut être adouci par l'humour et l'esprit de tolérance garant d'une plus grande harmonie sociale. En ce sens, son œuvre qui s'inscrit **à l'aube des Lumières**, témoigne de l'esprit nouveau introduit en France par Bayle (1647-1706) et Fontenelle (1657-1757). Il ne s'agit pas tant pour l'écrivain de critiquer la monarchie que de signaler les abus de pouvoir et de se libérer des préjugés.

1.2.2 Le théâtre au XVIIIe siècle

Au cours du XVIIIe siècle, grâce aux triomphes de Molière, Corneille et Racine applaudis par le Roi-Soleil et sa Cour, **le théâtre reste le genre littéraire le plus important** en France. Le succès du théâtre vient aussi du fait qu'il est accessible aux gens illettrés, qui sont encore majoritaires en France à cette époque.

À l'époque de Marivaux, Paris compte trois troupes permanentes. Le premier théâtre de la capitale, l'**Académie royale de musique** (fondée en 1669 à l'initiative de Colbert), offre au public friand de spectaculaire des opéras français. La **Comédie-Française**, ou Théâtre-Français, fondée en 1680, rassemble les plus célèbres comédiens du temps – tels que les anciens compagnons de Molière et les meilleurs comédiens de la troupe prestigieuse du théâtre de l'Hôtel de Bourgogne qui représentait notamment les œuvres de Racine. Enfin, la **Comédie-Italienne** reprend la tradition populaire de la *commedia dell'arte*, un jeu improvisé sur des canevas préétablis et des personnages archétypaux. Les Comédiens-Italiens, qui s'étaient fixés à Paris en 1660, sont expulsés sur l'ordre de Louis XIV en 1697, après l'annonce de la représentation de *La Fausse Prude* qui masquait une attaque contre Mme de Maintenon, épouse morganatique du roi. Après la mort de ce dernier, le Régent les rappelle à Paris ; des auteurs français comme Marivaux écriront de nombreuses pièces pour le Théâtre-Italien.

Malgré l'abondante floraison d'œuvres dramatiques (écrites par Dancourt, Lesage, Regnard, Destouches, Voltaire, Diderot, Rousseau), la scène française n'a reconnu que deux véritables génies : Marivaux et Beaumarchais, lesquels, quoiqu'adoptant un ton différent, se sont illustrés dans la comédie.

1.3 GENÈSE ET PLACE DE L'ŒUVRE

1.3.1 Une pièce dans la lignée de l'œuvre marivaudienne

Selon Chaudon, « *M. de Marivaux a mis dans ses comédies des idées philosophiques, présentées d'une manière neuve, singulière et agréable. Personne ne développe avec plus de finesse les replis les plus cachés du cœur humain. Il cherche moins à peindre les ridicules qu'à inspirer l'humanité*[1]. »

Maître incontesté de la peinture de la psychologie amoureuse, **Marivaux excelle à analyser la surprise de l'amour** qui parvient toujours – ou presque – à conquérir les cœurs. Il explicite d'ailleurs lui-même son sujet de prédilection : « *J'ai guetté dans le cœur humain toutes les niches différentes où peut se cacher l'amour lorsqu'il craint de se montrer, et chacune de mes comédies a pour objet de le faire sortir d'une de ses niches...* » Ce n'est plus le père qui constitue l'obstacle majeur, comme c'était le cas chez Molière, mais bien plus l'amour-propre, les personnages ne voulant pas reconnaître qu'ils sont amoureux (comme dans *Le Jeu de l'amour et du hasard*, 1730). Il ne s'agit plus, comme chez Corneille, d'un dilemme entre la raison et les sentiments, mais d'un **conflit entre le sentiment et le préjugé social.** L'obstacle à l'amour n'est donc plus extérieur ; Marivaux choisit d'intérioriser cet obstacle pour être à même d'analyser la naissance de l'amour.

C'est dans cette perspective que s'inscrit la pièce au programme. Comédie polymorphe, *Les Fausses Confidences* relèvent à la fois de la comédie d'intrigue – Dubois étant l'héritier du valet machiniste des comédies molièresques – et de la comédie du sentiment confronté au préjugé social – la veuve fortunée devenant amoureuse de son intendant.

1.3.2 Réception de la pièce

La première représentation de *La Fausse Confidence* (titre initial) a lieu le 16 mars 1737, au Théâtre-Italien. La comédie ne remporte qu'un succès médiocre et ne sera jouée que cinq fois. Un an plus tard, le public se montre moins froid et rend à « *cette pièce ingénieuse, la justice qu'elle mérite* » selon le *Mercure de France*. Dans la deuxième moitié du siècle, la pièce sera souvent reprise et finira par figurer au répertoire de la Comédie-Française. Elle obtiendra un vif succès en 1793, étant presque jugée comme une pièce révolutionnaire puisque mettant en scène une bourgeoise fortunée, préférant l'amour d'un roturier à celui d'un aristocrate...

1. Louis-Mayeul Chaudon, *Bibliothèque d'un homme de goût*, 1772.

1.3.3 Un titre programmatique

Les Fausses Confidences posent d'emblée la question d'une **dialectique**, chère à Marivaux, entre le « faux » et le « vrai », le mensonge et la vérité, **la duplicité et la sincérité**. Cette dialectique paraît mettre au même plan la thématique du masque, du faux-semblant, et celle de la révélation des sentiments.

Ce titre a par ailleurs la fonction d'avertir le spectateur, invité à se méfier de cette parole mensongère. Ainsi, un pacte de lecture est établi : le lecteur/spectateur peut savourer la finesse des échanges en ce qu'il a un regard surplombant. Cette double entente est la source principale du comique.

Enfin, le titre peut aussi être appréhendé dans sa dimension métathéâtrale : le théâtre, par essence, nous fait entendre de « fausses confidences », lesquelles tendent toujours à aboutir, et notamment chez Marivaux, à une meilleure connaissance de soi et des autres. Ces « fausses confidences » sont ainsi un **stratagème de l'écriture théâtrale** qu'il convient de rapprocher de la maïeutique socratique s'attachant à faire « accoucher » le lecteur/spectateur. **C'est par le faux et l'illusion qu'on parvient au vrai**. Ainsi, si l'illusion sert à tromper, elle nous fait voir *in fine* la vérité et nous y fait accéder. L'illusion a donc une **fonction heuristique**[1].

1. Fonction de découverte de la vérité.

2. L'œuvre en examen

2.1 STRATAGÈME ET MISE EN ABYME DE LA COMÉDIE

2.1.1 Structure de la pièce : succession de machinations ourdies par plusieurs intrigants

	Intrigant	Armes	Mobile	Issue
Machination 1 : Dubois veut aider son ancien maître à conclure un mariage avec Araminte, une veuve fortunée. NB : Dans cette intrigue, M. Rémy devient un adjuvant involontaire (II, 2).	**Dubois**, valet machiniste issu de la comédie.	Dubois manie aisément la **parole séductrice** ; « *homme de sang-froid* » (III, 1), il invente des **pièces à conviction** (portraits ; lettre).	Ambigu : Dubois agit-il par intérêt ? par pure générosité ? Ne manifeste-t-il pas une certaine jouissance à manipuler autrui ? Cf. Dorante (I, 2) : « *Il t'est venu dans l'esprit de faire ma fortune* » (ici, le mot « fortune » peut être entendu au sens de « richesse » ou « bonheur »).	HEUREUSE : le dénouement annonce l'imminence du mariage. Succès final : « *Ouf, ma gloire m'accable* » (III, 13).
Machination 2 : M. Rémy veut faire épouser Dorante à Marton (I, 3).	**M. Rémy**, oncle de Dorante et père de substitution.	Usant de la **parole mensongère,** il induit en erreur Marton (I, 4).	Mariage d'intérêt.	Il savoure d'emblée sa réussite (I, 4 « *je vous fiance* ») mais constate l'échec de son entreprise en III, 8 et quitte la comédie.
Machination 3 : Mme Argante veut que sa fille épouse Dorimont ; « *elle est extrêmement entêtée de ce mariage* » (I, 11).	**Mme Argante**, parodie de la bourgeoise en quête de reconnaissance sociale.	Proche des pères moliéresques mais éloignée des pères marivaudiens, elle use d'une **parole autoritaire,** voire tyrannique, et veut manipuler Dorante en vain : « *C'est moi qui suis sa mère, et qui vous ordonne de la tromper à son avantage, entendez-vous ? c'est moi, moi* » (I, 10).	Désir d'ascension sociale : « *je serai charmée moi-même d'être la mère de Madame la comtesse Dorimont* » (I, 10).	Échec, d'où sa réplique finale à double sens : « *Ah ! la belle chute !* » Refus de reconnaître Dorante comme son gendre ; l'annonce du mariage provoque donc une crise familiale.

	Intrigant	Armes	Mobile	Issue
Machination 4: Le comte veut épouser Araminte	**Le Comte Dorimont**, rival de Dorante (deux prénoms commençant par la même syllabe, ce qui a pour effet de rapprocher les deux prétendants).	N'ayant aucune autorité, il ne peut que faire du chantage à Marton – « *Monsieur le comte me fait présent de mille écus le jour de la signature du contrat* » (I, 11) – ou à Dorante – « *Parlons à cet intendant; s'il ne faut que de l'argent pour le mettre dans nos intérêts, je ne l'épargnerai pas.* » (II, 4).	Ambigu: Est-il désargenté, auquel cas ce mariage serait pour lui une occasion de s'enrichir? Aime-t-il sincèrement Araminte? Il lui avoue en effet sa « *tendresse* » (II, 11) et finit par renoncer au procès.	Issue malheureuse. C'est sa prétendue qui lui annonce sans aucun ménagement le verdict en III, 13: « *Monsieur le Comte, il était question de mariage entre vous et moi, et il n'y faut plus y penser* ». Il énonce « *tristement* » sa réplique finale.
Machination 5 Araminte veut éprouver Dorante: « *j'ai envie de lui tendre un piège* » (II, 12); « *il faut le pousser à bout* » (II, 15).	**Araminte,** femme fortunée et libre d'esprit, malgré son amour-propre qui l'empêche d'avouer clairement son amour en III, 12.	Elle invente et dicte à Dorante une lettre au Comte, dans le but d'éveiller la jalousie de l'amoureux transi (II, 13). Puis elle se sert du portrait pour éprouver à nouveau Dorante (II, 15).	Elle veut lui faire avouer ses sentiments et le pousser à une déclaration d'amour (elle n'est pas insensible aux déclarations de Dorante et adopte volontiers la figure de la Dame des récits courtois, imposant au chevalier des épreuves).	« Tel est pris qui croyait prendre »: Non seulement Marton les surprend dans une posture compromettante (II, 15), mais Araminte tombe sous le charme de Dorante et on assiste au triomphe de l'amour sur l'amour-propre.

2.1.2 Dubois, meneur du jeu

Contrairement à son pair Arlequin, Dubois est un valet central dans *Les Fausses Confidences* puisque c'est lui qui met en place le stratagème. D'emblée introduit comme ayant « *un air de mystère* » (cf. I, 2; I, 16) et jouant souvent la comédie (cf. I, 13; II, 10), il est un **rouage essentiel dans la mécanique de la comédie** puisque c'est sa ruse qui contribue à faire progresser l'intrigue. Il est sûr que son plan fonctionnera et, dès l'exposition, il présente au spectateur un stratagème « *infaillible, absolument infaillible* » (I, 2) qui repose tant sur une intrigue d'amour que sur une intrigue d'argent : « *on vous épousera, toute fière qu'on est, et on vous enrichira, tout ruiné que vous êtes* ». Fidèle serviteur de son ancien maître, Dubois trahit la confiance de sa maîtresse – il est avant tout présenté dans la liste des personnages comme le « *valet d'Araminte* » –, et s'écarte en ce sens de la figure traditionnelle du valet. Étant à l'origine de « vraies fausses confidences » (I, 14 et II, 12), il sème le trouble dans l'esprit du spectateur qui peine à démêler le vrai du faux. Valet machiavélique, il manipule tous les autres personnages, unit son destin à celui de son maître – « *il faut qu'elle nous épouse* » (III, 1) – mais ses mobiles profonds restent cachés. Usant de la métaphore guerrière[1] – « *Allons faire jouer toutes nos batteries* » (I, 17) il s'autoproclame **fin stratège** et sa dernière réplique insiste sur l'orgueil démesuré d'un valet conçu en même temps pour faire rire le public : « *Ouf! ma gloire m'accable* ».

2.1.3 Les armes du stratagème

Dans la logique de la manipulation, les intrigants, « chefs de guerre » si l'on en croit le sens étymologique du terme « stratagème », mènent un combat, non pas pour tromper « l'ennemi » – on reste dans une comédie –, mais pour que la raison et les préjugés fléchissent, face aux sentiments.

Le portrait et la lettre, « vraies-fausses » pièces à conviction

Accessoires symboliques et romanesques[2], les deux portraits et les deux lettres dont il est question dans *Les Fausses Confidences* sont considérés comme de véritables pièces à conviction, **preuves** *a priori* **irréfutables**[3]. Grâce aux deux portraits, Araminte est convaincue de l'amour que lui porte Dorante et n'en est pas insensible. Face aux railleries de sa mère et du comte, elle feint de ne pas saisir cet amour et s'engage alors véritablement dans l'action, fomentant un « *piège* » pour éprouver Dorante et inventant une lettre pour susciter sa jalousie et le forcer à déclarer son amour, en vain (II, 13).

Mais c'est la deuxième lettre dont il est question dans *Les Fausses Confidences* qui devient, comme les portraits, une pièce à conviction. Apparaissant dès la première scène de l'acte III, **cette lettre passe de mains en mains** : inventée par Dubois, écrite par Dorante, confiée à Arlequin, interceptée puis lue (en hors-scène) par Marton, elle est finalement lue à voix haute par le comte (sc. 8) : preuve de l'amour de Dorante, elle établit en même temps l'**autoportrait d'un amant pathétique**, avouant sa « *malheureuse*

---

1. Cette métaphore guerrière n'est pas sans rappeler le sens étymologique de « stratagème », terme issu du grec στρατήγημα : « ruse de guerre ».
2. Cf. entre autres *La Princesse de Clèves* (1678) de Mme de Lafayette ou *Les Liaisons dangereuses* (1782) de Choderlos de Laclos.
3. Le portrait considéré comme pièce à conviction avait déjà été exploité par Marivaux dans *Le Triomphe de l'amour* (1732), comédie dans laquelle Léonide, princesse déguisée en homme et se faisant appeler Phocion, parvient à séduire Léontine en lui présentant un portrait qu'elle/il a peint la représentant, preuve de sa dévotion.

passion[dont il] *ne guérir*[a] *jamais* ». Cette lettre vise à **provoquer la pitié** de la véritable destinataire, Araminte. Cette lettre est donc une sorte de réponse à la mise à l'épreuve infligée à Dorante par Araminte (en II, 13).

La parole séductrice : une rhétorique de la manipulation

Mais dans cette comédie, c'est le langage qui est surtout considéré comme **une arme au service du stratagème**. La parole devient séduction dans tous les sens du terme, et Marivaux célèbre **les pouvoirs du verbe**, en créant des figures de séducteurs.

Dorante, grâce à son **langage qu'il emprunte à la rhétorique courtoise**, parvient à séduire la femme aimée : dès son arrivée dans la maison de Madame Argante, il se met au service de la Dame vénérée et adopte volontiers la posture du chevalier courtois : « *l'honneur de servir une dame comme vous n'est au-dessus de qui que ce soit, et je n'envierai la condition de personne* » (I, 7). Dubois confirme auprès d'Araminte le portrait du parfait amant courtois qu'est Dorante, exploitant **le *topos* courtois de la *fin'amor*** et de la « *démence* » amoureuse dans la scène 14 de l'acte I : « *Il vous adore ; il y a six mois qu'il n'en vit point, qu'il donnerait sa vie pour avoir le plaisir de vous contempler un instant* » ; « *Il a un respect, une adoration, une humilité pour vous, qui n'est pas concevable* ». **La parole de Dubois est donc séductrice** : c'est par le verbe qu'il parvient avant tout à manipuler la maîtresse qui, flattée par l'amour qu'elle inspire, ne peut qu'excuser Dorante auprès de M. Rémy (II, 2) et avoue dans un aparté qu'elle n'y est pas insensible – « *Il me touche tant, qu'il faut que je m'en aille* » (II, 2).

Dans une deuxième scène de fausse confidence (II, 12), Dubois change de tactique en explorant une nouvelle manière de combattre l'amour-propre d'Araminte : il invente alors une scène pathétique à laquelle il a soi-disant assisté (en hors-scène) et exploite **les enjeux du *pathos***, mettant en scène un Dorante affligé, en proie aux « *gémissements* », aux « *pleurs* », « *dans le plus triste état du monde* ». Dans une troisième scène de fausse confidence (III, 9), Dubois invente à nouveau une scène dont il prétend avoir été le témoin (toujours en hors-scène, ce qui ne permet à personne de vérifier ses dires) et présentant Dorante comme un **personnage pathétique**, « *si défait, si pâle et si triste* » qu'il « *fait pitié* ».

Les Fausses Confidences nous font donc entendre la parole de séducteurs dont il convient de distinguer deux types : si Dorante séduit Araminte par son langage courtois, il la manipule aussi en faisant des mensonges par omission. Il la « détourne » en partie du « droit chemin » et devient ainsi un séducteur au sens étymologique[1]. Dubois quant à lui incarne parfaitement ce deuxième type de séducteur : mêlant à sa parole vérité et mensonge, il devient un véritable **stratège dans l'art de manier les mots** et maîtrise parfaitement l'art de la rhétorique.

1. *Seducere* : « détourner du droit chemin ».

2.2 LA COMÉDIE, STRATAGÈME THÉÂTRAL : « *CASTIGAT RIDENDO MORES* »

Héritière de la comédie classique, la pièce de Marivaux devient un stratagème mis en place par le dramaturge pour persuader, par le rire -ou les pleurs –, le spectateur.

2.2.1 Faire rire ?

Marivaux exploite tous les ressorts du comique

Les Fausses Confidences sont une pièce en trois actes qui respecte la structure des comédies. Tout comme la plupart des créations de Molière, la pièce reprend **les thèmes traditionnels de la comédie**, mettant en scène **les forces et les désirs de la jeunesse contrariée**[1] par ceux d'une génération plus âgée. Aux **intrigues d'amour** – Dorante et Araminte ; Dorimont et Araminte ; Dorante et Marton ; Dorante et l'inconnue) – se mêlent des **intrigues d'argent** – Araminte a « *plus de cinquante mille livres de rente* » (I, 2) ; Marton a « *une vieille parente asthmatique dont elle hérite* » (I, 3) ; l'inconnue aurait « *quinze mille livres de rente* » (II, 2).

D'autre part, la pièce nous fait voir des **situations purement comiques** : au **comique de situation** (voir, par exemple, l'arrivée de Marton alors que Dorante s'est jeté aux genoux d'Araminte en II, 15) se superpose un **comique lié à la parodie**. L'acte II offre en effet une parodie de procès : on assiste presque à une scène de tribunal dans laquelle Dorante, l'accusé, est confronté à des accusateurs railleurs ou benêt (Arlequin devient à son insu un témoin accablant l'accusé). La scène du double aveu n'est pas exempte de parodie : Dorante, qui avait habitué le spectateur (et Araminte) à un langage précieux, bafouille, puis adopte une posture exagérément pathétique (« se jetant à ses genoux. *Je me meurs !* »), et révèle de façon abrupte le stratagème. Le **comique farcesque** intervient aussi régulièrement, grâce aux interventions d'Arlequin (I, 8 et 9) ou aux quiproquos que le spectateur prévenu savoure : ainsi, la scène pendant laquelle M. Rémy traite de « *guenon* » la femme aimée de Dorante, et ce précisément devant Araminte, est purement comique (II, 2). Enfin, le **comique lié à une pure jouissance verbale** n'est pas absent et Mme Argante, qui se distingue par ses railleries et son esprit de répartie, use d'une antanaclase[2] comique doublée d'une antiphrase en s'exclamant, parodiant Dorante : « *Que j'adore ! Ah ! Que j'adore !* » (III, 8).

Enfin, Marivaux créée des **personnages de comédie**. Dubois, valet comique, a toujours réponse à tout et faire rire par son audace, se moquant de tous, en particulier des femmes – « *En fait de discrétion, je mériterais d'être une femme* » prétend-il à Marton (III, 2). Placé au centre de l'intrigue, il surpasse tous les autres comparses, lesquels

1. Même si, dans *Les Fausses Confidences*, Dorante et Araminte sont des trentenaires (cf. I, 7 ; I, 10).
2. « Antanaclase » : reprise d'un même mot dans un sens différent (ici, première occurrence au sens de « chérir passionnément » ; deuxième occurrence au sens d'« apprécier » (en emploi antiphrastique).

deviennent rapidement des **personnages ridicules, ou du moins risibles** : Arlequin n'a presque rien à envier au valet de la *commedia dell'arte*, Mme Argante, «*femme brusque et vaine*» (I, 10), «*extrêmement entêtée de ce mariage*» (I, 11) devient une sorte de monomane obsédée par le désir d'ascension sociale, rappelant *Le Bourgeois gentilhomme* de Molière. Monsieur Rémy semble lui aussi être obsédé par l'argent et se moque des « *beaux sentiments* » (II, 2). Le comte qui ne réagit pas lors de la révélation du portrait (II, 9) ou très peu lors de celle de la lettre (III, 8), fait sourire par son manque de caractère. Marton elle-même n'est pas épargnée, s'apparentant, du moins au début de la pièce, à l'ingénue amoureuse ; quant à Dorante, sa posture d'amant courtois, son langage hyperbolique et précieux provoquent aussi par moments le rire du spectateur, lequel apprécie particulièrement, grâce à la double énonciation qui rend le spectateur complice d'Araminte, sa mise à l'épreuve (II, 13).

Néanmoins *Les Fausses Confidences* sont une pièce qui renouvelle le comique

Certains passages ne sont pas dénués de lyrisme : Dorante et Araminte sont souvent « *ému*[s] », voire « *triste*[s] » et leur émotion culmine dans la scène 12 de l'acte III. D'autre part, certains passages tirent la pièce vers la « **comédie larmoyante** », à la mode au XVIIIe siècle. Le pathétique s'immisce dans la comédie et les personnages pleurent beaucoup dans l'acte III, sur scène ou en hors-scène : Marton (sc. 10), Arlequin (sc. 11), Dorante (sc. 11). Le **spectateur**, à l'instar d'Araminte[1], peut aussi être « **attendri** » par ces pleurs et ces marques d'affliction sincère.

Enfin, les personnages marivaudiens sont révélateurs d'une tension entre la fabrique traditionnelle du personnage et une **nouvelle conception d'un personnage plus réaliste** : ils sont inscrits dans une réalité (cf. l'évocation de l'Opéra, de la Comédie Française ou des Tuileries en I, 14), ont un passé (cf. l'analepse en I, 14), ont pu être confrontés à une faillite financière (réminiscence de la banqueroute de Law qui a ruiné Marivaux ?) comme Dorante, Dubois, Marton, voire peut-être Dorimont (qui accepte de se marier avec une riche bourgeoise qui n'est pas de son rang). Les **personnages féminins** ont aussi une **densité psychologique,** la comédie mettant en place un obstacle intériorisé au mariage, à savoir l'amour-propre, ce qui fait dire à Palissot qu'« *Aucun auteur n'a peint avec plus de vérité l'amour-propre des femmes. Cette passion prédomine en elles sur l'amour et c'est ce que M. de Marivaux a parfaitement saisi dans leur caractère*[2] ».

1. « *tu pleures et tu m'attendris* » (Araminte à Marton, III, 10).
2. Charles Palissot, *Mémoires sur la littérature*, 1803.

2.2.2 Faire réfléchir : une pièce reflétant l'esprit du siècle

Si la pièce n'est en aucun cas subversive ni contestataire, elle témoigne néanmoins de l'esprit du XVIIIe siècle, puisque Dubois, porte-parole de Marivaux, affirme qu'« *Il est bon de jeter dans tous les esprits les soupçons dont nous avons besoin* » (I, 16).

La société mise en scène

Au XVIIe siècle, la société est divisée en ordres quasi imperméables ; pourtant, une évolution se dessine dès la fin du règne de Louis XIV, la fortune commençant à prendre le pas sur la naissance. C'est dans ce contexte que s'inscrit la pièce de Marivaux, mettant en scène chez une bourgeoise, comme l'indique la didascalie initiale – « *La scène est chez Madame Argante* » – des personnages révélateurs d'un **brassage social** : un aristocrate (le comte Dorimont), une grande bourgeoise entichée de noblesse (Mme Argante), une veuve d'un mari financier « *fort considéré dans le monde* » et l'ayant « *laissée fort riche* » (I, 10) (Araminte). À cette grande bourgeoisie se mêle la moyenne bourgeoisie, représentée par M. Rémy, procureur, Dorante et Marton dont les pères étaient avocats et qui, suite à la faillite de ces derniers, sont obligés de se placer respectivement comme intendant et suivante d'Araminte. Le petit peuple quant à lui est figuré par Dubois, Arlequin et le garçon joaillier.

Dans cette société mise en scène, **Mme Argante incarne l'ambition sociale de la bourgeoise désirant obtenir les privilèges des aristocrates**. Son désir d'ascension sociale se laisse entendre dès son entrée sur scène : « *Monsieur le comte Dorimont* [...] *c'est un homme d'un beau nom*[1] » ; « *je serai charmée moi-même d'être la mère de Madame la comtesse Dorimont* » (I, 10). Son mépris pour la petite bourgeoisie reflète les **préjugés sociaux** qui l'animent : elle rabaisse Dorante en lui demandant de garder pour lui sa « *petite réflexion roturière* » (I, 10) ou Marton en se moquant de sa « *morale subalterne* », c'est-à-dire de personne de condition inférieure (I, 10). Elle refusera d'ailleurs de reconnaître Dorante comme « [s]*on gendre* » (III, 13).

Cependant, Marivaux ne nous offre pas tant une réflexion sur les clivages de la société qu'une **proposition de brassage social.** Le comte Dorimont est en effet prêt à épouser une riche bourgeoise : est-il désargenté ou sincèrement épris, prêt à transgresser l'ordre social en épousant une fille qui n'est pas de son rang ? Les scènes de confrontation (III, 5 à 8) entre la moyenne bourgeoisie (dont est issu M. Rémy) et la grande bourgeoisie associée à l'aristocratie (incarnées par Mme Argante et le comte) font montre de nouvelles relations sociales et révèlent **une évolution propre au XVIIIe** : tandis que le comte se caractérise par une absence d'autorité – caricaturale –, M. Rémy au contraire se révèle être un personnage autoritaire et spirituel, osant reprocher à Mme Argante de parler « *d'une manière choquante* » (III, 5) et de faire des « *suppositions*

1. « d'une noblesse réputée ».

injurieuses » (III, 6). Il prend le parti de son neveu et remet en cause les privilèges : « *s'il était riche, le personnage en vaudrait bien un autre ; il pourrait bien dire qu'il adore.* [...] *Et ce ne serait point si ridicule* » (III, 8). La comédie engendre donc une réflexion sur les préjugés et sur les possibilités de changer de catégorie sociale.

Quoi qu'il en soit, la pièce n'est pas si audacieuse que cela, puisqu'*in fine*, **le dénouement ne bouleverse pas tant l'ordre social** : certes, Araminte choisit d'épouser son intendant, mais elle justifie son refus d'épouser Dorimont en disant au comte qu'elle n'est « *pas d'un rang qui* [lui] *convienne* » (III, 13). Il ne s'agit pas tant de célébrer une mésalliance que le triomphe de la victime des préjugés sociaux.

Araminte ou le désir d'émancipation des femmes

Jeune veuve habitant sous le toit de sa mère, la posture d'Araminte est délicate. En effet, en se mariant, elle s'est libérée de l'autorité du père ; en devenant veuve, elle s'est libérée de l'autorité de l'époux. **En tant que veuve, elle est donc libre de décider de son sort** et de choisir elle-même son mari. Cependant, habitant chez sa mère, elle entre en conflit permanent avec celle qui prétend asseoir son autorité qui, pourtant, n'est plus légitime. C'est pourquoi **la jeune trentenaire ne cesse de clamer son indépendance à l'égard de l'autorité patriarcale** (représentée de façon parodique par Mme Argante). Ironique envers sa mère, elle affirme son **indépendance d'esprit** (cf. II, 11 ; II, 13 ; III, 7) et finit par s'affranchir de cette autorité abusive, faisant part, « *froidement* », de sa décision finale à sa mère, expédiant le comte – « *je n'ai rien à ajouter* »- et se montrant plus que tout déterminée malgré les menaces maternelles : « *Laissons passer sa colère, et finissons* » (III, 13).

2.2.3 Dimension réflexive de la comédie : une réflexion sur l'utilité du théâtre

	Mauvaise comédie	Bonne comédie
Metteur en scène	**M. Rémy**, assisté sans le savoir de Dubois et Dorante qui entretiennent l'intrigue (servant leur projet). Cf. Dorante : « *Tout a réussi, elle prend le change à merveille !* » (II, 8).	**Dubois**, « *homme de sang-froid* » (III, 1) qui tire les ficelles, distribue les rôles en fonction du caractère de chacun : « *je connais l'humeur de ma maîtresse, je sais votre mérite, je sais mes talents, je vous conduis* » (I, 2). NB : dans cette comédie, Dorante est un bel acteur au dire de chacun, mais qui n'est pas capable d'improvisation (II, 13) et est décontenancé quand son metteur en scène disparaît et le laisse seul (« *Dubois ne m'a averti de rien* » II, 14).

<table>
<tr><th></th><th>Mauvaise comédie</th><th>Bonne comédie</th></tr>
<tr><td rowspan="2">Figure(s) de spectateur</td><td rowspan="2">Marton, spectatrice empathique
• Face à la comédie qui se met en place, elle se montre d'abord réticente : « En vérité tout ceci a l'air d'un songe » (I, 5).
• Puis elle expérimente l'illusion théâtrale de sorte qu'elle est séduite et vit la passion qu'on lui conte : « je suis enchantée » (II, 3).
• Manquant de clairvoyance, elle croit tout ce qui est dit et prend une part active à l'avancée de l'intrigue en faisant des suppositions : « c'est de moi dont il s'agit » (II, 7).
• Elle assume néanmoins sa méprise et la justifie en résumant la mise en scène à laquelle elle a assisté : « Tout autre que moi s'y serait trompée. [...] J'ai pourtant mal conclu [...] Je crois voir toute l'étendue de ma méprise, et je me tais » (II, 9).
• Après cette comédie, elle se méfie de Dubois – « ne nous déguise rien » ; « ne dissimule point » ; « tu as la mine d'en savoir plus que moi là-dessus » (III, 2) – mais se laisse immédiatement à nouveau tromper ! (III, 3).
Marton a trop d'empathie pour pouvoir être lucide quant aux comédies qui sont mises en scène devant elle. Elle entre à son insu dans le jeu. Elle représente dès lors le spectateur manipulable à souhait.</td><td>Mme Argante, ou la figure du mauvais spectateur
• Arrogante, elle pense avoir tout compris depuis le début de la comédie : « j'ai le coup d'œil assez bon » (II, 11) ; « Dubois est un coquin qui nous trompe » (III, 4).
• Elle ne prend aucun plaisir à la mise en scène – « ceci a un air de mystère qui est désagréable » (II, 9).
• Elle devient même une spectatrice odieuse qui commente l'action sans aucune empathie (III, 8).
Elle incarne donc la parodie du spectateur qui ne sort pas grandi de la pièce, au contraire (cf. réplique finale : « Ah ! la belle chute ! »).</td></tr>
<tr><td>Araminte, ou la figure du spectateur idéal
• Araminte est d'emblée subjuguée par la beauté de son intendant – « Il a vraiment très bonne façon » ; « il a si bonne mine » (I, 6).
• Elle est rapidement « embarrass[ée] » (I, 14) par les confidences de Dubois et, une fois seule sur scène, commente : « La vérité est que voici une confidence dont je me serais bien passée moi-même » (I, 15).
• Usant à loisir de l'aparté, elle adopte la posture du spectateur commentant l'action et révélant son impact :
« À part. Il me touche tant, qu'il faut que je m'en aille. » (II, 2) ;
« À part. Et moi, je vois clair » (II, 9 : après le coup de théâtre du portrait) ;
« À part. Il a des expressions d'une tendresse ! » (II, 15).
• Araminte passe de l'admiration (« je loue vos sentiments » I, 13) à la pitié (« Votre égarement me fait pitié » II, 15) ; de la pitié à la colère (d'où les reproches à Dubois : « Vous m'avez jetée dans tous les désagréments que je voulais éviter » III, 9) ; de la colère à l'émotion (qui est à son paroxysme en III, 12).
• Elle doit passer par l'épreuve d'une déstabilisation (qui s'accomplit in fine : « Ah, je n'ai guère plus d'assurance que lui » III, 12).
Araminte fait donc l'expérience de la catharsis chère à la tragédie grecque.</td></tr>
</table>

<table>
<tr><th></th><th>Mauvaise comédie</th><th>Bonne comédie</th></tr>
<tr><td>Issue</td><td>• Cette comédie est rapidement mise à nue (II, 9).
• L'issue en est malheureuse : Marton n'est plus la suivante joviale du début de la pièce. Elle prend un « air sérieux » et triste (III, 2), se met à pleurer devant sa maîtresse (III, 10), et disparaît de la scène, n'ayant pas le privilège d'assister à la scène finale.</td><td>• Personne ne découvrira le « projet » avant la révélation en III, 12.
• L'issue en est heureuse : ayant fait l'épreuve de la comédie, Araminte peut alors accéder à la vérité, et ce presque malgré elle (cf. la didascalie « d'un ton vif et naïf » qui révèle qu'elle ne maîtrise pas la parole qui jaillit de sa bouche).
• C'est à partir de ce moment qu'Araminte devient véritablement ADULTE, qu'elle peut alors se libérer définitivement du joug de l'autorité patriarcale (« je n'ai rien à ajouter » III, 13).</td></tr>
<tr><td>Utilité de la comédie</td><td>Cette comédie ne fait aucun bien (si ce n'est qu'elle suscite la jalousie d'Araminte).
• M. Rémy n'est pas un bon auteur : sa comédie est qualifiée de « pure fable » (II, 12) par Dubois et lui-même est discrédité par Marton : « je n'aime point les mauvais plaisants » (III, 5).
• Le mensonge n'a aucune utilité ; Maton en fait les frais.</td><td>La comédie de Dubois : à l'école de la vérité ?
• Dubois est un bon auteur, qui sait susciter les sentiments (cf. les réactions d'Araminte (I, 14) : « Quelle aventure ! » ; « Tu m'étonnes à un point !... »).
• Porte-parole de Marivaux, il pense qu'« Il est bon de jeter dans tous les esprits les soupçons dont nous avons besoin » (I, 16).
• Sa comédie parvient à révéler la vérité du cœur et provoque un retour à l'ordre, à l'équilibre : l'amour triomphe de l'amour-propre.</td></tr>
<tr><td>Dimension réflexive</td><td colspan="2">• La comédie doit donc « charmer » le spectateur, lui permettant d'accéder à la vérité du cœur. C'est pourquoi Araminte loue le jeu de Dorante – « Ce trait de sincérité me charme » (III, 12) – et justifie l'utilité de la comédie : « Il est permis à un amant de chercher les moyens de plaire, et on doit lui pardonner, lorsqu'il a réussi » (III, 12).
• Le théâtre est une école grâce à laquelle on fait l'apprentissage de la vérité. Il est bien question d'un itinéraire cathartique, comme l'analyse Claude Roy : « Entre la découverte des coups de foudre par la raison et leur acceptation par le sentiment, il y a tout l'espace qui sépare les personnages de Marivaux tels qu'ils sont au lever de rideau, et tels que les voici devenus quand la pièce est terminée. »</td></tr>
</table>

2.3 LE STRATAGÈME ET SES LIMITES : « LA FIN JUSTIFIE-T-ELLE LES MOYENS » ?

2.3.1 Moralité ou immoralité ?

Comme dans *La Double Inconstance*[1] (1723), *Les Fausses Confidences* déconcertent le public en ce qu'elles ne délivrent qu'une **moralité en clair-obscur**. Dans les deux comédies, le public est confronté à un valet machiniste presque machiavélique – Flaminia, Dubois –, pour qui la fin justifie les moyens, mettant à mal le principe de bienséance. Dubois use à loisir du mensonge de sorte que le spectateur ne sait plus toujours ce qui relève du vrai ou du faux lors de ses confidences. Dubois est-il un véritable « *coquin* », comme l'affirme Mme Argante (III, 4) ? Est-il un « *méchant valet* [...] *capable de tout* » comme le lui reproche Araminte (III, 9) ? La maîtresse a-t-elle raison lorsqu'elle l'accuse : « *ce n'est pas par attachement pour moi que vous m'avez appris qu'il m'aimait, ce n'est que par le plaisir de faire du mal* » (III, 9) ?

Les motivations de Dubois ne sont pas claires : il semble prendre un certain plaisir à mettre en scène la comédie, n'éprouve aucun scrupule, ni avec les victimes, ni avec Araminte – « *point de quartier, il faut l'achever* » (III, 1) – et profite de la vulnérabilité de sa victime – « *Elle ne sait plus ce qu'elle fait* » (III, 1). Est-ce par pure fidélité qu'il se met au service de son ancien maître, comme le pense Dorante[2] ? N'est-ce pas par appât du gain, son maître lui annonçant d'emblée que sa « *fortune serait la* [s]*ienne* » (I, 2) ? La pluralité des lectures reste autorisée. Dubois paraît tantôt comme un **adjuvant,** héritier du valet de la comédie traditionnelle, tantôt comme un **manipulateur** – proche du Valmont des *Liaisons dangereuses* (1782) de Laclos.

Dorante est lui aussi un personnage en demi-teinte. Certes, il est sincèrement épris d'Araminte et se conduit en amant courtois. Néanmoins, n'est-il pas une pure marionnette dans les mains de Dubois – lequel, rappelons-le, se considère comme son père[3] – ? Son rôle d'amant courtois ne lui a-t-il pas été dicté par ce dernier ? D'autre part, **peu sensible au malheur des autres**, Dorante s'avère passablement égoïste. Il « *fei*[nt] *d'être déconcerté* » lorsque Marton le surprend aux genoux de sa belle et ne mesure pas le désarroi des deux femmes (II, 15) : non seulement cette posture est choquante pour la « fiancée », mais elle est aussi humiliante pour la maîtresse... Par ailleurs, il n'éprouve aucun scrupule à l'égard de Marton, rit de sa naïveté (II, 8) et à aucun moment ne s'excuse pour les torts causés. Ainsi, l'**amour** et l'**ambition** sont des

1. Comédie en trois actes qui présente deux amants, Arlequin et Silvia, séparés par la contrainte et manipulés par une intrigante, Flaminia, laquelle fait tout pour qu'ils se déprennent progressivement l'un de l'autre pour servir les intérêts du prince, amoureux de Silvia.
2. « *Je n'en suis pourtant pas moins sensible à ta bonne volonté, Dubois, tu m'as servi, je n'ai pu te garder, je n'ai pu même te récompenser de ton zèle ; malgré cela, il t'est venu dans l'esprit de faire ma fortune : en vérité, il n'est point de reconnaissance que je ne te doive.* » (I, 2).
3. « *Je mériterais bien d'appeler cette femme-là ma bru.* » (III, 13).

destinateurs[1] inextricables, ce qui amène le spectateur à s'interroger sur la sincérité des sentiments de l'amant. L'ambivalence de Dorante s'estompe cependant à la fin de la pièce, lors de la scène du double aveu (III, 12) : les didascalies mettent en exergue la franchise de l'amant, la spontanéité de son aveu. Les paroles d'Araminte achèvent de **réhabiliter la figure de Dorante** : « *vous êtes le plus honnête homme du monde* » ; « *il est permis à un amant de chercher les moyens de plaire* ». Par conséquent, telle Araminte, le spectateur « *doit lui pardonner* »...

2.3.2 Faut-il rire comme Dubois ou pleurer comme Arlequin ?

Si la fin des *Fausses Confidences* s'apparente à la comédie puisqu'elle nous fait voir d'une part la réussite du stratagème mis en place par le valet et par conséquent le bonheur du couple enfin réuni, et d'autre part la mise à l'écart de la figure du monomane – incarné par Mme Argante –, il n'empêche que le sort de certains personnages laisse à désirer... Les réelles **victimes** du stratagème sont en effet **évincées** de l'histoire sans que quiconque ne plaigne leur sort : Arlequin, constatant la « *trahison* » de Marton, est « *dans une détresse* » telle qu'il revient sur scène « *pleurant et sanglotant* » (III, 1) ; Dorimont, qui est assurément une parodie de comte ou une parodie d'amant, **n'est pas pour autant le bourbon amoureux** des comédies de Molière : il semble épris d'Araminte, même si aucune scène de face-à-face entre les deux personnages ne nous permet d'en être les témoins. Il est « *chagrin*[é] » par la décision d'Araminte d'engager un autre intendant que celui qu'il lui avait conseillé (II, 4), avoue sa « *pure tendresse* » (II, 11) à cette dernière et finit par « *renonce*[r] *à tout procès* », préférant « *perdre tout que de rien disputer* » (II, 11). **Victime de la comédie, il est congédié sans façon par Araminte et accepte de se « *retirer* » dignement**, mais « ***tristement*** » (III, 13).

Mais la **victime principale** de la machination est la suivante d'Araminte, **Marton**, dont la crédulité est utilisée par Dubois et Dorante. Devenant la rivale d'Araminte et offrant par là un contrepoint comique, elle n'en demeure pas moins une **femme sincèrement** – quoique rapidement, comme le fait remarquer M. Rémy : « *Pardi, le cœur d'une femme est bien étonnant ! le feu y prend bien vite* » (II, 3) – **éprise de Dorante**, déclamant « *avec un air de passion* » qu'elle « *l'aime trop* » (II, 3). « *Joyeuse* », elle « *le regard*[e] *avec tendresse* » (II, 8), adopte « *un air rêveur* » (II, 9) et reprend les caractéristiques de l'**amoureuse ingénue mais sincère**. Sa déconvenue est donc grande lorsqu'elle s'aperçoit de la supercherie. La brutalité avec laquelle elle découvre la réalité est cruelle, c'est pourquoi elle abandonne définitivement sa gaieté, les didascalies ne la présentant dès lors plus qu'avec un « *air sérieux* » (II, 9). Amoureuse, elle offre une deuxième chance à Dorante (II, 14) mais le surprend immédiatement en flagrant délit de trahison (II, 15). « *Triste* » (III, 2), elle ne suscite pas la pitié de Dubois qui la manipule encore et toujours, et ce n'est que « *froidement* » (III, 8) qu'elle obtempère,

1. Dans le schéma actantiel, le destinateur est une force – un actant – qui pousse le sujet à agir.

pensant exclure Dorante de la maison en exhibant la lettre. Avertie par Dorante de la machination de M. Rémy et malgré sa peine, elle avoue en pleurant à Araminte qu'elle « *excuse Dorante* » et reprend sa place de fidèle suivante **favorisant les amours de sa maîtresse au détriment des siennes** puisque « *rien ne* [lui] *est si cher qu*['elle] » (III, 10). Si elle parvient à « *attendri*[r] » Araminte (III, 10), elle reste néanmoins la **victime sacrifiée** du stratagème de Dubois.

2.3.3 *Les Fausses Confidences*, une pièce cruelle ?

La violence exhibée des rapports sociaux autorise une lecture sombre et pessimiste de la comédie :

> Cette œuvre est, une fois que l'on a décidé d'être vigilant et de s'écarter du cliché d'un Marivaux plein de grâce, **un véritable théâtre cruel**.
> Dans bon nombre de pièces de Marivaux, les héroïnes féminines sont des veuves aristocrates. Or ici, nous sommes dans un milieu bourgeois où l'argent et l'intérêt sont âprement défendus. On est dans un roman de Balzac. Les apparences font que tous les personnages ont l'air de prime abord plein de bonhommie, de bonne humeur, mais derrière, dès que l'on gratte, **les personnages sont horribles**. À l'exception peut-être d'Araminte parce qu'elle a tout (la richesse) et qu'elle est entièrement à son combat intérieur, déchirée entre l'Amour et l'amour propre. Tous les autres personnages sont intéressés : Dubois et Dorante ont fomenté un vrai complot pour faire « tomber » la riche et encore belle veuve ; la mère d'Araminte, Madame Argante, veut sacrifier sa fille à un noble sans doute désargenté à qui il ne reste plus qu'un beau nom ; Monsieur Rémy, l'oncle de Dorante est un affairiste qui veut caser son neveu et pour qui le sentiment n'existe pas ; Marton, la confidente d'Araminte, est prête à la trahir pour l'argent que lui a promis le Comte si elle l'aide à conquérir Araminte ; Arlequin, balourd et naïf, sait tirer l'argent du bourgeois pour aller boire chopine. Et le Comte Dorimont est en porte-à-faux parmi ces bourgeois qui finiront par l'exclure.
>
> **Entretien avec Jean-Louis THAMIN, metteur en scène des *Fausses Confidences* au théâtre Silvia-Monfort (2005)**

Mais quoi qu'en dise le metteur en scène, la cruauté des personnages, et notamment celle de Dubois, est à nuancer. C'est d'ailleurs l'analyse qu'en font Henri Coulet et Michel Gilot :

> Dubois unit à un sang-froid imperturbable l'enthousiasme le plus chaleureux. Omniprésent, il met en scène son assurance et cultive avec tant d'humour son rêve de superpuissance qu'**il désamorce ce qu'il pourrait y avoir de déplaisant dans son rôle** : cet homme de main est un esthète… il est la projection de l'auteur dans sa pièce. Suivant la logique du poète, son intervention était indispensable pour qu'au plein moment de la « comédie larmoyante » le sentiment pût enfin triompher des préjugés dans le cœur d'Araminte. »
>
> **Henri COULET et Michel GILOT, *Marivaux et le marivaudage* (1973)**

3. L'œuvre à l'examen

3.1 L'ÉPREUVE ORALE : PROPOSITION DE TROIS EXPLICATIONS LINÉAIRES SOUS LA FORME DE PLANS

3.1.1 L'exposition du stratagème (I, 2)

(De « DORANTE. *Elle a plus de cinquante mille livres de rente* » à la fin de la scène)

- **Éléments de contextualisation :**

  Les Fausses Confidences commencent par une « vraie confidence », placée sous le signe du « mystère », comme l'indique la didascalie initiale introduisant Dubois – « *avec un air de mystère* » – auprès de Dorante. L'intérêt dramaturgique premier de cette scène d'exposition est d'informer le lecteur/spectateur du stratagème qui a été mis en place par les deux hommes, stratagème dont le mobile est ambigu comme le signale l'emploi polysémique du terme « fortune[1] » : « *il t'est venu dans l'esprit de faire ma fortune* ». Dubois, héritier du valet machiniste de la comédie traditionnelle, rassure son maître en lui affirmant que leur « *affaire est infaillible, absolument infaillible* » et expose alors au public la machination ourdie.

- **Lecture expressive du passage.**

Problématique : Il s'agira d'analyser comment Dubois, dans ce dialogue d'exposition, parvient à convaincre Dorante de l'infaillibilité du stratagème mis en place.

- **Annonce des mouvements de l'extrait.**

I. Une scène d'exposition qui présente les actants du stratagème

(« DORANTE. *Elle a plus de cinquante* [...] *je tremble !* »)

1. Un couple de maître-valet reformé : Dubois rassure Dorante et contre ses objections (« *Elle a plus de cinquante* [...] *tant pis pour elle* »)

2. Présentation d'une intrigue amoureuse, sur le mode de la parodie (« *Si vous lui plaisez* [...] *vous l'aimez ?* »)

3. La « vraie confidence » de Dorante, amoureux sincère (« *Je l'aime* [...] *je tremble* »)

Transition :

Les actants du stratagème mis en place par Dubois sont donc définis : Dorante, mû par l'amour, veut conquérir le cœur d'une jeune veuve riche (laquelle reste, pour l'instant, anonyme). Il doit affronter des obstacles de taille, même si la résistance de la maîtresse est parodiée par le valet.

1. « Fortune » peut signifier « bonheur » ou « richesse ».

- Face aux réticences de Dorante, Dubois se montre alors plus autoritaire et sa tirade finale révèle une parfaite maîtrise d'une rhétorique de la manipulation.

II. Dubois ou le maître d'une rhétorique de la manipulation

(« Dubois. *Oh ! vous m'impatientez* [...] *nous ferons le reste* »)

1. **Parodie d'exorde, révélant le double glissement du rapport de force : du maître-valet au maître-élève (« *Oh ! vous m'impatientez* [...] *nos mesures sont prises* »)**
2. **Confirmation du « plan infaillible » : Dubois, double du metteur en scène (« *Je m'en charge* [...] *entendez-vous ?* »)**
3. **Péroraison emphatique, mais comique, du stratège (« *Fierté* [...] *le reste* »)**

Conclusion

- Cet échange permet de convaincre Dorante de l'infaillibilité du stratagème mis en place par Dubois.
- Dubois, véritable dramaturge et metteur en scène, a écrit – en amont de la pièce-les rôles qu'il distribue ici.
- En parfait manipulateur, il maîtrise les ressources de la rhétorique. L'intervention de M. Rémy se fait à son avantage : acculé à l'oncle, Dorante ne peut répondre à la tirade de Dubois et commence dès lors à jouer son rôle.
- Cette fin de discours coïncide avec une sorte de lever de rideau : la comédie peut alors commencer.

3.1.2 Le tableau, arme du stratagème (II, 10)

(De « Dubois. *C'est par pure colère* » à la fin de la scène)

- **Éléments de contextualisation.**

  Après un premier acte centré sur la manipulation d'ordre rhétorique (cf. la grande scène de « fausse confidence » en I, 14), le deuxième acte se construit autour d'accessoires scéniques – les portraits, la lettre, « vraies fausses » pièces à conviction dont se sert Dubois pour entretenir son stratagème. Alors que les scènes 5 à 9 développent une intrigue secondaire autour d'un portrait mystérieux dont l'énigme est résolue dans la scène 9, mettant à mal Araminte, une querelle opposant Arlequin à Dubois, au sujet d'un deuxième portrait, éclate aussitôt, assurant une progression dramatique. Il n'est plus question d'un portrait miniaturé peint par Dorante, mais d'un tableau contemplé par ce dernier, constituant dès lors une nouvelle preuve de son amour « secret ».

- **Lecture expressive du passage.**

Problématique : Il s'agira d'analyser en quoi cette querelle révèle le tour de force de Dubois, lequel se sert d'un accessoire imprévu qu'il intègre parfaitement à son plan.

- **Annonce des mouvements de l'extrait.**

I. Une querelle savamment orchestrée

(Dubois. *C'est par pure colère* […] *Madame le voudra ainsi.* »)

1. **Le double jeu de Dubois, valet offusqué *(1re réplique)***
2. **Arlequin manipulé devient un adjuvant involontaire, présentant Dorante comme un dévot contemplant une icône *(2e réplique)***
3. **Une fausse confidence : le zèle intempestif de Dubois qui veut pousser Araminte dans ses retranchements *(3e réplique)***

Transition :

Dubois se sert donc d'un accessoire qu'il n'avait *a priori* pas prévu pour éprouver une fois de plus Araminte. Il manipule non seulement Arlequin, mais aussi les spectateurs de la dispute, dont les réactions manifestent la réussite du stratagème.

II. La réussite du stratagème

(Araminte. *Eh ! Que m'importe ?* […] *Retirez-vous tous deux.* »)

1. **Fausse indifférence d'Araminte face à une situation inconvenante *(4e réplique)***
2. **Aigreur de Mme Argante qui met en exergue le rapport de force qui existe entre la mère et la fille *(5e réplique)***
3. **Ironie d'Araminte sur la défensive *(6e réplique)***

Conclusion

- Cette scène révèle donc que la **stratégie de Dubois** est **évolutive** : il parvient à faire entrer dans son stratagème des évènements qu'il n'avait pas prévus : ici, le portrait « *mis là par hasard* » devient une arme dont il se sert pour éprouver Araminte.
- **Manipulateur sans égal**, il tire parti de la naïveté d'Arlequin et de la prétention de Mme Argante ; ces derniers deviennent ses adjuvants involontaires.
- Grâce aux deux portraits successifs, Araminte est convaincue de l'amour que lui porte Dorante ; le spectateur est convaincu de son côté qu'elle n'en est pas insensible.
- Poussée habilement par Dubois, elle s'engage alors véritablement dans l'action, fomentant un « *piège* » pour éprouver Dorante et inventant une lettre pour susciter sa jalousie et le forcer à déclarer son amour, en vain (II, 13).

3.1.3 L'issue du stratagème : le temps des aveux (III, 12)

(« ARAMINTE. *Vous donner mon portrait !* [...] *on doit lui pardonner, lorsqu'il a réussi.* »)

- **Éléments de contextualisation.**

  Au début de l'acte III, Dubois se montre empressé d'en finir : « *il faut l'achever* », « *il faut qu'elle nous épouse* » (sc. 1). Le valet machiniste conçoit une nouvelle pièce à conviction : il fait écrire une lettre à Dorante exprimant son amour, lettre qui, selon le plan de Dubois, passe de mains en mains jusqu'à ce que son contenu soit révélé à tous (sc. 8). Fin psychologue, il conseille à Araminte de ne pas voir Dorante, sachant précisément que ce conseil ne fera qu'alimenter son désir d'entendre l'aveu amoureux (sc. 9) venant de la bouche d'un amant qui pleure à la porte (sc. 11). Les deux protagonistes, extrêmement émus se retrouvent donc : si Araminte annonce le renvoi de son intendant – par l'euphémisme « *il faut se quitter* » –, elle ne semble pas si résolue à congédier Dorante et l'aveu se fait entendre, discrètement, lorsque Dorante lui demande de lui rendre le portrait qu'il a réalisé d'elle.

- **Lecture expressive du passage.**

Problématique : Il s'agira d'analyser comment Marivaux, dans cette scène de double aveu, fait tomber les masques pour que triomphent l'amour et la sincérité.

- **Annonce des mouvements de l'extrait.**

I. Le temps des aveux

(« ARAMINTE. *Vous donner mon portrait !* [...] ARAMINTE, étonnée. *Comment ! que voulez-vous dire ?* »)

1. **Aveu irrépressible mais pudique, dans la logique d'une maïeutique socratique[1] *(1re, 2e et 3e répliques)***

2. **Réactions des protagonistes face à l'aveu : une émotion palpable, mais une situation à la limite de la parodie *(4e et 5e répliques)***

3. **Mise en péril de l'aveu amoureux, par souci de franchise et de transparence *(6e et 7e répliques)***

Transition :

Ce court échange est lourd de sens, et lourd de conséquences. L'aveu d'Araminte conduit à celui de Dorante, lequel, mettant fin à la comédie, fait coïncider l'amour et la vérité dans une scène de « vraie confidence ».

1. La maïeutique, méthode utilisée par Socrate, est « l'art de faire accoucher les esprits » par une série d'interrogations qui conduisent le sujet à découvrir une vérité cachée.

II. La tirade de Dorante fait – enfin – coïncider Amour et Vérité

(tirade de Dorante)

1. Confirmation de la sincérité des sentiments *(1re phrase)*

2. Révélation habile du stratagème : prudence de Dorante qui a tendance à oublier sa part de responsabilité *(2e phrase)*

3. Amour et sincérité : l'autoportrait de l'amant prêt à se sacrifier pour que triomphe la vérité *(3e et 4e phrases)*

Transition :

La tirade de Dorante met donc fin aux « fausses confidences » en dévoilant le stratagème. Le mensonge s'efface, l'ordre est rétabli. Il reste néanmoins à Araminte le soin de prendre une décision.

III. Le choix d'Araminte

(tirade d'Araminte)

1. Le pardon d'Araminte, sensible à la sincérité et au courage de Dorante *(1re phrase)*

2. Réhabilitation de l'amant : un « honnête homme » *(2e phrase)*

3. Justification de la comédie : « la fin justifie les moyens » *(3e phrase)*

Conclusion

- Les « fausses confidences » s'estompent, laissant place à **la « vraie confidence »** qui **rétablit l'ordre et la morale** malmenés par le stratagème de Dubois.
- C'est, de façon paradoxale, **grâce au mensonge** et au stratagème que les amants, au terme d'une éprouvante journée, parviennent à découvrir la **vérité du cœur**.
- Le spectateur assiste alors à **la levée d'un double interdit** (sentimental et langagier) permettant aux jeunes gens d'accéder au bonheur.
- Il peut s'agir ici de la définition de la **comédie, véritable stratagème théâtral** mis en place par le dramaturge. Le spectateur, à l'instar d'Araminte, serait ainsi invité à « pardonner » au dramaturge : les « fausses confidences » qui sont au cœur du genre dramatique ne sont qu'un « *moyen de plaire* », qu'un prétexte pour que surgisse, *in fine*, la vérité propice à une meilleure connaissance de soi.

3.2 L'ÉPREUVE ÉCRITE : PROPOSITION D'UN SUJET DE DISSERTATION

3.2.1 Sophie Marchand, reprenant la typologie des « *personnages latéraux*[1] » énoncée par Jean Rousset, explique :

> « *En règle générale, l'action sourit aux personnages latéraux et, par ricochet, aux héros, principaux bénéficiaires d'une action rusée qui ne se déploie plus à leur détriment. La ruse marivaudienne est en grande partie altruiste (même si les domestiques trouvent leur compte, la plupart du temps, au mariage de leurs maîtres) et presque toujours bienveillante.* »
>
> Sophie Marchand, « Quelques hypothèses sur la ruse marivaudienne », *La Ruse en scène. Poétiques et politiques de la tromperie (XVIe-XVIIIe siècles)*, 2012

Dans quelle mesure peut-on considérer le stratagème comme une « ruse bienveillante » ?

Vous répondrez en vous appuyant sur votre lecture des *Fausses Confidences*. Votre réflexion pourra également s'ouvrir à d'autres pièces que vous avez découvertes dans le cadre du parcours « Théâtre et stratagème ».

I. Certes, le stratagème peut être considéré comme une ruse bienveillante et altruiste

1. Le « personnage latéral » est l'adjuvant de la jeunesse, bénéficiaire de la ruse

- Cf. schéma actantiel : le valet, au service de son maître, travaille à son bonheur : « *c'est un garçon de confiance, qui me sert bien* » (Araminte, II, 1) ;
- Les stratagèmes se multiplient ;
- Les « amoureux » (cf. Jean Rousset) sont les bénéficiaires de l'action rusée.

2. La ruse participe à l'élaboration d'une sociabilité idéale

- Une sociabilité qui passe par l'expression d'un amour idéal et courtois ;
- Le marivaudage consacre le raffinement du langage à l'expression d'une émotion délicate et palpable ;

1. Rousset distingue chez Marivaux deux types de personnages : les « *amoureux* », et les « *personnages latéraux* ». C'est, selon le critique, « *aux personnages latéraux que sera réservée la faculté de « voir », de regarder les héros vivre la vie confuse de leur cœur. Ils ausculteront et commenteront leurs gestes et leurs paroles, ils interviendront pour hâter ou retarder leur marche, faire le point d'une situation toujours incertaine, interpréter des propos équivoques.* [...] *De l'auteur, ils détiennent quelques-uns des pouvoirs : l'intelligence des mobiles secrets, la double-vue anticipatrice, l'aptitude à promouvoir l'action et à régir la mise en scène des stratagèmes et comédies insérés dans la comédie* ».
Jean Rousset, « Marivaux ou la structure du double registre », *Forme et signification*, 1963

- Le dénouement met en exergue l'acceptation du sentiment et le triomphe de l'amour.

3. La ruse aboutit au retour à l'ordre et à l'équilibre

- Les « ridicules » sont punis (cf. l'arrogance et le mépris de Mme Argante) ;
- Même si la pièce a été appréciée à l'époque de la Révolution, le stratagème mis en place par Dubois fait échouer le mariage entre l'aristocrate et la bourgeoise ;
- Le stratagème met à l'épreuve, mais est salutaire à la reconstruction de soi et permet d'accéder au bonheur. Il a donc une dimension heuristique.

II. Néanmoins, « la fin justifie-t-elle les moyens » ? Les limites du stratagème

1. Des machinistes non dénués de cynisme

- On ne peut que constater l'ambivalence et l'ambiguïté des mobiles ;
- Faut-il apprécier le rire ou déprécier le ricanement de Dubois ? ;
- Les stratèges usent d'armes contre l'adversaire (la parole séductrice, les portraits, la lettre) ;
- La morale est malmenée : les frontières entre la vérité et le mensonge sont poreuses (cf. analyse du titre).

2. Des victimes sacrifiées : malheureux les simples d'esprit ?

- La pièce met en scène des manipulateurs et des manipulés ; des intrigants-marionnettistes ;
- Marton, Arlequin – voire le comte –, sont des ingénus, victimes du stratagème mais confrontés à l'indifférence de tous ;
- Faut-il rire comme Dubois ou pleurer comme Arlequin ?

3. Un théâtre cruel ?

- On passe du rire aux larmes : *Les Fausses Confidences* s'apparentent parfois à la comédie larmoyante, genre en vogue au XVIIIe ;
- La pièce n'est pas exempte d'une certaine violence (que mettent en valeur les mises en scène modernes) : le théâtre exhibe la violence des rapports sociaux ;
- Par conséquent, une lecture sombre et pessimiste peut être privilégiée : la morale reste ambiguë.

III. Quoi qu'il en soit, la ruse a une dimension métaphorique et permet une réflexion sur l'utilité d'un théâtre altruiste

1. Le stratagème ou la dimension réflexive de la comédie

- Le théâtre devient la « ruse bienveillante » du dramaturge (mise en abyme et réflexivité du théâtre) ;

- Les personnages latéraux sont des doubles de l'auteur : virtuoses de l'action psychologique, meneurs de jeu, à la fois bienveillants et moqueurs (cf. psychologie féminine) ;
- Marivaux offre une réflexion sur le « bon » et le « mauvais » metteur en scène (Dubois *versus* M. Rémy), sur le « bon » et le « mauvais » spectateur, sur la « bonne » et la « mauvaise » comédie.

2. Le spectateur est invité à « *modérer [sa] joie* » (cf. Araminte, III, 12)

- Le comique et le sérieux sont liés ;
- L'équivoque provoque plaisirs et déplaisirs (le secret, le mensonge : qui ment ? qui trompe ?) ;
- « *Ceci a un air de mystère qui est désagréable* » (Mme Argante, II, 9) ;
- Le spectateur est malmené et confronté à un questionnement permanent.

3. Ce stratagème permet l'accouchement du spectateur, dans la logique d'une maïeutique

- La pièce a une dimension altruiste : c'est par le faux et l'illusion qu'on parvient au vrai ;
- Cf. Goldzink : « *le comique peut s'effacer, s'annuler, et semble même solliciter, avec insistance, de ses interprètes, un baptême sérieux qui fait impression*[1] » ;
- Tel Dubois, le dramaturge pense qu'« *il est bon de jeter dans tous les esprits les soupçons dont nous avons besoin* » (I, 16) ;
- Marivaux offre une réflexion sur la vanité, les faux-semblants, l'amour-propre, l'émancipation des femmes… ;
- Le stratagème est justifié et Araminte fait appel à la bienveillance – du spectateur ? – : « *il est permis à un amant de chercher les moyens de plaire, et on doit lui pardonner, lorsqu'il a réussi.* » (III, 12).

3.3 PARCOURS PROPOSÉ : « THÉÂTRE ET STRATAGÈME »

3.3.1 Le valet machiniste

– **Proposition d'un corpus**
  - Molière, *Le Malade imaginaire* (1673) : Toinette, une servante rusée (III, 10).
  - Marivaux, *La Double Inconstance* (1723) : la duplicité de Flaminia (II, 2).
  - Beaumarchais, *Le Mariage de Figaro* (1784) : Figaro mène le jeu et fixe les rôles (I, 2).
  - Feydeau : *Dormez, je le veux !* (1897) : la manipulation de Justin (scène 5).

1. Jean Goldzink, *Les Lumières et l'idée du comique*, 1992, Préface.

– **Genèse du stratagème : de sa conception à sa réalisation**
  - Beaumarchais, *Le Barbier de Séville* (1775) : gestation et répétition du stratagème (I, 4).
  - Beaumarchais, *Le Barbier de Séville* (1775) : réalisation du stratagème (II, 12 et 13).

– **Prolongement artistique et culturel**
  - Marivaux, *Les Fausses Confidences* (1737) : Une scène de fausse confidence (I, 14).

    Confrontation des mises en scène de Jean-Louis Thamin (en 2005), Didier Bezace (en 2010) et Luc Bondy (en 2014).

3.3.2 Lectures cursives en lien avec le parcours

– Corneille, *L'Illusion comique* (1634).
– Molière, *L'Étourdi* (1655) ; *Le Médecin malgré lui* (1666) ; *Tartuffe* (1669) ; *Les Fourberies de Scapin* (1671) ; *Le Malade imaginaire* (1673).
– Racine, *Esther* (1689).
– Beaumarchais *Le Barbier de Séville* (1775) ; *Le Mariage de Figaro* (1784) ; *La Mère coupable* (1792).
– Marivaux, *La Double Inconstance* (1723) ; *Le Jeu de l'amour et du hasard* (1730).
– Musset, *Lorenzaccio* (1834).
– Hugo, *Ruy Blas* (1838).
– Rostand, *Cyrano de Bergerac* (1897).
– Feydeau : *Dormez, je le veux !* (1897).
– Genet, *Les Bonnes* (1947).

3.3.3 Regards croisés

Le parcours « Théâtre et stratagème » peut être mis en lien avec un autre parcours : « Spectacle et comédie », et l'œuvre au programme : Molière, *Le Malade imaginaire* (1673).

Jean-Luc Lagarce, *Juste la fin du monde*

> “ *J'ai toujours un peu détesté le théâtre, parce que le théâtre c'est le contraire de la vie ; mais j'y reviens toujours et je l'aime parce que c'est le seul endroit où l'on dit que ce n'est pas la vie.* ”
>
> Bernard-Marie Koltès

1. L'œuvre et ses contextes

1.1 JEAN-LUC LAGARCE (1957-1995)

Jeunesse et formation	
• **1957**	• Né à Héricourt (Haute-Saône), il passe son enfance dans le Doubs où ses parents sont ouvriers dans une usine Peugeot. Il a un frère et une sœur dont il est l'aîné, **à l'image de Louis dans la pièce**. **Cet ancrage provincial** a pu lui inspirer le cadre de *Juste la fin du monde*.
• **1975**	• Il s'installe à Besançon pour mener des **études de philosophie**.
• **1977**	• Avec d'autres étudiants, il monte une **troupe amateure** : **le Théâtre de la Roulotte**.
• **1980**	• Il présente une maîtrise sur le sujet suivant : « **Théâtre et Pouvoir en Occident** ». Il y écrit sur le théâtre contemporain et le désenchantement social, un désengagement politique qu'il incarne, met en scène et interroge.
Carrière théâtrale	
• **1981**	• Le Théâtre de la Roulotte devient **une compagnie professionnelle**. Il met en scène des pièces de Marivaux, d'Ionesco et de Labiche ainsi que ses propres textes. C'est un premier succès.
• **1982**	• Il abandonne ses études pour se consacrer au théâtre. Sa pièce *Voyage de Madame Knipper vers la Prusse Orientale* est mise en scène au Petit Odéon par Jean-Claude Fall.
• **1983**	• Il écrit *Vagues Souvenirs de l'année de la peste* qui porte sur le sida.
• **1987**	• Il publie *Derniers Remords avant l'oubli* qui met également en scène un conflit familial à l'occasion d'un partage testamentaire lors d'un dimanche à la campagne.

De la maladie à la rédaction de *Juste la fin du monde*	
• **1988**	• Il apprend sa **séropositivité** et entame un traitement. À partir de cette date, il enchaîne écriture de textes nouveaux, mises en scène(dont certaines remportent un vif succès) et traitements médicaux de plus en plus lourds. • **Il entreprend la rédaction d'une pièce d'abord intitulée *Les Adieux* qui deviendra *Quelques éclaircies* puis *Juste la fin du monde*.** • Il rédige le livret d'un opéra sur le personnage de Don Quichotte.
• **1989**	• Le dramaturge Bernard-Marie Koltès meurt du sida.
• **1990**	• Il réside six mois à Berlin grâce à une **bourse d'écriture**, il y termine la rédaction de *Juste la fin du monde*. Le texte est refusé par plusieurs comités de lecture, il n'écrira plus pendant 2 ans et se consacre exclusivement à la mise en scène.
• **1991**	• Il apprend que son père est atteint d'un cancer.
• **1994**	• Il écrit la pièce *Le Pays lointain* qui reprend des éléments dramatiques et des personnages de *Juste la fin du monde*. Elle constitue à plusieurs égards une pièce testamentaire.
• **1995**	• Il décède à l'âge de 38 ans (dans *Juste la fin du monde*, Louis prédit qu'il mourra à l'âge de 34 ans).
Postérité	
• **1999**	• **Publication posthume de *Juste la fin du monde***. La pièce est mise en scène par Joël Jouanneau.
• **2007**	• La pièce entre au répertoire de la Comédie-Française, elle est mise en scène par Michel Raskine.
• **2008**	• La pièce est au programme du baccalauréat option théâtre. Elle sera également inscrite au programme de l'agrégation de Lettres en 2012 : *Juste la fin du monde* est devenue un **classique contemporain**.
• **2016**	• La pièce est **adaptée au cinéma** par Xavier Dolan : le film obtient le Grand Prix du Festival de Cannes et trois Césars dont celui du meilleur réalisateur.

1.2 GENÈSE DE LA PIÈCE

Lagarce entame la rédaction de la pièce qui deviendra *Juste la fin du monde* avant d'avoir découvert sa séropositivité. L'intrigue de la pièce a été fixée relativement vite mais le texte a connu **une longue période de gestation** dont on peut suivre les étapes dans son journal :

- *Les Adieux* : le 11 février 1988, il évoque le projet d'écrire une « pièce courte » intitulée *Les Adieux* dont l'intrigue est déjà très proche de celle de *Juste la fin du monde* : même dispositif, même personnage, même cadre spatio-temporel.
- *Quelques éclaircies* : après l'annonce de la maladie en 1988, le projet change. Lagarce évoque sa volonté de reprendre entièrement sa pièce (13 février 1989). En 1990, le titre devient *Quelques éclaircies* et l'intrigue a un peu changé, avec un peu moins de secret autour de la mort du personnage principal (6 janvier 1990). Des trois titres envisagés, il s'agit du **plus positif**.

– *Juste la fin du monde* : il rédige la plus grande partie de la pièce à Berlin, la renomme *Juste la fin du monde* et annonce l'avoir terminée le 8 juillet 1990. La pièce est publiée en 1999 et corrigée en 2007 à partir d'une comparaison entre le texte de *Juste la fin du monde* et celui du *Pays lointain*.

1.3 LES CONTEXTES

1.3.1 Contexte politique, social et culturel : « les années sida »

La pièce est peu ancrée dans **la réalité de son époque**. Pourtant, dans son journal, Lagarce se montre attentif à l'actualité : le 1er mai 1998, il est scandalisé par le score du Front national lors des élections présidentielles. Si le thème politique est totalement absent de la pièce, ce **contexte de « marée sociologique »** au niveau national ainsi que celui, au niveau international, de la fin de la Guerre froide, ont probablement contribué à renforcer l'atmosphère de « fin du monde » qui dans la pièce est cristallisée à l'échelle de l'individu. La pièce témoigne également d'une sensibilité aux **enjeux sociaux** comme en témoigne les différences culturelle et sociale qui opposent Louis à sa famille.

La pièce fut écrite dans le contexte du **développement de l'épidémie du sida en France** (1983-1995), « les années sida ». D'abord mal identifiée, la maladie a particulièrement touché la communauté homosexuelle. La lenteur des pouvoirs publics à reconnaître la maladie – longtemps associée aux homosexuels et aux drogués – a été l'objet de plusieurs polémiques et a conduit l'association Act'Up Paris à alerter l'opinion publique par **des formes de protestations radicales**. Même si le virus du VIH est découvert en 1983, les traitements contre la maladie étaient à la fois lourds et inefficaces et le taux de mortalité très grand (jusqu'à la diffusion de la trithérapie en 1996). Au cours des années 1980-1990, le sida a fait de **nombreuses victimes dans les milieux intellectuels et artistiques en France** : le philosophe Michel Foucault, le dramaturge Bernard-Marie Koltès, le réalisateur Jacques Demy, l'écrivain Hervé Guibert, le réalisateur Cyril Collard, et Jean-Luc Lagarce. Comme Lagarce, de nombreux artistes tirèrent de l'expérience de la maladie la matière de leur œuvre ; par exemple, Hervé Guibert mit en scène ses derniers jours dans le documentaire *La Pudeur ou l'Impudeur* en 1991 et Cyril Collard évoqua le sida dans son film *Les Nuits fauves* en 1992. Dans l'urgence de la maladie, ces œuvres mettent souvent en scène une révolte à la fois personnelle, métaphysique (contre l'absurdité du monde) voire politique. Véritable traumatisme culturel, les « années sida » sont au XXIe siècle l'objet d'un travail de mémoire comme en témoignent le film de Robin Campillo *120 battements par minute* (2017) ou la pièce de Christophe Honoré, *Les Icônes* (2019).

1.3.2 Contextes littéraires : un renouveau du théâtre

Résurgences de la tragédie

À la suite du XIXe siècle qui se détacha de l'influence du Classicisme en refusant la rigidité de la tragédie au profit du drame romantique, la première moitié du XXe siècle connaît un **important mouvement de réhabilitation de la tragédie et du tragique**. Ce retour est fondé philosophiquement : dans son essai sur la *Naissance de la tragédie* publié en 1872, Nietzsche fait de la tragédie la forme d'expression la plus exemplaire d'un principe dionysiaque, d'un instinct primitif, d'une forme d'ivresse.

Dans le contexte des deux guerres mondiales, la **réécriture des grandes tragédies antiques apparaît comme un moyen de révéler l'universalité de cette condition tragique de l'homme** : ainsi, en 1934, Jean Cocteau réécrit *Œdipe-roi* de Sophocle dans *La Machine infernale* ; en 1944, Jean Anouilh propose une nouvelle interprétation d'*Antigone* et en 1947, Sartre réécrit *L'Orestie* d'Eschyle dans *Les Mouches*. À partir des années 1950, le **théâtre de l'absurde rejette la notion de fatalité propre à la tragédie** : pour des dramaturges comme Ionesco ou Beckett, l'homme est absurdement jeté là. Ce refus de la tragédie apparaît de façon manifeste dans *Le Roi se meurt* d'Ionesco en 1962 qui met en scène le refus de mourir d'un roi pathétique : le souverain confronté à l'absurdité de la mort se fait homme, il n'est alors plus un personnage de tragédie. C'est dans ce mouvement de relecture postmoderne de la tragédie à l'aune de **nouvelles angoisses métaphysiques** que s'inscrit le théâtre des années 1980 comme celui de Bernard-Marie Koltès (*Le Retour du désert*, 1988) et celui de Jean-Luc Lagarce. Chez ce dernier, le mouvement d'insurrection contre la tragédie le conduit à en reprendre certains codes : ainsi, *Juste la fin du monde* se présente comme une tragédie du sang irrésolue car corrompue par le sang contaminé du malade.

Innovations dramaturgiques

Le développement d'un théâtre nouveau correspond également à **l'émergence d'une nouvelle dramaturgie**. Dès les années 1950, les dramaturges repensent la théâtralité en déconstruisant le déroulement de la fiction dramatique, en multipliant les mises en abyme et en brisant le « quatrième mur ». À partir des années 1960, **la figure du metteur en scène devient concurrente de celle de l'auteur** : des metteurs en scène comme Antoine Vitez, Roger Planchon ou encore Patrice Chéreau apparaissent désormais comme des créateurs à part entière qui portent, à travers la représentation de pièces classiques ou modernes, **un propos radical**. En outre, au cours de la deuxième moitié du XXe siècle, sous l'influence des auteurs scandinaves (Ibsen, Strindberg), la dramaturgie met l'accent sur « *les oppositions entre le moi isolé, séparé, et la Multitude* » (Jean-Pierre Sarrazac), mettant ainsi en valeur, comme c'est le cas dans *Juste la fin du monde*, la **solitude essentielle de l'individu à travers celle de l'acteur**.

Alors que la représentation théâtrale multiplie les audaces de mise en scène, une tendance inverse s'esquisse. Des auteurs comme Nathalie Sarraute favoriseront ainsi **l'épure d'un théâtre de la voix** : en 1964, elle écrit par exemple la pièce *Le Silence* destinée à la radio. Chez Lagarce, le théâtre semble également **se réduire à la parole** comme en témoigne le nombre réduit de didascalies dans l'ensemble de la pièce : le dramaturge donne à entendre plus qu'à voir des personnages qui s'épuisent dans leurs discours.

Une prose poétique ?

L'importance de la parole est également mise en valeur par **l'usage d'un langage particulier qui tend vers la prose poétique**. Cette forme, pratiquée par exemple par Baudelaire dans les *Petits poèmes en prose* (1869, posthume) présente, à la différence de la prose, une forme de lyrisme marqué par l'utilisation de procédés poétiques. Le langage de Lagarce, qui **ressemble visuellement à des vers,** correspond en réalité à **une prose scandée, interrompue**. Lagarce s'inscrit ainsi dans un mouvement de déconstruction du langage inauguré par les dramaturges de l'absurde qui mettent en scène une parole qui se disloque au fur et à mesure de l'avancée de la pièce (par exemple dans *La Cantatrice chauve* (1950) d'Ionesco ou dans *Oh les beaux jours !* (1961) de Beckett). Le caractère poétique du langage dans les pièces de Lagarce vient du fait que la dislocation correspond en réalité à **une quête déraisonnable de l'exactitude du dire des personnages** : ceux-ci cherchent à cerner avec précision le bon mot et se perdent dans des corrections infinies. Lagarce donne donc à entendre une tentative, vouée à l'échec, de maîtrise de la langue : **c'est parce qu'il est désespéré que ce geste est sublime**.

2. L'œuvre en examen

2.1 RÉSUMÉ ET ANALYSE SUIVIE

2.1.1 Structure

La pièce se divise en cinq parties : « Prologue », « Première partie », « Intermède », « Deuxième partie » et « Épilogue ». On peut interpréter cette division d'au moins trois façons. Ce qui paraît le plus évident est **la construction symétrique de la pièce**, avec deux grandes parties, plus importantes en volume que les trois pauses dans la progression dramatique : le Prologue met en branle une voix, l'Intermède distille de manière quasi vaudevillesque les erreurs de communication, l'Épilogue referme la pièce grâce à la même voix centrale, celle du protagoniste Louis. La structure de la pièce fonctionne de telle sorte que les deux parties constituent deux étapes essentielles dans l'aveu inachevé mis en scène par Lagarce. Dans ces deux parties se **trouvent les grandes confrontations entre Louis et chacun des membres de sa famille**. On note à cet égard que le parallélisme est incomplet puisque la première partie possède onze scènes et la deuxième partie n'en a plus que trois, comme si la parole se tarissait. On peut se demander si ce moment constitue un retour au calme ou si au contraire, il témoigne d'un échec. Autour de ces deux parties, la voix singulière de Louis, reléguée pourtant en marge de ces grandes confrontations et dont l'expression est réduite à l'interstice de monologues, orchestre véritablement ces dialogues impossibles.

Ainsi, il est possible d'interpréter cette organisation de la pièce comme **une structure opératique**. En effet, le Prologue et l'Épilogue sont des passages obligés d'un opéra : c'est là que le compositeur fait entendre les thèmes majeurs de son œuvre, il les organise de façon à donner une vue d'ensemble. L'Intermède fait écho à l'*intermezzo*, pause dramatique insérée entre les actes d'un opéra, qui doit être d'un ton différent, souvent plus léger, que le reste de la pièce. C'est à cette structure que pense Lagarce : le Prologue devient alors une véritable « ouverture » d'opéra, c'est-à-dire la mise en scène non plus d'une diégèse mais d'une voix et de thèmes qui vont revenir, comme un refrain entêtant, une psalmodie que reprendront tour à tour chaque personnage en la faisant varier, sur un autre ton, et selon leur subjectivité propre.

Enfin, la structure en cinq parties ne peut que faire penser aux **cinq actes**. Si Aristote préconisait trois étapes pour une œuvre dramatique (début, milieu, fin), dès le théâtre romain la structure en cinq moments s'impose (le poète Horace la préférait). On la retrouve alors chez Shakespeare et bien sûr dans le théâtre classique français, dont les règles sont très fixes. On a donc une exposition, des péripéties (et non plus une seule comme chez Aristote) qui nouent l'intrigue et le dénouement. On sait que Lagarce **joue avec cette structure très traditionnelle** puisque la scène de reconnaissance, sommet dramatique selon Aristote, est ce qui n'advient jamais dans *Juste la fin du monde*. Pour Aristote, il s'agissait de mettre en scène la réunion d'une famille en reconnaissant l'un des leurs perdu depuis longtemps. Cela peut résoudre un conflit (Molière s'en servira souvent lors de ses dénouements) mais aussi faire culminer la tragédie dans les affres du destin. Néanmoins, dans *Juste la fin du monde* les membres ont beau déjà se connaître, **la famille ne parvient jamais à se reconnaître comme telle**, à faire leur cette solidarité qu'on attendrait des membres d'un même clan. Ainsi, l'exposition et le dénouement sont ici réduits à quelques bribes de voix, pour mieux saluer l'absence de progression dramatique qu'on attendrait d'une pièce en cinq actes.

Ces lectures nuancent l'importance de chacune des parties. Faire varier les lectures de la pièce, c'est aussi s'arrêter plus ou moins sur certains moments de la pièce. C'est pourquoi il est nécessaire de s'intéresser davantage à chacun d'entre eux.

Prologue

Il n'y a que Louis qui parle. Il y évoque son choix de revenir voir sa famille pour leur annoncer sa mort prochaine. On peut lire ce prologue comme **l'argument de la pièce** : on expose au spectateur les nœuds de l'intrigue (il faut réussir à avouer la maladie et la mort), les enjeux dramatiques (dire, la peur), les motifs de la pièce (« *malgré tout* », expression scandée pour mettre au jour combien la pièce est celle de l'impossibilité, du renoncement, de l'esquive). Mais c'est aussi **l'avènement d'une voix qui se matérialise**, qui s'incarne dans un personnage qui apparaît sur scène. Le fait de commencer par « *plus tard* » témoigne du surgissement d'une voix qui dit déjà son impossibilité à être au temps présent. De même, en annonçant sa mort prochaine à l'aide de verbes au passé, le personnage ne semble pas appartenir à notre existence, à notre temporalité. Il semble ainsi **sortir du néant** où il retournera après l'épilogue.

Première partie

Elle se construit en onze scènes, qui sont autant de tableaux où Louis va s'isoler successivement avec chacun des membres de sa famille. Les scènes entre Louis et chacun des quatre autres membres présents ce dimanche-là sont toutes **des morceaux de bravoure**, des moments charnières pour le personnage, comme des étapes dans l'aveu impossible de Louis. Tour à tour confrontation et dialogue de sourds, la scène est un moment où un personnage finit par prendre le dessus sur la parole de Louis. Ainsi ce n'est plus l'aveu de Louis qui advient sur scène puisqu'il est toujours rendu impossible ; Louis devient **le confident des paroles d'autrui, le réceptacle de leurs démons intérieurs**. Sa présence devient l'élément perturbateur dans une routine bien huilée et ce retour est bien le moyen pour la parole d'atteindre un nouveau degré de vérité, alors qu'elle était désormais bloquée, comme l'atteste l'anecdote cent fois rebattue de la Mère dans la scène 4. Les personnages se parlent enfin ensemble, ce qu'ils ne faisaient plus (Catherine redécouvre son mari, Suzanne ose affronter son frère Antoine). Louis au contraire s'enferme de plus en plus dans des monologues intérieurs qui ponctuent régulièrement cette partie.

Scène 1 : Louis arrive. On lui présente Catherine : il est parti depuis si longtemps qu'il n'avait jamais rencontré la femme de son frère. Cela surprend Suzanne, qui ne s'en était pas rendu compte. Les **rituels** autour de cette première rencontre (se serrer la main ou se faire la bise) révèlent l'absence de proximité dans la famille. On échange aussi des banalités sur le voyage. C'est déjà la mise en scène d'une parole qui se cherche et qui échoue à se trouver.

Scène 2 : La réflexion sur le thème de la famille s'élargit aux neveux de Louis. Catherine justifie leur absence par le retour soudain de Louis, qui n'a pas permis de les récupérer à temps chez leur autre grand-mère. Catherine d'abord, puis Antoine, finissent par réfléchir au geste signifiant d'appeler leur aîné Louis. **Une certaine idée de la filiation** se devine alors, autour de la figure de « *l'héritier mâle* ».

Scène 3 : C'est la grande scène de Suzanne puisqu'elle est la seule à parler. Enfin seule avec son frère, elle l'affronte et ainsi affronte **la figure tutélaire dans l'ombre de laquelle elle a grandi**. Il est celui qui est parti alors qu'elle est restée : la didascalie initiale de la pièce précise bien que c'est « *la maison de la Mère et de Suzanne* » et le premier vers de Suzanne est « *Lorsque tu es parti* ». Parce qu'elle est la plus jeune, parce qu'elle est la seule fille, Suzanne a clairement des griefs envers celui qui rend désormais impossible pour elle toute fuite qui ne serait alors que la pâle imitation de celle de son frère. En faisant enfin face à celui qui n'existait plus que par les « *petits mots* » qu'il envoyait parfois, Suzanne peut enfin comprendre sa propre existence : « *Je ne pars pas, je reste* ». Ainsi, petit à petit, elle **prend conscience de ce qui lui est propre et de ce dont elle a hérité**, elle comprend qu'elle a encore du chemin à faire dans sa quête individuelle et qu'elle ne peut plus vivre sous la tutelle des autres. « *C'est tout* » ose-t-elle à la fin.

Scène 4 : C'est la scène des **anecdotes de la Mère**, à propos des dimanches en famille. Antoine et Suzanne, qui ont grandi près de cette Mère dénoncent ce radotage, l'impossibilité de la nouveauté, autant dans leur vie que dans les discours. Il y a une ombre qui plane, celle de toute une tradition, celle d'un père mort, celle des dimanches d'autrefois. La **nostalgie des uns devient le cauchemar des autres**. La présence des enfants, le fait qu'ils sont devenus des adultes, devient le signe du temps qui passe et porte donc toute la « faute » de cet adieu à un temps heureux.

Scène 5 : Louis seul parle. Sa présence a déjà beaucoup affecté chaque membre de la famille et Louis réfléchit à la pertinence de sa visite. On comprend qu'il s'agit d'un monologue et que les autres membres ne sont pas à l'écoute de cette parole. Ainsi, le passage où est évoquée frontalement l'idée de la mort est bien un aveu pour soi et non pour les autres. En effet, **cette scène est peut-être la fin de la tension dramatique**, puisque Louis explicite pour lui-même : « *je ne sais pas si je pourrai bien la dire* ». Ainsi le double aveu, de sa mort et de la véritable raison de sa visite, a surtout lieu pour le spectateur et non pour les autres personnages. Louis comprend par cette introspection qu'il n'est pas venu pour les autres mais pour lui-même, que son geste n'est pas altruiste mais égoïste car il cherchait à vérifier si sa famille l'aimait encore.

Scène 6 : C'est la grande scène de Catherine. Louis l'aide à comprendre sa posture effacée mais c'est un échec partiel. La scène commence sur cette difficulté pour Catherine de parler : « *Vous ne dites rien, on ne vous entend pas.* » Cette sentence terrible rappelle à Catherine combien elle se sent étrangère dans cette famille : « *Moi je ne compte pas* ». Elle ne parle presque qu'exclusivement d'Antoine, son mari. Quand elle parle d'elle-même, c'est seulement pour évoquer son discours : elle se tromperait, parlerait trop… La présence de Louis révèle la grande solitude d'une femme qui, dans ce qu'elle laisse entrevoir, **comprend beaucoup plus que ce qu'elle ne veut avouer**.

Scène 7 : C'est une courte scène où Suzanne montre qu'elle est lucide sur Catherine quand d'habitude « *on se trompe* » sur son compte. C'est aussi une des rares fois où une scène peut suivre directement la scène précédente. Louis cherche alors à recentrer Suzanne sur elle-même. Quand elle énumère les qualités de Catherine, elle en vient bien sûr à la parole. Louis lui demande si tout se passe toujours ainsi et Suzanne avoue que non. Le jeu autour du « *Ta gueule, Suzanne* » montre combien la parole est difficile pour celle qui est d'ordinaire plus lucide sur les autres que sur elle-même.

Scène 8 : C'est la grande scène de la Mère. Elle fait face à son fils et comme elle l'avoue à la fin, à sa propre finitude, puisque le fils a grandi, lui renvoyant au visage son propre âge. Elle veut tout de suite se placer dans un rôle de **gardien du temple**, de celle qui comprend ce qui se passe, qui a compris les enjeux de cette journée. « *Je sais* » dit-elle d'emblée, le répétant encore plus loin, avant de raconter comment la journée va se dérouler selon elle. C'est ainsi qu'elle refuse d'affronter son passé, en évoquant un futur proche qu'elle voudrait faire advenir par la parole mais, à force de répéter que cela se passera tel quel, elle **avoue en réalité ses propres doutes et angoisses sur l'avenir**. Elle évoque tour à tour ses deux autres enfants ; elle se prononce sur la manière dont, selon elle, ils réagiront à sa visite, souhaitant par-là se positionner en figure maternelle. Néanmoins, **c'est surtout d'elle-même qu'elle parle et de la façon dont elle voit ses propres enfants** : « *Ils voudraient tous les deux que tu sois plus là* ». N'est-ce pas là un magnifique aveu de son propre manque ?

Scène 9 : C'est une des rares scènes chorales, et la première depuis la première scène de cette partie. Après le dîner, on évoque le café, les repas de dimanche qui s'éternisent, le vouvoiement comme passage obligé. Les banalités sont donc encore de mise, comme dans la première scène. Seulement, un changement a déjà eu lieu, aussi léger soit-il, pour les trois femmes que Louis a affrontées en privé. Il est donc normal que la scène se transforme en crise ouverte avec Antoine, le seul épargné par l'affrontement avec le Fils prodigue : Suzanne lui hurle dessus, Louis lui reproche de se moquer et s'en va, la Mère court après lui et Catherine reste seule, à l'image de **son effacement habituel qui, ironiquement, se traduit par la permanence de sa présence sur scène**.

Scène 10 : Nouveau monologue de Louis, qui rejoue ce qu'il a vécu depuis la découverte de la maladie jusqu'à son acceptation. C'est le moment où le titre de la pièce est justifié. Ainsi, le monde semble s'écrouler quand on apprend l'imminence de sa propre mort. C'est, littéralement, « *la fin du monde* » pour soi ; on conçoit alors que le monde s'arrêtera de tourner définitivement quand on disparaîtra. Pourtant, c'est « *juste la fin du monde* » pour soi, et le monde continuera bien. Alors Louis est traversé par plusieurs émotions : l'ironie, l'acceptation, la haine. **Il imagine voir le monde avec les yeux de ceux qui restent**, qui vivront dans la douleur de l'avoir perdu. Cela le rassure :

le monde finalement continuera bien de tourner, et la douleur des autres prouvera qu'ils l'ont aimé. Mais comment savoir qu'on a vécu ? Les autres témoigneront mais ils n'auront vu que la surface : l'aveu de Louis est un appel cinglant envoyé à tous, à lui comme à sa famille et au spectateur, à assumer son existence.

Scène 11 : La première partie se clôt sur la **confrontation tant attendue entre les deux hommes de la pièce**. Antoine est le plus réfractaire à la venue de son frère. À l'inverse de sa sœur qui n'a pas su vivre avec l'absence, Antoine a comblé ce vide et il a fini par s'identifier tout à fait avec celui-ci. Son existence tout entière s'explique par le fait qu'il a fait corps avec l'idée même de devenir le nouveau « *chef de famille* », en l'absence du père et du fils aîné. Cette situation, qu'il rejoue avec Catherine, est donc mise à mal par le retour de Louis car sa présence repousse Antoine en position subalterne, découvrant à son tour qu'il n'a fait que **jouer le rôle** qu'il pensait qu'on attendait de lui et qu'il **n'a pas su combler son existence par la réalité de son être**. C'est pourquoi le dialogue est si difficile au début : « *je dois répondre quelque chose ?* » C'est donc Louis qui parle. Pour la première fois, sa parole n'est plus monologique mais bien adressée à quelqu'un qui « *ne veu*[t] *pas être là* ». Antoine n'écoute pas et « *se taisai*[t] *pour montrer l'exemple* ». Ainsi, le moment pour Antoine de faire face n'est pas arrivé. Quant à Louis, sa parole n'a pas atteint son but. **La Première partie s'achève sur un cuisant échec**.

Intermède

Ce devrait être le sommet de la pièce comme en témoigne sa position centrale, mais c'est un simple « intermède », une appellation qui cherche **à minimiser le rôle de cette partie**. Ce sont principalement des cris, des portes qui claquent, des incompréhensions totales. La mise en scène de l'incommunicabilité prend alors les accents du vaudeville : on se cherche sans se trouver, on se manque sur scène et c'est finalement **une pause comique**, dont les accents graves soulignent la variété des tons de la vie, la mise en commun des grandes questions métaphysiques et des petits tracas du quotidien. On peut dire que ce passage **met en abyme l'ensemble de la pièce** : les questions existentielles sont toutes mises à mal par une parole qui n'avoue que son incapacité à dire le monde. Les êtres sont littéralement perdus sur scène, isolés dans une solitude qu'ils comblent en parlant pour ne rien dire ; les rires côtoient les larmes. On trouve donc bien en miniature et par la mise en scène d'une véritable **rhapsodie de voix**, une image de la pièce tout entière.

Deuxième partie

Il faut partir. En trois scènes, il faut dire adieu et enterrer l'espoir de dire plus que cela, de dire la mort à venir, de demander pardon, d'accepter l'autre dans sa différence, d'accepter les échecs de son existence. Surtout, il est important pour Antoine de faire face à ce frère qu'il rejette tant. Ainsi, ces trois scènes sont **construites autour d'un dernier morceau de bravoure, l'avènement de la parole d'Antoine**, celui qui avait encore refusé d'user de la parole pour faire son introspection.

Scène 1 : Court monologue de Louis qui enterre pour de bon l'idée de dire à sa famille le mal qui le ronge : « *je dis des mensonges* ». Cependant, on sent la rancœur qui le ronge de ne pas avoir parlé et il accuse Antoine d'être en partie responsable, puisque ce dernier a adopté la posture de celui qui veut déjà le reconduire, l'emmener loin, le renvoyer. Louis annonce alors qu'il s'agit bien d'une « *vengeance* » de sa part que de ne pas parler et d'en accuser Antoine. Il reste donc un problème concernant Antoine.

Scène 2 : Les hésitations devant le départ, Louis qui se demande s'il ne devrait pas rester, Suzanne qui reproche à son frère Antoine d'être désagréable et de chasser Louis (elle rejoue en mineur le monologue de son frère de la scène précédente), font peu à peu **sortir Antoine de ses gonds**. Amené à parler, il ne sait pas le faire ; il refuse qu'on le console : « *Tu me touches, je te tue* ». Il est encore dans l'incapacité de se voir autrement que dans la rivalité avec Louis et, comme toute manie est un aveuglement, il se convainc que les autres sont contre lui. Il a beau se forcer à dire « *Je vais bien* », c'est une crise personnelle qui est en train d'exploser. Ainsi **l'affrontement des deux frères n'a pas vraiment lieu**, puisque le monologue de Louis a lieu à la première scène et se focalise sur la façon dont Louis voit son frère tandis que la tirade d'Antoine montre l'enfermement du personnage sur sa propre personne. Il y a finalement **deux soliloques et non une véritable confrontation**, pourtant nécessaire à la pacification de la relation entre les deux frères.

Scène 3 : Voilà enfin la grande scène d'Antoine. Les femmes ouvrent bien la scène mais pour expliquer leur mise en retrait. C'est la parole d'Antoine qui advient enfin : « *je pense* ». Voilà enfin comment Antoine se voit, et comment par la parole, en mettant des mots sur le mal qui le ronge, il comprend, à son tour, qu'il peut affirmer son existence – « *qu'elle est paisible et douce* »-, qu'il n'a plus à vivre dans l'ombre des autres, qu'il peut assumer son existence simple – « *je ne suis rien* » – et qu'il est acceptable que lui, l'homme de la famille, souffre de l'absence d'un frère pour lequel il a peur. C'est le calme qui revient : **Antoine a accepté de faire son introspection**, de suivre la démarche des trois femmes, de puiser en Louis et en son retour la force de regarder en face le monde. Les personnages conçoivent en creux de la manière dont Louis a vécu sa vie, comment ils ont vécu la leur.

Épilogue

L'Épilogue est à lire à la lumière du Prologue. Si le Prologue s'ouvrait sur « *Plus tard, l'année d'après* », l'Épilogue quant à lui s'ouvre sur « *Après, ce que je fais* ». Il y a donc bien une répétition, comme **un hiatus qui cherche à enfermer la pièce dans un espace-temps indécis**. Peut-être que toute la pièce n'était qu'un rêve, le fantasme de ce qui se passerait ou plutôt de ce qui ne se passerait pas. Entre le «*j'allais mourir*» du début de la pièce et le «*je meurs*» de la fin, il y a eu un **espace infirme, que la scène a rendu possible, pour imaginer la manière dont la parole pourrait combler le vide de notre existence**. Le prologue était conjugué au passé, le dernier verbe de la pièce est conjugué au futur : «*regretterai*». Il y a deux néants, celui d'avant la vie et celui d'après la mort. Entre les deux, le regret : c'est le dernier motif d'une pièce qui n'a pas su mettre en scène le rôle d'une parole que le théâtre a prétendu cathartique. C'est pourquoi le personnage évoque le cri, comme **métaphore d'un théâtre** où crier c'est se débattre, c'est tenter de formuler un propos. Il s'agit, «*à égale distance du ciel et de la Terre*», de se savoir encore en vie.

2.1.2 Les personnages

Les personnages portent tous des noms chrétiens ce qui inscrit la famille dans une petite bourgeoisie provinciale d'éducation chrétienne. Dans la liste des personnages qui ouvre la pièce, ils sont classés en fonction de leur rapport à Louis : il y a sa sœur, son frère (et la femme de celui-ci qui exceptionnellement se range auprès de ce dernier) et sa mère. Leur âge est à chaque fois précisé. Ainsi, **s'esquisse une petite sociologie** selon l'origine culturelle, le genre et la génération. Chaque personnage incarne en partie sa catégorie sociologique et la pièce met donc en scène la reconnaissance par chaque personnage d'une identité qui n'est pas encore la sienne. On y devine aussi le jeu de Lagarce avec la tradition française du «caractère», qui a donné ses lettres de noblesse à l'œuvre moliéresque : chez Molière, il s'agit moins d'être que de paraître, pour qu'on reconnaisse un type dont on se moque. Chez Lagarce, le **personnage prend conscience qu'il s'est enfermé dans une image de lui-même et apprend qu'il lui reste encore à être pleinement**. Son inscription dans **un déterminisme** est autant un marqueur pour le spectateur que pour le personnage lui-même : apprendre à être soi, c'est d'abord apprendre à se dire avec honnêteté. Voilà la leçon qu'apprennent les personnages, tandis que le spectateur assiste à la mise en scène de cette difficile prise de conscience.

Louis

C'est le personnage principal de la pièce. C'est une figure qu'on peut associer à la **parabole du «Fils prodigue»** que l'*Évangile selon saint Luc* relate. Dans le texte biblique, le Christ raconte cette histoire pour illustrer le bonheur de récupérer une «brebis égarée», une âme qui après des années de péché se convertit au bien. Dans la parabole, le père a deux fils et si l'aîné est resté près de son père, le fils cadet est parti mener une vie dissolue avant de revenir piteusement à son père, qui l'accueille, à la surprise générale, chaleureusement. Dans la culture populaire, ce motif a été repris comme un «retour au bercail» d'un fils chéri, c'est celui qui revient auprès des siens (comme le montre cet autre titre de Lagarce, *Le Pays lointain*), occasion d'une mélodramatique réconciliation, surtout au cinéma. Il y a quelques divergences avec la parabole chez Lagarce : c'est le fils aîné qui part, signe d'un **jeu ironique avec la tradition de l'héritage**. En effet l'aîné est normalement l'héritier, le futur chef de famille, celui qui porte jusque dans son sang tout le poids de la famille, et transmettra à son tour le nom. Autant de rôles que Louis est incapable d'endosser. C'est sans doute pourquoi il porte le prénom des « *rois de France* » (Première partie, scène 2), dont la lignée s'est brutalement interrompue. C'est le prénom des héritiers, de ceux qui se transmettent la charge et qui doivent incarner des valeurs. Le personnage lui-même évoque avec ironie cette pratique (« *L'héritier mâle* », Première partie, scène 2) : **il ne croit pas pouvoir assumer une telle charge**. Son retour est donc vécu par les autres comme l'avènement du « Fils prodigue », charge que Louis lui-même refuse, mais il est déjà trop tard car les autres personnages se sont déjà ainsi positionnés par rapport à lui.

C'est un personnage réservé, qui s'enferme le plus souvent dans des monologues plutôt que dans de véritables dialogues, comme l'atteste l'échec de son aveu final. Il se complaît dans des postures mais en a conscience : « *je faisais semblant* » (Première partie, scène 10). À l'inverse des autres personnages, ce n'est donc pas nécessairement par le conflit qu'il arrive à s'exprimer, mais par l'introspection. Cela est d'autant plus ironique qu'on devine, par les propos de Suzanne au début de la pièce, qu'il est un écrivain (elle utilise même les termes « *don* » ou « *qualité* »). Il est alors au « centre » de la pièce, mais c'est un centre finalement absent, souvent réceptacle de la parole d'autrui. En ce sens on peut vraiment parler d'**une pièce excentrique**, Louis domine les marges (Prologue et Épilogue) et non le centre de la pièce.

Suzanne

La sœur du protagoniste semble appartenir à un autre monde : par son âge (plus de dix ans de moins que son frère), par son sexe (elle se range dans le camp des femmes, avec sa Mère et Catherine), par l'espace qu'elle habite (la maison fuie par Louis), elle se caractérise avant tout **comme un double inversé de son frère**. C'est peut-être pourquoi son âge indiqué dans la liste des personnages est de « *23* » ans, le nombre inversant les chiffres de l'âge d'Antoine et de Catherine, qui ont « *32* » ans. Elle est la première à confronter Louis. Ses reproches ne sont pas violents car, comme elle le dit tout de suite (Première partie, scène 3), elle ne l'a pas vraiment connu puisqu'elle était trop petite à son départ. Elle cherche surtout à lui faire comprendre combien son départ a affecté le quotidien de la maisonnée. Elle oppose ainsi les « *petits mots* » qu'il envoyait de temps en temps à la famille et le « *talent* » d'écrivain, une « *qualité* » dont jamais il ne se sert pour eux : « *Tu ne nous en donnes pas la preuve, tu ne nous en juges pas dignes.* » Sa confrontation avec le personnage principal lui permet surtout de qualifier sa propre existence.

Attachée à **déconstruire les discours tout faits et les postures** (c'est elle qui critique par exemple la manière dont Catherine et Louis se serrent la main ou se parlent), elle est souvent caractérisée par son rire (notamment tout le long de l'Intermède où elle finit même par rire toute seule). Elle incarne donc un esprit plus joyeux, encore jeune, capable de se révolter (elle fait un « *bras d'honneur* » à la scène 9 de la Première partie) : c'est finalement elle qui critique Antoine à la fin de la pièce, prenant sur elle de faire parler ce dernier, ce que Louis n'avait pas réussi à faire dans la Première partie.

Antoine

Son conflit avec Louis est ce qui justifie le dédoublement de la pièce en deux parties. En effet, si la présence de Louis amène les trois femmes à dire leur vérité, la Première partie se clôt sur l'échec de cette démarche avec Antoine. Celui-ci est resté figé dans sa posture accusatrice envers le frère qu'il juge lâche parce qu'il les a abandonnés : « *tu te disais que tu devrais bien un jour revenir nous rendre visite* » (Première partie, scène 11). Après l'Intermède, toute la Deuxième partie se recentre autour de lui. La première scène est un monologue de Louis où il observe Antoine pressé de le raccompagner, de le sortir de nouveau de la demeure familiale : « *il semble vouloir me faire déguerpir* ». Après un conflit ouvert dans la deuxième scène, une scène chorale où Antoine se sent acculé par les autres, la troisième scène est presque entièrement un monologue d'Antoine. Ce moment de vérité permet **l'extériorisation de ses nombreuses émotions** : il est tour à tour jaloux, colérique, fier. Celui qui jusque-là était rustre laisse tomber son masque pour montrer toute l'étendue de sa frustration. La pièce transfère ainsi les enjeux dramatiques de Louis, qui accepte très tôt de ne pas parler, de ne pas céder à la tendance de la confidence, à Antoine, devenu celui pour qui la parole a encore une fonction communicationnelle. L'aveu de son for intérieur est le symptôme d'une grande souffrance. Pour lui, **la parole a encore pour fonction de désigner le monde** : il a cherché, tout au long de la pièce, à formuler par le langage la complexité des émotions qui le gagnaient. C'est une violence qu'il se fait à lui-même et il conclut par : « *J'ai fini./ Je ne dirai plus rien.* » Ce n'est pas sans ironie qu'il porte le nom d'un saint qui a inventé la vie monacale, lui qui vit pleinement dans la solitude alors même qu'il n'a jamais quitté les siens.

Le motif du double (deux parties, chacune centrée sur un des deux frères), qui parcourt toute la pièce, porte bien sûr **la trace du mythe d'Abel et Caïn**. Les deux frères ennemis de la *Genèse*, fils d'Adam et Ève, constituent un motif qui parcourt la culture occidentale et sert de structure à de nombreuses œuvres dramatiques. Lagarce y fait forcément écho lorsqu'il fait dire à Antoine, dont la violence le rapproche de Caïn, « *Tu me touches, je te tue* » (Deuxième partie, scène 2). La menace du meurtre renvoie au mythe originel, qui fait alors peser une menace sourde jusqu'à la fin de la pièce : et si la mort annoncée par le Prologue n'était en fait que la réécriture du mythe fondateur du fratricide ? Serait-ce une fin plus digne de la tragédie que celle, sans éclat, qui succède à une longue maladie ? Lagarce joue avec ce motif sans jamais franchir la frontière du mythe : **le quotidien, dans sa plus parfaite trivialité, est le lieu sordide de notre existence**. On se contente de caresser le rêve d'une existence mythique, qui pourrait enfin élever Antoine à la hauteur de la légende, alors même qu'il n'en est justement pas digne, comme le rappelle Catherine qui évoque le métier de son mari : « *qu'est-ce qu'il y a à raconter ?* »

Catherine

Présentée comme un être vivant dans l'ombre d'Antoine (en parallèle de la manière dont Suzanne vit dans l'ombre de son grand frère Louis), elle a aussi le mérite de ne pas connaître Louis. Ainsi, elle le rencontre pour la première fois dès la première scène de la pièce (après le Prologue) et son regard est forcément plus neuf et porte moins d'idées préconçues. Il y a aussi moins de tension puisqu'il ne s'agit pas vraiment de sa famille. Cependant, son fils aîné s'appelle lui aussi Louis, preuve que son existence est sous le contrôle d'Antoine son mari, de ses psychoses personnelles et notamment du rapport trouble qu'il entretient avec un frère honni. En parlant de sa mère, elle dit qu'il s'agit de la « *grand-mère* » de ses enfants, comme si sa propre famille n'existait plus qu'en rapport avec celle d'Antoine. De même, sa tirade personnelle ne cesse de tourner autour d'Antoine : « *Il croit, je crois cela, il croit que vous ne voulez rien savoir de lui* ». On voit bien que sa parole et sa croyance sont subordonnées à celles d'Antoine. Cette **figure effacée n'arrive pas vraiment à aboutir, par la parole, à une vérité individuelle** : « *Je suis en train de me tromper ?* » finit-elle par avouer (Première partie, scène 7). Son effacement progressif prend une tournure burlesque lorsque tout le monde se court après, la laissant seule sur scène (comme la montre l'une des seules didascalies de la pièce lors de la scène 9 de la Première partie). Ainsi, malgré son petit rôle dans la diégèse, la permanence de son être est relevée ici, témoin d'une plus grande acuité que n'en ont les autres figures de la pièce. C'est sans doute la seule qui a **vraiment compris le sens du retour de Louis mais elle sait que l'aveu dont il est le gardien n'est pas pour elle** : « *il est bien préférable que vous ne me disiez rien et que vous/lui disiez à lui ce que vous avez à lui dire* » (Première partie, scène 7). Elle partage donc un secret et se fait alors **la complice de Louis** : son silence est aussi un moyen de laisser la place au discours des autres, dans un geste moins timide qu'humble.

La Mère

Il est forcément étrange que ce personnage ne porte pas de prénom. Elle n'existe plus dans son identité propre mais comme une figure stéréotypée de la famille, et on s'attend donc à une figure tutélaire pour Louis, mais aussi pour Suzanne et Antoine (sa grande tirade à Louis se construit en deux temps, « *Elle, Suzanne* » et « *Lui, Antoine* » – Première partie, scène 7). Cela la renvoie directement **aux différents mythes de la**

maternité, à commencer par Marie. La figure de la *pietà* issue d'une longue tradition chrétienne correspond à deux postures ambivalentes de la maternité : celle-ci est à la fois mère de Dieu et incarnation de la douleur et de la perte. Toutefois, comme Antoine, elle refuse la visée universelle du mythe. C'est pourquoi elle se contente de répéter les mêmes anecdotes, **emprisonnée dans la nostalgie d'un temps révolu**. En cela, elle est davantage une Ève qu'une Marie et elle vit dans le souvenir du mari, rappelant à ses enfants qu'ils sont d'abord la trace sensible du temps qui passe. Elle abuse de discours préconstruits, et n'arrive pas vraiment à sortir de l'image d'Épinal du dimanche en famille : « *toujours été ainsi* » (Première partie, scène 9). Ainsi, l'échec de l'aveu de Louis empêche la Mère de devenir une madone à part entière et elle est un témoin muet, à la fin de la pièce, de la rivalité fraternelle. Sa dernière réplique (Deuxième partie, scène 3) la range du côté des femmes – « *nous sommes toutes les trois* » –, pour mieux acter leur mise en retrait – « *comme absentes,/ on les regarde, on se tait* » – et l'achève presque – « *nous ne bougeons presque plus* ». Cette disparition totale de la voix maternelle est un adieu à la seule véritable figure de la filiation de la pièce, celle qui incarne la génération précédente et qui a déjà accepté sa propre finitude.

2.2 ANALYSE THÉMATIQUE

2.2.1 Famille je vous hais !

La famille est une thématique importante de la tragédie. Chez les Grecs, la tragédie met en scène **la punition par les dieux de l'*hybris* d'un personnage**, c'est-à-dire d'une action, d'une attitude ou d'une pensée qui sort le personnage de la tempérance. Le châtiment qui punit celui qui n'a pas su rester modéré est l'argument des pièces antiques. Cependant, la conception d'un sang désormais corrompu fait que **c'est toute la lignée qui se retrouve à la merci des passions**[1]. Lorsque Louis vient avouer ce qu'il peut parfois considérer comme sa « faute » (non pas le sida, qui fut un temps considéré comme une punition divine contre les homosexuels, ce que Lagarce déconstruit dans cette pièce, mais la fuite et l'abandon des siens), il doit faire face à sa famille. Mais la tragédie pour Louis, la mort annoncée dès le Prologue, porte bien sur le sang corrompu par le sida et non corrompu plus tôt par une quelconque faute des aïeux. Ironiquement, la **« tragédie du sang »** épargne les médiocres de la famille de Louis et se focalise uniquement sur lui. C'est une tragédie individuelle, et le sang qui coule dans ses veines isole Louis du reste de sa famille plutôt qu'il ne l'en rapproche.

La culture chrétienne a revalorisé la famille à travers **le modèle de la Sainte Famille**. Elle est désormais considérée comme un socle essentiel à la vie sociale puisqu'elle en est la première cellule, comme **le lieu premier de la transmission des valeurs** et comme

1. Par exemple, Phèdre, frappée d'amour pour son beau-fils Hippolyte, hérite en fait du désir criminel de sa mère Pasiphaé, rendue amoureuse d'un taureau par Poséidon.

une étape nécessaire à la formation individuelle. En ce sens, la fuite de Louis, qui fait qu'il ne connaît pas vraiment Suzanne et pas du tout Catherine ni ses neveux, met en échec cette conception positive de la famille. Au contraire, Louis la considère hostile comme le montre la rivalité fraternelle qu'il entretient avec Antoine tout au long de la pièce. La cellule familiale n'a jamais aussi bien porté son nom car la famille est vue par Louis comme **une prison qui le fixe dans un passé qu'il a cherché à fuir** et qu'il n'a jamais considéré nécessaire de revisiter. Son retour, motivé par la fin prochaine, est un cuisant échec. Les personnages n'arrivent pas à pleinement dialoguer, s'enfermant en réalité dans ce qui s'apparente à des monologues intérieurs. Ainsi, si la présence d'autrui est l'avènement d'une vérité, c'est surtout celle de **la solitude de chacun des membres de la famille** et leur impossibilité à faire corps ensemble, notamment face à ce « corps en trop » que représente Louis.

2.2.2 Mourir : une crise personnelle ou une crise collective ?

La pièce s'ouvre sur l'aveu, pour lui comme pour le spectateur, de la mort prochaine du protagoniste : « *ma mort prochaine et irrémédiable* ». Louis est donc un véritable « mort-vivant », encore là, mais se sachant condamné. Il n'agit pas pour autant comme celui qui résiste, qui veut profiter de la vie. C'est un **être profondément résigné** qui aurait voulu dire au revoir et qui n'y arrive même pas, comme si c'était déjà un effort de trop. Même à la fin de la pièce, quand il est apaisé car il a quitté une bonne fois pour toute la famille, il n'arrive pas à pousser le « *grand et beau cri* » libérateur. La mort est mise en scène comme une longue agonie, comme une fin inéluctable, dont on est porteur dès le prologue de notre existence, c'est-à-dire dès la naissance. Entre temps, ni bruit ni fureur (comme l'a théorisé Shakespeare[1]), mais **les ressassements incessants d'un discours qui piétine**. Voilà la terrible image de la résignation selon Lagarce. La mort n'est pas tragique en elle-même si elle fait partie de la vie, elle est tragique quand elle est vécue sur le mode mineur, celui-là même où la mort échoue à donner un sens à la vie.

2.2.3 La fin du monde ? Non, juste la fin du monde

Qui dit mort dit temps qui passe. Il y a de très nombreux indices sur la temporalité dans la pièce : les dimanches, le déjeuner qui finit tard dans l'après-midi, la « nuit » d'été dans l'Épilogue. Il y a donc bien une possible lecture de la pièce comme une longue journée avec ses moments attendus, du matin au soir. L'achèvement de la pièce dans la nuit symbolise bien la thématique de « *fin du monde* » annoncée par le titre. D'autres indices inscrivent au contraire la pièce dans le temps long : le Prologue

1. Dans *Macbeth* (1606) on trouve cette définition de la vie : « *C'est une fable / Racontée par un idiot, pleine de bruit et de fureur, / Et qui ne signifie rien.* »

et l'Épilogue évoquent «*l'année d'après*» et témoignent d'un ancrage différent : le Prologue et l'Épilogue ont donc lieu au même moment, près d'un an après les événements racontés dans les trois parties centrales de la pièce. On a donc affaire à une «**dramaturgie rétrospective**[1] » où les événements sont en réalité remémorés, ce qui témoignerait alors davantage de leur mise en échec. C'est aussi une manière de rendre cyclique le passage du temps : **la fin de la pièce est un retour au temps présent et pour Louis à celui de sa mort**. Cette vision cyclique est un moyen de conjurer la mort, vue comme «*fin du monde*». On comprend alors pourquoi les personnages répètent, en variant légèrement, leur propos, comme si la répétition était la preuve tangible d'une possibilité de vaincre l'inéluctable. La redite empêcherait la fin des temps. Selon l'*Apocalypse* de saint Jean, la fin des temps marque bien la fin de toute inscription temporelle de l'existence. Cette lecture eschatologique est ce qui est sans cesse déjoué par l'inscription de la pièce dans une autre vision du temps : **le temps cyclique est le refus de la linéarité d'une temporalité qui n'aurait d'autre fin possible que la mort** ; les petits instants du quotidien inscrivent à nouveau la vie dans l'éphémère et forcent à voir le monde à une autre échelle.

2.2.4 Paroles de la crise, crise de la parole

On devine très vite que vaincre la mort comme vaincre le temps, c'est d'abord une question de parole. Si le langage est l'ensemble des mots et des règles qui permettent de communiquer, la parole est ce moment singulier où un être se sert du langage pour dire ou plutôt se dire. La fonction de la parole la plus utilisée dans le contexte de la pièce est peut-être la fonction phatique[2] : il s'agit d'abord d'**attester d'un contact entre les êtres**. La communication n'a alors plus d'autres fonctions que de faire un lien entre des êtres seuls et solitaires, perdus les uns au milieu des autres, et ce quel que soit le contenu de leur propos. Certes, la parole est d'abord expressive, dans le sens où elle permet à chacun de laisser poindre la vérité de ses sentiments : c'est ce qu'ils cherchent lorsqu'ils se mettent à parler sans plus pouvoir s'arrêter. Mais le fait qu'ils le fassent en présence de Louis montre bien qu'ils cherchent surtout à tisser de nouveau un lien avec l'être perdu, à recréer un lien social et par là une chaleur humaine désespérément absente en ce dimanche après-midi.

Toute la pièce est tendue vers **le problème de l'incommunicabilité** : se serrer la main, se faire la bise, le vouvoiement, les petits mots envoyés par Louis, tout est à lire entre les lignes. La parole est donc moins un problème, malgré les nombreux métadiscours qui jalonnent la pièce comme autant de signaux de l'échec du dire, qu'une

1. Hélène Kuntz, «Aux limites du dramatique», *Jean-Luc Lagarce dans le mouvement dramatique*, Colloque de Paris III Sorbonne nouvelle, Les Solitaires intempestifs, 2008.
2. En linguistique, la fonction phatique du langage désigne l'interaction sociale d'un énoncé (et non le contenu de cet énoncé).

solution possible, non plus comme contenu mais comme forme. Il s'agit de parler, pour se sentir vivre, et peut-être pour rappeler aux autres qu'on est en vie. Ainsi on comprend qu'à la toute fin, à bout de souffle, Antoine tente malgré tout un « *Louis ?* ». Lorsque celui-ci répond – « *Oui ?* » – puis dit qu'il « *n'a pas entendu* » les rieurs dont parle son frère, il atteste justement avoir au moins entendu la réplique d'Antoine. Ce lien établi à la toute fin de la pièce est ce qu'il était venu chercher. Lorsque la parole met en scène son propre échec, c'est bien pour dire cet échec et si l'aveu n'advient jamais, si les vérités ne sortent pas, **c'est moins l'échec de l'énoncé que le triomphe de la mise en scène de l'incommunicabilité elle-même**.

3. L'œuvre à l'examen

3.1 L'ÉPREUVE ORALE : ANALYSES LINÉAIRES

3.1.1 Commentaire linéaire du Prologue

- **Situation du texte** : il s'agit de la scène d'exposition de la pièce, qui a en principe pour fonction de présenter au spectateur les personnages, l'intrigue et les enjeux de la pièce. Néanmoins, ce passage est détaché du reste de la pièce (au même titre que l'Intermède et l'Épilogue). En outre, elle répond assez imparfaitement à sa fonction : seul Louis apparaît, il ne fait qu'allusivement référence aux membres de sa famille (« *je décidai de retourner les voir* ») et présente son projet d'« *annoncer/ seulement dire/ma mort prochaine et irrémédiable* », lequel ne sera pas réalisé à la fin de la pièce. Ce prologue constitue donc le **départ avorté** d'une pièce marquée par un défaut de fin.
- **Caractérisation du texte** : ce texte se présente comme un monologue délibératif, néanmoins la décision de Louis est déjà prise. Au moment de l'énoncer, il pratique un certain art de la fugue, usant de la digression et de l'indétermination, comme si la mort prochaine était rendue plus sensible lors de son passage à la parole. L'usage d'une prose poétique renforce cet **aspect d'inachèvement et de ressassement**. Le texte se présente donc comme une répétition imparfaite de l'action à venir.

■ **Problématique :** En quoi ce prologue déceptif présente-t-il l'impossibilité pour la parole de faire advenir une action, celle de la pièce à venir ?

I. Un art de la fugue pratiqué dans les actes et dans les mots (de «*Plus tard*» à «*l'année d'après*»)

1. L'évocation de la mort à venir

- Les premiers mots sont «*Plus tard*» + répétition de «*l'année d'après*» → la pièce est placée sous le signe du rendez-vous manqué et de la rétrospection.
- Système temporel complexe qui mêle passé, présent et futur → flou chronologique qui court-circuite l'ordre de la causalité.
- Détachement par la ponctuation de la phrase qui annonce la mort → décentrement de l'enjeu tragique, la mort est renvoyée en hors-scène.
- Précision sur l'âge de la mort : *34 ans* → la mort envisagée comme une rupture dans l'ordre naturel des choses.

2. Ressassements et errements d'un mort-vivant

- Imparfait «*j'attendais*» qui met l'accent sur le caractère duratif de l'attente et des stratégies d'évitement qui contraste avec la rupture provoquée par la mort.
- Développement de la comparaison «*comme on ose parfois bouger*» avec une accumulation de précisions, multiplication des adverbes → manœuvre d'évitement, la parole meuble l'impossibilité à dire la mort.
- Opposition de la violence et de la douceur + métaphore de la destruction → difficulté d'appréhender le péril.
- Répétition de «*malgré tout*» → recherche d'une posture pour tolérer la présence de la mort dans la vie.

II. Du dire au faire (de «*je décidai*» à «*mon propre maître*»)

1. Un aveu placé sous le signe de la singularité

- Passé simple «*je décidai*» → une rupture dans l'ordre du temps qui se superpose avec celle qui sera provoquée par la mort.
- Pronom personnel «*les*» qui ne permet pas de déterminer l'objet de la visite → le prologue reste vague sur la nature de l'action à venir.
- «*Revenir sur mes pas*», «*aller sur mes traces*» → Deux métaphores pour décrire la posture mélancolique.
- Multiplication des adverbes et des compléments circonstanciels + incise + question rhétorique + épanorthoses («*pour annoncer,/ dire,/ seulement dire*») + répétition du verbe «*annoncer*» → reproduit dans la forme la difficulté à produire l'aveu (qui sera également l'argument de la pièce entière).
- Mise en place d'une opposition entre moi et les autres par le jeu des pronoms → singularisation de l'énonciateur de l'aveu («*l'unique*»), Louis s'inscrit dans une posture égoïste et égocentrique.

2. Un aveu en trompe-l'œil

- Répétition du verbe «*paraître*» → développement du thème de l'illusion. Opposition de l'être et du paraître. Un rapport aux autres marqué par les faux-semblants.
- Passé composé qui indique un lien entre passé et présent → volonté de Louis de maintenir une constance dans sa personnalité, de saisir son unité malgré l'imminence de la mort.
- Opposition entre «*je*» et tous les autres «*toi, vous elle, ceux-là*» → renforcement de la singularité de celui qui s'apprête à faire un aveu.
- «*Cette extrémité*», «*une dernière fois*» → Multiplication des euphémismes pour désigner la mort, des manœuvres d'évitement.
- P1 acteur de l'action tandis que les «*autres*» en sont bénéficiaires comme le montre la répétition du verbe «*donner*» → motif du don, posture de générosité → Louis entend maîtriser son aveu comme pour maîtriser la mort, il veut être son «*propre maître*» pour tromper la mort.

3.1.2 Éléments pour le commentaire de la scène 8 de la première partie (de «Elle, Suzanne» à «Bien. Peut-être»)

- **Situation du texte** : Ce texte se situe à peu près au milieu de la pièce. Il s'agit de la seule confrontation entre Louis et La Mère. Elle constitue un moment pivot au sein de la structure de *Juste la fin du monde* car la figure maternelle, après avoir révélé l'égoïsme de la posture de Louis («*tu leur souriras*»), procède à la levée de tous les non-dits qui ont miné les scènes précédentes afin de relancer l'action. Pourtant, le mouvement de fuite de Louis (qui se manifeste par la brièveté de ses répliques) contrariera cette piste de dénouement.
- **Caractérisation du texte** : Cette tirade de La Mère est constituée de deux mouvements :
  - La première élucide les personnages de Suzanne et Antoine. La Mère expose successivement la mécanique qui préside à leur attitude.
    - Elle envisage (au futur) la réaction potentielle des deux personnages à la réponse, jugée inappropriée de Louis.
    - Puis La Mère révèle (au conditionnel) les sentiments qui présideraient à ces mêmes réactions («*Il voudrait*»/ «*Elle voudrait*»), dévoilant les raisons profondes qui sont au cœur des faux-semblants.
  - La seconde partie de la tirade (au présent) organise une nouvelle réponse pour Louis.
    - Cette section s'apparente à une tentative de correction pour résoudre les échecs de la Première partie : elle encourage Louis à solder les comptes.

- La fin de cette section est mise entre parenthèses comme pour signaler son statut particulier sur le plan dramaturgique et thématique : celle-ci constitue une modalisation de l'ensemble du propos et ruine l'intérêt des propositions faites, annonçant la fin de la pièce (« *la journée se terminera ainsi comme elle a commencé* »).

La Mère ambitionne d'emprunter une posture de maîtrise et de réorganiser les rapports défaillants de ses enfants; ce faisant elle révèle ses propres failles manifestant pleinement l'absence du père dont elle peine à reprendre le rôle.

Problématique : En quoi ce texte qui se présente comme une tentative de corriger les rapports défaillants entre les personnages scelle-t-il leur impossibilité à communiquer ?

3.1.3 Éléments pour le commentaire linéaire de la scène 6 de la Première partie (à partir de « *Je n'y songeais plus* » à « *Je suis en train de me tromper* »)

- **Situation de la scène** : Cette scène constitue la seule confrontation entre Louis et Catherine. Elle s'inscrit à la suite d'un monologue de Louis qui remettait en cause son projet d'annoncer sa mort prochaine à sa famille. Cette situation explique la singularité de ce passage : face aux échecs préalables, Louis provoque le dialogue avec Catherine, revient sur le passé (« *Je suis désolé pour l'incident* ») et vient apporter une connaissance (« *il faut que vous sachiez* »). **Il mime auprès de ce personnage vide l'aveu qu'il voudrait faire auprès de sa famille**. L'ensemble de la tirade de Catherine se présente comme une réponse à la réplique de Louis : « *il a dû vous prévenir contre moi* ». Elle relève la part d'implicite sous ses paroles : à la fin de la scène, elle refuse donc son aveu (« *il est préférable que vous ne me disiez rien* »), non sans avoir fait comprendre à Louis la portée de sa démarche. Le texte constitue une tentative d'explication car Catherine justifie la conduite d'Antoine à la scène 2.
- **Caractérisation** : Sa tirade procède par corrections, par modalisations et par répétitions : Catherine, caractérisée comme une femme soumise à son mari, s'associe toujours dans ses propos à Antoine. Pourtant, dans cette pièce où tous les personnages sont aliénés par les liens familiaux qui les définissent, ce personnage à l'identité vacante et à la parole hésitante est la plus à même de faire advenir une vérité.

Problématique : En quoi la tirade heurtée de ce personnage effacé permet-elle de révéler l'abîme qui sous le langage et les postures, empêche la communication ?

- **Mouvements du texte.**
  - **Dans un premier temps, Catherine rejette l'importance de l'incident** (« *je n'y songeais plus* ») **pour dégager les véritables enjeux de la relation entre Louis et Antoine.**

- Grâce à un travail de citation et grâce à l'usage du vocabulaire de la parole, elle révèle l'ambivalence de la dernière réplique de Louis (à l'image de la parole théâtrale, qui se destine toujours à d'autres, grâce au mécanisme de la double énonciation).
- Inversement, elle met en lumière les préjugés d'Antoine par l'utilisation de verbes de connaissance, démontrant à Louis et au spectateur que la communication est toujours heurtée par les représentations qu'ont chaque individu de ceux qui leur font face.

– **Dans un second temps, elle expose la réalité sociale d'Antoine**. L'utilisation récurrente de la forme interrogative témoigne d'une volonté de faire accoucher une vérité mais aussi du fait que le personnage n'est pas assuré des réponses et de la façon de les fixer dans la parole. Le personnage est tout entier du côté du savoir mais il lui manque la maîtrise du langage (« *ce n'est pas un reproche, ça m'embêterait que vous le preniez ainsi* », « *ce que je peux dire, moi-même je ne saurais exactement avec exactitude* »).

- Dans un premier temps, la répétition de « *vous connaissez* » suivi d'une série de trois termes « *métier* », « *situation* », « *travail* », témoigne d'une volonté de trouver le bon mot (car chaque terme charrie un imaginaire) et par extension le bon moyen de communiquer sa vision du monde : il s'agit donc de lever les préjugés qui obstruent la communication (à la fois pour Antoine, mais aussi pour elle-même).
- À partir de « *moi-même* » (répété deux fois) le personnage prend conscience de la défaillance du langage et comprend alors que les tensions familiales reposent davantage sur les erreurs de communication que sur des fautes. Elle met en œuvre une petite saynète (« *j'imagine* ») : il faut « raconter » au sens fort pour toucher à la vérité de la situation d'Antoine.

– **Le dramaturge explore différentes postures possibles face au monde**. Louis et Antoine deviennent des contre-modèles, Catherine propose un rapport plus humble au monde, lui permet une meilleure maîtrise du langage, mais cette grande sensibilité la condamne au mutisme.

- Antoine est présenté comme quelqu'un qui déduit mal (« *il en déduit certainement* »), qui se sert mal de la logique.
- Ce contre-modèle s'enferme dans les préjugés : Catherine se place du côté de l'observation, ce qui lui permet de comprendre l'implicite des paroles et des postures et *in fine* de trouver le « *mot exact* » par deux fois.

3.2 L'ÉPREUVE ÉCRITE

Le poète T.S. Eliot écrit que « ***C'est ainsi que finit le monde... Pas sur un boum, sur un murmure.*** » (*Les Hommes creux*, 1925). Pensez-vous que cette formule puisse s'appliquer à la mise en scène de la crise au théâtre ?

- **Accroche** : Le théâtre antique était fondé sur la *catharsis* : l'avènement d'une crise pour le personnage était l'occasion pour le spectateur de gérer ses propres crises. Pourtant, cette vocation du théâtre a été remise en cause par les événements du XXe siècle.
- **Analyse du sujet** : Dans son poème *Les Hommes creux*, T.S. Eliot décrit l'effondrement de tous les espoirs de rédemption après la Première Guerre mondiale. La citation « *C'est ainsi que finit le monde... Pas sur un boum, sur un murmure.* » renvoie au thème eschatologique de la destruction du monde développé en particulier dans l'*Apocalypse selon saint Jean*. Le poète nous invite à repenser la notion de fin : il n'y aura pas, comme l'annonce l'*Apocalypse*, de fin du monde à la fois violente et rédemptrice (« *Pas sur un boum* »), au contraire le monde s'essoufflera et s'étiolera au point de disparaître (« *sur un murmure* »).
- **Problématisation** : Ces deux façons de concevoir la fin correspondent à des moments de l'histoire dramatique. En effet la crise a longtemps été un moteur dramatique : comédies, tragédies s'articulent autour d'un conflit dont le dénouement constitue un sommet dramatique qui résout en un même mouvement les tensions personnelles et familiales. Par exemple, le moteur de la tragédie est la fatalité : dans les pièces antiques (comme la trilogie d'*Agamemnon*, ou celle des *Euménides*) puis classiques (comme *Horace* ou *Phèdre*), les spectateurs assistent ainsi à la réalisation d'un destin fixé d'avance par les dieux ou par un lignage face auquel les personnages sont impuissants. Au XXe siècle, les deux guerres mondiales remettent en question cette vision téléologique[1] du monde : pour les dramaturges de l'absurde, l'homme est jeté dans le monde au hasard, il n'y a donc ni commencement, ni fin ; les conflits personnels ou familiaux n'ont pas vocation à se résoudre en une explosion rédemptrice, comique ou tragique. En un sens ce théâtre met en scène une crise permanente : la vie elle-même est devenue crise. Un dernier type de théâtre, illustré par *Juste la fin du monde* de Lagarce joue avec cette ambivalence : la fin du monde annoncée dans ce titre déceptif n'aura pas lieu, elle est sans cesse repoussée, et les personnages s'épuisent indéfiniment dans le langage sans que la crise n'advienne. À l'image de cette pièce, le théâtre moderne donne à voir ce long mouvement par lequel la fin se dérobe aux personnages.

■ **Proposition de problématique** : En quoi le théâtre moderne évacue-t-il la question de la résolution des conflits pour mettre en scène un monde en crise ?

1. Polarisé par la fin.

- **Proposition de plan.**

I. Un théâtre fondé sur la crise : on présentera dans un même mouvement comédie et tragédie comme deux façons de résoudre les conflits familiaux et personnels grâce à un conflit

II. Un théâtre de la crise permanente : on montrera que le théâtre de l'absurde repose sur une éthique de la crise qui réduit la vie à une crise permanente

III. Un théâtre de la fuite : on montrera que le théâtre contemporain (comme celui de Lagarce) repose sur un mouvement de mise en suspens des conflits

3.3 PARCOURS ASSOCIÉ : « CRISE PERSONNELLE, CRISE FAMILIALE »

Problématique : En quoi la mise en scène de la famille au théâtre est-elle à la fois un moteur dramatique et un moyen de représenter les crises du sujet et de son rapport aux autres ?

– Lectures analytiques possibles
  - Pierre Corneille, *Horace* (1640), IV, 5 : une justice familiale.
  - Jean Racine, *Phèdre* (1677), II, 5 : le poids des origines.
  - Denis Diderot, *Le Fils naturel*, (1757) V, 5 : une famille recomposée.
  - Jean Anouilh, *Antigone* (1944), scène 18 : une confrontation politique.
  - Bernard-Marie Koltès, *Le Retour du désert* (1988), scène de confrontation entre Adrien et Mathilde : un conflit de valeurs.

I. Textes et documents complémentaires

1. Propositions de lectures cursives autour du thème de la tragédie du sang

- Sophocle, *Œdipe-Roi* (entre 430 et 420 av. J.-C.).
- Shakespeare, *Le Roi Lear* (1606).
- Anton Tchekhov, *Les Trois Sœurs* (1901).
- Wajdi Mouawad, *Incendies* (2003).

2. Ouverture artistique

- Étude comparée du dytique *La Malédiction paternelle* de Jean-Baptiste Greuze (constitué des tableaux *Le Fils ingrat*, 1777 et *Le Fils puni*, 1778). Mise en perspective avec des extraits du *Salon de 1761* de Denis Diderot.

II. Pour mettre en perspective la lecture de *Juste la fin du monde*

1. Les années sida au cinéma et au théâtre

- Hervé Guibert, *La Pudeur ou l'Impudeur* (1992).
- Cyril Collard, *Les Nuits fauves* (1992).
- Patrice Chéreau, *Ceux qui m'aiment prendront le train* (1998).
- Tony Kushner, *Angels in America* (1991) et son adaptation par HB0 de Mike Nichols (2003).
- Pour un point de vue rétrospectif sur cette période : André Téchiné, *Les Témoins* (2007) ; Robin Campillo, *120 battements par minute* (2017) ; Christophe Honoré, *Les Icônes* (2019).

2. Lecture de la parabole du Fils Prodigue (*Évangile selon Luc*, 15 : 11-32)

- Mises en scène de *Juste la fin du monde*.
  - Extraits de plusieurs mises en scène (Joël Jouanneau, Jean-Charles Mouveaux-Mayeur, Cédric Revollon, François Berreur, Gilles Lefeuvre Kirally, Michel Raskine) et lecture des commentaires des metteurs en scène (disponibles sur le site https://www.solitairesintempestifs.com).
  - Comparaison de la pièce avec l'adaptation cinématographique de *Juste la fin du monde* réalisé par Xavier Dolan en 2016 et lecture du commentaire du réalisateur.

Imprimé en France par CPI
en mai 2022

Dépôt légal : juin 2022
N° d'impression : 170003